新潮文庫

テロリストの回廊

上巻

トム・クランシー
ピーター・テレップ
伏見威蕃訳

新潮社版

9815

アルカイダは凶悪だとわれわれは思っているが、麻薬カルテルの比ではない。

——テキサス州エルパソの匿名《とくめい》のＦＢＩ幹部捜査官

だれでも買収できる。肝心なのはその値段を探り出すことだ。

——コロンビアの麻薬王パブロ・エスコバル

メキシコでは死はきわめて近くにある。死は暮らしの一部になっているから、人間すべてにそれがあてはまるが、メキシコではいろいろな物にも死がつきまとっている。

——メキシコの俳優ガエル・ガルシア・ベルナル

テロリストの回廊

上巻

主要登場人物

〈統合タスク・フォース（ＪＴＦ）〉
ヘンリー・タワーズ…………………ＪＴＦ指揮官
マクスウェル・ムーア………………ＣＩＡ軍補助工作員
グロリア・ベガ………………………ＣＩＡ工作員
ボビー・ギャラハー…………………　〃
マイケル・アンサラ…………………ＦＢＩ特別捜査官
デイヴィッド・ウィテカー…………ＡＴＦ特別捜査官
トーマス・フィッツパトリック……ＤＥＡ潜入捜査官

〈パキスタン・コネクション〉
マクスード・カヤニ…………………パキスタン海軍大尉
サーダト・ホダイ……………………パキスタン陸軍大佐。カヤニの叔父
ネク・ワジル…………………………北ワジリスタン評議会議長
イスラル・ラナ………………………ムーアの情報提供者

〈タリバン〉
オマル・ラフマニ師…………………タリバン組織の指導者
アブドゥル・サマド師………………ラフマニの副官

〈フアレス・カルテル〉
ダンテ・コラレス……………………武闘団の最上級幹部
ホルヘ・ロハス………………………メキシコの大富豪
ミゲル・ロハス………………………ホルヘの息子
フェルナンド・カスティリョ………ロハスの警備責任者
ソニア・バティスタ…………………ミゲルの恋人
ファン・ラモン・バジェステロス…コロンビアの麻薬製造者

〈シナロア・カルテル〉
エルネスト・スニガ…………………シナロア・カルテルの頭目
ルイス・トレス………………………殺し屋組織の頭目

〈その他〉
アルベルト・ゴメス…………………メキシコ連邦警察警部
ルーベン・エヴァソン………………運び屋
ペドロ・ロメロ………………………トンネル建築技師
ジョニー・サンチェス………………コラレスの友人。ライター

プロローグ

会合点《ランデヴー・フォックストロット》F

〇二一五時
パキスタン沿岸
インダス川の五海里南のアラビア海

武勇《ジュルアット》級高速ミサイル艇〈クワット〉の操舵室《そうだしつ》の外に立っていたムーアは、灯火管制を行なっている船のほうが避航船として針路を変える義務がある、ということを考えていた。〈クワット〉は、旧ソ連のオーサI型の設計をもとに、カラチ・シップヤード&エンジニアリング・ワークス（KS&EW）と呼ばれる造船所で建造された。

主兵装はHY（海鷹《ハイイン》）－2対艦ミサイル四基および二五ミリ二連装高射機関砲二基、

主機はディーゼル三基・三軸、全長は三八・八五メートル。〈クワット〉は、水平線近くまでおりた弦月で銀色に染まった波を切り、三〇ノットで航走していた。〝灯火管制〟とは、導灯やマスト灯、左舷《さげん》や右舷の航灯を消すことを意味する。国際海上衝突予防法（COLREGS）に照らせば、いかなる状況であろうと、事故が起きた場合には〈クワット〉の過失とされるはずだった。

その日の先刻、夕暮れどきに、ムーアはサイード・マッラーフ海軍中尉《ちゅうい》とカラチの桟橋を歩いていた。アメリカ海軍SEAL（海空陸特殊作戦部隊）と同種の部隊であるSSGN（パキスタン海軍特殊任務群）の特殊作戦チームの下士官四人が、つき従っていた。しかし、SSGNの戦闘員は、有能とはいいがたい。〈クワット〉に乗り込むと、ムーアは艇内をひととおり見学したいといい、それを済ませてから、出航のために命令を下している艇長のマクスード・カヤニ海軍大尉の邪魔をして、ざっと自己紹介をした。カヤニは三十五歳のムーアとたいして変わらない齢《とし》だったが、似ているのはそれだけだった。肩幅の広いムーアが、サイクリストみたいに瘦《や》せていて軍服が垂れ下りそうなカヤニとならぶと、好対照だった。カヤニは鷲鼻《わしばな》で、この一週間、髭《ひげ》を剃《そ》ったことがあるとは、とうてい思えなかった。外見は無骨でも、艇員二十八人の注意と尊敬を一手に集めている。カヤニが口をひらくと、艇員は跳びあがった。しばらくして、ムーアと力強い握手を交わしたカヤニがいった。「〈クワット〉にようこそ、フレデリックソンさん」

「ありがとう、大尉。助力に感謝します」

「当然のことです」

ふたりは、パキスタンの公用語のウルドゥー語で話をした。ダリー語やパシュトゥー語、あるいはアラビア語よりも、ウルドゥー語のほうが、ムーアには憶《おぼ》えやすかった。ムーアは、パキスタン海軍関係者にはアメリカ人〝グレッグ・フレデリックソン〟と名乗っていたが、浅黒い顔、濃い顎鬚《あごひげ》、ポニーテイルにまとめている黒い髪からして、偽ろうと思えば、アフガニスタン人、パキスタン人、アラブ人だといっても通用するはずだった。

カヤニ大尉が、言葉を重ねた。「ご心配なく。早く着けるかどうかはともかく、目的の位置に到達します。〈クワット〉は〝力〟を意味し、その名にしおう艇《ふね》です」

「それはすばらしい」

会合点《ランデヴー・フォックストロット》Fは、パキスタン沖三海里、インダス川の三角州の沖合いにあたる。

そこでインド海軍のパウクⅡ型（アバイ級）対潜コルヴェット〈アグライ〉と落ち合い、捕虜を受け取ることになっていた。インド政府は先ごろ、タリバンの指揮官アフテル・アダムを捕らえ、引き渡しに同意していた。アフテルは、アフガニスタンとパキスタンの南国境線付近に配置されたタリバン部隊の運用情報を握る高価値目標《ハイ・ヴァリュー・ターゲット》（ＨＶＴ）だとされている。アフテルの部隊は指揮官が捕縛されたことにまだ気づいていないと、インド側は判断していた。まだ行方を絶ってから二十四時間しかたっていない。それでも、時間は欠かせない要素だった。インドもパキスタンも、アフテルがアメリカに引き渡されることが漏れないようにしたかった。だから、アメリカの軍事資産や部隊は、この護送作戦には参加しない——マクスウェル・スティーヴン・ムーアというＣＩＡ軍補助工作員《パラミリタリー・オフィサー》だけはべつとして。

経験の浅い中尉が率いるＳＳＧＮ護送チームを使うことに、ムーアはかなり悪い予感がしていた。しかし、要旨説明《ブリーフィング》の際に、シンド州タッタ出身の若者のマッラーフは、激しいまでに忠誠で、かなり尊敬されていると聞かされた。ムーアの辞書では、忠誠、信頼、尊敬は、それに見合う働きをしたときに得られるものだ。若い中尉が難題に取り組む力があるかどうかは、これからとくと拝見することになる。それに、マッラーフの役割は、ほんの初歩的なものだ。引き渡しを監督し、ムーアと捕虜を警護すればいい。

アフテル・アダムを無事に乗り移らせたら、カラチの桟橋にひきかえすあいだに、ムーアが訊問《じんもん》を開始する。その時間を利用して、アフテルがCIAが真剣に注目すべき高価値目標であるのか、それともパキスタンに処置を任せていいような相手なのかを、判断するつもりだった。

左舷正横のやや前方の闇《やみ》が、インダス川の入口を護《まも》っているトゥルシアン河口灯台の間隔が短い三連発光の白光に貫かれた。二十秒ごとに、発光がくりかえされる。艇首寄りのもっと東では、カジハル川灯台の白光が一度だけ発光しているのが見える。こちらは十二秒ごとに発光する。カジハル川（別名シル川）のシールドビーム回転灯台は、しばしば紛争が起きるパキスタン－インド国境に位置している。ブリーフィングのあいだに、ムーアは灯台の名前と位置とそれぞれの発光間隔を、水路図誌でしっかりと確認しておいた。SEAL隊員だったころの習慣はなかなか捨てられない。

〇二〇〇時に月が沈み、雲量が五〇パーセントなので、〇三〇〇時の会合は真っ暗闇になると予想された。インド側も灯火管制を行なっている。その急場をしのぐには、トゥルシアン河口とカジハル川の両灯台で位置を把握する。

カヤニ大尉は約束を果たした。〈クワット〉は〇二五〇時にポイント・フォックストロットに到着し、ムーアは操舵室を進んで、左舷にある唯一《ゆいいつ》の暗視望遠鏡のところへ行った。カヤニがすでにそこにいて、望遠鏡を覗《のぞ》いていた。いっぽう、マッラーフとその部下たちは、インド艦が横付けしたら捕虜を乗り移らせるべく、主甲板のなかごろで待機していた。

カヤニが暗視望遠鏡からあとずさり、ムーアに場所をゆずった。雲が厚くなっていたが、星明かりがじゅうぶんな光子を拡散させ、インド海軍のパウクⅡ型対潜コルヴェット〈アグライ〉が、無気味なグリーンの薄明に浮かびあがっていた。船体の艦番号36が見えるほどの明るさがあった。正面から接近してくる〈アグライ〉は、〈クワット〉の倍以上の満載排水量四八五トンで、艦首にSA−N−5グレイル対空ミサイル四連装発射機とRBU−1200五連装対潜迫撃砲二基を備えている。合計十本の迫撃砲からは、水上戦と対潜戦用に囮《デコイ》や対潜ロケット弾を発射できる。〈クワット〉は、〈アグライ〉の前ではちっぽけな存在だった。

〈アグライ〉が艦首を左にゆっくりとふり、接近のために回頭を開始すると、艦首波が撒《ま》き散らした霧の上に持ちあがった艦尾に記された黒い艦名が見えた。つぎに操舵室のドアごしに、右舷張り出し《ウィング》のほうを見ると、短・長、短・長の閃光《せんこう》が見えた。どの灯台がそういう発光間隔だったか、思い出そうとした。〈アグライ〉は回頭を終えていた。二隻《せき》が横付けしたときに船体が傷《いた》まないように、カヤニが左舷に身を乗り出し、緩衝材の配置の指示に追われていた。

また閃光が見えた。短・長、短・長。

灯台などではないと、ムーアは気づいた。ＡＡ《アルファ・アルファ》を意味するモールス符号。トン・ツー、トン・ツー。ありていにいうと、「おまえはだれだ？」といっている。

ムーアの背すじを、さむけが駆けのぼった。「大尉、右舷にアルファ・アルファが見える。誰何《すいか》されている！」

カヤニが、操舵室を駆け抜けて、右舷張り出しに向かい、ムーアもつづいた。これまで何度、誰何の信号を発せられていたのか？ ここはパキスタン領海だ、パキスタンの交戦規則は、どういうものだったか？

頭上で照明弾が炸裂《さくれつ》し、闇のベールを引き剝《は》がして、コルヴェットとミサイル艇の甲板に濃い影が生じた。ムーアが海に目を向けると、一〇〇〇メートル離れたところにそれが見えた。堂々たる黒い垂直構造物《セイル》と海水に洗われて鈍く黒光りする船体をそなえた恐ろしい怪物が、波のなかからぬっと姿を現わした。浮上したその潜水艦は、艦首を〈クワット〉に向けていた。二隻を誰何するために海面に出た潜水艦が、ターゲットを目視するために照明弾を打ちあげたのだ。

カヤニが、首から吊《つ》った双眼鏡を持ちあげて、焦点を合わせた。「ハンゴール（トガリアンコウザメ〉級潜水艦〈シュシュク〉（ガンジスカワイルカ）。われわれの味方だ。帰投しているはずなのに！」

ムーアの胸に力がはいった。パキスタン海軍の潜水艦が、会合点でなにをしているのか？

首をのばして、〈アグライ〉のほうを見た。もう捕虜のタリバン幹部を甲板に出しているはずだ。計画では、アフテルは黒いジャンプスーツとターバンを身につけ、手首を縛られているはずだった。護衛は重武装のMARCOS（インド海兵隊コマンドウ）がふたり。ムーアがいそいで潜水艦のほうを見ると――。

そのとき、不意に見えた――燐光《りんこう》の条《すじ》が水を泡立て、〈クワット〉の艇尾を過ぎて、〈アグライ〉に向かってのびていった。

ムーアは指差した。「魚雷だ！」

つぎの瞬間、ムーアはカヤニのうしろにまわって海に突き落とし、自分も跳びおりた。それと同時に、魚雷が〈アグライ〉に命中して爆発した。この世のものとも思われない雷鳴と閃光が、度肝を抜かれるほど近くで生じた。すさまじい勢いで飛散する破片が〈クワット〉と船体に当たって跳ね返り、水に落ちて何十もの水柱が立った。シューッという音とともに湯気をあげている波が迫ってきて、ムーアは目を丸くした。なおも〈アグライ〉を吹き飛ばしている魚雷と、白熱した船体や甲板の断片で、海水が煮え立っていた。ぎざぎざの鋼鉄片をきわどいところでかわして、ムーアが水面に落ちたとき、火の玉が〈アグライ〉の艦首のグレイル対空ミサイルと対潜ロケット弾を誘爆させた。

　ムーアは波の下に深く潜り、下のなにかと靴がぶつかった。水面に浮上して、首をめぐらし、カヤニ大尉を探した。見つかったが、手の届かないところにいた。

　突然、〈アグライ〉の対潜ロケット弾三発が暴発し、〈クワット〉が搭載するHY－2対艦ミサイルに激突した。けたたましい爆発音がとどろき、すさまじい閃光が走って、ムーアは反射的にまた水に潜って難を逃れようとした。仰向《あおむ》けに浮かんで、意識が朦朧《もうろう》としているように見えるカヤニのほうへ、ムーアは潜水したまま泳いでいった。頭の左側に深い裂傷があり、カヤニの顔は血まみれだった。海に飛び込むときに、破片を食らったにちがいない。ムーアは、カヤニのすぐそばに浮上した。海水を傷口にかけてやると、カヤニがぼんやりとした目を据えた。「大尉！　しっかりしろ！」

　三〇メートル離れた水面で、ディーゼル燃料が引火して炎があがっていた。その悪臭に顔をしかめたムーアは、すぐそばの腹に響くディーゼル機関の音をはじめて感じた……潜水艦。まだ時間はある。炎がおさまるまで、潜水艦は残骸《ざんがい》には近づかないはずだ。

ほかにも海に浮かんでいる男たちがいた。姿はほとんど見えず、叫び声も爆発音に消されがちだった。タリバン幹部はいないかとムーアはあたりを見まわしたが、ふたたび爆発が起きて、雷鳴が二度響いたので、水に潜った。浮かんでふりむくと、〈クワット〉はすでに大きく左舷に傾き、いまにも沈みそうになっていた。〈アグライ〉は艦首が完全に水没し、火災と濃い黒煙がまだ荒れ狂って、弾薬が鋭く乾いた音やくぐもったズンという音とともに破裂していた。ゴムとプラスティックの燃える臭《にお》いがする靄《もや》が、あたりの空気を重苦しくしていた。

炎の熱が顔に押し寄せるなかで、ムーアは意志の力で平静を保ち、靴を脱いで靴紐《くつひも》を結び合わせ、首にかけた。ビーチまで三海里……だが、水面からかろうじて頭が出ている状態では、そのビーチの方角の見当がつかなかった。どちらを向いても炎が見えるだけで、あとは墨を流したように真っ暗だった。それに、燃えさかる炎に目を向けていると、夜目が利《き》かなくなる。

パッ、パッ、パッ。待てよ。思い出した。ムーアは数を唱えはじめた……ひとーつ、ふたーつ……十九数えたところで、果たせるかな、たてつづけに三つ光がひらめいた。トゥルシアン河口の灯台にロック・オンできた。

ムーアは、カヤニの体をつかみ、横向きにした。あいかわらず意識を失ったり取り戻したりしていたカヤニが、ムーアと周囲の炎を見て、パニックを起こした。手をのばし、ムーアの頭をつかんだ。理性的に考えられなくなっているのは明らかだし、事故の犠牲者にはめずらしいことではない。だが、手を打たないと、無我夢中でもがいているカヤニのせいで溺《おぼ》れ死ぬおそれがある。

ムーアはすかさず両手をカヤニの腰の前に当て、指をのばして、親指の付け根を相手の体に密着させ、親指で脇腹《わきばら》を押さえた。カヤニの背中を平らにすることで梃子《てこ》の力が働き、頭をつかんでいる手を遠ざけることができた。頭が自由になると、ムーアはどなった。「落ち着け！　おれがつかんでいる！　仰向けになって楽に息をしろ」

カヤニのうしろ襟を握った。「さあ、仰向けに浮かべ」

襟をつかんでカヤニを曳《ひ》きながら、ムーアは戦闘横泳ぎの変形で、燃える残骸や、押し寄せてくるディーゼル燃料の燃える池をよけて進んだ。鋭い音をたててはぜている炎のたえまない轟音《ごうおん》で、耳が痛くなっていた。

カヤニの姿勢が安定し、漂流物と見分けがつかなくなっている艇員の無残な死体五、六体のそばを、ふたりは通過した。カヤニが部下の名を大声で叫び、ムーアはいっそう強くキックして遠ざかろうとした。それでもあたりの海はいよいよ陰惨な様相を呈し、バラバラの腕や脚がそこかしこに浮かんでいた。捕虜のターバンもあった。ムーアは泳ぐのをやめて、左右を見まわし、命の失《う》せた体が波に乗って上下しているのを見つけた。そこへ泳いでいって、死体を横向きにすると、顎鬚をはやした顔と、黒いジャンプスーツが見えた。首にぞっとするような切り傷があり、頸動脈《けいどうみゃく》が切断されていた。これがタリバン幹部にちがいない。ムーアは歯を食いしばり、カヤニの襟をつかみ直した。泳ぎだす前に、潜水艦がいた方角を見た。早くも姿を消している。

SEALの一員だったころ、ムーアは足ひれ《フィン》を使わずに二海里を七十分で泳ぐことができた。襟をつかんでひとりひっぱっているから、もっと長くかかるだろうが、その程度の難関に気力を押しつぶされるつもりは毛頭なかった。

灯台から注意をそらさず、呼吸し、キックしつづけた。なめらかで優雅な動きで、無駄がなく、腕の動きや足のあおりのすべてが、行かなければならない方角へパワーを向けていた。首をまわして、ひとつ息を吸い、また腕と足を動かす。機械のような精確さで、泳ぎつづけていた。

うしろのほうで叫び声が聞こえ、ムーアは速度をゆるめた。立ち泳ぎして向きを変え、数人の群れのほうに目を凝らした。十人——か十五人——が、こっちへ泳いでくる。

「ついてこい！」ムーアは叫んだ。「ついてこい！」

いまでは、カヤニのみを救おうとしているのではなかった。生存者たちが岸まで泳ぐ意欲をかきたてなければならない。彼らは水兵だから、苛酷《かこく》な遠泳の訓練を受けてはいるが、三海里はかなりの距離だ。負傷しているとなおさら厳しい。彼らがこっちを見失わないように、気を配る必要がある。

片腕と両脚に、疲労物質の乳酸が溜《た》まりはじめていた。はじめのうちは順調に燃焼していたが、やがて悪化する兆《きざ》しがあった。ムーアは速度をゆるめて、両脚と動かしているほうの腕を揺すり、もう一度息を吸って、自分にいい聞かせた。おれはあきらめない。ぜったいに。

それに集中する。先頭を泳いで導き、この男たちを家に送り届ける――たとえそのために自分が死んでも。波の山と谷間を越えて誘導し、苦しいキックを数かぎりなくくりかえし、過去の声に耳を傾ける。訓練生を鍛え、心の奥底に棲《す》む戦士の気概を解き放つのを手助けすることに生涯を費やしてきた、教官や試験監督の声に。

九十分ちかくたって、海岸線で波が砕ける音が聞こえた。うねりに持ちあげられるたびに、懐中電灯がビーチで揺れ動いているのが見えた。懐中電灯のあるところには、人間がいる。沖の火災と爆発を見物するためにやってきたのだろう。あるいはこちらの姿が見えているかもしれない。隠密作戦が、新聞の見出しになってしまう。ムーアは悪態をつき、うしろを見た。生存者たちはムーアの猛烈なペースについていけず、だいぶ遅れて、五〇メートル以上離れていた。姿がほとんど見えなくなっている。

素足が砂の海底に届いたときには、ムーアはアラビア海に体力のすべてを吸い取られ、へたばりかけていた。カヤニは、あいかわらず意識が戻ったり失神したりのくりかえしだった。ムーアはカヤニを波打ち際《ぎわ》から引きあげ、五、六人の村人が集まってくると、「助けを呼んでくれ!」とどなった。

遠い沖では、炎と閃光がいまも盛んにあがり、夏の夜の音が聞こえない稲妻のように雲の色を反転させていた。しかし、二隻とも船影はもう影も形もなく、燃料が燃えているばかりだった。

ムーアは携帯電話を出したが、使えなくなっていた。つぎに潜水艦に攻撃される予定があるときには、防水の型を荷物に入れることにしよう。薄い顎鬚《あごひげ》を生やした大学生ぐらいの村の若者に、携帯電話を貸してくれと頼んだ。

「船が爆発するのを見た」若者が、息を切らしていった。

「おれもだ」ムーアは語気鋭くいった。「電話をありがとう」

「おれがかける」ビーチに横になっていたカヤニがいった。声がかすれていたが、意識はだいぶはっきりしはじめているようだった。「叔父が陸軍大佐だ。一時間以内にヘリコプターをよこしてくれるだろう。それがいちばん早い」

「それじゃ、頼む」ムーアは地図をあらかじめよく見ていたので、もっとも近い病院でも車で数時間以上の距離だと知っていた。会合点はわざと、人口がすくない農村部の海岸の沖合いに設定されていた。

カヤニが叔父に連絡をとり、ただちに救援を送ると叔父が約束した。二本目の電話は司令官宛《あ》てで、沿岸警備隊の艦艇を召集し、海上で生存者を捜索してもらうことになった。もっとも、パキスタン沿岸警備隊には捜索救難ヘリコプターはなく、中国製のコルヴェットや哨戒艇《しょうかいてい》があるだけなので、到着はあすの午前なかばになる。ムーアは、波打ち際に目を戻し、寄せる波をひとつひとつ丹念に見て、生存者を探した。

五分。十分。なにも見えない。ひとりも。おぞましいシチューのように体の一部や血が浮かんでいる海に、鮫《さめ》が集まってきたことはまちがいない。それもあっというまに。おまけに生存者は負傷していたから、鮫を撃退できなかったのだろう。

それから三十分たって、最初の遺体が流木のように波に乗ってくるのを、ムーアは見つけた。いくつもの遺体がああやって打ち寄せられるのだろう。

ミルMi-17ヘリコプターが北西の空に姿を現わしたときには、一時間以上が経過していた。ガスタービン・エンジン二基が咆哮《ほうこう》し、ローターが風を切る音が、山の斜面に反響した。Mi-17は、旧ソ連がアフガニスタン侵攻のために設計した機種で、そのため、アフガニスタン紛争の象徴になった。この大型ヘリコプターは、ダヴィデが投石器《パチンコ》で斃《たお》した巨人ゴリアテになぞらえられている。パキスタン陸軍は、Mi-17を百機近く保有している。そんな雑学にムーアが詳しいのは、何度か乗ったことがあって、おれたちはフライトごとにこの故障するロシア製の屑鉄《くずてつ》を飛ばしていて、パキスタン陸軍には空飛ぶ屑鉄が百機近くある、というパイロットの愚痴を聞いているからだった。

いくぶん不安にかられながら、ムーアはMi-17に乗り、カヤニといっしょに、カラチ郊外のリアクタバードにあるシンド国立病院に運ばれた。途中で衛生兵が痛み止めをくれたので、顔をゆがめていたカヤニのぎょろ目が、いくらか安らかな目つきになった。着陸したときには、夜が明けていた。

ムーアは、病院の二階でエレベーターをおりて、カヤニの部屋にすばやくはいった。

病院に着いてから、一時間が過ぎていた。カヤニは目立つ向こう傷ができたから、さぞかし女にもてるようになるだろう。岸にたどり着いたときには、ふたりともひどい脱水状態だったし、カヤニの左腕には点滴の針が刺してあった。

「どんなぐあいだ？」

カヤニが手をのばして、頭の包帯に触れた。「まだ頭が痛い」

「そのうちに消える」

「おれひとりじゃ、岸まで泳げなかった」

ムーアはうなずいた。「頭をひどく打っていたし、出血していた」

「お礼の言葉もない。いくらありがとうをいっても足りない」

ムーアは、看護師にもらったペットボトルの水を、ゆっくりと飲んだ。「いいんだよ。気にするな」戸口の動きが、ムーアの注意を惹《ひ》いた。ＣＩＡ《エージェンシー》の同僚のダグ・ストーンが、もつれた灰色の顎鬚をしごき、眼鏡の縁の上から、ムーアを見つめた。

「それじゃ、おれはこれで」ムーアはいった。

「フレデリックソンさん、ちょっと待って」

ムーアは、眉根《まゆね》を寄せた。

「あなたに連絡する方法はあるかな？」

「あるよ。どうして？」

カヤニが、ストーンのほうを見て、口を結んだ。

「ああ、だいじょうぶだ。いい友だちだから」

カヤニは、しばしためらってから、こういった。「お礼をしたいんだ……なんらかの形で」

ムーアは、トレイ・テーブルにあった便箋《びんせん》とボールペンを使い、電子メールのアドレスを書いた。

カヤニが、その紙をぎゅっと握り締めた。「連絡するよ」

ムーアは肩をすくめた。「わかった」

廊下に出て、向きを変え、歯のあいだから鋭い声で、「ダグ、説明しろ――どういうことだ？」といいながら、力強い足どりでストーンを引き離すように歩いていった。

「わかっている。わかっているよ」いつもどおりストーンがなだめる口調でいったが、今回ばかりはムーアも納得しなかった。

「会合点は安全だと、インド側に約束したんだ。パキスタン領海に来てもらわなければならないと。先方はそれを非常に心配していた」

「パキスタン側がぜんぶ手配しているといわれたんだ」

「だれがへまをやった?」

「桟橋を離れないという命令を潜水艦長が受領していなかった、といわれた。だれかが命令を出すのを忘れたと。いつもどおり哨戒し、交戦に遭遇したと、艦長は判断した。何度も誰何《すいか》の信号を送ったが、応答がなかったそうだ」

ムーアは、冷たい笑いを浮かべた。「おれたちは潜水艦を探してはいなかったからな——見つけたときには手遅れだった」

「インド艦が捕虜を何人も甲板に出しているのを見たと、艦長はいっている」

「それで勇んで味方が乗っている艇《ふね》を攻撃したわけか?」

「なんともいえない」

ムーアは、ぴたりと足をとめ、くるりと向きを変えると、唖然《あぜん》とした顔でストーンを見た。「捕虜というのはな、われわれの目当ての男ひとりだよ」

「おい、マックス、たいへんだったのはわかっている」

「三海里泳いでみろ。それからわかったといえ」

ストーンが眼鏡をはずし、目をこすった。「なあ、ひどいことも、上には上があるよ。きみとわたしがスレイター部長とオハラ副局長だったら、インドがイスラマバードを核攻撃しないように気を配りながら謝る方法を算段しなければならないんだぜ」

「そいつは結構だね――これからそこへ行くわけだからな」

1
決断

三週間後
パキスタン、イスラマバード
マリオット・ホテル

マクスード・カヤニ海軍大尉《たいい》が、ムーアに命を救われた恩返しの方策は、カヤニの叔父サーダト・ホダイ陸軍大佐に引き合わせるという形をとった。イスラマバードに到着したムーアは、カヤニの電子メールが受信箱にあるのを見つけた。それが興味をそそられる文面だった。ホダイはヘリコプター救難を手配した当の大佐で、一個人として道徳的な危機に見舞われ、それが原因の落ち込みと闘っているところだと、甥《おい》に打ち明けたという。電子メールでは危機の具体的な性質が明かされていなかったが、会って話をすればムーアと叔父の両方に利益があると、カヤニは力説していた。

数週間のあいだに何度も会い、言葉のスパーリングをかなり交わした末に、ムーアは、ホダイにはパキスタン陸軍内部の親タリバン派を見分けることができるのではないかと感じるようになっていた。ムーアはホダイといっしょに何リットルも紅茶を飲み、パキスタン北西部の部族支配地域、ことにワジリスタンと呼ばれている地方でのタリバンの浸透と搾取《さくしゅ》について、知っている情報を打ち明けるよう説得しようとした。ホダイは一線を越えるのを渋り、言を左右した。ムーアはいらだった。それが最大の障害物、ふたりが行き詰まった難所だった。

ホダイは、結果として家族に及ぶ影響を懸念《けねん》しているだけではなく、不都合な事実を打ち明けると、同僚の士官や同志を裏切ることになるから、それは避けたいという、強い個人的な信念と闘っていた。いくらその連中がパキスタンやホダイの愛する陸軍に対する忠誠の誓いを破っているにせよ。しかし、ムーアとの話し合いは、ついに奈《な》落《らく》の底に達していた。自分がやらなければ、だれがやるのか。

やがて、ある晩、ホダイがムーアに電話してきて、話すつもりだという。ムーアは自宅に迎えにいって、ホテルへ行った。そこでムーアの同僚ふたりも交えて、膝詰《ひざづ》めで話をすることになっていた。ムーアは、車を来客用駐車場に入れた。

ホダイは五十を過ぎたところで、短く刈った髪には灰色の縞《しま》模様ができていた。疲れたような目を細くして、突き出した顎《あご》には五、六ミリの真っ白な顎鬚《あごひげ》をたくわえている。地味なズボンにシャツという私服でも、軍用ブーツをはいているので職業が知れる。ブラックベリーのスマートフォンをきちんと革ケースに収め、親指と中指で神経質にまわしていた。

ムーアがドアハンドルに手をのばすと、ホダイがいった。「待ってくれ。覚悟ができたといったが、もうすこし時間が必要かもしれない」

ホダイは高校で英語を習い、ラホールのパンジャブ大学で学んで、工学修士号を修めた。なまりは強かったが、語彙《ごい》は豊富で、相手に感銘をあたえる威厳のある声音だった。昇級がこれほど早かったのもうなずけると、ムーアは思った。ホダイが口をひらくと、強く惹《ひ》かれるのがわかる。だから、ムーアは緊張を解き、ドアハンドルから手を離していった。「大佐は覚悟ができていますよ。それに、自分を許すはずですよ。いずれは」

「ほんとうにそう思うかね？」

ムーアは、目の前のほつれ毛をかきあげ、溜息《ためいき》をついて答えた。「そう思いたいです」

ホダイが、気弱な笑みを浮かべた。「きみが背負っている重荷は、わたしとどっこいどっこいのようだね」

「思い過ごしですよ」

「もと軍人は、見ればわかる。それに、いま勤務している部門からして、いろいろなことを目にしてきたんじゃないか」

「そうかもしれません。大佐に質問です――どちらの荷が重いでしょうか？　肝心なことをやるのと、なにもやらないのと」

「きみはまだかなり若いが、あえていわせてもらえば、齢《とし》のわりに聡明《そうめい》だね」

「大佐がどんな経験をなさったかは、わかっています」

ホダイが、両眉《まゆ》をあげた。「家族を完全に護《まも》るという約束がほしい」

「念を押すにはおよびません。大佐がなさることは、多くの人命を救う。それはおわかりでしょう」

「わかっている。しかし、わたしが危険にさらすことになるのは、自分自身と軍歴だけではない。タリバンも軍の同僚も残忍だ。冷酷無比だ。きみの仲間ですら、わたしたちを助けられないのではないかと、いまだに不安に思っている――いくらだいじょうぶだといわれても」

「では、そういわないようにしましょう。決めるのは大佐です。いま上に行かなかったらどうなるかは、おたがいに知っていることです。そのひとつの結果だけは、予測がつきます」

「そのとおりだ。いつまでもここに座っていられない。われわれの作戦行動を彼らに指図されるわけにはいかない。名誉を剝《は》ぎ取られるわけにはいかない。断じて」

「いいですか、ご家族をアメリカにお連れするという提案は、まだ生きていますよ。そのほうが保護しやすいですから」

ホダイがかぶりをふり、目の縁をこすった。「家族の生活を台無しにしたくない。息子たちはいま高校生だ。家内は昇進したばかりだ。ホテルのとなりの技術センターに勤務している。パキスタンは祖国だ。わたしたちには、ぜったいに捨てられない」

「それなら、祖国をよりよくするために、より安全にするために、力を貸してください」

ホダイが目をあげて、ムーアと向き合い、瞠目《どうもく》した。「きみがわたしの立場なら、どうする?」

「なにもせずにいて、テロリストが勝利を収めるのは望みません。これは大佐の人生でもっとも困難な決断です。それはわかっています。軽く考えることはできない。大佐がこれからやろうとしていることに、わたしは計り知れない敬意を抱いています……それに求められる勇気にも。大佐は正義を望んでおられる。ですから、ええ、わたしが大佐の立場なら、そのドアをあけて、上に行き、わたしの友人たちに会います――そして、ともにパキスタン陸軍の名誉を回復します」

ホダイが目を閉じ、息が浅くなった。「政治家のような口ぶりだね、フレデリックソンさん」

「そうかもしれませんが、自分のいったことを心から信じているという点では、政治家とはちがいます」

ホダイが、淡い笑みを見せた。「軍隊にはいる前には、きみが恵まれた暮らしをしていたように思えてね」

「ちがいますよ」ムーアは一瞬考えた。「覚悟はできましたか、大佐？」

ホダイが目を閉じた。「できたとも」

ふたりは車をおりて、駐車場を横切り、大きな日除《ひよ》けの下の斜路を登り、ホテルのメイン・エントランスに向かった。ムーアは道路や駐車場に目を配り、通りの向かいにならぶ建物の屋根の輪郭まで視線でなぞったが、なにも異状はないようだった。車のボンネットに寄りかかって黙然と煙草《たばこ》を吸っている、タクシー運転手たちのそばを通った。小さな演台とキイが数十本ぶらさがっている壁に造りつけの箱のそばでぶらぶらしていた駐車係に、ふたりはうなずいて見せた。ロビーにはいり、あらたに設置されたばかりの防弾壁を抜けて、爆弾や武器を所持していないことを確認するセキュリティ・チェックポイントを通った。凝った装飾のチェックイン・カウンターまでつづいている、象牙《ぞうげ》色《いろ》の輝く大理石のタイルを踏んでいった。ダークスーツ姿のコンシエルジュが数人、カウンターの奥にいる。白いコットン・スーツを着た顎鬚の男が、左手奥に置かれたベビー・グランドピアノで、甘いメロディを奏《かな》でていた。カウンター前に数人がいて、ビジネスマンだろうと、ムーアは思った。それを除けば、ホテル内は静謐《せいひつ》で居心地がよかった。ムーアはホダイにそっけなく顎をしゃくり、ふたりでエレベーターに向かった。

「子供はいるかね？」エレベーターが来るのをまつあいだに、ホダイがたずねた。

「いいえ」

「いればよかったと思うことは？」

「まったくべつの人生に思えますよ。旅をしていることが多いし。子供を持つべきではないでしょう。どうしてきくんですか？」

「わたしたちがやっていることはすべて、子供たちのために世界をよりよいところにするためだからだ」

「おっしゃるとおりです。そのうち考えます」

ホダイが手をのばし、ムーアの肩に手を置いた。「子供たちになにもかもあたえてはいけない。そうすると、後悔することになる。父親になると、世界はまったくちがうところになる」

ムーアはうなずいた。長い年月のあいだにつきあった数多くの女についてホダイに話すことができれば、どんなにいいだろうと思った。どの結びつきも、すべて海軍とCIAでの仕事人生の犠牲になった。離婚率は事情によりけりだが、SEALの場合は九〇パーセント近いという見かたもある。めったに会えない男と結婚してもいいという女が、いったいどれだけいるというのか？　結婚しても不倫のようになってしまう——ムーアの恋人のひとりは、まさにそうしようと持ちかけた。だれかと結婚して、あなたとの関係もつづけたい。あなたは面白がらせてくれるし、刺激的なセックスもできる。結婚相手にはそれができないが、経済的に支えてくれるし、感情面で慰めになる。夫を最前線に立てて、搦め手《からて》はSEALに護らせる。どちらの世界も精いっぱい利用する。ムーアは、そんなゲームをやるつもりはなかった。それに、不幸なことに、ムーアはコールガールやストリッパーや無分別な酔っ払いの女と、数え切れないほど寝てきた。もっとも、ここ数年の暮らしでは、枕《まくら》をひとつしか使わずにホテルのベッドで眠るようになっている。いい娘さんを見つけて落ち着きなさいと、母親はいまだにせっつく。ムーアは大笑いして、落ち着くというのは無理だという。だから、いい娘さんなんか見つけられない。母親はいう。「すこしわがままい?」おれはわがままだし、孫がほしいのはわかっているけど、時間も神経も仕事にほとんどとられている。いつもいない父親になるよりは、父親にならないほうがましだ、とムーアは答える。

やめなさいと、母親がいったこともあった。ムーアはきっぱりと答えた。母さんにさんざん苦労をかけた末に、この世界でやっと自分に合うところを見つけた。それをやめることはできない。ぜったいに。

ムーアは、こうした思いをすべて、ホダイに打ち明けたかった——たがいに気風が似ている——しかし、ベルが鳴り、エレベーターが来た。ふたりは乗った。ドアが閉まると、ホダイの顔は心なしかいっそう蒼《あお》ざめた。

無言で五階まで乗っていき、ドアがあくと、廊下の突き当たりにある階段の戸口でシルエットとなっている男を、ムーアはすかさず見つけた——ISI（パキスタン軍統合情報局）がよこした諜報員《ちょうほういん》だ。その男が耳にくっつけていた携帯電話を見て、ムーアは自分もポケットに手を入れ、スマートフォンを出そうとした。部屋に電話して、まもなく到着することを伝えようとしたのだ。そこで、それを車に置いてきたことに気づいた。

ドアの前に行くと、ムーアはノックしてからいった。「おれだ」

ドアがさっとあき、ムーアの同僚の女性、レジャイナ・ハリスが顔を見せてホダイをなかに招き入れた。ダグラス・ストーンもいっしょだった。

「スマホを車に忘れてきた」ムーアはいった。「すぐに戻る」

ムーアは廊下をひきかえし、こんどはエレベーター前にもうひとり諜報員がいるのを見つけた。抜け目のない手はずだ――これでISIは五階全体を通る人間を規制できる。エレベーター前の男は汚らしい顔の小男で、茶色の目が大きく、落ち着かないそぶりで電話をかけていた。青いシャツ、茶色のズボン、黒いスニーカーという格好で、目鼻立ちは人間よりも齧歯類《げっしるい》に似ていた。

ムーアの姿を認めると、男は携帯電話をおろし、階段に向けて歩きはじめた。ムーアは一瞬、怪訝《けげん》に思った。数歩進んでから、凍りつき、ホダイがはいっていった部屋のほうをさっと向いた。

爆発が廊下を突き抜け、炎の奔流が湧《わ》き起こった。ムーアは大量の瓦礫《がれき》に行く手をさえぎられ、尻餅《しりもち》をついた。つぎに部屋から煙が噴き出し、濃い雲のようにもくもくと廊下を押し寄せてきた。ムーアは転がって四《よ》つん這《ば》いになり、あえぎながら悪態をついた。目がひりひりと痛み、空気に爆薬の悪臭が充満した。思考が駆けめぐり、ホダイが口にした逡巡《しゅんじゅん》がすべて意識によみがえった。まるでそれらの迷いが、爆発という姿で現われたかのようだった。ホダイと同僚たちの体が引き裂かれる光景を、ムーアは思い浮かべた。その映像が、立ちあがって、いまはだれもいない階段に向かわせる力をムーアにあたえた。

くそ野郎が逃げた階段に。

追跡のおかげで罪悪感を感じているいとまがなかったことは、ムーアにはありがたかった。〝正しいことをやる〟ようにホダイを説得し、自分のチームの警護の手落ちでそのホダイが殺されてしまったという事実を、一秒でも立ちどまって考えたなら、くじけてしまったかもしれない。それに、もしかすると、それがムーアの最大の弱点であるかもしれない。一度、事後報告書《アフター・アクション・レポート》に、「仲間のことを心底から気遣う、きわめて多情多恨な人間」と書かれたことがある。遠いＳＥＡＬ時代のある人物の顔がけっして脳裏を去らないわけを、その言葉がはっきりといい表わしている。ホダイの急死で、ムーアはあの夜のことを思い出さずにはいられなかった。

階段に駆け込んだムーアは、必死で下っている男を見つけた。歯を食いしばり、男のあとを追った。拳銃《けんじゅう》を車に置いてきたために冷や冷やしながら、手摺《てすり》をつかんで一足飛びに三段か四段下った。ホテルを会合の場所に使うことは許可されたが、ホテルの警備部も地元警察も、武器所持については頑として譲らなかった。ホテル内に銃器を持ち込むことは許可できない。その点では交渉の余地がなく、ムーアも同僚たちも、警備にひっかからずに持ち込めるような武器をいくらでも入手できるが、それでなくても危なっかしい関係を危険にさらさないために、要求を尊重することにした。ISIのセキュリティ・チェックポイントをあの男が通ったのだとすると、銃は持っていないはずだと想定するしかなかった。だが、ホテルの部屋は安全だということも、想定されていた。五階の空いている四部屋のうちのひと部屋を選んだ。通りに面していて、客の出入りや車の往来のパターンを監視できる。急な変化は、なにかが起きる予兆だ。その敏感な手順を、早期警戒システムと呼んでいた。爆発物探知犬は用意できなかったので、電子機器がないかどうか、部屋を捜索し、数週間使用したが、なんの問題もなかった。敵が爆発物を室内に持ち込んだというのは、とてつもなく腹立たしく、口惜《くや》しかった。ホダイはセキュリティを通っているし、爆弾を身につけていたとは思えない……セキュリティ・チェックポイントが見せかけだけだったとすると、話はちがってくる。そこにいた警備員がタリバンの手先だったら……。

小男はすさまじい勢いで突き進み、一階に着いて、階段のドアから跳び出した。ムーアは六秒の差をつけられていた。

ふた呼吸遅れて、ムーアはドアから出た。メイン・ロビーのほうへ顔を向けてから、スパ、ジム、広い森の隅にある裏手の駐車場に通じている、右手の廊下のほうを向いた。

その間に、混沌《こんとん》がホテルのあちこちを支配していた。警報が鳴り、警備員がわめき、ホテルのスタッフが駆けずりまわり、爆発の煙が通風システムに吸い込まれて、爆薬の鼻を刺すにおいがひろがっていた。

男が肩ごしにうしろを一瞥《いちべつ》してから、ドアに向けて駆け出した。ムーアはさっと体をまわして、跳ねるように追いかけた。それに気づいたハウスキーパーふたりが、ムーアと男のほうを指差し、甲高い声で警備員を呼んだ。やれやれ。

男が両手を挙げて裏口のドアにぶつかり、勢いよくおしあけて表に姿を消したとき、ムーアはだいぶ距離を詰めていた。三、二、一でひとつ息を吸ってドアを押すと、ひんやりする夜気に包まれ、さきほど車をとめたのとおなじ駐車場に向けて、男が全力で走っているのが目にはいった。森が向こうにあるので、格好の逃げ道だが、途中でムーアの車のそばを通る——車内には拳銃がある。

ムーアの怒りが、ようやく筋肉に届いた。あいつは逃さない。それはもはや決断でも目標でもなく、厳然たる事実だった。すでに捕らえた瞬間を思い描いていた。あとはいつそうなるかだけだった。案の定、獲物にはムーアほどの耐久力はなく、疲労物質が限界値を超えると、足が鈍りはじめた。だが、ムーアにはまだ余力がだいぶ残っていた……狼《おおかみ》のように一直線にうしろから追いすがり、男の左脚をローキックした。男が悲鳴をあげて、舗装された駐車場のすぐ手前の芝生に激しい勢いで倒れた。

ムエタイの技術について、古い格言がある。「蹴《け》りはパンチに負け、パンチは膝《ひざ》蹴りに負け、膝蹴りは肘《ひじ》打ちに負け、肘打ちは蹴りに負ける」

まあ、こいつは蹴りで完全に降参した。ムーアは男の両手首をつかみ、背中にまたがって押さえつけた。

「動くな。もう逃げられないぞ！」ムーアは、カラチでもっとも通用するウルドゥー語でいった。

押さえつけられている男があらがい、首を持ちあげた。そのとき、目が鋭くなり、口をあけて——なんだ？　恐怖か？　ショックか？

どこかうしろのほうで、雷鳴が轟《とどろ》いた。聞きおぼえのある雷鳴。よく知っている音……。

それとほとんど同時に、男の頭が破裂し、ムーアに血が降り注いだ。ムーアはとっさに反応した。考えもせず、筋肉の記憶、自衛の本能で、男の体から離れ、横に転がった。

あえぎ、転がりつづけても、自分の体を完全に制御していた。SEALでの強化訓練《エヴォリューション》はけっして消えず、体が憶《おぼ》えていて、対応し、反応していた。

銃がさらに二度、轟音《ごうおん》を発し、ムーアの胴体から二〇センチと離れていない地面に弾丸が突き刺さった。ムーアは四つん這いになってから、わずか一〇メートルの距離にある車に向けて突進した。あの銃はロシア製のドラグノフ狙撃《スナイパー》ライフルだ。ムーアには確信があった。撃ったこともあるし、撃つのを見たこともある。それを使うやつに狙《ねら》われたこともある。有効射程は八〇〇メートル、射手が腕がよく、望遠照準器《スコープ》を利用すれば、それが一三〇〇メートルに延びる。角ばった弾倉には十発装弾できるから、まだしばらくは射撃をつづけられる。

つぎの一発が、運転席側のドアに穴をあけたとき、ムーアはポケットに手を入れて、キイのボタンを押し、電子音が聞こえてドアのロックが解除された。狙撃手《スナイパー》の射界に出ないようにして、車のまわりを移動し、助手席側のドアをあけた。

こんどの一発はフロントウィンドウを砕いた。グローブボックスから、グロック30を取り出す。四五口径のセミ・オートマティック・ピストルの側面に、〝AUSTRIA〟という字が刻まれている。ドアをまわったムーアは、林のきわと向こうのホテルに視線を走らせた。見つけた。ホテルに隣接した二階建ての技術センターの屋根で、身をかがめている。

スナイパーは、黒いウールの帽子をかぶっていたが、顔ははっきりと見えた。黒い顎鬚《あごひげ》を生やしている。目と目が離れ、鼻が低くて幅が広い。ムーアはひそかに、大きな弾倉とスコープ付きのドラグノフ・スナイパー・ライフルを、自分も肩当てしている心地を味わった。スナイパーは片方の肘を屋根の縁に突いてバランスをとり、ライフルを高く構えていた。

ムーアが発見すると同時に、スナイパーもムーアを見て、たてつづけに三発を放ち、ドアに命中させた。ムーアはいち早く車体をまわって、運転席側へ行った。

だが、その三発目の銃声が響いた刹那《せつな》、ムーアはぱっと立ち、右手に持った拳銃を左手で包み込むようにして応射した。約四〇メートル離れた高みにいるスナイパーから、一〇センチほどのところで、四五口径弾数発がコンクリートを穿《うが》った。拳銃で精確な射撃ができる距離ではないとわかっていたが、スナイパーに弾道学のおさらいをしている時間はないはずだ。首をひっこめて、どこに飛んでくるかわからない弾丸をよけるしかない。

ホテルの警備員四人が、早くも駐車場へ駆け出してきた。ムーアは指差しながら、叫んだ。「やつはあの上だ。伏せろ!」

ひとりがムーアのほうに走ってきて、あとの三人が駐車している車の蔭《かげ》に逃げ込んだ。

「動くな!」警備員が命じた――と、スナイパーがその頭を撃った。

もうひとりが、無線機にどなりはじめた。

ムーアがとなりのビルに視線を戻すと、左端にいたスナイパーが点検用梯子《ばしご》で下の敷地におりてゆくのが見えた。蜘蛛《くも》が巣から逃げるように、するすると滑りおりている。

ムーアは駆け出した。小径《こみち》がでこぼこになり、芝生が砂利に変わり、やがて舗装面に戻った。技術センターとその裏手に建ちならぶ小さな平屋の事務所のあいだに、狭い横丁があり、北西のアガ・カーン・ロードに通じていた。ホテルの厨房《ちゅうぼう》の換気扇がそちらに風を送っているために、豚の角煮のにおいが横丁を流れ、食べ物のことなど考えてもいないのに、ムーアは腹が鳴った。

速度を落とすことなく、グロックを突き出したまま、ムーアは左に折れた。あそこだ。二〇メートルと離れていないところで、トヨタ・ハイエースが、エンジンをかけたままとまり、後部の左右それぞれのサイドウィンドウから、銃を持った男がひとりずつ身を乗り出していた。

スナイパーは、走り出したハイエースに向けて走り、助手席に跳び乗った。後部の男たちが、ムーアにライフルを向けた。ムーアが二秒あまりかけて狭い戸口の窪《くぼ》みに身を躍らせたとき、頭上の煉瓦《れんが》が自動火器の弾丸で砕けた。二度覗《のぞ》いてナンバーを読もうとしたが、射撃は熾烈《しれつ》で、撃つのをやめたときには、ハイエースは幹線道路に出て、走り去っていた。

ムーアは、車に駆け戻り、スマートフォンをつかんで、ふるえる手で電話をかけようとした。そこでやめて、車に寄りかかっていると、警備員が押し寄せてきて、警備責任者が語気鋭く質問した。

ハイエースのことを報《しら》せなければならない。捜索のヘリコプターを出してもらおう。

一部始終を伝える必要がある。

三人とも死んだ。

だが、息をするほかに、なにもできなかった。

三時間後

パキスタン、イスラマバード
サイドプール・ヴィレッジ

イスラマバードを一望にできるマルガラ丘陵にこぢんまりとおさまっているサイドプール・ヴィレッジの展望台からは、街一帯の絵のように美しい景色を見ることができる。ガイドがパキスタンの〝心の奥底《ソウル》〟と呼ぶものを求めて、観光客がそこを続々と訪れる。サイドプールへ行けば、それが見つけられると、ガイドはいう。

だが、イスラマバードの街にソウルがあるとするなら、それはかなり険悪になっていた。いまもマリオット・ホテルからは煙が漂い昇って、星でいっぱいの空を何本もの線で切り分けている。ムーアは隠れ家のバルコニーに立ち、また悪態をつぶやいた。

爆発が起きたのは、会合に使った部屋ではなく、右と左の隣室だった。また、関係者が現場に近づく前に、ビルのその部分の屋根は崩れ落ちた。

現場を確保するために呼ばれた工作員三人と、特殊鑑識チームと、犯罪現場の専門家ふたりの手を借りて、ムーアはホテルの警備部、地元警察、ISIの五人から成るチームと共同で作業を進めるいっぽうで、AP通信のレポーターたちに偽《にせ》情報をたえず流していた。ニュースがCNNのような川下の報道機関に伝わるころには、タリバンの爆弾がホテルで爆発し、同盟関係にあるスンニ派の過激派テロ組織シパヘサハバ（SSP）のメンバー数人がシーア派に殺されたことに対する復讐《ふくしゅう》だと、タリバンが犯行声明を出した――というように報じられていた。パキスタン陸軍大佐ひとりが、うかつにも爆発に巻き込まれた。だれもが知っているタリバンという組織名を出し、それに漠然とした状況を組み合わせれば、記事はいっそう錯綜《さくそう》してゆくはずだと、ムーアは確信していた。ホテルの部屋にいて遭難した同僚たちは、アメリカ人でCIAに所属していることを示すようなものは、なにも所持していなかった。

ムーアはバルコニーから顔をそむけ、頭のなかの声に向き合った。「家族の生活を台無しにしたくない。息子たちはいま高校生だ。家内は昇進したばかりだ。ホテルのとなりの技術センターに勤務している。パキスタンは祖国だ。わたしたちには、ぜったいに捨てられない」

石の欄干をつかみ、身を乗り出して、息ができなくなり、吐いた。額を片腕で支えて立ち、ぜんぶ吐いてしまい、吐き気が去るのを待った。そうはいっても、爆弾がすべてをよみがえらせてしまった。何年もかけて記憶を封じ込め、何度あったかわからない眠れぬ夜にそれと格闘し、楽な方法をとって酒で心痛をまぎらせばいいという衝動と闘ってきた……そしてここ数年は、勝利を収めたと思いたい心境になっていた。

そこにこれが起きた。同僚の工作員とはほんの数週間前に会っただけで、仕事上の結びつきだけしかなかった。たしかに彼らを失ったのはつらかったが、ムーアが心を痛めていたのは、爆弾に引き裂かれたホダイ大佐のことだった……大佐のことを詳しく知るようになっていたから、大佐を失ったのは大きな痛手だった。叔父の死を、カヤニはどう受けとめるだろう？　会えば双方に役立つと、カヤニは考えていたが、そうすればホダイが危険を冒すことになるのも知っていたはずだ。叔父が殺されたとは、思いたくないにちがいない。

ムーアは、ホダイと家族を護《まも》ると約束した。あらゆる面で、その約束を果たすのに失敗した。一時間前に警察がホダイの家へ行くと、夫人と息子たちは刺し殺され、三人を警護していた工作員の姿がなかった。タリバンが人脈を張り巡らし、イスラマバードの脈動に徹底して通じているため、ムーアと部下たちは、はかばかしい活動ができなかった。いまは悲観しているから、よけいにそう思うのだが、タリバンは見廻り《スポッター》を至るところに配していて、どれほど溶け込もうとしても――顎鬚を生やし、現地の服装をして、現地の言葉をしゃべっても――こちらが何者でどういう目的を持っているかを察知する。

口を拭《ぬぐ》うと、ムーアは背すじをのばして、街に視線を戻した。まだ流れている煙や、地平線の彼方《かなた》まできらきら光っている明かりを見た。生唾《なまつば》を呑《の》み、勇気を奮い起こして、ささやいた。「すまなかった」

数時間後、ムーアは、CIA国家秘密活動局《ナショナル・クランデスティン・サーヴィス》（NCS）副局長グレグ・オハラと、テレビ電話で話をしていた。オハラは五十七、八の健康そのものの男で、赤毛には白髪が混じり、鋭い青い目の凝視が、眼鏡のレンズで拡大されていた。金色のネクタイがことに好きで、百本は持っているにちがいない。ムーアは一部始終を要約して報告し、明朝、もう一度話をすることになった。べつのチームが調査を終えて、結果を整理したら、ムーアの直属の上司である特別活動部《スペシャル・アクティヴィティーズ・ディヴィジョン》（SAD）部長も電話にくわわる予定だった。

現地の情報提供者のひとり――アフガニスタンとパキスタンで二年間活動したあとで、ムーアがみずから雇った諜報員《ちょうほういん》のイスラル・ラナが、隠れ家に来ていた。ラナは二十代半ばの大学生で、鋭いウィット、小鳥のような顔立ち、クリケットへの情熱を兼ね備えていた。ユーモアのセンスと、少年のような魅力のおかげで、じつにすばらしい量の情報をＣＩＡ《エージェンシー》にもたらしている。しかも、その出自により——彼の一族は二十世紀に偉大な軍人や抜け目のないビジネスマンが輩出したことで知られている——ほとんど完璧《かんぺき》な諜報員だといえる。

ムーアはソファにどさりと座り、ラナはそのそばに立っていた。「来てくれてありがとう」

「平気さ、マネー」

ラナがムーアにつけた綽名《あだな》だった——それもそのはずだ。ラナはその仕事に対して、たんまり報酬をもらっている。

「どこから情報がリークしたかを知る必要がある。はなからばれていたのか？　陸軍か、タリバンか、それとも両方か？」

ラナが首をふり、しかめ面《つら》をした。「なにかつかむために手を尽くすよ。でも、いまは飲み物をこしらえよう。眠れるようなものを」

ムーアは、手でそれを斥《しりぞ》けた。「なにを飲んでも眠れない」

ラナがうなずいた。「電話をかける。コンピュータを使いたいんだけど」

「あっちにある」

ムーアは寝室にひっこみ、一時間とたたないうちに、自分の考えがまちがっていたことに気づいた。疲れが出て、うとうとと眠っては、黒い波に容赦なく持ちあげられ、やがてヘリコプターのローターの連打音にも似た自分の鼓動のせいで、冷や汗にまみれてはっと起きあがった。部屋を見まわして、溜息《ためいき》をつき、がっくりと枕《まくら》に頭をあずけた。

三十分後、ムーアは車に乗り、現場にひきかえした。ひどく破壊されたホテルを見やってから、となりの技術センターに視線を移した。技術センターの警備員を見つけ、地元警察の警官ふたりをともなって、ビル内に入れてもらった。一度調べた屋根にあがった。前に来たときには、指紋を調べるためにスナイパーの残していった空薬莢《からやっきょう》を拾い集めた。

まるで天啓がひらめくように、直観的に真実に気づいた。意識が晦明《かいめい》を行き来しているあいだに、ふと頭に浮かんだのだ。敵がどうやって部屋に爆薬を仕掛けたのかという問題が、頭を悩ませつづけていたが、ようやくローテクの解答が打ち立てられた。あとはその証拠を見つければいいだけだった。

ムーアは屋根の縁に沿って歩き、埃《ほこり》がこびりついたコンクリートや鋼鉄を、懐中電灯の光でなでるようにゆっくりと照らしてゆき……やがて見つけた。

SADは、CIAにおけるNCSの下部組織で、上層部が否認権を行使するような秘密作戦を外国で実行するために各軍から集められた軍補助工作員《パラミリタリー・オフィサー》から成っている。陸上・海上・空の三課がある。ムーアはもともと、たいがいの海軍SEALとおなじように、海上課向けに徴募されたが、陸上課に貸し出され、イラクとアフガニスタンで数年間活動した。タリバン幹部をターゲットにプレデター無人機からヘルファイア・ミサイルを発射する作戦をそこで多数手がけ、ほかにもさまざまな諜報活動を行なって、すばらしい成果を挙げた。陸上課に移されるのを渋ったことはなく、特定の海上作戦で必要とされれば、どのみち呼ばれるはずだとわかっていた。作戦の線引きは、現場の工作員ではなく、事務方の幹部がやることだ。

SADの部員は、工作員、パイロット、その他の専門家も含めて二百人足らずで、六人かもっと少人数のチームで海外派遣される。SAD工作員が単独で〝非合法〟その他の秘密作戦を実行し、〝調教師《ハンドラー》〟と〝工作担当官《ケース・オフィサー》〟もしくはその片方が、たいがい危険の及ばない場所にいてそれを支援するという例も多い。SAD工作員は、破壊工作、対テロ活動、人質救出、爆撃効果判定（BDA）、誘拐、人員および資材の揚収について、高度の訓練を受ける。

ＳＡＤは、第二次世界大戦中に統合参謀本部に設置されてフランクリン・Ｄ・ルーズヴェルト大統領に直属していたＯＳＳ（戦略情報事務局）の流れを汲《く》んでいる。ＯＳＳは、軍に統制されず、独立して活動した――当時としては異例で、強い疑いの目を向けられた。マッカーサーは、自分の担当戦域でＯＳＳ工作員が活動することをひどく渋ったといわれている。やがて、ＯＳＳが戦後に解隊されると、一九四七年の国家安全保障法のもとでＣＩＡが創設された。アメリカ合衆国と結び付けられることが望ましくないような任務は、ＣＩＡの軍補助工作部門であるＳＡＤ――ＯＳＳの直系の子孫――が引き受けた。

ＳＡＤ部長デイヴィッド・スレイターは、鋼鉄のあぎとを持つ黒人で、二十年の軍歴を有する元威力偵察海兵《フォース・リーコン・マリーンズ》だった。オハラ副局長とのテレビ会議に、スレイターもくわわっていた。サイドプール・ヴィレッジにある隠れ家のキッチンで座っているムーアを、タブレット型コンピュータの画面から、ふたりが見つめていた。

「きのうは会議を組めなくてすまなかった。ＣＯＮＵＳ（米本土）に戻る機中だった」

「問題ありませんよ。会議に参加してくださって、ありがとうございます」

オハラが、ムーアにおはよう《グッド・モーニング》といった。

「お言葉ですが、なにもいい《グッド》ことなんかありませんよ」

「気持ちはわかる」オハラがいった。「優秀な人間と何年分もの情報を失った」

ムーアは顔をゆがめ、一瞬黙った。「これまでにわかったことは？」

「ハリスとストーンの遺体は、瓦礫《がれき》から回収された。遺体の一部といったほうがいいが。ホダイの家にいたギャラハーは、依然として行方不明だ。肩に埋め込んだ発信機の電波が探知できないことからして、地下室か深い洞窟《どうくつ》に連れ込まれたにちがいない。きみが追った犯人は、かなり練度が高いようだが、やはり下《した》っ端《ぱ》だろう」

ムーアは、嫌悪《けんお》もあらわに首をふった。「ホダイの体に仕掛けがあったと思っているんですね？」

「ありうるな」スレイターがいった。

「わたしもそう考えました。ロビーのセキュリティ・チェックポイントが偽物で、敵が制御していたと。体になにか仕掛けがあっても、X線で探知されないように。そうすれば、ブザーが鳴らずに、ホダイは通れる。あるいは、アメリカ人を爆弾で吹っ飛ばさなかったら家族を殺すと、ホダイを脅迫していたのかもしれない、と。そして、どのみち家族を殺した」

「よくできた推論だ」オハラがいった。

ムーアは、ふんと鼻を鳴らした。「しかし、じっさいに起きたことは、そうじゃなかった」

「なにをつかんだ？」スレイターがきいた。

「ホテルのセキュリティは、おおむね厳重です。ハウスキーパーを使い、隣室に爆弾を持ち込んだのだと思います」

「先走りするなよ」スレイターがいった。「そもそもホテルにどうやって爆弾を持ち込んだ？　正面から運び入れたわけじゃないだろう」

ムーアは答えた。「となりのビルに持ち込んだんですよ。スナイパーがいた技術センターです。警備もゆるいし、賄賂《わいろ》も使える。その爆弾を、技術センターの屋根からホテルの屋根に、ロープと滑車で運んだ」

「かついでいるんじゃないだろうな」オハラがいった。

「まさか。技術センターの屋根に登って、ロープを結んだ場所を見つけました。それからマリオット・ホテルへ行くと、屋根の縁におなじ形跡があった。画像をすぐに送ります」

オハラの声が、腹立ちのあまり低くなった。「馬鹿《ばか》ばかしいくらい単純だな」

「それがわれわれにとっては、盲点かもしれませんね。われわれが複雑なことに目を向けていると、この連中は棒切れや石を使う。無茶をしようと思えば、道の向かいから爆弾を投げてもいいわけですよ……」ムーアはそこでまた首をふった。

「それで、問題の部屋の両隣の部屋は、ホテルには来なかった人間の名義で借りられていたんだな」オハラがいった。

「そうです。ホテル内部の協力者が、宿泊者名簿ではだれかが泊まっているように見せかけながら、空室にしていたんです。地元警察は、宿泊情報を入力したフロント係を挙げるべきでしょう。ラナに、ひとを使って情報を集めさせるよう指示しました」

「それは結構だが」オハラが答えた。「現時点では、きみをそこから離脱させたいと考えている」

ムーアは息を吸い、目を閉じた。「わたしがなにもかも台無しにしたと考えているのは、わかっています……警備が杜撰《ずさん》だったと。でも、なにひとつ不審はなかったんです。あらゆることを確認しました。文字どおりなにもかも。それで……最後までやらせてください」死んだひとびとのために、自分のために、これをやる必要があるのだと伝えたかったが、そういう言葉は口から出てこなかった。

「きみを帰国させる必要があるんだ」

ムーアは、ぱっと目をあけた。「帰国？　アメリカにですか？」

スレイターが、口を挟んだ。「きのうの午後、ホダイの大隊の将校数人がある人物といっしょにいるところを撮影された。その人物は、ファレス・カルテルの中堅幹部だとわかっているティト・リャマスだと識別された。ほかに身許《みもと》不詳のふたりがいて、おそらくタリバンだと思われる。あとでその写真を見てもらう」

「つまり、パキスタン陸軍の腐敗した将校たちが、メキシコのカルテルの人間やタリバンと会っていた」ムーアはいった。「邪悪きわまりない三位一体《さんみいったい》だ」

スレイターがうなずいた。「マックス、きみは中東の重要関係者《プレイヤー》に詳しい。われわれにはその専門知識が必要なんだ。きみに、いまわれわれがまとめかけている新設の統合タスク・フォースの現場指揮をとってもらいたい」

ムーアが困惑して眉根《まゆね》を寄せた。「昇進みたいなものですか――こんなことがあったのに？　わたしはこの三週間、零勝三敗ですよ……」

「これはだいぶ前から話し合っていたことなんだ。それに、きみの名前は、つねにリストのトップに挙げられていた。それはなにひとつ変わらない」と、スレイターが答えた。

だが、ムーアは首をふるばかりだった。「廊下にいたふたり……五階への出入りを規制しているISIの人間だとばかり思った。爆弾が爆発するのを確認する係だったのに……」

「そのとおりだ」オハラがいった。

オハラが、カメラのほうに顔を近づけた。「メキシコの麻薬カルテルが、アフガニスタンやパキスタンの密輸業者とどれほど理《わり》ない仲になっているかを、知る必要がある。慰めになるかどうかわからないが、きみはおなじ事件に携わることになるんだよ――角度がちがうだけで」

ムーアは、それを理解するのに、一瞬の間を要した。「メキシコ人とは、仲買人や顧客だというだけではなく、ほかにもかかわりがあるわけですか?」

オハラが、椅子《いす》に背中を預けた。「それが肝心な問題じゃないかね?」

スレイターが咳払《せきばら》いをして、メモをたしかめた。「タリバンとメキシコ人のあいだの結びつきが、たんに阿片《あへん》市場の拡大なのか、それとも、あらたな作戦拠点を開発し、アメリカ国内への浸透を容易にするために、なんらかの厄介な問題を助長しようとしているのかを調べるのが、きみの主な仕事になる」

「統合タスク・フォースといいましたね。ほかにどういう組織が関係しているんですか?」

スレイターが、にやりと笑った。「アルファベット二十六文字すべてだよ。CIA、FBI、ATF（アルコール・煙草《たばこ》・火器・爆発物局）、CBP（税関・国境警備局）、もっと小規模な地方部局が半ダースばかり支援する」

ふたりが求めていることの膨大さを思い、ムーアは身ぶるいした。「副局長、部長、ご提案に感謝します」

「提案じゃない」オハラが指摘した。

「わかっています。でも、ホダイ殺害犯の追跡捜査と、ギャラハーについての情報収集に、二日だけもらえませんか。それだけお願いします」

「べつのチームをすでに出発させた」スレイターがいった。

「それは結構です。でも、一度だけチャンスをください」

オハラが、顔をしかめた。「われわれはみんなしくじったんだ。きみだけじゃなく」

「やつらは大佐とその家族を殺した。大佐はいい男でした。正しいことをやろうとしていた。われわれは大佐と甥《おい》のカヤニに、それぐらいのことをするだけの借りがあります。そのまま立ち去ることはできない」

オハラが難しい顔で考えてから、両眉をあげた。「二日だけだ」

2　動静

コロンビア、ボゴタの北西のジャングル
位置不明

ファン・ラモン・バジェステロスは、歯を食いしばって悪態を漏らし、ふくれたビール腹の上から手をのばして、カーゴ・ショートパンツのポケットに収まっている携帯電話を出そうとした。袖《そで》なしの白いTシャツは、すでに汗でぐっしょり濡《ぬ》れていたし、火をつけずにくわえている〈コイーバ・ベイケ〉の葉巻も湿気《しけ》ていた。厳しい猛暑がずっとつづき、空気がじとじととして、まるで生暖かいパンのなかを歩いているみたいだった。

バジェステロスは、まだ四十にもなっていなかったが、地位にともなう重荷のせいで、目のまわりには深く皺《しわ》が刻まれ、顎鬚《あごひげ》も癖のある髪の毛も砲金《ガンメタル》色に変わり、腰が曲がって、山刀《マチェーテ》で一撃されるような慢性的な背中の痛みに悩まされていた。

だが、目下の心配事のなかでは、体の不具合は脇《わき》に追いやられていた。頭を銃で撃たれた若者四人が、完全にバジェステロスの注意を奪っていた。

四人の死体は、夜通しジャングルの地面に横たわっていて、血の気の失《う》せた体が露の輝きを帯びていた。蠅《はえ》がうなり、頰や瞼《まぶた》にとまり、あいた口に飛び込んでいた。死後硬直がすでにはじまっていたし、失禁していた。すさまじい悪臭に、バジェステロスは顔をそむけてあえぎ、あがってきた胆汁を飲み下した。

バジェステロスのチームは、ハイテクでもなく衛生的でもない移動コカイン工場を設置するために、ジャングルに分け入っていた。手作りのテント数張りで、地面に山積みにしたコカの葉を覆《おお》い、乾燥させる。ひと張りのテントは製造に使われ、ガソリン、硫酸など、ペースト一トン以上を一週間で製造するのに必要な薬品類をそこで保管する。バジェステロスは、何年も前から有力なバイヤーにこうしたキャンプを見学してもらい、製品《ブツ》を作るための厳密な作業といくつもの段階からなる工程を見せてきた。

どのコカ栽培者も、それぞれ若干異なる製法を用いる。バジェステロスの配下は、わずか一キロのペーストを製造するのに、コカの葉一トンを必要とする。見学のときには、その十分の一をどうやって作るかを実演してみせる。配下が草刈り機を始動して、一〇〇キロの葉を細かく砕き、そこに塩一六キロと石灰八キロをくわえる。それらを躍起になって踏み、黒い泥のようになると、大きなドラム缶に流し込む。ガソリン二〇リットルが注ぎ込まれ、その原料は四時間寝かされる。

つぎに、醸成が進んでいるべつのドラム缶で作業を進める。この液体は、茎や葉を取り除くために、バケツに移される。この段階の貴重な製品は、コカの葉から濾《こ》し出された薬物成分で、それがガソリンに浮かんでいる。

そこへ水八リットル、硫酸小さじ八杯がくわえられ、この新しい混合物をプランジャで二分ほど混ぜてから、液体をべつの容器に移し、沈殿物を底に残す。沈殿物に過マンガン酸ナトリウムをくわえ、それをひたす量の苛性《かせい》ソーダを入れる。液体は乳白色になり、底でペーストが固まる。残った液体はボロ切れで濾し、ペーストは薄茶色に変わるまで天日で乾燥させる。

バジェステロスが製造した一キロの価格は、約千ドル。その一キロを処理してコカインの粉末に変え、メキシコに輸送すると、価格は一キロ一万ドルに跳ねあがる。それがアメリカに持ち込まれたなら、ストリート・ギャングに一キロ三万ドルかそれ以上で売られる。ストリート・ギャングは、さまざまな中毒性薬物を混ぜて純度を下げ、利益をあげようとする。ストリート・ギャングは製品《ブツ》をグラム単位で売り、一キロ当たりの末端価格は十七万五千ドルかそれ以上になることもある。

皮肉にも、バイヤーがきいたことがあった。「どうしてこういうことをやる？」ロサンゼルスのティーンエイジャーが、あんたの製造したものをやり過ぎて死ぬことがあるのが、わかっているのか？　世界中の家族を崩壊させ、命を奪っていることが、わかっているのか？

バジェステロスは、そんなことは考えもしなかったし、自分はコーヒー栽培の大農園を経営していた一族に先祖がえりした農民だと自負していた。ボゴタで成長し、アメリカのフロリダの大学へ行き、経営学の学位を得て、有機栽培のバナナ農園をやろうとしたが、もののみごとに失敗した。バナナ事業の友人たちが、麻薬密売業者を紹介してくれた。その後は、だれにでも察しがつくというものだった。バジェステロスにしてみれば、生きるか死ぬかの問題だった。二十年もの長きにわたり、麻薬を製造し、密売して、リスクの大きい職業の利益をたっぷりと懐《ふところ》に入れた。家族はボゴタの北郊外の高級住宅地でヨーロッパ風の白い邸宅に住み、息子ふたりはハイスクールの成績もいいし、妻は夫ともっといっしょに過ごしたいということのほかには、なんの不足もない。バジェステロスは、週日は〝ビジネス〟で家を離れているが、家族の集まり、教会、息子たちとのサッカーの試合に出るために、週末には帰る。じつは工場から二五〇メートルのところにあるジャングルの家に住み、これまでのところ、コロンビアの准《じゅん》軍事組織コロンビア革命軍（ＦＡＲＣ）とはいたって良好な関係で、製品の卸売りや輸出を手伝ってもらっている。配下がＦＡＲＣに殺されたのでなければいいが、とバジェステロスは思った。ディオスというＦＡＲＣの大佐と、価格のことで単純な意見の食いちがいがあり、多少の緊張が生まれている。それがいま、配下四人は、減音器《サプレッサー》付きの銃で、眠っているあいだに処刑されていた。

バジェステロスは、メキシコにいる仲介人《コンタクト》のダンテ・コラレスに、短縮ダイヤルで電話をかけ、まだ若い相手が出るのを待った。

「あんたが電話してくるのは、問題があるときだけだ」コラレスがいった。「また問題じゃねえだろうな」

「ディオス」とだけ、バジェステロスはいった。

「わかった。もうおれをわずらわせねえように気をつけろ」

「待て。ディオスだという確信はないが、たぶん……」

コラレスはもう電話を切っていた。

バジェステロスは、コラレスには二年前に一度会ったきりだった。操業のやりかたを調べ、警備部隊や労働者を貸して、生産量を増やすために、ファレス・カルテルの手先が何人か来たときのことだ。コラレスは傲慢《ごうまん》な若者だった。歴史に無知で、先人への敬意の念などまったくない、新種の麻薬密売人だ。こういう若い殺し屋《シカリオ》は、金儲《かねもう》けよりも、権力や外見や恫喝《どうかつ》のほうに興味がある。自分はハリウッド映画の登場人物だという空想を抱き、アル・パチーノを気取っている。バジェステロスは、そういう連中はあまり使いたくなかったが、政府が麻薬製造の取締りを強化したため、やむなく助力を仰いだ。そして、いまではカルテルが最大のバイヤーになっている。

一週間前に、コラレスとおなじような緊張した電話でのやりとりがあり、カルテルのボス本人がじきにコロンビアに来るので、つぎの輸送が遅れるようなことがあってはならないといわれていた。バジェステロスは悪態をつき、家に戻って、死体を回収するために部下ふたりを工場に行かせた。

平らな荷台に厚い防水布をかけたおんぼろトラックが四台、家の前にとまって、新手のチームが、バナナとコカインを詰め込んだバナナの箱をトラックに積み込んだ。バジェステロスは、部下が殺されたことへの怒りと不快感を隠そうとしながら、急げと配下にどなった。船はもうブエナベンチュラの桟橋に着いている。

トラック隊は、穴ぼこだらけの道路を走り、暑い運転台に乗っているものは、シートで激しく揺さぶられた。エアコンが効くトラックは一台もないが、そのほうがいい。バジェステロスは、配下をくつろげるような環境で働かせたくはなかった。つねに警戒を怠ってはならない。バジェステロス自身も、通る道を行き交う車や歩行者を仔細《しさい》に観察していた。

　今回の荷物が七トンと大量であることと、殺人者に操業を邪魔されたことから、またもや襲撃を受けるのではないかとバジェステロスは警戒し、二度目か三度目の積み替え地点まで荷物に付き添うことにしたのだ。

　バジェステロスとその配下のトラック隊が到着したとき、排水量九五トンのヒューストンのエビ漁船から、乗組員がわらわらと桟橋に出てきた。ガソリン・エンジンのフォークリフトと、船のネット付きデリックブームを使い、バナナの箱を積んだパレットが、桟橋からエビ漁船の船艙《せんそう》にすみやかに積み込まれた。

　さほど離れていない桟橋の突端あたりに、ＦＡＲＣの兵士がふたり立ち、積み込みを監視していた。ひとりがバジェステロスにうなずいてみせた。バジェステロスが急いで舷梯《げんてい》を登ったので、乗組員たちはびっくりした。そうだ、とバジェステロスがいった。おれもいっしょに行く。どこまで行く？　まあいいだろう。

エビ漁船は、二五〇海里ほど西へ進み、目を瞠《みは》るような岩場と崖《がけ》の奇観が見られるマルペロという小島に近づいた。そこに日暮れまでいて、ぬめぬめと光る鮫《さめ》の群れに追いかけられながら、通常の〝エビ漁〟をやる。バジェステロスは、日中ずっと黙り込んでいた。殺された部下たちの姿が、脳裏を離れなかった。

ようやく、左舷前方で黒い影が、鯨かホホジロザメのように海面を膨らませた。その影が近づくと、甲板の乗組員たちがどなり合い、索《ロープ》を準備する作業に取りかかった。影が水中から昇ってきて、ブルー、グレー、黒のまだら模様をこしらえる。やがて海水がその側面をなだれ落ち、影がついに水面を割った……。

潜水艇。

潜水艇がするすると横付けすると、バジェステロスは水密戸《ハッチ》の奥に出てきた艇長に向かって叫んだ。「今回は、おれがいっしょに乗っていく！」

その潜水艇はディーゼル・エレクトリック推進で、全長三一メートル、甲板から天井までの高さは三メートル近くある。グラスファイバー製で、スクリューは二軸、コカイン一〇トンを積んでいても、水中速力は時速二〇キロメートルを超える。展望塔《コニング・タワー》は三メートルの高さで、潜望鏡を備え、深度二〇メートル近くまで潜航できる。すばらしい機械工学の偉業で、麻薬事業の指導者たちの創造力と粘り強さの証《あかし》でもある。この潜水艇は、むろんファレス・カルテルが所有している。コロンビアのジャングルの三重の林冠で巧妙に隠匿《いんとく》した乾ドックで建造するのに、四百万ドル以上を要した。

配備する前に二隻《せき》が軍に発見されて押収《おうしゅう》されたが、カルテルは莫大《ばくだい》な金を使って建造を秘し、四隻が順繰りに使用されている。これはそのうちの一隻だった。

速力の遅い漁船や帆船を使った時代のことを、バジェステロスは思い起こした。無茶をやる気になったときには、シガー・ボート（訳注 細長い形の高速モーターボート）も使われた。だが、現在は積載能力と隠密性《ステルス》の両面で、大幅に進歩した。かつての半潜航艇は空から発見されるおそれがあったが、潜水艇ならその気遣いはない。バジェステロスは、手を借りて潜水艇の甲板に乗り移り、潜水艇の乗組員と入れ替わった。潜水艇はメキシコ沿岸の一〇〇海里沖で、べつの漁船と会合《ランデヴー》し、積荷を移して、コロンビアに戻る。荷物の到着を確認するまで、とうてい眠れない。バジェステロスは艇内におりて、狭いがエアコンの効いた区画にはいった。甲板では、部下たちが積み替えをはじめていた。

二日後

テキサス州ブルースター郡
メキシコとの国境付近

国境警備隊《ボーダー・パトロール》のスーザン・サリナス捜査官は、山並みが曲線を描いている地平線までひらけている砂漠から見えないように、狭い溝の脇にSUV（レクリエーション・スポーツ用多目的車）をとめていた。二時間前に日が沈み、スーザンと同僚のリチャード・オースティンは、腹這《はらば》いになって国境を暗視ゴーグルで監視していた。砂漠はいま、ちらちらと光るグリーンの波動の流れのように見えている。地元の牧場主から、トラックが谷を越えて自分の土地に向かっているのを見たという情報を得ていた。そのトラックは、CBP（税関・国境警備局）が設置した遠隔電子感知装置《センサー》にひっかかった。

「またガキどもが四輪バギーで遊んでいたんじゃないのか」オースティンが、大きな溜息《ためいき》をつきながらいった。オースティンが右手を監視し、スーザンは南東を受け持っていた。

「いいえ、今夜は大当たりになると思う」スーザンは、ゆっくりといった。

「どうしてそういえるんだ？」

「いまそいつを見ているからよ」

ぼろぼろのフォードＦ－１５０ピックアップのうしろで、薄い土煙が渦巻いていた。荷台にはバナナの箱が高く積まれ、破れた帆布で一部を覆って、バンジー・コードで固定してある。たしかに、密売業者がブルースター郡の険しい山地を通って製品《ブツ》を運んだためしはないし、ブツを積んでいるにしては偽装がお粗末だ。粗雑なのか、それとも面《つら》の皮が厚くて平気なのか。ズームすると、運転台《キャブ》のベンチシートに三人が窮屈に座り、そのうしろにも動きが見えた。六人ほど乗っていそうだ。

スーザンは、気を静めようとした。ＣＢＰに勤務して三年になり、違法に国境を越える人間を数百人捕らえてきた。じつは、こんな前線で監視をやり、銃を携帯することになろうとは、以前は夢にも思っていなかった。高校ではチアリーダー・チームのキャプテンの〝女らしい女の子〟で、成績は中の下、のんびりと学校生活を送った。そのあと、なんとはなしにコミュニティ・カレッジに進んだが、どの科目もつまらなかった。友人の兄が国境警備隊にはいったと知り、すこし調べてみた。いまでは二十七歳で、まだ独身だが、仕事につきもののスリルを楽しんでいる。

簡単に手に入れた地位ではない。ニューメキシコ州アーテシアで五十五日間の研修を受けた。移民・国籍法、刑法、制定法の専門家の講義を受け、スペイン語を習い、国境警備隊の作戦、火器の手入れと使用、体育、自動車の特殊な運転術、対テロ活動を学んだ。そう、コミュニティ・カレッジでは、銃を撃たせてもらえなかった。これは短い人生でもっとも刺激的なことにちがいなかった。いままた動悸《どうき》が速まり、そのことがさらに裏付けられた。

「なにを考えていたのよ？　自分たちは犬ころ連れたお子さまパトロールだとでも思ったの？」先週逮捕したシカリオに、スーザンはいった。「わたしは銃を渡されて、悪いやつらを阻止しろといわれているのよ」

皮肉なことに、母親は心底からこの仕事を認めてくれて、娘が法執行官になったことがとても自慢だといった。ことに、「国境を護《まも》ることについては、ずっといさかいが絶えなかったから」だという。

いっぽう父親は、ビールがないフットボールのファンなみに不満げだった。父親はフェニックス郊外の静かな事務所で、税務専門の弁護士という静かな暮らしを営んでいた。静かな週末を楽しみ、ボス型男性の正反対の性格だった。自分がぜったいに触らないような武器を娘が扱っていることが、どうにも理解できなかった。非暴力主義を唱えたガンディーの言葉を引用したこともあるし、男たちに女性だと見られないようになり、付き合う相手がいなくなり、性別を疑うものさえいるかもしれない、というようなことまで口にした。それに、当然ながら肥《ふと》るだろう、といった。警官はみんなそうだ。国境警備隊の捜査官もおなじだ。そういった父親の言葉は、スーザンの胸に突き刺さった。

オースティンは、スーザンによく似ている。ほとんど一匹狼《おおかみ》で、両親とは緊張した関係にある。仕事中毒《ワーカホリック》で、規則一点張りだが、スーザンとの関係だけは例外だった。早くもしつこく口説いてきたが、スーザンはぜんぜん興味がなかった。しかつめらしい顔だし、体がたるんで締まりがないのも好きではなかった。やんわりとはねつけた。

「わかった」オースティンがいった。「第二特捜班を呼ぶ。きみのいうとおりだ。でかいヤマかもしれない」

「了解」スーザンはいった。「オマハを呼んで。それからATVも。GPS座標を伝えて」オマハは、スーザンたちの特捜班を支援するブラックホーク・ヘリコプターのコールサインだ。ATV（全地形型車両）には三人が乗り、深い轍《わだち》が刻まれた砂漠を高速で疾走する。

オースティンが転がって、無線機のボタンを押そうとしたが、いきなり立ちあがり、走りだした。「おい、おまえら！　待て！　国境警備隊だ！」

スーザンはふりむき、オースティンのうしろから叫ぼうとした――一発の銃声が響き、パニックがスーザンの胸を稲妻のように貫いた。伏せていた地面の瘤《こぶ》から転がって離れ、銃を抜くと、SUVのそばに男がふたり立っているのが見えた。ふたりともメキシコ人で、デニムのジャケットを着ている。胡《ご》麻《ま》塩《しお》頭のひとりが、ベルギー製のFNファイヴ・セヴンとおぼしい拳銃を持っていた。それがメキシコで警官殺し《マタ・ポリシア》の異名をとっているのは、その五・七ミリ弾に警察の抗弾ベストを貫通する威力があるからだ。もうひとりは湾曲した長いフィレット・ナイフを持っていた。その男がにやりと笑い、金歯が一本光った。

拳銃を持った男がスペイン語で、スーザンに動くなといった。

スーザンは息を切らしていた。

オースティンは、胸を撃たれ、地面に倒れていた。むろん、抗弾ベストがファイヴ・セヴンの銃弾から護ってくれなかったのだ。まだ息をしていて、傷口をつかみ、低くうめいている。

ナイフを持った男が、スーザンに詰め寄ろうとした。スーザンはその男を見てから、もうひとりに目を向け、不意に発砲して、肩を撃ち抜いた。その間に、ピックアップは九〇メートル以内に近づいていた。

スーザンが立ちあがったとき、ナイフを持った男が、地面に落ちた相棒の拳銃を拾おうとした。スーザンが男を撃とうとしたとき、接近していたピックアップの助手席側から銃口炎がひらめき、ブーツのそばで銃弾が跳ねた。

スーザンは前方の雨裂《うれつ》に向けて駆け出し、ほとんど身を投げるようにして跳び込んだ。うしろは見ないで、ひたすら走った。自分の呼吸が耳に響き、鼓動が激しく打ち、石や土を律動的に蹴《け》っていた。できるだけ距離をあけ、それから立ちどまって無線連絡するつもりだった。

だが、いま立ちどまるわけにはいかない。

甲高い叫びが谷間にこだまし、スーザンは立ちどまらずにはいられなかった。さっとうしろを向くと、ナイフの男が、斬《き》り落としたオースティンの首を掲げ、ピックアップからおりてくる男たちに見せていた。男たちが吼《ほ》え、スーザンは向き直って雨裂に伏せ、男たちがピックアップに戻る物音に耳を澄ました。

地べたに伏せて、藪《やぶ》の蔭《かげ》に這い込み、暖かい拳銃を胸に押しつけた。意志の力で呼吸を抑えようとすると、父親の声が脳裏に響いた。「おまえはそこで犬みたいに死に、だれからも忘れ去られるだろうよ」

だが、そのとき希望の音が聞こえた。トラックのエンジン音は、大きくならず、遠ざかっていった。奇跡か？　あいつらは追ってこないのか？　時間がないのだろうか？　無線機を出して、もう一度耳を澄ましてから、送信ボタンを押した。

「ロード・ランナー、こちらコヨーテ5《ファイヴ》、どうぞ」

「スーザン、どうなってるんだ？　触敵《コンタクト》はなしか？」

「リチャードが死んだ」スーザンはささやいた。

「聞こえない」

「リチャードが死んだといったのよ！」スーザンは、手首に取り付けたGPSのボタンを押した。「全員、こっちに来て！」GPS座標を教えるとき、声がかすれていた。

やがて無線機を切り、トラックのエンジン音が風のなかで消えてゆくのを、耳をそばだてて聞いていた。

3

メキシコ、ノガレス
アリゾナとの国境付近

沃土《よくど》

ダンテ・コラレスは、ファアレス市にある家を離れているのが嫌でしかたがなかった。ことに、恋人のマリアがいないのが淋《さび》しかった。先週末のことを、何度もちらちらと思い出していた。マリアが脚を高くあげて、爪《つめ》をよく磨いてある指先を反らせる。子猫が喉《のど》をならすようなよがり声を出し、背中に爪を立てる。話しかけるときの声、顔の表情。ふたりは飢えた獰猛《どうもう》な野獣みたいにセックスをする。焼け落ちた〈ペメックス〉のガソリンスタンドの店内に立ち、あの瞬間を思い出すと、頭がぼうっとしてきた。男たちがバナナの箱をおろして、ブロック状のコカインを取り出し、自分たちのバックパックに入れるのを、コラレスは見守っていた。コラレスと五人の殺し屋《シカリオ》で、突破者《ランナー》二十二人を監督している。この下部組織は、紳士《ロス・カバリェロス》組と呼ばれている。いわれは、首を斬《き》り落としたり、メッセージ付きの死体を敵に送りつけたりするいっぽうで、服装が上等で、話しかたも品がいいからだ。メキシコの他の麻薬カルテルに属する用心棒まがいのギャング団のどれよりも、頭が切れ、勇敢で、はるかに剣呑《けんのん》で狡知《こうち》に長《た》けている。それに、コラレスがよく冗談でいうように、おれたちはただ男《マチスモ》を磨いてるだけなのさ！

荷物の一部がブルースター郡を通ってメキシコに運ばれていることを、コラレスは知っていた。それに、たったいま配下のファンから電話があり、悶着《もんちゃく》があったと聞いた。ファンのチームが、国境警備隊の特捜班に遭遇した。突破《ラン》のためにファンが雇った男たちのひとりが、捜査官の首を斬り落とした。

いったいなんの真似《まね》だ？

悪態がひとしきり口から出たあと、コラレスはようやく気を静め、外部の人間を雇っちゃいけねえんだよと、ファンを叱《しか》った。やむをえなかったと、ファンが答えた。いつも使う男ふたりが、酔っ払ったかラリッたかどうかして姿を現わさなかったので、手が足りなかった。

「つぎにおまえが出る葬式は、自分の葬式だ」コラレスは、親指で電話を切ると、また毒づき、革のトレンチコートの襟をかき合わせ、〈アルマーニ〉のズボンから糸屑《いとくず》をつまみ取った。

あんなに動揺すべきではなかった。だいたい人生は順調なのだ。二十四歳にして、大手麻薬カルテルの最上級幹部になり、早くも千四百万ペソ——アメリカドルで百万以上——を稼いでいる。ファアレス市の貧困層に生まれ、おなじ安ホテルでハウスキーパーと用務員として働いていた両親に育てられた子供にしては、たいしたものだ。

焼け落ちたガソリンスタンドと、いつまでも消えない煤《すす》の悪臭に、コラレスは早くそこを離れたくなった。べつの夜、人生で最悪の夜に嗅《か》いだのとおなじ悪臭に思えてきたからだ。

ひとりっ子のコラレスは、十七のときに、ファアレス8と名乗るギャング団にくわわった。ファアレス8は高校生の一団で、ファアレス・カルテルのシカリオたちの脅迫と、友人たちに対する強制的な勧誘に対抗していた。カルテルにかかわって怪我《けが》をしたり死んだりした友人があまりにも多かったので、コラレスと仲間たちはついに我慢できなくなったのだ。

ある午後、少年ふたりがコラレスを機械式大型ゴミ容器《ダンプスター》の裏に追いつめ、ギャングをやめてロス・カバリェロスにはいらないと、両親を殺すと脅した。それをまちがいようのない言葉でいった。

そういったちんぴらの目が、横丁の暗がりで炉のなかの石炭みたいに光っていたことを、コラレスはいまも憶《おぼ》えている。時を超えてそいつの声がこだましているのが、いまも聞こえる。おれたちがおまえのふた親を殺す。

当然ながら、コラレスは失《う》せろとそいつらにいった。二日後の夜、酔っ払って家に帰ったあとで、ホテルが炎に呑《の》み込まれたことを知った。両親の遺体が焼け跡から見つかった。テープで縛られ、焼け死んでいた。

その晩、気が触れたようになったコラレスは、友人の銃を盗み、猛スピードで車を走らせて、街中をまわり、自分の人生を台無しにした屑どもを探した。フェンスに車をぶつけて、そのまま置き去りにして、小さなバーに走って戻り、洗面所で気を失った。警察に連れていかれて、親戚《しんせき》に預けられた。

代母《ゴッドマザー》のところへ行って暮らし、父親とおなじように真面目《まじめ》な用務員をやりながら、高校を終えたあと、両親のようにあくせくと働くことはできないと心に決めた。そんなことには耐えられない。

選択の余地はなかった。両親を殺した下部組織にくわわった。あっさりと簡単に決断したわけではなかったが、ロス・カバリエロスの配下になるのが、スラム街から脱け出せる唯一《ゆいいつ》の手段だった。そして、コラレスは並みのごろつきよりもずっと頭がよく、執念深かったので、すぐに頭角をあらわし、ボスたちに気づかれないまま、ビジネスに通暁《つうぎょう》するようになった。知識は力だというのを、コラレスは最初から見抜いており、カルテルと敵対する組織のビジネスについて、ありとあらゆることを研究した。

運の悪いことに、コラレスの両親を殺したちんぴらふたりは、コラレスが族にくわわるわずか数週間前に殺害されていた。無鉄砲で浅墓な行動のために、宿敵のカルテルに殺されたのだ。ロス・カバリェロスの仲間は、そのふたりが死んでほっとしていた。

コラレスは身ぶるいして、フード付きの黒いパーカにジーンズという姿で、ふくらんだ重いバックパックを背負った突破者《ランナー》チームをちらりと見た。その連中を、コンビニエンス・ストアの奥に連れていった。床の大きなベニヤ板を持ちあげると、その下にトンネルの入口――アルミの梯子《はしご》でおりられる、狭い立坑――があった。かび臭い冷たい空気が、穴から上に漂ってきた。

「向こうの家のなかに出たら」コラレスは指示をはじめた。「車が見えるまで外には出るな。車が来たら、三人ずつ出ていく。それ以上では出るな。厄介なことが起きたら、トンネルを通って戻ってこい。いいな？」

ランナーたちが、返事をぼそぼそとつぶやいた。

そして、ひとり、またひとりと、おりていった。何人かは懐中電灯を持っていた。

これはカルテルの小ぶりだが長いトンネルのうちの一本で、長さは一〇〇メートル近い。幅は一メートル、高さは二メートル弱で、天井は太い水平の梁《はり》で補強されている。

メキシコには仕事にあぶれている石工や建築労働者が無数にいるので、こうしたトンネルを掘る作業員を見つけるのは、馬鹿《ばか》ばかしいくらい簡単だ。それどころか、おおぜいの作業員が、つぎの工事には食らいつこうとして待機している。

トンネルを抜けるあいだ、コラレスのランナーたちは背中を丸め、間隔をあけないようにする。トンネルは、アリゾナ州ノガレスの検問所の真下を通っているし、バスのような大型車両のせいで落盤が起きるおそれがつねにある。コラレスの知るところによれば、さまざまなカルテルが二十年以上もノガレスでトンネルを掘っていて、文字どおり数百本が官憲に発見されている――それでも、新しいトンネルの掘削はつづき、ノガレスは世界の麻薬トンネルの首都になっている。ただし、数年来、ファレス・カルテルがトンネル作戦を拡大しはじめ、アメリカ合衆国に通じている重要なトンネルのほとんどを支配するようになった。トンネルを警備し、敵対するカルテルが使うのを防ぐ人間には、たんまり報酬が支払われている。それに、立坑も前より深く掘られるようになっていて、地中探索レーダーでも発見されなかったり、たとえ発見されても、メキシコのノガレスとアリゾナ州のノガレスを結んでいる数多くの下水管だと捜査官が錯覚したりすることもあった。

背後の戸口から叫び声が聞こえ、コラレスはショルダー・ホルスターに収めた警官殺《マタ・ポリシア》しに手をのばし、ドアのほうに向かった。手下のパブロとラウルが、鼻と口から血を流している男をひきずり入れていた。男は自分を押さえているふたりをふり払おうとしてから、血をぺっと飛ばした。わずか数センチの差で、汚い血糊《ちのり》はコラレスの〈ベルルッティ〉のローファーにかからなかった。馬鹿野郎、この靴がいくらするのか知らないのか、とコラレスは思った。

コラレスは、眉根《まゆね》を寄せた。「どうした？」

ふたりのうちで背の高いラウルが、口をひらいた。「スパイを見つけたみてえだ。こいつ、スニガのところのやつだと思う」

コラレスは、深い溜息《ためいき》をついて、長い黒髪を手で梳《す》いてから、やにわに銃口を男の額に押しつけた。「聞いていただろう？　おまえはスニガの手下か？」

男が、血まみれの唇をなめた。コラレスは銃口をさらに強く押しつけ、甲高い声で答えろと叫んだ。

「くそったれ！」男が吐き捨てた。

コラレスは声を落とし、葬式の最中みたいな低い声で、男に顔を近づけていった。

「シナロアの手先か？　ほんとうのことをいえば、生かしておいてやる」

男の目がぼんやりとして、すこし顔をあげてから答えた。「ああ。スニガのところで働いてる」

「ひとりか？」

「いや、仲間がホテルにいる」

「角のホテルだな？」

「ああ」

「わかった。礼をいうぜ」

そういうと、コラレスは唐突に――一秒のためらいもなく――男の頭に一発撃ち込んだ。あまりにもすばやく、こともなげにやったので、コラレスの手下もあえぎ、たじろいだ。スパイが前のめりになり、パブロとラウルが手を放して、地べたに倒れさせた。

コラレスは不機嫌にいった。「こいつを袋に詰めろ。昔馴染《むかしなじ》みの玄関にこのゴミを捨ててやれ。ホテルにふたり行かせて、そっちのゴミは生きたまま捕まえろ」

パブロは、死んだ男を見つめて、首をふった。「生かしておくと思ったんですがね」
コラレスは鼻を鳴らし、下を見て、片方の靴に血がついているのに気づいた。悪態をついて、トンネルのほうにひきかえし、国境の向こうの家にいる手下に連絡するためにスマートフォンを出した。

四日後
カリフォルニア州、セコイア国立公園
クリスタル洞付近

Uホールのレンタル・トラックが、大きなテントの前にとまった。マイケル・アンサラFBI特別捜査官が見守っていると、運転台から男ふたりがおりてきて、テントから出てきたふたりがそれにくわわった。もっとも長身のひとりが、トラックのテイルドアのロックを解除して引きあげ、四人がテントの入口に向けて一列になって、おろした箱をどんどん送っていった。そこはアメリカ国内では最北の下部組織向けの配送拠点だった。国境を越えてアメリカにコカインを密輸するメキシコの麻薬カルテルも太刀打ちできないような大胆不敵な作戦が、ここで行なわれている。アンサラは、それを一週間にわたり偵察していた。

　カルテルは、セコイア国立公園の奥の険しい山地に、大規模な大麻畑を開墾していた。ハイキング用の登山道は何本もあるが、それでも土地の大部分はハイカーやキャンパーが立ち入るのを禁じられている。徒歩で巡回するものはごく少数で、その巡回も稀《まれ》にしか行なわれない。だから、カルテルは、樹冠のカムフラージュで空中偵察から護《まも》られている人跡稀な広大な地域を、思いのままに利用している。取り締まられる心配なしに、製品《ブツ》を国境のこちら側で栽培し、顧客にすみやかに販売して、稼いだ金はメキシコに持ち帰る。実情を知って、アンサラは一度ならずあきれて首をふるのだが、カルテルは何年も前からそれをつづけていた。

　大胆不敵？　そのとおりだ。アンサラのように、栽培地域の周辺でかなりの時間を過ごすと、なおのことそう思えてくる。多種多様な警備手段が、主要な登山道と平行している地域を皮切りに、幾重にも張り巡らされていることに、アンサラはすでに気づいていた。冒険心の強い人間が、登山道からそれると、ありとあらゆるサイズの罠《わな》に出くわすおそれがある。もっとも大きいのは熊《くま》用の罠だ。小枝や木の葉や松葉で隠された、深さ一八〇センチの落とし穴もある。穴の底には釘《くぎ》の先端が突き出している二×四《ツー・バイ・フォー》の角材がならべてある。詮索《せんさく》好きな人間がいても、怪我をすれば助けをもとめるためにひきかえすだろう、という狙《ねら》いがある。もっと奥へ進むと、仕掛け線があった。無用心なハイカーが足をひっかけて転ぶと、やはり隠された釘の上に前のめりに倒れるという寸法だ。ずいぶん雑な仕掛けだが、こうした〝思いとどまらせる〟手段は、内側のもっと高度な装置も含む防御網のごく一部にすぎない。

偵察に都合のいいこの高みに到達するには、かなりの登攀《とうはん》技術を必要とした。軽量のリュックサックを背負い、一八パーセント以上の傾斜の山をよじ登って、岩場の断《だん》崖《がい》を慎重に進み、五、六回滑りはしたが、発見されるおそれがない程度の幅のルートを確保した。岩が崩れやすく、大枝が低く垂れている、息を呑むような急傾斜のルートだった。

いまアンサラが観察している大きなテントから三十分、もっとも近い道路から二時間歩いたところに、アンサラが〝庭園《ザ・ガーデン》〟と名付けた大麻畑がある。そびえたつサトウマツの森蔭《もりかげ》に、五万本以上の大麻がならんでいる。高いものは一五〇センチを超えて枝葉をひろげ、一八〇センチの間隔できちんと植えてある。肥《ひ》沃《よく》な土地に植えられた大麻畑が、急斜面のうえのほうまでひろがっている。大部分は、カルテルが灌漑《かんがい》に使う渓流の近くや、茂った林で栽培されている。サイホン式の巧妙な仕掛けのドリップ灌漑法が用いられ、水をやり過ぎないようにしている。金に糸目をつけないプロの栽培法だ。

畑の周囲には、小さなテントがいくつも張られ、農作業員や見張りはそこに寝泊りしている。このあたりをうろついているクロクマに奪われないように、食糧の大半は大きな袋に入れて、太い木の枝から吊《つ》るしてある。畑は毎日二十四時間態勢で、常時三十人の武装した男たちが番をしている。補給物資は、大麻栽培のことを知らされていない人間が運んでくる。食糧、水、衣服、肥料その他、最低限の必需品だけだ。収穫された大麻は、見張りに護られた農作業員が夜間にこっそり運び出す。昼間に働くチームは、高価なマウンテンバイクに乗り、急峻《きゅうしゅん》な谷間を音もなくすみやかに移動する。働いているのはたいがいカルテルのメンバーの親類か友人で、信用できる人間にちがいないと、アンサラは思った。国立公園の出入口はすべて自然保護官《パーク・レインジャー》が警備している。アンサラの監視活動で、夜勤のレインジャーのすくなくともひとりが買収されており、十日置きぐらいに、午前零時から午前五時にかけて車の出入りを許していることが判明した。

アンサラは、大麻栽培と無縁ではなかった。ロサンゼルス東部のボイル・ハイツのメゾネット式住宅で育った。二戸のいっぽうに母の兄アレハンドロ・デ・ラ・クルスが住んでいた。週日、その伯父は、ベルエアの高級住宅地で、〝スターたちの庭師〟として働いていた。夜と週末には、そういった金持ちのために大麻を栽培し、売っていた。アンサラは伯父の信頼できる助手だった。

十歳のときには、デルタ9テトラヒドロカンナビノール（THC）という単語をつづり、発音することができた。THCはマリファナの主要薬効成分で、使用者はこれによってハイになることができる。アンサラは何時間もかけて発泡スチロールのカップを探し集め、下準備をした。まず、そこに水抜きの穴をあけ、鉢植え用の土を入れ、最後にまだらの大理石模様のある焦茶色《こげちゃいろ》の種を、尖《とが》ったほうを上にして差し込む。母親がクッキーを焼くのに使うトレイに似た平箱に、そういうカップを三十か四十ならべて、長い作業台の下に置いた電熱器をつけて、下から温める。

丸い根に土をいっぱいつけたまま、発芽した種を植え替えるやりかたも学んだ。一日二十四時間、首ふり扇風機をつけっぱなしにする必要があることも知った。新聞をなめ読みし、折り込みのチラシを見て、六〇〇ワットの高圧ナトリウム・ランプの安売りを探した。

大麻は、夜間つまり暗い時間が、成長にとって重要だ。二十四時間タイマーが厄介な問題だった。ふつうのタイマーだと、ナトリウム・ランプのせいで焼き切れてしまう。接触器という高圧電流用の高価なスイッチか、リレースイッチが必要だと、伯父が教えてくれた。

昼間の明るさと闇《やみ》が一定時間必要であることが、秘密保全の面でふたつの問題を引き起こした。真っ暗闇にするために窓をなにかで覆《おお》うと、通りから見て怪しまれる。麻薬取締局などの官憲の捜査官は、そういうものを探している。住宅なのにつねに電力消費量が多いと、電力会社のサザン・カリフォルニア・エジソンが、やはりそういった取締機関に通報する。それに、栽培スペースは湿気がひどくなる。雨が降っていたり、表の気温に関係なく、たびたび窓をあけるのも、危険きわまりない。

十二になると、アンサラは、ホワイト・ウィドウ種からロウライダー種にいたるまで、効き目の強い大麻の品種を十二種類、ＴＨＣの含有率が高いものから低いものへと唱えることができるようになった。それまでずっと自分は一度もマリファナを吸ったことがなかった。伯父もおなじで、自分たちは重要な産物を供給しているビジネスマンだといった。クッキーを売るやつが、座り込んでクッキーを食べるわけがないだろう、とアンサラにいった。

アレハンドロ伯父さんとつきあっている時間があまりにも長いのを母親が知り、その仕事は急におじゃんになった。アンサラの母は、実の兄と何カ月も口をきかなかった。

アンサラがＦＢＩに就職して、大麻を栽培している連中を挙げたのは、まったくもって人生の皮肉な成り行きだった。だが、もうひとつの皮肉が、いま目の前に生き生きと存在している。カリフォルニアの国有林二〇〇〇万エーカーを担当する麻薬取締官は、ほんのひと握りしかいないが、アンサラはその一員ではない。アンサラがそこにいるのは、カリフォルニア州南部のカレクシコで同僚のＦＢＩ捜査官を殺害した、パブロ・グティエレスという麻薬密売業者を追っているからだった。グティエレスは、ファレス・カルテルと、直接の結びつきがあると見られていた。グティエレスを追ううちに、アンサラはカリフォルニアの山中で、大麻栽培の魔法の国を発見した。だが、ファレス・カルテルについてもっと情報を集めるのに利用価値があるとして、支局ではこの麻薬栽培をつぶすのを渋った。幹部や頭目を取り除かなければ意味がないことは、だれでもわかっている。あせって急襲すれば、カルテルは数キロ離れたところにべつの畑をこしらえるだけだ。

アメリカ－メキシコ国境の警備が強化されたため、カルテルはアメリカ国内での栽培を拡大していた。アンサラは、土地管理局（ＢＬＭ）の特別捜査官と話をして、八カ月前にわずか一週間で一一トンの大麻をパークレインジャーが押収《おうしゅう》したという話を聞いた。押収されなかった大麻の量が莫大《ばくだい》であることを、それが物語っていると、特別捜査官はいった。畑から運び出されて売られた量は、いったいどれほどになるのか……メキシコの麻薬王がアメリカの領土内で麻薬を栽培しているのに、それを取り締まる捜査官が足りない。ヴェトナムで兵士たちがよく嘆いたように、ほれ、見たことか……。

アンサラは、双眼鏡をおろして、藪《やぶ》の奥へ体を入れた。積み込み作業をやっているうちのひとりが、こちらに不審そうな視線を投げたような気がした。動悸《どうき》が速くなった。一瞬の間を置いてから、また双眼鏡を構えた。男たちは作業に戻り、蓋《ふた》をあけた箱を脇《わき》にどかしていた。双眼鏡の焦点を合わせると、歯ブラシ、歯磨き、石鹸《せっけん》、使い捨ての剃刀《かみそり》、瓶入りのアスピリン、胃腸薬、咳《せき》止めの薬が見えた。もっと大きな箱には、プロパンガスのタンク、袋入りのトルティージャ、トリッパ（モツ）やトマトの缶詰があった。

頭上の樹冠を抜けて鳥がはばたいた。アンサラは、はっとして、息を呑《の》んだ。また双眼鏡をおろして、疲れた目をこすり、脳裏でリーザの声に聞き入った。「ええ、どういうことになるか、承知のうえだったわ。でも、離れている時間が長すぎる。なんとかなると思っていたの。自分が望んでいることだと。でも、ちがった」

そして、低いハスキーな声と柔らかな手の持ち主の、脚の長いブロンドが、またしてもアンサラの腕のなかから逃げていった。でも、彼女だけはちがうと思っていた。離れているのにも耐えられると、リーザは請け合い、最初の一年はいろいろな努力をした。リーザは著述家で、アリゾナ州立大学（ＡＳＵ）で政治学教授をつとめているので、自分ひとりになる時間も必要だから、離れているのも平気だといった。じっさい、カップルになって一年目の記念日の夜、リーザはアンサラにぞっこんのようだった。あるパーティで、アンサラのことを、映画・テレビ俳優のジミー・スミッツかベンジャミン・ブラットに似ているといい、自分のフェイスブックに「背が高くて、痩《や》せていて、髭《ひげ》をちゃんと剃《そ》っているヒスパニック系。明るい笑顔に、きらきら輝く奥ゆかしい目」と書いた。アンサラにはそんな描写はできない。しかし、諺《ことわざ》とはちがい、離れていることがふたりの情愛を深める、とはならなかった――三十にもなっていないのだから無理だ。アンサラは納得した。別れた。でも、この一カ月、リーザを思うのをやめられなかった。最初のデートを思い出した。アリゾナ州ウィッケンバーグの家族経営のメキシカン・レストランに連れていき、自分もＡＳＵで学んで、アフガニスタンでは陸軍特殊部隊の戦闘員として任務に携わったことを語った。陸軍を辞めて、ＦＢＩに勧誘されたと打ち明けた。リーザがきいた。「そういうことをみんな、わたしに話すのは、許されているの？」

「わからない。国家機密を聞くと、燃えるほうなのかな？」

リーザが、目を天井に向けて、くすくす笑った。

そのあと、まじめな話になり、リーザが戦争のことをたずねた。斃《たお》れた戦友のこと、多くの友人に永久の別れを告げなければならなかったこと。デザートを食べ終えると、そろそろ帰るわとリーザがいった。あなたとはあまり付き合う気になれないけれど、デートをお膳《ぜん》立《だ》てしたアンサラの妹にお礼をいっておいてね、という意味を含んでいた。

もちろん、優秀な特殊部隊員／ＦＢＩ特別捜査官ならだれでもやるように、アンサラはリーザを追いつづけ、そのうちに花や手製のカードに書いたへたくそな詩で口説いて、もっと遅い時間の食事にこぎつけた。しかし、それもすべて仕事のせいで水の泡となり、アンサラはそれがうらめしくなりはじめていた。九時から五時の勤務で、週末は休める仕事をやっているところを思い描いた。しかし、自分が狭い仕切りのなかで働き、肩ごしにボスに覗《のぞ》き込まれているかと思うと、吐き気をもよおした。

それよりも、こうして山の上で双眼鏡を持ち、悪党どもを監視しているほうがましだ。また子供に戻ったような気持ちになる。

男たちが荷物をおろし終えて、Uホールのトラックに乗り、走り去った。アンサラがそれを見送っていると、さらに数人がテントから出てきて、箱から出した品物をリュックサックに詰め込みはじめた。一行は十分ほどでそれを終えて、庭園《ザ・ガーデン》に向けて出発した。

アンサラは、その連中が行ってしまうまで待ち、そこを離れようとして向きを変えた。

そのときに、なんの気なしに下を見なかったら、アンサラは死んでいたはずだった。右手に小さな装置があり、そのてっぺんから円錐形《えんすいけい》のレーザー発振器が突き出していた。レーザーの仕掛け線《トリップ・ワイヤ》だと、即座にわかった。それと組み合わせた装置が、開豁《かいかつ》地《ち》の反対側にあるはずだ。レーザーをひっかけると、音もなく警報が発せられる。アンサラは目を凝らして、双眼鏡を構え、木の根に近いほうに、ほかにもいくつかレーザー・ユニットがあるのを見つけた。探すつもりで探さないかぎり、見つからないだろう。それに、メキシコ人たちは、それをさらに偽装するために、木の葉や枝を側面にテープで貼《は》っていた。ザ・ガーデンの周囲には、在来型のトリップ・ワイヤや方向性地雷が仕掛けてあるが、アンサラは畑のこの部分に来るのははじめてだったし、そんな装置はこれまで見ていなかった。くそ。もう一度こっちに来るときには、もっと用心しないといけない。

下から叫び声が聞こえた。スペイン語。山の上、東側、と叫んでいる。発見されたのか？

くそ。レーザーを横切ってしまったのかもしれない。アンサラは駆け出した。下のテントから、男たちがいっせいに出てきた。

4　孝行息子

アフガニスタン国境付近
北ワジリスタン、ミラーンシャフ

ムーアと地元工作員のイスラル・ラナは、南西へ二九〇キロメートルほど車を走らせ、北ワジリスタンにはいった。北ワジリスタンは、連邦直轄《ちょっかつ》部族地域（FATA）七地域のひとつだ。〝連邦直轄〟とは名ばかりで、この地域に中央のパキスタン連邦政府の統治はほとんど及んでいない。パシュトゥン人を中心とする部族が、何世紀も前から、この遠陬《えんすう》の地に住んできた。十九世紀に、この地方はイギリスに併合された。イギリスは辺境犯罪規則（FCR）をもって、住民を統制しようとした。イギリスの指示に従いさえすれば、地元の貴族がだれはばかることなく権限をふるうことができたので、この法律は〝邪悪法〟と呼ばれるようになった。一九五六年にパキスタン・

イスラム共和国が樹立されても、この地域の住民はおなじ統治の枠組みを維持した。一九八〇年代には、ソ連のアフガニスタン侵攻にともない、ムジャヒディン（イスラム聖戦士）がアフガニスタンから流入してきて、武装勢力がのさばるようになった。9・11同時多発テロ後、タリバンやアルカイダが続々とやってきて、訓練基地や安全地帯を確保したため、南北ワジリスタンは、悪名高い地域になった。地元住民がそういったテロ組織を歓迎したのは、タリバンが部族の価値観やしきたりに乗じて、中央政府を信用せず、厳然と独立を保つべきだと、吹き込んだからだった。

こうした事情があるので、もっとも危険でなにが起きるかわからない地域に踏み込むのだということを、ムーアはあらためて思った。だが、危険を冒す甲斐《かい》はあると、ラナがはっきりいった。これから会う人物は、ことによるとムーアの写真に写っているタリバンを識別できるかもしれないというのだ。その人物は、ミラーンシャフという村に住んでいる。その村には、ソ連のアフガニスタン侵攻の際に、この孤絶した地域のアフガニスタン側にあるもっとも近い村、ホストから、国境を越えて逃げてきた難民たちの大規模なキャンプがあった。孤絶しているどころではない。冬にはミラーンシャフに通じる道路のほとんどが、しばしば通行不能になるし、住民が使える電気はディーゼル発電機によるものだけだ。中世のままの集落にたどり着いたという表現すら、控え目に過ぎるだろう。とはいえ、時代遅れの事物に欧米の影響が見られて、ムーアは面食らった。日干し煉瓦《れんが》の家のあいだに、7《セブン》アップやコークのぼろぼろの看板が吊《つ》るしてあった。土埃《つちぼこり》に覆《おお》われた車が通りにならび、ゴミが散らばる横丁で、子供たちが鬼ごっこをしている。グリースで汚れた長い上着を着た男がひとり、リードをつけた猿を連れて、通り過ぎていった。長いコットンのシャツをズボンの上に垂らした五、六人の男がいっしょだった。何人かがAK-47を持っていて、市場にある爆弾で破壊された建物を調べるために、離れていった。かなりの人数の男女が、いまも瓦礫《がれき》をどけて調べている。どこか近くで、山羊《やぎ》が野外のコンロで炙《あぶ》られている。ムーアにはなじみのにおいだった。

「また自爆テロだ」運転していたラナが、建物のほうを顎《あご》で示した。「ここの部族指導者を殺そうとしたけど、失敗したらしい」

「だけど、建物はみごとに吹っ飛ばしたな」ムーアはいった。

道路のはずれで、ライフルを持った男ふたりに呼びとめられた。治安維持にあたっているパキスタン軍の兵士だった。ミラーンシャフは、周囲の山地に野営している親タリバン武装勢力に頻繁に攻撃されている。山地が自爆テロ犯の根拠地であることはまちがいない。政府は部族地域の〝タリバン化〟を防ぐ活動を行ない、装備と兵員を投入してきたが、作戦の成果はほとんど挙がっていない。ムーアは部族地域のこともかなり調べたが、タリバンを後ろ盾にしている麻薬組織の首領は、政府軍幹部をいくらでも買収することができる。ホダイが生きていれば、そういう腐敗した軍幹部を名指しできたはずだ。

ラナは、検問所の番兵に、北ワジリスタン評議会《シューラ》議長のネク・ワジルに会いにいくのだと告げた。ワジルは、地域のタリバン幹部を激しく非難していることで知られている。番兵が相棒のところへ行って、クリップボードを確認し、戻ってきて、身分証明書の提示をもとめた。ムーアはむろん、巧妙に偽造された書類を所持していて、それによれば、ダッラ・アダム・ヘルの銃器製造業者ということになっていた。その小さな町では、もっぱら武器を製造している。外国人がダッラへ行くことは禁じられているが、ダッラの商人は部族地域をしじゅうまわって、品物を届けている。番兵はムーアの身許《みもと》にすぐ納得したが、車内を調べてから、片手をあげた。「どうして荷物を積んでいない？」

ムーアは、にやりと笑った。「仕事で来ているんじゃないんだ」

番兵が肩をすくめ、手をふって、ラナとムーアの車を通した。

「どうしてワジルと知り合いなんだ？」ムーアはきいた。

「じいさんが、いっしょにソ連と戦った。ふたりともここへ来た。生まれたときから知ってる」

「ふたりともムジャヒディンだったんだな」

「そう。偉大な自由戦士だ」

「すごいな」

「雇ってもらったときに、すごくいい人脈があっていったはずだよ」ラナが、ウィンクした。

「ここまで来るのに、だいぶ時間がかかったな。ボスには二日しかもらえなかったと、おまえにいったはずだが」

「その連中を知っている人間がいるとすれば、ワジルしかいないよ。この地域でだれよりも人脈と情報に通じている。見廻り《スポッター》が数百人いる。イスラマバードにもいるくらいだ。すごい諜報網《ネットワーク》だよ」

「でも、このゴミ溜《た》めに住んでいる」

「一年中じゃない。でも、あんたのいうとおり、〝ゴミ溜め〟だな。隠れるところはいくらでもあるし、政府の監視の目もほとんど届かない」

未舗装路がゆるやかに右に曲がり、山地の麓《ふもと》の丘を登って、さほど大きくない煉瓦造りの家二軒と、その裏に数張りのテントがならんでいるところに出た。大きいほうの家の屋根には、衛星アンテナがふたつ設置されている。奥のほうに山羊と牛のための畜舎があり、左手の谷間は傾斜地の畑で、小麦、大麦、シャウタルというペルシャのクローバーを栽培している。

屋根の上に見張りがふたり現われ、AK－47を構えた。おもしろくなってきた。ワジルは、丘の上に防御付きの司令部を設営している、とムーアは心のなかでつぶやいた。

白い大きな顎鬚《あごひげ》が胸まで波打っている老人が、玄関でふたりを出迎えた。薄茶色の寛衣を着て、白いターバンを巻き、やはり白いベストを羽織っていた。右手には水のペットボトルを握り締めている。左手はほとんど残っていなかった。指はすべてなく、手の甲から袖《そで》の下の腕にかけて、深いぎざぎざの傷痕《きずあと》が縫い目のようにのびていた。ムーアはあらためてよく見て、左耳の一部も欠けていることに気づいた。爆発にやられたにちがいない。おそらく迫撃砲弾だろう。死ななかったのは幸運だった。

紹介はしごく簡単だった。ムーアの偽名は、パシュトゥン人の部族民によくあるハッタクという名前で、髪が黒く、肌が浅黒い（どちらも、イタリアとスペインの血を引く母親から受け継いだ）から、パキスタン人だといっても通用するだろう。どうにか、ではあるが。

その名前を聞いて、ワジルはくすりと笑った。「むろんちがうな」なまりのある英語でいった。「きみはアメリカ人だね。いや、かまわん。英語を練習するいい機会になる」

「英語でなくてもだいじょうぶですよ」ムーアは、パシュトゥー語でいった。

「楽しみを奪わないでくれ」

ムーアは口を引き結んでうなずいてから、相好《そうごう》を崩した。その老人を敬わずにはいられなかった。風雪を経た青い目は、地獄の奥底を覗《のぞ》いたことがあるにちがいない。

ワジルが、ふたりをなかに招じ入れた。

イスラム教の正午《ズフル》の礼拝が終わったところだと、ムーアは知っていた。ワジルはお茶をいれるにちがいない。精緻《せいち》な文様のペルシャ絨毯《じゅうたん》のあちこちに彩《いろど》りあざやかな座《ざ》布団《ぶとん》が配された広い居間の、涼しい薄暗がりに、三人は進んでいった。席が三つ、しつらえてあった。座布団はトゥシャクと呼ばれ、そのまんなかに敷かれた食布もしくはそのスペースはダスタルハーンといって、重要な食事やお茶などの儀式の中心になる。奥の部屋でなにかが料《りょう》られていて、タマネギの甘いにおいとべつのにおいが、部屋中に漂っていた。

奥の廊下から少年が現われて、ワジルの曾孫《ひまご》だと紹介された。七、八歳の男の子で、水差《アフターバ》しと洗面器《ラガン》を持っていた。ムーアとラナは、それで丁寧に手水《ちょうず》を使った。やがて少年がお茶を持ってくると、ムーアはゆっくりと飲んで、いつもなぜかしらピスタチオを思い浮かべるお茶の香りに、溜息《ためいき》をついた。

「旅はどうだったかね？」ワジルがきいた。

「何事もありませんでした」ムーアは答えた。

「それは重畳《ちょうじょう》」

「写真を持ってきたのだね？」

ムーアは、背負っていた小さなリュックサックに手を入れて、タブレット型コンピュータを出した。親指で電源を入れ、ワジルに差し出した。

ワジルが器用に情報画像を親指でスクロールした。前にも操作したことがあるようだったので、ムーアはそれをたずねた。

「いいものを見せてあげよう」というと、ワジルがくだんの少年を呼び、手を借りて立ちあがった。

ワジルが先に立って廊下を進み、奥の部屋にはいった。そこがオフィスそのものだったので、ムーアは驚いて口をぽかんとあけた。コンピュータがずらりとならび、大画面のテレビがあり、五、六台ものノート・パソコンが、同時に使われていた。ワジルの電子指揮所は、宇宙船のブリッジみたいだった。ウェブ・ニュースやテレビ番組が映っているだけではなく、電子掲示板（BBS）やソーシャル・ネットワーキング・サービス（SNS）のサイトにも接続されていた。この男は、世界に接続している。

そして、近くのテーブルには、まさにムーアのタブレットとよく似たものが、何台も置いてあった。

「ご覧のとおり」いいほうの手で示しながら、ワジルがいった。「おもちゃが好きでね」

ムーアは、驚きのあまり、しきりと首をふった。「こっちに来て、そうですね、二、三年になりますが、いままで存じあげなかったのは、どうしてなんでしょう？」

「わたしがそうしていたからだ」

「それなのに、いまなぜ？」

ワジルの笑みが、ふっと消えた。「来なさい。お茶を終えよう。食事も。そのあとで話をしよう」

居間に戻り、席に座ると、例の少年がタマネギを使った煮込み《コルマ》と、チャツネ、漬物、ナンを持ってきた。ナンというのは、発酵させないパンで、素焼きの窯《かま》で焼く。料理はとても美味で、食べ終えるとムーアは腹がくちくなった。

ワジルが、鋭い質問で沈黙を破った。「きみの人生でこれまでやったことのなかで、なにがいちばん難しかった？」

ムーアは、ラナのほうを見た。重要な一瞬だということを、ラナが態度で示していた。

あきらめの溜息を漏らし、ムーアはワジルのほうを向いてきき返した。「だいじなことなのですね？」

「いや」

「では、どうしてきくのですか？」

「わたしは年老いて、もうじき死ぬからだ。そして、同胞愛は命を犠牲にして固まるものだと信じているからだ。悪夢を拾い集めている、といってくれてもいい。涼しい日中、昔の物語をすると、勇気や真実が花開く。そこで、同胞愛の名においてたずねよう……きみの人生でこれまでやったことのなかで、なにがいちばん難しかった？」

「これまで、その質問に立ち向かったことはなかったようです」

「打ち明けるのが怖いのか？」

「怖くはありません。ただ……」

「直視したくないのだな。それを隠してきたのだな」

ムーアはあえぎ、ワジルに強い視線を向けたままでいられるかどうか、自信がなくなった。「わたしたちはみんな、困難なことをやっています」

「わたしが聞きたいのは、もっとも困難だったことだ。わたしが先に話そうか？」

ムーアはうなずいた。

「わたしは父親に誇りに思ってもらいたかった。孝行息子になりたかった」

「それが、どうして困難だったのですか？」

ワジルが、指のない手を持ちあげてみせた。「わたしは戦争の最初のころに負傷し、父親に誇りに思ってもらいたいという気持ちは、部屋にはいるたびに父親の視線を浴びてしぼんだ。手が不自由になり、もう戦士ではなくなってしまったからだ。そのあと、父親の見る目は変わった。父親に誇りに思ってもらうことは、なによりも難しくなった」

「でも、成し遂げたのですね」

ワジルがにっこり笑った。「父にきくことだな」

「ご存命ですか？」

ワジルがうなずいた。「ここから車で三十分のところに住んでいる。村でいちばんの長寿者にちがいない」

「そうですか、お父上はかならず誇りに思っているはずです。わたしはそんな孝行息子ではありませんでした。それに、自分がどんなに馬鹿《ばか》だったかに気づいたときには、手遅れでした。父は癌《がん》で死にました」

「それはお気の毒に。おたがいに、孝行息子になりたかったのはおなじだな」

「そう単純ではないのですが」

ムーアは、目頭が熱くなってきた――ふたたび答をもとめられるとわかっていたからだ。案の定、そうなった。

「もっとも困難だったことは？」

ムーアは、視線をそらした。「すみません。そこを覗くことができないんです」

ワジルは、お茶を飲みながら黙然と座り、静寂が部屋をふたたび支配した。いっぽうムーアは、無の深く暗い波にあえて思惟《しい》をゆだねていた。「それを話さないと、力を貸していただけないのでしょうね」

「べらべらとしゃべっていたら、信用しなかっただろうな。心の痛みがひどいから話ができないというのは、よくわかる。わたしも知っている痛みだ。いや、力は貸す。

貸さなければならないのだ」

「わたしはただ……かつて下した決断が、正しかったのかどうか、いまだに迷っているんです。それを考えるたびに、吐き気がしてきて」

ワジルが目を丸くした。「それじゃ、忘れなさい。いま食べた煮込みは、最高の料理なんだぞ」

ムーアは、ワジルのジョークににやりと笑った。

「さて、写真の男ふたりだが、正体を突き止められると思う。ただ、どうでもいいような人間だ。きみが阻止しなければならないのは、このふたりを使っている人間だ」

「名前はわかりますか？」

「わたしのオフィスを見ただろう。それよりも詳しい情報をつかんでいるよ」ワジルは、一行を連れて、コンピュータのところへ行き、ムーアの写真に写っているふたりが、アブドゥル・サマド師とオマル・ラフマニ師という人物であることを教えた。サマドのほうが年下で四十代、ラフマニは六十を超えている。

「このふたりは、タリバンの幹部ですか？　ちょっと信じられない。名前を聞いたことがありません」

ワジルが、にやにや笑った。「この男たちは、自分たちの正体をきみに知られたくないだろうな。わかりやすく説明すると、タリバンのなかにはタリバンがある。きみらが顔を知っているような、表に出てくる人間と、可能なかぎり秘密裏に行動する、特殊な集団がいる。ラフマニはその集団の指導者で、サマドは副官だ。きみの同僚を殺し、きみたちに協力しようとした大佐を殺したのは、この男たちだ」

ムーアは、警戒するような視線をラナに投げた。ラナはワジルに、しゃべってはならないことまでしゃべったようだ。ラナが肩をすくめた。「一部始終を教える必要があったんだ——手を貸してもらうには」

ムーアは、渋い顔をした。「まあいい」ワジルをじっと見た。「この男の行方がわからないのです」砲金《ガンメタル》色の髪をのばし、汚らしい顎鬚を生やしたギャラハーの写真を、ワジルに渡した。ギャラハーの両親は、シリアからの移民で、ギャラハーはアメリカで生まれた。本名はバシル・ワッスーフだが、ボビー・ギャラハーと名乗り、ティーンエイジャーのころに法的にもその名前に改名した。北カリフォルニアで成長するとき、さんざん差別を受けたと、ムーアに話したことがあった。

「コピーが一枚ほしい」ワジルがいった。

「ありがとうございます。もうひとりの、ヒスパニックのことは、なにかご存じないですか?」

「メキシコ人で、前よりもずっと大量の阿片《あへん》を買いつけている。以前は、メキシコ人は上客ではなかったのだが、ここ数年、取り引きが十倍に増えている。もう知っているだろうが、パキスタン陸軍が、国内を通って海外に輸送するのに手を貸している。メキシコやアメリカに運ぶのに……」

「いまこの男たちがどこにいるか、わかりませんか？　たったいま、ということですが」

「わかると思う」

「ワジル、お茶や煮込みや、なにからなにまで、ほんとうにありがとうございます。心から感謝しています」

「わかっているよ。それから、話をする気持ちになったら、会いにきなさい。わたしはきみの話が聞きたい。年寄りだからね。いい聞き手になれる」

帰りの車のなかで、ムーアは〝自分の物語〟と、ことによると渉《わた》っていたかもしれない暗い水路について、つらつらと考えた。

コロラド州ボールダーのフェアヴュー高校（バスケットボール・チーム〝ナイツ〟を擁する）で、ムーアは一年生のときにウォルター・シュミットという生徒と知り合った。

シュミットは、落第したために、他の生徒よりもひとつ齢《とし》が上だった。それを自慢にしていた。授業をサボったり、教師に口答えをしたり、校内でマリファナを吸ったりすることを得意がっていた。シュミットはしつこく、仲間にはいれとムーアを誘った。誘惑はかなり強く、両親の離婚騒ぎから逃れたいという思いのほうにそそのかされそうになったが、ムーアは踏みとどまった。とはいえ、勉強好きだったわけではなく、授業はただやり過ごしていた。それに、シュミットが人気が出て、セックスの相手になるような女生徒を惹《ひ》きつけているのを見ると、うらやましくなった。シュミットはムーアに向けて眉毛《まゆげ》を動かして、おまえもこういう人生を楽しめるんだぜ、といっているようだった。

学年の終わりが近づくと、ついにムーアの防御が崩れた。シュミットのやるパーティに行くことにした。好きな女の子が来るし、その子がマリファナを吸っているのを知っていたので、はじめて自分も吸おうと思った。シュミットの家に向けて自転車を走らせていると、パトカーの回転灯が光っていたので、速度をあげた。近づくと、シュミットがまるで狂犬病にかかった犬みたいに、警官ふたりに家から連れ出されているのが見えた。手錠をかけられるとき、シュミットは抵抗し、悪態をつき、警官の顔に唾《つば》を吐くということまでやった。

ムーアが息を切らしてそこに立っていると、パーティに来ていたものたちが、すべて逮捕され、連行されていった――ムーアの好きな女の子も含めて。

ムーアは、何度も首をふった。自分もあやうく逮捕されるところだった。こんなのは人生じゃない。自分はちがう。あんな馬鹿者たちとはちがって、人生を無駄にするつもりはない。行き先をすっかり変えよう。IBMに勤務しているコンピュータおたくの父親は、目標を持たないと将来はないぞと、いつも脅していた。

だが、その晩、ムーアはひとつの決断を下した。いい意味での刺激をあたえてくれて、激励してくれる人物の話を、よく聞くことにしよう。ローエンガードという高校の体育教師が、ほかのだれも目を留めず、気づいていなかった、ムーアの資質を認めていた。ローエンガードは、人生は生きるに値するし、この無限大の世界に貢献できるということを、ムーアが気づくように仕向けた。きみなら召集に応じて、きわめて特別な種族の戦士、海軍SEALになれる、と。

海軍は酔っ払いと間抜けが行くところだというのが、ムーアの父親の口癖だった。それなら、おやじがまちがっていることを証明してやる。ムーアは品行方正を守って、高校を卒業し、その夏にはイリノイ州の五大湖にある海軍新兵訓練コマンドに出頭して、八週間の初等訓練を受けた。〝信頼度確認コース〟を二度受け、艦上訓練、武器訓練、艦内応急訓練、そして忘れもしない〝信頼度確認室〟での訓練を、くぐり抜けなければならなかった。そこでは、足もとで催涙ガスを発生するかけらがシュウシュウ音をたてているところで、姓名と社会保障番号を唱えなければならない。

訓練を修了すると、ムーアは海軍の野球帽をかぶり、六週間のLE／MA（法執行／警衛）訓練課程を終えるために、サンアントニオにある海軍法執行アカデミーへ行った。銃をいじれるので、おもしろく、スリルがあった。そこにいるときに、教官に射撃の腕を認めてもらい、かなり嘆願した末に、喉《のど》から手が出るほどほしかった推薦状を手に入れた。訓練を修了すると、ムーアは一等水兵（E‐3）に昇級し、海軍SEALの西海岸の本拠地であるカリフォルニア州コロナドに送られた。

そこでムーアを待っていたのは、血と汗と涙だった。

5

理想の父親

メキシコ、プンタ・デ・ミタ(ミタ岬)
カサ・デ・ロハス(ロハス邸)

ゲートに囲まれたコミュニティ、フォー・シーズン・ゴルフ・リゾートにある、海に面した大邸宅に、二百人以上の客が集まっていた。敷地面積は一八〇〇平方メートルを超え、主スイーツが四組と何人もが寝られる子供用寝室がふた部屋あり、離れがひと棟あるその大邸宅は、当然ながら、コミュニティのなかでもっとも名声を博している。手彫りの巨大な正面扉や、個人の邸宅ではなくヨーロッパの大聖堂かと思えるような、大規模な石工技術が駆使されている大理石の広いロビーを見て、カサ・デ・ロハスに足を踏み入れたものは、のっけから圧倒される。豪華な御影石《みかげいし》のアーチを支える大きな石柱のかたわらを過ぎて、インフィニティ・プール(訳注 海と溶け込んでいて端がないように見えるプールのこと）とその向こうの広大な石のデッキのほうへ案内されたときに、ミゲルの恋人のソニア・バティスタが息を吞《の》んだのも、不思議はなかった。

「だれにでも秘密はある」ソニアは足をとめて、石柱にもたれ、大きな天窓を見あげた。「でも、これは……ちょっとすごすぎる」それから、精緻《せいち》な模様の石畳を見おろした。芸術家や世界的に有名な建築家が、何カ月もかけて考案し、何年もかけて完成させたものだった。ひとまわり見せてから、ミゲルはそのことも教えるつもりだった。いまは、父親がプレゼンテーションをはじめる前に、席につかなければならない。とはいえ、我慢できなくなって、夕陽をいいぐあいに浴びて、火山性の黒い砂みたいに輝いているショルダー・レングスの巻き毛を、最後にもう一度、惚《ほ》れ惚《ぼ》れと盗み見た。性欲が燃えさかっている二十二歳のミゲルは、ふたりしてあとでなにをしようかと想像していた。ソニアは、ファッション・モデルみたいにほっそりしているが、かなりのスポーツウーマンでもあり、この一カ月、ミゲルはソニアの若い肉体のあらゆる曲線を探索し、金色がかったところが五、六カ所ある濃い茶色の目を飽きもせず見つめつづけてきた。ミゲルはさっと体を動かして、すばやくソニアにキスをした。ソニアが、くすくす笑った。ミゲルは、ソニアの手首を握った。「行こう。遅れたらおやじに殺される」

前を見ておらず、三カ所にあるだだっぴろいメイン・キッチンの一カ所を口をあけて眺めていたせいで、ソニアは転びそうになった。十二席のバーと、百人近くが座れる宴会場が隣接している。左右では、高さ六メートルの天井に向けてそびえている石造りの壁が輝いていた。世界中から父親が輸入した家具について、ミゲルはあとでソニアになにもかも話すつもりだった。そうした調度の多くには来歴がある。ひとまわりするのに数時間かかるのはわかっていた。夜になって部屋にこもる前に、図書室、ジム、メディア・ルーム、屋内射場へいく時間があればいいのだがと思った。ここがどれほどの規模であるか、ソニアは知る由《よし》もなかったし、いまもちょっと見せただけだから、まだほんとうにはわかっていない。ぼくとおやじ——ホルヘ・ロハスのことを、もっとよく知ってもらおう。

「心配になってきた」長い廊下の突き当りまで行き、プールサイドのデッキのまだら模様の敷石に踏み出そうとしたときに、ソニアがそういった。

いつものように、カスティリョがそこに立っていた。身長一八三センチ、ダークスーツを着て、イヤホンをはめ、サングラスをかけている。ミゲルがふりむいていった。

「ソニア、こちらはフェルナンド・カスティリョ。おやじの警備責任者なのに、シューティング・ゲームの〈コール・オヴ・デューティ〉をやりたがらない……」

「それは、あんたがずるをするからだよ」カスティリョが、薄笑いを浮かべていった。

「ゲームにハッキングしてる——おれにはわかってるんだ」

「射撃をもっと習ったほうがいいんじゃないか」

カスティリョが、首をふり、サングラスをはずすと、隻眼《せきがん》だということがわかった。片方の目は、縫われて閉じたままだった。ソニアはひるんだが、握手をした。

「お目にかかれて光栄です」

「こちらこそ」

「きれいなお嬢さんにご無礼はしたくないんですが」サングラスをかけて、カスティリョはいった。「これをかけたままのほうが、いい場合もあります」

「気にしないで」ソニアはいった。「ありがとう」

ふたりはそこを離れ、プールのまわりにならべられたディナー・テーブルを囲んで立っているひとの群れに混じった。ミゲルが、ソニアにささやいた。「あいつに騙《だま》されちゃいけない。あの目でも、目が不自由じゃない人間よりも鋭く観察しているんだ」

「どうしてああなったの？」

「子供のころなんだ。それが気の毒な話でね。いつか話すけど、今夜は高いワインを飲んで楽しもうよ！」ミゲルが両眉《まゆ》を動かして、ソニアの手をぎゅっと握った。

プールサイドの四カ所にバーテンが配置されたバーがあり、ワインやシャンパンがふんだんに供されていた。二カ所のバーのあいだに幕が張られ、北大西洋の静かな海と赤味がかったオレンジ色の空が、完璧《かんぺき》な背景をなしていた。その幕には、〈歓迎・ホルヘ・ロハス学校改善プロジェクト募金パーティ〉と書いてあった。この参加費がひとり千ドルのパーティは、裕福な友人たちが金の一部を偉大な運動に寄付するよう仕向けるためのもので、ミゲルの父親が年に二度開催している。ホルヘ・ロハスの財団がこれまでに達成した業績は、じつにすばらしいものだった。これまでロハスがやってきたような教育制度改善は、メキシコ政府にはとうてい無理だっただろう。ロハスは、今後もそれをつづけるはずだった。

「ミゲル、ミゲル」うしろから聞いたことのある声がかかった。マリアナとアルトゥロ・ゴンザレス夫妻が通れるように、すし詰め状態の客の群れが分かれた。マリアナ・ゴンザレスはミゲルの叔母で、どちらも四十代の終わりに近かった。ふたりとも身だしなみも服装も非の打ちどころがなく、ハリウッドの重要なパーティにもそのまで出られそうだった。マリアナは、兄が亡《な》くなったあとは、ホルヘ・ロハスのたったひとりのきょうだいだった。

「まあすてき」マリアナが、ミゲルのダークグレーのスーツの袖《そで》を引きながらいった。

「気に入った？　おやじとふたりで、ニューヨークの新人デザイナーを見つけたんだ。こっちへ来てもらった」ミゲルは、そのスーツに一万ドル以上かかったことを、ソニアにいうつもりはなかった。それどころか、家族の富のことが気恥ずかしく、取りあげずにすむときにはそうしていた。ソニアの父親はマドリード出身のカスティリャ人で、ツール・ド・フランスに出場するプロチームにレース用自転車を供給する〈カスティリャ〉という特注自転車メーカーを経営している、成功したビジネスマンだった。だが、ミゲルの父親が築いた富とは、比べるべくもない。ホルヘ・ロハスは、メキシコの一富豪ではなく、全世界の大富豪のひとりに数えられる。そのため、息子のミゲルの人生は、複雑で現実離れしたものになっている。

「こちらが、あなたがよく話をするソニアね？」マリアナがたずねた。

「ええ」ミゲルが得意げに顔を輝かしてから、マリアナの予想どおり、すこし堅苦しい声でいった。「ソニア、マリアナ叔母さんとアルトゥロ・ゴンザレス叔父さんだ。叔父さんはチワワ州知事だよ」

ソニアは完璧なレディなので、やはり堅苦しい声で挨拶《あいさつ》をした。光り輝く笑みと、首にゆるやかにかかるダイヤモンドのネックレスが、いやおうなしにゴンザレスの目に留まった。ソニアを見守っているミゲルは、もうなにも耳にはいらず、ソニアの動きや反応だけを見ていた。顔に浮かぶよろこびの色、うれしそうな笑顔、うっとりさせるその目の輝き。

ソニアとミゲルを引き合わせたのはミゲルの父親で、共通の友人の投資を手伝ったあとのことだった。ソニアがカスティリャ人だというところが、ホルヘ・ロハスに気に入られたのだ。ミゲルは、すばらしい尻《しり》と豊満な胸の谷間が気に入った。とにかくつきあいはじめた最初のころはそうだった。ソニアがヨーロッパ最大の大学のひとつであるマドリード大学の学生で、美貌《びぼう》の蔭《かげ》には頭脳があることを、ミゲルはすぐに悟った。「わたしを見くびらないで」ソニアはきっぱりといった。「授業料が高い私立大学には行かなかったけれど、第二位優等で卒業したのよ」

卒業後の夏、ソニアは、それまで行ったことのなかったニューヨーク、マイアミ、ロサンゼルスを旅した。ファッションと映画産業の虜《とりこ》になっていた。専攻は経営学だったので、カリフォルニアの大手映画会社か、ニューヨークの有名デザイナーのところで働きたいと考えていた。あいにく、父親は不賛成だった。自分探しのために一年の余裕はあたえられたが、この秋には父親の会社に勤めることになっている。むろん、ミゲルはもっと雄大な計画を用意しようともくろんでいた。

「やっとスペインから戻ってきたのね」マリアナがいった。「どれぐらいいたの?」

ミゲルが、ソニアに笑みを向けた。「一カ月くらいかな」

「卒業プレゼントだと、お父さまはいっていたわよ」目を丸くして、マリアナがいった。

「そうですよ」ミゲルが得意げに答えた。それから、叔父のほうを向いた。

「こっちはどんなようすですか?」

アルトゥロ・ゴンザレスが、禿頭《はげあたま》を片手でなでてから、うなずいた。「仕事が山積みだよ。武力衝突が悪化している」

マリアナが手をふった。「でも、いまそんな話はしないでよ。こんなときに。せいぜいお祝いしないといけないんだから」

ゴンザレスが、あきらめの態《てい》でうなずき、ソニアに笑みを向けた。「お会いできて、とてもうれしいですよ。わたしたちのテーブルにご案内しましょう。あちらです」

「まあ、よかった。ごいっしょできるんですね」ソニアはいった。

長いプールサイドを通って、テーブルの前に行くあいだに、ミゲルは四、五人の知り合いに呼びとめられた――父親の仕事仲間、南カリフォルニア大学のサッカー・チーム時代の仲間、それにもと恋人ひとり。その女とフランス語で話をするあいだ、ソニアが途方に暮れて佇《たたず》み、三十秒が三十時間に思えるほど気まずかった。

「フランス語ができるなんて、知らなかった」図々《ずうずう》しい魔女からようやく逃れると、ソニアはミゲルにそういった。

「英語、フランス語、スペイン語、ドイツ語、オランダ語も」ミゲルがいった。「それに、ときどきギャングスタ・ラップも。おれのいってること、わかるかい、Ｇ？」

ソニアは笑い、世界最高の磁器やナイフやフォークがならべてある、贅《ぜい》を尽くしたテーブルのまわりの席についた。ミゲルは、どんなものでも徒《あだ》やおろそかにしてはならないと、父親に教えられているので、特権階級の暮らしをしていても、ナプキンの材質や自分のベルトの革の種類といった細かなことも、きちんと意識していた。貧しいひとびとは多いのだから、自分の人生のあらゆる贅沢に感謝し、そのよさをじゅうぶんに認識しなければならない。

大きな移動式スクリーンの近くに、ノート・パソコンが置いてあるマイク付きの演台があった。ミゲルの父親の希望で、プレゼンテーションは客たちが食事をする前に行なわれる。いつも父親がいうように、「ふくれた腹に耳はない」からだ。

アルトゥロ・ゴンザレスが立ちあがり、演台へ行った。「お集まりのみなさん、席についていただけますか。まもなくはじめます。はじめてお会いするみなさんのために自己紹介いたしますと、わたしはアルトゥロ・ゴンザレス、チワワ州知事であります。それでは、紹介の必要もないわたしの義兄をご紹介いたしますが、ちょうどいい機会ですから、ホルへの子供時代について、すこし裏話をいたしましょう。わたしたちはおなじ学校へ行き、これまでずっと長いつきあいをしてきましたのでね」

ゴンザレスは、さっと息継ぎをして、唐突にいった。「ホルへは泣き虫でした。ほんとうの話」

聴衆が、大爆笑した。

「宿題が出ると、ホルへは何時間も泣くんです。それか、うちに来るので、わたしが宿題をやってあげる。すると、ホルへはコカコーラかガムをくれました。そうなんですよ。そのころから、儲《もう》かるビジネスがなにか、わかっていたんです」

また笑い声。

「でも、まじめな話、みなさん、ホルへとわたしはわが国の教育や教員は、ほんとうにすばらしいと思いました。それがなかったら、ふたりともこうしてここに立っていることはなかったでしょう。ですから、わたしたちはふたりとも、わが国の子供たちにそのお返しがしたいと、心から感じているのです。財団の事業について、ホルへから説明がありますから、前置きはこれぐらいにいたしましょう。ホルへ・ロハスさんです！」

ゴンザレスが、いっぽうのバーに目を向けると、その奥からミゲルとおなじスーツを着た男が出てきた。ネクタイだけはちがっていた。力を象徴する輝く赤で、縁に金の縫い取りがある。散髪したばかりの髪はゲルでなでつけてあり、鬢《びん》と長いもみあげがいくぶん灰色になっていることに、ミゲルははじめて気づいた。父親がいい齢《とし》だということを、これまでは考えもしなかった。ホルヘ・ロハスはスポーツマンで、南カリフォルニア大学に在学していたころは、サッカー・チームの選手だった。膝《ひざ》を痛めるまで、数年前まで三種競技《トライアスロン》をやっていた。いまもすばらしい体つきで、一八八センチの堂々たる長身だった。かたやミゲルは一七八センチで、もうのびそうにない。ロハスはよく二、三日、無精髭《ぶしょうひげ》をのばし、忙しくて髭を剃《そ》るひまがないと弁解する（世界有数の金持ちなのに、髭剃りの時間もないのかと、たいがいの相手は眉《まゆ》をひそめる）。しかし、今夜はきれいに剃っていて、映画スターのような尖《とが》った顎《あご》が目についた。ロハスは歯を見せて笑い、聴衆に向けて手をふると、文字どおりジョギングでバーを離れて、演壇に駆けあがり、ゴンザレスを派手にハグした。

それから、体を離して、義弟の首を絞めるまねをして、また聴衆の笑いを誘った。

ゴンザレスを解放すると、ロハスはマイクの前に行った。

「宿題のことで泣いた話はぜったいにするなと、釘《くぎ》を刺しておいたんです。ですが、ほんとうなんですよ、みなさん。事実です。学校のことになると、いつだって感情的になるんでしょうね――よかれ悪《あ》しかれ！」

ミゲルは、ソニアのほうを見た。心を奪われ、じっと聞いている。父親にはそういう影響力があり、ミゲルはときどきねたましくなるのだが、なによりも父親が自慢でならなかった。それに、みんなとおなじようにソニアも魅了されるにちがいないと、予測はついていた。

それから十五分、ふたりはじっと座って耳を傾け、財団がやってきた事業のガイド付き説明を眺めた。学校を新設し、教室に最新鋭のテクノロジーを導入し、メキシコと近隣諸国から最高の教員を雇い入れる。事業の実効性を示すために、ロハスは統計やテストの点数も発表した。だが、なによりも説得力があったのは、登場した生徒たちそのものだった。

ロハスが脇《わき》にどいて、四年生のクラス全員が演壇の奥にならべるようにした。そのうちの三人、男子生徒ふたりと女子生徒ひとりが、学校がどんなによくなったかを、わかりやすく語った。ミゲルがこれまでに見たなかでも、もっとも愛らしい生徒たちだった。客たちの心の琴線に強く触れたことはまちがいない。

生徒たちの話が終わると、ロハスは、お帰りの前にまた寄付をよろしくお願いしますといって締めくくった。子供たちのほうを手で示した。「わたしたちは、未来に投資しなければなりません」声を大にしていった。「今夜、まだまだそれがつづきます。食事を楽しんでください、みなさん。どうもありがとうございました！」

演壇をおりたロハスは、恋人のアレクシのところへ行った。はっとするようなブロンド美女のアレクシは、さきほどまでロハスとずっといっしょにバーで佇んでいた。ロハスは、ウズベキスタンへの商用旅行中にアレクシと出会った。ロハスが惹《ひ》かれたわけは、だれの目にも明らかだった。アレクシは、《ナショナル・ジオグラフィック》の表紙に載って有名になったアフガニスタンの女性、グラとおなじ、あざやかなグリーンの目をしていた。父親はウズベキスタン大統領に指名された最高裁判事で、アレクシ本人も弁護士だった。三十を過ぎているとは、とうてい見えない。知的な会話ができない女性に父親が耐えられないことを、ミゲルは知っていた。アレクシは、英語、スペイン語、ロシア語を流暢《りゅうちょう》にしゃべり、世界情勢を研究している。もっとも驚くべきことは、ロハスのこれまでの恋人のだれよりも、長つづきしていることだった。ふたりはもう一年近くつきあっている。

ミゲルは先ほどから、庭の左手の席はなんだろうと怪訝《けげん》に思っていた。またそっちを見ると、オーケストラが席につき、アントニオ・カルロス・ジョビンの繊細なボサノバを演奏しはじめた。

アレクシが流れるような物腰でテーブルに向かい、ロハスが椅子《いす》を引いた。席につくと、アレクシは淡い笑みを一同に向けた。

「おお、世界旅行家がやっとスペインから戻ってきたね」満面の笑みを浮かべて、ロハスがソニアにいった。「また会えてとてもうれしいよ、ミズ・バティスタ」

「こちらこそお目にかかれてとてもうれしいです。プレゼンテーションをありがとうございました。とてもすばらしいお話でした」

「子供たちには、どれだけ尽くしても尽くしきれないからね」ロハスが、ふと考え込んだ。「いや、これは失礼した」すばやくいい添えて、アレクシのほうを向いた。「こちらは友だちのアレクシ・ゴルバトワです。アレクシ、息子の友だちのソニア・バティスタだよ」

挨拶のやりとりのあいだ、ミゲルがいくぶん気おくれしていると、ウェイターが来て、グラスにワインを注いだ。ミゲルは瓶を盗み見た。シャトー・ムートン・ロートシルト・〈ポーイヤック〉一九八六年。そのワインは好きだったし、一本五百ドル以上することも知っている。それもソニアに教えるつもりはなかった。だが、鼻にグラスを近づけたソニアは目を丸くした。

ロハスが、グラスを掲げた。「わたしたちの偉大な国メキシコの未来に乾杯！　ビバ・メヒコ！」

　そのあとで、ミゲルとソニアは、デザートが出る前にそっと席を離れた。父親は叔父や地元政治家数人との話に熱中していた。みんな葉巻を吸っていて、ソニアにはその臭《にお》いがきつすぎ、目が痛くなった。ふたりはオーケストラに近い空いたテーブルに移り、驚くほどみごとな編曲の〈ワン・ノート・サンバ〉に聞き入った。ミゲルが題名を知っていたことに、ソニアが感心した。ミゲルは音楽を選択科目として選んだだけではなく、熱心に学んでいた。ソニアは、ミゲルの手に手を重ねていった。「ここに招いてくれてありがとう」

　ミゲルが笑った。「見学する？」

「差し支えなければ、いまはいいわ。ここに座って話をしていたい」

　遠くでサイレンがけたたましい音をたて、さらにいくつものサイレンが鳴った。たぶん事故だろう。ミゲルの叔父がいったような武力衝突ではなく。フアレス市に居ついている暴力は、霧のように男たちの目を曇らせ、たがいに殺しあうよう仕向けている。いや、あれはただの自動車事故だ。

ソニアは顎をあげて、デッキを見やった。「アレクシ、すてきね」

「おやじと相性がいいんだけど、結婚しないだろうね」

「どうして？」

「母をずっと愛しつづけているからだ。ああいう女たちは、母とは比べものにならない」

「話したくないのなら、いいんだけど、お母さまがどうして亡《な》くなったのか、まだ話してもらっていないけど」

ミゲルが、眉根を寄せた。「話したと思ったけど」

「ほかの彼女にでしょう」

ミゲルがにやりと笑い、ソニアの腕を殴るふりをしてから、真顔になった。「乳癌《にゅうがん》で死んだ。どれだけ金をかけても、治せなかった」

「お気の毒に。あなたはいくつだったの？」

「十一」

ソニアがすり寄って、片腕をミゲルの肩にかけた。「とてもつらかったでしょうね。ましてそのぐらいの齢だと」

「ああ、おやじが……なんていうか……もっとちゃんと受けとめられればよかったのにと思う。ぼくがおかしくなるんじゃないかと、おやじは考えたんだ。このままここにいると、悲しみに耐えられなくなるだろうと。それで、ル・ロゼに行かされた」

「でも、その学校は好きだったんでしょう」

「そうだよ。でも、父親とは離れ離れだ」

ソニアはうなずいた。「正直にいうとね、あなたがそこへ行ったという話をしたあとで、ネットで調べたの。授業料がすごく高い全寮制学校なのね……世界有数の。それに、スイスの学校へ行けるなんて。すばらしいじゃないの」

「まあね。ただ……ほんとうにおやじと分かれて淋《さび》しかったし、それからなんとなく、しっくりいかなくなった。母を亡くしたことを、おやじはうまく受けとめられず、ぼくをうまく育てられなかった。だからスイスに行かされたんだ。一年に三度か四度会うだけで、父親と会っている感じがしなかった。ボスと会っているみたいで。恨んではいないよ。おやじがよかれと思ってやったことだ。ただ、ときどき、うまくいえないけど……ときどき、ぼくをそういうふうにした償いに、ああいう生徒たちを手助けしているんじゃないかと思うことがある……」

「お父さまとよく話をしたほうがいいんじゃないの。心を打ち割って。あなたは、あちこちを旅しているでしょう。家に腰を落ち着けて、あらためておたがいを知るようにしたら」

「きみのいうとおりだ。でも、おやじがそうしたいかどうかは、わからない。やはりあちこちを旅しているからね。メキシコの大部分を所有しているとなると、目配りをしなければならない物事が山ほどあるんだろうね」

「お父さまは正直なかたのようね。あなたにも正直になってくれるでしょう。話をしなきゃだめよ」

「それがちょっと心配なんだ。おやじはもう、ぼくの人生の計画を立てているから、話をしたら、行程表《ロード・マップ》を渡されるに決まっている。おやじの指示で働くようになるまで、せめてこの夏いっぱいは、ゆっくりしたい。秋になれば、大学院に行くし」

「そのこと、話してくれなかったわね」

「きみに話していないことは、いっぱいあるよ。カリフォルニアに引っ越したいときみはいったよね。憶《おぼ》えている？」

「ええ」

「秋になったら、いっしょに行かないか。ぼくは大学に行くし、きみもいっしょに来て、映画会社で仕事を捜せばいい。そうしたいんだろう」

ソニアは、息を切らしていった。「そうなったら最高！　うわー、ほんとうにそういう仕事を見つけて――」

　急に言葉を切り、渋い顔になった。

「どうしたの？」

「父がそんなことを許すはずがないから」

「ぼくが説得するよ」

「無駄よ」ソニアは声を落とし、父親の口真似《くちまね》をした。「〝頑《かたくな》なまでに一心不乱〟だから成功したんだ――そう父はいうの。娘に対しても、おなじ態度なのよ」

「それなら、おやじから話をしてもらおう」

「いったいなんていうつもり、ミゲル？」ソニアは、毛抜きで完璧《かんぺき》に整えてある両眉をあげた。

「きみのお父さんに、きみを幸せにしたいと思っているという。信じてくれ――ぼくにはできる。きみをすごく幸せにする。その、精いっぱい努力するよ」

「もう幸せよ……」ソニアはミゲルのほうに身を乗り出した。ふたりのキスは深くて情熱的だった。ミゲルの胸は高鳴った。

キスを終えて、ミゲルがふりむくと、デッキの向こうから父親がじっとみていた。

父親が手をふり、ふたりを呼び寄せた。

「行こう」ミゲルは、溜息《ためいき》をついた。「おやじ、世界危機すべてについて、ぼくの意見を聞くつもりだ――意見なんかないのに……」

「心配しないで」ソニアはいった。「あなたに意見がなければ、わたしがいうから」

ミゲルがにやりと笑い、ソニアの手を握った。「最高」

6

剣《つるぎ》の詩《うた》

北ワジリスタン、シャワル地区

シャワル族の族長が、マナ谷にある日干し煉瓦《れんが》の砦《とりで》で重要な会議を行なうと布告したが、アブドゥル・サマド師は出席するつもりは毛頭なかった。参加者《ミシャーラン》たちが続々と砦の表に集まってきても、山頂にとどまり、もっとも信頼できる副官のアティフ・タルワルとワジド・ニアジとともに、木立の脇《わき》で身をこごめていた。

サマドは、向かいの山腹に動きがあるのを察知し、双眼鏡でさらに詳しく調べた。髪が黒く、顎鬚《あごひげ》を生やした男と、もっと若くてやせていて、顎鬚も薄くて短い男がいるのに気づいた。ふたりともこのあたりの部族の服装だが、ひとりが衛星電話機とGPSとおぼしいものを確認していた。

タルワルとニアジも、そのふたりを観察していた。ふたりともまだ二十代で、サマドの半分ほどの齢《とし》だが、この二年間、サマドに訓練をほどこされてきた。向かいの山頂のふたりについて、いずれもサマドとおなじ判断を下していた。あのふたりは、アメリカの情報機関かパキスタン軍、あるいはアメリカ軍特殊部隊の先乗り斥候にちがいない。訓練の行き届いていない族長の間抜けな配下は、それに気づいていない。族長の部隊は、その不手際《ふてぎわ》の代償を払うことになるだろう。

その族長は、政府高官に対して部族の行動規範をふりかざすのが好きだった。軍が南ワジリスタンで敗北を喫しているのは、自分を攻撃した場合にどうなるかという好例だと、パキスタン軍を脅していた。自分たちは部族のおきてや評議会《ジルガ》のような会議を通じて部族の問題を解決するから、政府は生活に必要な最低限の手助けだけをして、統治には口を出すべきではない。それを政府は理解すべきだと、族長は唱えていた。自分たちは断じて犯罪者をかくまわないし、シャワルに〝外国人闘士〟はいない、部族民やその土地に害がおよぶようなことは、まったく考えていない——そう族長は政府側に請け合った。しかしながら、族長は嘘《うそ》をつくのは、あまり上手ではなかった。それに、二枚舌のせいで命を落とすはずだ……きょうか……あすではないにせよ……

サマドはじきにそのように手配するつもりだった。

斥候とおぼしいふたりは、移動することもなく、周囲の谷間を双眼鏡で観察していった。アンズの木が列をなしているところへ向けてゆるやかな弧を描きながら斜面を下っている長大なリンゴ園に、ことに関心を示しているように見える。村を見おろす急斜面は、切り開かれて畑になっている個所もあるが、リンゴ園は格好の隠れ場所になる。周辺防御に配された族長の見張りを、斥候はむろん発見していた。しかし、そういった見張りは、背後のスパイにはまったく気づいておらず、サマドは不愉快になってまたもや首をふった。

この地域の部族がタリバンやアルカイダをかくまっていると、アメリカ・パキスタン両政府が判断しているのには、じゅうぶんな根拠がある。ダッタ族とザッカ族の部族民は、何世紀も前から、強い忠誠心を保ち、反乱分子に安全地帯を提供してきたことで知られている。現在の族長も例外ではないが、アメリカから相当な圧力を受けているので、その力に屈して寝返るのは時間の問題だと、サマドは見ていた。そうなると、シャワルのパキスタン側のことと、約一〇キロメートル離れたアフガニスタン側で訓練している四十人とサマドは、敵に売られるだろう。

二〇〇一年の9・11同時多発テロ後、パキスタン軍は、アフガニスタンから東に突出しようとする北部同盟軍から国境を護《まも》る任務のために、この地域に進出した。紛争が起きてもおかしくはなかったのだが（サマドの意見では、起こすべきだった）、地元部族はパキスタン軍を快く受け入れ、検問のための哨所《しょうしょ》がもうけられた。それから数年たつと、部族指導者たちはその迂闊《うかつ》な対応を後悔するようになる。その地域にテロリストがいると考えたアメリカ軍の無人機や対人爆弾により、近親者の多くが殺されるはめになったからだ。正義の名を借りて一般市民を殺しておきながら、アメリカ側は陳謝してわずかばかりの補償をあたえただけだった。

しかし、ここ数カ月、部族民は分別を取り戻して、アメリカとパキスタン政府からの要請を拒んでいる。数年前から部族の軍《ラシュカル》が編成され、シャワル地域の逃亡犯や反乱分子をすべて逮捕する任を負うようになった。ところが、ほんの二、三日前、部族軍の働きぶりには不満があるし、逃亡犯を根絶やしにするために大規模な政府軍をふたたび配置する必要があるかもしれないと、イスラマバードの政府高官から族長に連絡があった。サマドとその配下と、現在はアフガニスタン側にいる指導者のオマル・ラフマニ師は、取り引きにこぎつけた。パキスタン軍が戻ってきたら、タリバンとアルカイダ側が、部族民に装備を提供し、攻撃を撃退する。さらに、助力に対して巨額の報酬を支払うと、ラフマニが族長に約束した。ケシがどんどん育ち、阿片《あへん》の塊が海外に輸送されているかぎり、ラフマニの資金がとぼしくなる気遣いはない。先ごろ、メキシコのファアレス・カルテルとの取り引きが成立した。ファアレス・カルテルが、敵対するカルテルを叩《たた》き潰《つぶ》すことができれば、ラフマニの組織はメキシコで大手供給者になれるはずだった。メキシコは従来、アフガニスタン産の阿片の大口の買い手だったことはなかったが、ラフマニはそれを変え、自分たちの製品《ブツ》が南米のコカインや結晶メタンフェタミン産業と、もっと互角に競争できるようにするつもりだった。南米のそれらの製品は、莫大《ばくだい》な量がカルテルに供給され、それが最終的にアメリカ人の手に渡っている。

サマドは、双眼鏡をおろした。「やつらは今夜来る」と、副官ふたりにいった。

「どうしてわかるんですか？」タルワルがきいた。

「いいか、忘れるなよ。斥候というものは、つねに数時間先駆けて来る。それだけのことだ。ラフマニがあらかじめ警報を伝えてくるはずだ」

「われわれはどうするんですか？　全員を間に合うように集められますか？　逃げられますか？」ニアジがきいた。

サマドは首をふり、人差し指を空に向けた。「例によって、やつらが見張っている」長い顎鬚をしごいて考え、一分とたたないうちに、計画が固まっていた。うしろに下がって、果樹園の近くを通り、スパイから見えないように尾根の蔭《かげ》を通って遠ざかるということを、手ぶりでふたりに伝えた。

山の向こう側の斜面に小さな家と、山羊《やぎ》、羊、牛六頭のための広い囲い付きの畜舎がある。近くの谷間に兵隊を連れてきて射撃練習をするとき、そこに住む農夫は何度となく邪視をサマドに向けた。タリバンの訓練場に使われていることを、その農夫は強く意識していた。族長にあらゆる面で便宜をはかるようにと命じられ、渋々従っていたのだ。サマドは農夫と話をしたことは一度もなかったが、ラフマニは話をしたことがあり、信用できないと注意されていた。

戦時には、男は命を捧《ささ》げなければならない。サマドの父親はロシア人と戦ったムジャヒディンで、生きている姿をサマドが見た最後の日に、そう語った。ＡＫ－47一挺《ちょう》と小さなぼろぼろの背嚢《はいのう》だけを持って、父親は戦争に出かけていった。サンダルはばらばらになりそうだった。サマドのほうをふりかえって、父親は笑みを見せた。その目には輝きがあった。サマドはひとり息子だった。そして、ほどなくサマドと母親は、この世にふたりだけで残された。

男は命を捧げなければならない。黄ばんだビニールにくるんだ父親の写真を、サマドはいまだに身につけている。夜にひどい孤独にさいなまれるときには、写真を見て、父親に語りかけ、自分が達成してきたことすべてを誇りに思ってくれるだろうかと問いかける。

いくつかの国際救援団体の手助けで、サマドはアフガニスタンで学校教育を受け、べつの救援団体に選ばれて、イギリスのミドルセックス大学に入学し、奨学金を受けられるように手配してもらった。ドバイにその分校があり、そこでIT（情報技術）を専攻して、政治への興味を強めた。その大学で、タリバン、アルカイダ、ヒズボラの若いメンバーたちと知り合った。そうした反体制主義が、純粋無垢《むく》だったサマドの心に火をつけた。

大学を卒業すると、サマドは数人の友人とともに、イラン南東部にあって、パキスタン、イラン、アフガニスタンの三国の国境が重なる、戦略的な要地のザーヘダーンに赴いた。麻薬取り引きで資金を得て、大胆にもイラン革命防衛隊の爆破物専門家を雇い、爆弾製造施設を発足させた。サマドは、施設のコンピュータ・ネットワーク・システムの構築と保守を担当するよう命じられた。コンクリート・ブロックに隠した爆弾を製造し、国境を越えてアフガニスタンとパキスタンに密輸した。配達の日時、所在確認、追跡はすべて、サマドがつくったプログラムによって行なわれた。それがサマドのテロの世界への初進出だった。

聖戦《ジハード》は、すべてのイスラム教徒の重要なつとめだが、その言葉の定義はほとんどの場合、誤って解釈されている。サマドも、爆弾工場でほんとうの意味を教わるまでは、はっきりと知っていたわけではなかった。ジハードは心のなかの葛藤《かっとう》、あるいは批判勢力から信仰を護ることだとする神学者もいる。イスラムをひろめるために非イスラム教徒の国に移住することだという解釈もある。そもそも、アッラーの道のために戦え、と『コーラン』にはたびたび書かれている。そもそも、武力をともなう聖戦以外の聖戦など、ありうるのか。不信心者は聖地から追放しなければならない。不信心者は滅ぼさなければならない。そのものたちは、悪事と抑圧の指導者でもある。真実が明らかにされてもなお、それを受け入れようとしない。そのものたちはもはや自滅の道を歩んでおり、阻止しないと、そのほかの世界をも堕落させようとしている。

『コーラン』の一節が、サマドの舌先を去ることは永遠にない。「かれらに対し、可能なかぎりの武威と騎馬隊を準備せよ。それによりアッラーの敵、なんじらの敵に恐怖を吹き込むのだ……」（戦利品章六〇節）

そして、アッラーの敵をまさに具現している人間の集団は、アメリカ人を措《お》いてはいない。アメリカ人は、甘やかされた、軟弱な、神をも恐れぬ、ゴミをむさぼるやからだ。アメリカは姦淫《かんいん》の国、デブどもの巣窟《そうくつ》だ。アメリカ人は、全世界のひとびとを脅《おびや》かしている。

サマドは、副官ふたりを率いて農家に近づき、出てこいと農夫に大声で命じた。妻が死に、息子ふたりがイスラマバードへ行ってから、ひとり暮らしをしている農夫が、ようやく杖《つえ》にすがって玄関からよたよたと出てきて、目をすがめ、サマドのほうを見た。

「あんたにいてほしくない」農夫がいった。

「わかっている」サマドは答え、農夫に近づいた。もう一度うなずき、反った長い刃で農夫の心臓をえぐった。農夫が仰向《あおむ》けに倒れるとき、サマドはその体をつかみ、タルワルとニアジが手伝って家のなかに運び込むときもつかんだままでいた。三人は農夫を床に横たえ、血を流して死にかけている農夫が、無言で三人を見つめた。

「こいつが死んだら、死体を隠さないと」ニアジがいった。

「むろんだ」サマドは答えた。

「いなくなったのがわかります」タルワルが指摘した。

「イスラマバードの息子に会いにいったとでもいえばいい。だが、そんなことをきく部族民がいるかな。アメリカかパキスタン軍が来たら、ここはおれたちの農場だということにする。わかるな？　いま逃げれば怪しまれるだけだ」

ふたりがうなずいた。

山羊の畜舎のそばに、糞《ふん》を埋めるための穴があった。三人は農夫をそこに投げ込んで、糞で覆《おお》った。サマドは、にやにや笑った。どうでもいい農夫を探すのに糞を掘り起こそうとする兵隊など、どこにもいない。サマドは、老農夫の服を着た。それから、三人はきいきい鳴る椅子《いす》に座り、お茶を入れて、夜が来るのを待った。

ムーアとその配下のラナは、山頂の木立近くにいる男三人を観察していた。だが、三人とも身をこごめていたうえに、かなり離れていたので、双眼鏡でも顔は見えなかった。タリバン戦士か周辺防御の歩哨《ほしょう》だろうとラナが推理し、ムーアもそうだと思った。ふたりは山の麓《ふもと》の丘陵地帯を縦走し、峡谷におりてから、高みに登った。そこからムーアがイリジウム衛星携帯電話をかけた。山地なので、深い切通しや峡谷にはいると送受信しづらくなるが、山頂ならたいがい明瞭《めいりょう》な信号が得られる。ただし、むろんそういうところでは発見される危険も大きい。ムーアは、アメリカ陸軍の精鋭、特殊部隊群に属するODA（特務支隊アルファ）チームの指揮官に連絡した。元SEAL隊員のムーアは、アフガニスタンで陸軍特殊部隊とも協働したことがあり、心底から尊敬していた。ただし、どちらが有能で無敵の戦士であるかということについては、たがいに異論があった。そういうライバル意識は、健全だし、痛快でもあった。

「オジー、こちらブラックベアード」ムーアは、CIAのコールサインで呼びかけた。

「どうした、きょうだい？」と答えたのは、デイル・オズボーン大尉《たいい》だった。嫌になるくらい若く、すこぶる頭のいい戦闘員で、何度かムーアといっしょに夜間強襲をやり、アフガニスタンで高価値目標《ハイ・ヴァリュー・ターゲット》ふたりを捕らえている。

「今夜、ハット・トリックができるぞ」

オジーが、ふんと鼻を鳴らした。「行動可能な情報か、それともいつものガセネタか？」

「いつものガセネタさ」

「それじゃ、顔は見ていないんだな」

「ここにいる。もう三人見つけた」

「どうしてあんたらケツの穴は、おれに尻《しり》を持ち込むんだよ？」

ムーアはくすくす笑った。「あんたらチンポしゃぶりが、泥んこ遊びが好きだからだ。名前と画像をアップする。こいつらを捕まえてくれ」

「ほかに目新しいのは？」

「そうだな、役に立つかどうか、そこいらじゅうで空薬莢《からやっきょう》を拾った。最近、ここが訓練に使われたことはまちがいない。だらしないやつが、ゴミ拾いを怠ったんだ。今夜、びっくりパーティをやりに来てくれよ」

「ジェダイの騎士オビ・ワン、が嘘《うそ》つかないってわけか」

「命に懸けて」

「わかったよ、くそ、引き受けよう。午前零時半《ゼロ・ダーク・サーティ》におれたちを探せ、ベイビー。それじゃな」

「了解した。それから、手袋を忘れるな。マニキュアが剝《は》がれたら困るだろう」

「だな。わかった」

ムーアはにやりと笑い、親指で電話を切った。

「これからなにが起きるんだ？」ラナがきいた。

「ちっちゃな洞窟を見つけて、野営し、そのうちにヘリコプターの音が聞こえる」

「やつら、逃げてしまうんじゃないの？」

ムーアは首をふった。「やつらは、こっちに衛星とプレデターがあるのを知ってる。立てこもるはずだ。用心しろよ」

「ちょっと怖いな」ラナが打ち明けた。

「冗談だろう？　落ち着け。なにも心配はない」

ムーアは、肩にかついだAK-47を示してから、腰のホルスターに収めたロシア製のマカロフ・セミ・オートマティック・ピストルを叩いてみせた。ラナもマカロフを持っている。その撃ちかたと弾薬のこめかたを教えたのは、ムーアだった。

ふたりは山の斜面にある浅い洞窟を見つけた。入口はいくつかの大きな岩と灌木《かんぼく》に隠れている。日が暮れるまでそこにいて、ムーアはうとうとした。二度、眠り込みそうになってははっと気づき、ラナに起きていて見張るよう頼んだ。ラナはどうせ緊張していて、目をあけているほうがありがたかった。

先ほど食べたエナジー・バーが体質に合わなかったのか、ムーアは鮮明な夢を見た。果てしなくひろがっている暗闇《くらやみ》に磔《はりつけ》にされ、墨を流したように黒い海に浮かんでいた。突然、一本の手がのびてきて、悲鳴がこだました。「おれを置いていかないでくれ！ 置いていかないでくれ！」

身をふるわして目を醒《さ》ましたとき、なにかが口をふさいだ。ここはどこだ？ 体は濡《ぬ》れていない。息が荒く、呼吸できなかった。口を手でふさがれているせいだと気づいた。

灰色にぼやけた闇から、ラナの大きく見ひらいた目が現われた。低いささやきが聞こえた。「どうして叫んでいたんだ？ おれはどこへも行かない。どこへも行かない。大声を出したらだめだ」

ムーアは大きくうなずき、ラナがゆっくりと手を離した。ムーアは唇を嚙《か》み、息を整えようとした。「いや、すまない。悪い夢を見た」

「おれがどこかへ行くと思ったのか？」

「わからない。待て。いま何時だ？」

「午前零時過ぎ。もうちょっとでゼロ・ダーク・サーティだ」

ムーアは座り直し、衛星携帯電話の電源を入れた。伝言がはいっていた。「ヘイ、ブラックベアード。役立たずの肉袋。時間を早めるぞ。あんたの裏庭への到着時間、二十分だ」

ムーアは、電源を切った。「おい。聞いたな」

サマドは、肩を手で揺すられて目を醒ました。ほんの一秒か二秒、場所の見当を失っていたが、農家にいることを思い出した。小さな木のベッドで起きあがった。「ヘリコプターが来ます」タルワルがいった。

「眠れ」

「本気ですか？」

「眠れ。やつらが来たら、起こされたことに怒ってみせろ」

サマドは、小さなテーブルのところへ行き、顔にボロ布を巻きつけて、片目をなくしたように見せかけた——戦禍をこうむっているこの地域では、めずらしいことではない。単純な変装だが、爆弾作りをしていたころに、爆弾でも着想でも計画でも、単純なほうが成功の見込みが大きいということを、身をもって学んでいた。そして、その理論を何度か自分で実証してきた。ボロ布。戦傷。憤懣《ふんまん》をつのらせている農夫が、眠っているところを、馬鹿《ばか》なアメリカ兵に起こされた。そういう芝居をやる。

アッラー《アッラーフ・アクバル》は偉大なり！

十二人編成のODAチームは、空中停止飛行《ホヴァリング》しているヘリコプターから、ファストロープ降下し、寝ぼけまなこで家から出てきて、手でローターの風から目を護《まも》りながら見あげている部族民数人に、通訳が話しかけた。ブラックホークの大音響の拡声器を使い、けたたましい声でいった。「われわれは男ふたりを探しにきた。それだけだ。だれにも危害はくわえない。発砲もしない。ふたりを見つけるのを手伝ってほしい」通訳がそのメッセージを三度ほどくりかえすあいだに、オジーのチームがつぎつぎと地面におりて、ライフルを構え、ふたりひと組で散開した。

降下地域は、族長の砦《とりで》の壁から約二〇〇メートル離れた数軒の家の近くにある開豁《かいかつ》地《ち》だった。ムーアは、若い特殊部隊大尉のオジーやその部下の一等准尉《じゅんい》と、家のあいだの横丁で会った。ブラックホークが大きく機体を傾け、数キロ離れた安全な降着地域に向けて、ローターの音を響かせて闇に消えていくまで、数十秒待った。ヘリはそこで、オジーの揚収指示を待つ。村に着陸し、チームが作業するあいだそこで待つのは、危険が大きすぎるからだ。

「おれの相棒のロビンを憶《おぼ》えているな？」ムーアが、ペンライトの光をラナに向けていった。

オジーが、にやりと笑った。「元気か？」

ラナが、眉根《まゆね》を寄せた。「おれはラナだ。ロビンじゃない」

「ジョークだよ」ムーアはいった。ボビー・オルセン一等准尉——別名ボブ-Oのほうに向き直った。ボブ-Oがこっちを見て、わざとしかめ面《つら》をした。「あんたがCIAのゲロ助か？」

会うたびに、ボブ-Oはその顔をして、おなじことをいう。どういうわけか、ことあるごとにムーアをからかうのが、たちの悪い楽しみになっているようだ。ムーアは人差し指をあげて、ボブ-Oの顔をつつき、報告をはじめようとした。

「結構だ、空っぽおつむの坊やたち。それは省こう」オジーがいった。ムーアに向かって、両眉をあげた。「あんたのパーティだ、黒鬚《ブラックベアード》。まちがいでなけりゃいいんだがね」

オジーのチームは、部族民との交渉の手練手管を叩《たた》き込まれている。それに、野外活動の経験により、教室の理論やまがい物の事案想定《シナリオ》を実践する能力を備えている。現地の言葉を学び、風習を研究し、親睦《しんぼく》を深めようとしたときに不慮の事態が起きた場合に備えて、胸ポケットに小さな防水のカンニングペーパーも入れている。本人たちが謙虚にいうとおり、こうした特殊部隊員は民主主義の大使をつとめている。馬鹿ばかしいとか、偽善的だとかいわれるかもしれないが、部族民の多くにとって、彼らは唯一《ゆいいつ》の欧米社会との橋渡し役なのだ。

ムーア、ラナ、オジー、ボブ-Oが、日干し煉瓦《れんが》の家と並行している、轍《わだち》だらけの土の道路を渡ろうとしたとき、自動火器の一斉射撃が二度、山のほうから響いてきた。銃声を聞いて、ムーアは息を呑《の》んだ。ボブ-Oが悪態をついた。

「レースマン、撃ったのは何者だ?」オジーが、口もとのブームマイクに向かってどなり、ムーアとラナは家のそばでかがんだ。

ボブ-Oも同時に無線機でべつのチームをどなりつけ、情報を要求した。

ふたたび銃声が鳴り響いた。音のリズムや高さが、かなりちがう。そう、オジーの部下の射撃にまちがいない。「軽」は五・五六ミリ弾、「重」は七・六二ミリ弾を使用する特殊作戦部隊戦闘突撃銃（SCAR）で、敵の待ち伏せ攻撃に応射しているのだ。一斉射撃が、さらに二度つづいた。そして三度目。五度、六度、七度と、AK-47が、それに呼応する。銃撃戦は、五、六軒先でくりひろげられていた。

ムーアは、耳をそばだてた。AK-47の射撃手順では、まずセレクター・レバーをいちばん上の「安全」に入れてから、弾倉を差し込み、セレクター・レバーを安全からはずして、コッキング・ハンドルを引き、手を離し、スプリングの圧力によって戻す。そして狙《ねら》いをつけ、引き金を引く——一発ずつ撃つ場合には、まどろっこしい手順だ。ところが、セレクターをいちばん下の「半自動（単射）」ではなく、まんなかの「全自動（連射）」にすれば、弾倉が空になるまで引き金を引きつづけるだけですむ。それがAK-47の基本操作だが、肝心なのはつぎのようなことだ。どんな銃撃戦でも、ムーアはまず耳を澄まして敵の位置を知ろうとしてから、敵が弾薬を節約しようとしているかどうかを判断する。つねにそれを耳で確認する——敵が連射していれば、戦闘員が弾薬を何本も持っているとわかる。単射なら、一発ずつ勘定しようとしながら撃っていることになる。ぜったいにまちがいのない判断基準とはいえないが、これまでは、推理が的中したことのほうがずっと多かった。タリバンの一団が連射で撃ちまくっているときには、最悪の場合を想定したほうがいい。弾薬が潤沢にあるということだ。

ムーアは、ラナのほうを向いていった。「なにもするな。ここにじっとしていろ」

横丁の闇で、ラナの目が光った。「ああ、心配しないで。おれはどこへも行かないから」

「ネオとビッグ・ダン、南側の山に登れ。レースマンがそっちからの射撃を受けている」そういいながら、オジーは蔭《かげ》から覗《のぞ》き、ムーアとラナに、手ぶりでついてくるよう示した。ムーアは、オジーのそばに寄った。「どんなあんばいだ？」

「これまでのところ、T《タンゴ》（テロリスト）は八人か、十人ぐらいだ。アパッチを呼んで、しばらくおとなしくさせる」

オジーがいうアパッチとは、アメリカ陸軍が誇るAH-64Dアパッチ・ロングボウ攻撃ヘリコプターのことだ。M230三〇ミリ・チェインガン一門と七〇ミリ・ハイドラ対地ロケット弾のほかに、AGM-114ヘルファイア対戦車ミサイルもしくはFIM-92スティンガー空対空ミサイルを搭載する。アパッチのシルエットだけでも、その間断ない射撃で仲間の戦士がずたずたに引き裂かれるのを見てきたタリバン兵は、恐ろしい死の場面を思い浮かべるはずだ。
オジーがまた無線機で交信し、ヘリの機長と話をして、ただちに村に来て、チェイ
ンガンで武装勢力を始末してくれと頼んだ。
「すぐに降着地域へ連れていく」と、オジーがいった。
「聞いただろう？」ムーアは、ラナに向かっていった。「帰るんだ。心配ない」
ラナが、マカロフを胸のところで握り締めた。「いやな感じだな」
「いっしょにいるよ、ラナ」ムーアはいった。「だいじょうぶだ」
その言葉が口から出ると同時に、ムーアは家の反対側の端にさっと視線を投げた。
人影が角をまわり、持っているライフルが月光に浮かびあがった。
ムーアは、AK－64を構えて、全自動で引き金を絞り、四発を連射して、その男の
胸に命中させた。男が身もだえして、砂の地面に倒れた。
男がまだ倒れかけているときに、オジーとボブ－Oは、家の向こう側から銃弾の嵐《あらし》
を浴びた――タリバン戦士がすくなくとも三人いて、銃撃を開始し、オジーとボブ－
Oは家の角から撤退した。ボブ－Oがラナの前に行ってかばい、ムーアはもう一度う
しろを見てから、さっと向き直り、オジーのそばに駆けつけた。
通りの向かいに家が二軒あり、ムーアは銃口炎の位置をたしかめてから伏せた。ひ

とりは平らな屋根の上にいて、ふくらはぎの高さまである三方の欄干を利用し、発砲しては、石の欄干の蔭に隠れていた。もうひとりは家の裏手にいて、膝《ひざ》の高さの塀が、格好の遮蔽物《しゃへいぶつ》になっていた。

三人目は、向かって左の家のなかに立ち、あいた窓に出てきては撃ち、転がって戻っていた。三人とも、日干し煉瓦が敵弾から自分を護ってくれることを知っている。

「ラナ、ふたりのそばを離れるな」ムーアは、ラナに命じ、二メートル這《は》って、オジーのそばへ行った。「やつらを惹《ひ》きつけておいてくれ。屋根にいるやつから片付ける」

「あんた、正気か?」オジーがいった。「おれが手榴弾《しゅりゅうだん》でやっつけるよ」

ムーアは、激しくかぶりをふった。「ひとりは生かしておきたい。プラスティックの手錠をふたつくれ」

オジーが、信じられないという顔で冷たい笑いを浮かべたが、手錠を渡した。

ムーアが、ウィンクをした。「すぐに戻る」

「ヘイ、マネー」ラナが、不安げに声をかけた。

だが、ムーアはすでに横丁から駆け出していた。部族民の服装で、タリバン兵とおなじ武器を持っているから、敵は一瞬とまどうかもしれない。それに存分に付け入るつもりだった。突進して二軒の家をまわり、土の道を渡って、タリバン兵が屋根の上の周到に選んだ射撃位置についている家の裏手に出た。そのタリバン兵は、華奢《きゃしゃ》な木の梯子《はしご》を使って屋根に登っていた。つぎに銃撃の音が響いているあいだに、ムーアは梯子を登った。けたたましい銃声で、前進の物音は聞こえないはずだ。

屋根の縁に達したムーアは、タリバン兵を視界に捉《とら》えた。ひざまずいてはまた身を起こすところなど、標的の黒いターバンを巻いた似顔絵そのものだ。タリバン兵は、発砲するたびに欄干の蔭に身を隠していた。ボブ－Oとオジーが、欄干の石に向けて制圧射撃を行ない、欄干のあたりで破片や砂埃《すなぼこり》が小さな雲のように舞っている。

タリバン兵は、目も耳も前方だけに注意を集中していたので、ムーアが接近するのに気づかなかった。ムーアはマカロフを抜き、グリップが拳《こぶし》の下からL字形に出っ張るように銃身を握った。

そして、深く息を吸うと、一気に駆け、相手の上で弧を描くような感じで身を躍らせた。それは、イスラエルの格闘術クラヴマガと自分なりの工夫を組み合わせた、型にとらわれない技だった。目の隅でひらめくような動きを捉えたタリバン兵が、首をめぐらすと同時に、ムーアは鉤爪《かぎづめ》を持つ猛禽類《もうきんるい》のように襲いかかった。相手の背中を膝蹴《ひざげ》りすると同時に、マカロフのグリップを、耳のななめ下の首筋に叩きつけた。外側頸部《けいぶ》を激しく殴りつけると、頸動脈と迷走神経に衝撃をあたえて、気絶させることができる。

タリバン兵が屋根に仰向《あおむ》けに倒れると、ムーアはプラスティックの手錠を尻《しり》ポケットから出して、後ろ手に手錠をかけた。それから足首にも手錠をかけて、そこに放置した。目が醒《さ》めたら、お茶でも飲ませて品のいい会話でもしよう。だが、その前にやることがある。ムーアが梯子をおりるとき、オジーとボブ－Oが、残るタリバン兵ふたりに対する制圧射撃を開始した。

ムーアは、肩で壁をこするようにして、となりの家の裏手を目指し、家の角に達した。左手の一〇メートル前方で、ふたり目のタリバン兵が、膝の高さの塀を前にしてしゃがんでいた。ライフルを持っているが、腰のホルスターにも拳銃《けんじゅう》を収め、重そうなリュックサックを背負っていた。弾倉がしこたま詰め込まれているにちがいないと、ムーアは当たりをつけた。ムーアは、自分の決断に身ぶるいした。音もなくうしろから忍び寄るには、距離がありすぎる。それに、駆け出す角度が悪いと、オジーとボブ－Oの銃撃を食らうおそれがある。大胆なことをやって殺《や》られるのなら仕方がない。無謀なことをやって味方に撃たれるのは、かなり愚かなことだ。そういう愚行は、不倫をする政治家に任せておけばいい。

ムーアが持っているのはAK－47なので、三人目は仲間が撃ったと思うかもしれない。しかし、そのとき、もっと好都合な牽制《けんせい》手段が出現した。アパッチ・ロングボウがローターの轟音《ごうおん》を響かせて舞いおり、右に機体を大きく傾けて、頭上を旋回した。ローターの風と爆音にタリバン兵は注意をそらされ、横丁を照らす強力なスポットライトに目が向いた。

ムーアはＡＫ－47を構えて、タリバン兵の背中に三発撃ち込んだ。血しぶきが飛んだ。つづいてすばやく向きを変えて、三人目がなかにいるとなりの家の裏壁づたいに進んだ。四つん這いで横手の窓の下を這い、家の正面に出た。ボブ－ＯとオジーがＵ発砲を中断し、タリバン兵が射撃に使っている窓の下に、ムーアは陣取った。

その時点で手榴弾を投げて始末することもできたが、ムーアはすでに腕をのばせばタリバン兵を捕まえられる位置にいた。横に転がって、首をのばし、上を覗くと、やがてタリバン兵のライフルの銃身が窓から突き出し、手の届くところに来た。ムーアは、銃身の上の機関部をつかんでひっぱり、その勢いで膝立ちになった。ショックのあまり悲鳴をあげたタリバン兵が、ライフルを放し、手をのばして、ホルスターから拳銃を抜こうとした。

タリバン兵がライフルを手放したときには、ムーアはそれをほうり出し、マカロフの狙いをつけていた。三発食らったタリバン兵が、床に勢いよく倒れた。ムーアが自分の拳銃を使ったのは、敵の武器に命を懸けるのは最後の手段にすべきだという、昔《むかし》気質《かたぎ》な最古の戦いの鉄則に従ったからだ。

オジーの指示で、アパッチはすでに遠ざかっていた。マナ谷を渡るローターのシュバシュバという音だけが聞こえていた。ようやく犬が一匹吠《ほ》えはじめ、だれかが遠くで叫んだ。英語だ。

ムーアは、小走りに道を渡って、横丁のはずれまで行き、そこでオジーやボブ-Oと落ち合った。火薬のにおいがあたりに充満し、しゃがむとアドレナリンのせいでガクガクふるえているのがわかった。

「よくやった、ゲロ助」ボブ-Oがいった。

「ああ」ムーアは息を継いだ。「屋根の上にひとり生かしておいてある。そいつを訊《じん》問《もん》しなければならない」

「四人殺したが、あとは山に逃げ込んだ」オジーは、丸めた手で耳を覆《おお》い、部下の報告を聞いていた。「見失った」

「王《シャーフ》さまのじいさんと話がしたい。どんな嘘《うそ》をつくか、聞いてみようじゃないか」ムーアは、吐き捨てるようにいった。村の族長のことだ。

「おれもだよ」オジーが、歯を剝《む》き出した。

ムーアは、ぶらぶらとラナのほうへ行った。ラナは膝を抱いて、横丁に座り込んでいた。「おい、だいじょうぶか？」

「だいじょうぶじゃない」

「終わったよ」ムーアが片手を差し出すと、ラナがその手につかまった。

オジーのチームが、タリバン兵の死体を一カ所にまとめ（ムーアが手錠をかけた捕虜を屋根からおろし）ているあいだに、ムーア、オジー、ボブ－O、ラナは、日干し煉瓦の砦《とりで》へ行った。砦は長方形の建物で、日干し煉瓦の塀は高さが二メートルほどあり、大きな木の門の前に、いまは五、六人の番兵が立っている。シャワル族の族長にいますぐに話がしたいと、オジーが番兵のひとりに告げた。番兵がなかにはいってゆき、ムーアたちは待った。

ハビブ族長と、族長がもっとも信頼している老師のアイマン・サラフッティンが、猛然と門から出てきた。ハビブは身長一九五センチの貫禄《かんろく》のある音声、大きな黒いターバンを巻き、毛ではなく黒い針金ではないかと思えるような豊かな顎鬚《あごひげ》をたくわえていた。オジーの持つ懐中電灯の光で、ハビブの緑の目がぎらりと光った。老師はかなり年配で、おそらく七十代とおぼしく、白い顎鬚は黄ばみ、背中が曲がっていて、背丈は一五〇センチほどだった。意志の力で追い払おうとするかのように、ムーアたちに向けてしきりと首をふっていた。

「おれが話をする」ムーアはオジーにいった。

「いいだろう。やつらに失《う》せろといいたくなってきたからだぞ」

「やあ、族長」ムーアはいった。

「ここでなにをしている?」族長が、語気鋭くいった。

ムーアは、怒りをこらえようとした。いちおう、努力はした。だが、だめだった。

「タリバンに攻撃される前に、われわれは穏便に出て、この男ふたりを探すといったはずだ」ムーアは、写真を族長の手に押しつけた。

族長が、写真をおざなりに見て、肩をすくめた。「ふたりとも、一度も見たことがない。タリバンに手を貸すものがこの村にいれば、わしの怒りを浴びるだろう」

オジーが、馬鹿《ばか》にするように鼻を鳴らした。「族長、タリバンがいるのは知っていたんだろう?」

「むろん知らなかった。何度そういえばわかるんだ、大尉《たいい》?」

「これが四度目じゃないかな。あんたはテロリストを支援していないといいつづけ、われわれはここでテロリストを発見しつづける。どうも理解に苦しむんだな。やつらはたまたま空から降ってきたんだろうか?」オジーは早くも交渉の手練手管を捨てていた。「族長、あなたの手を借りて捜索をつづけたいんだがね」ムーアはいった。「何人か貸してくれ」

「すまないが、わしの部下はこの村を護《まも》るので手いっぱいだ」

「行こう」オジーが向きを変え、ボブ-Oを従えて、すたすたと離れていった。

老師が、ムーアに近づき、英語でいった。「仲間といっしょに、国に帰りなさい」

「あなたは手助けする相手をまちがえている」ラナが、不意に口走った。

ムーアは、ラナを睨《にら》みつけ、口に一本指を当てた。

老師が鋭い目でラナを見つめた。「お若いの、それはおまえのほうだ。おまえは大きなまちがいを犯しているぞ」

オジーのODAチームが、襲撃を警戒しながら村とその周囲の農家を徹底的に捜索するのに、二時間ほどかかった。

その間に、ムーアは捕らえた男を訊問した。「もう一度きく。おまえの名前は?」

「殺せ」

「名前は？　出身地は？　こいつらを見たことがあるか？」写真を顔の前に突きつけた。

「殺せ」

そんな調子のやりとりが延々とくりかえされ、ムーアはあまり腹が立ったので、いうべきでないことをいってしまう前に、訊問を切りあげた。ＣＩＡの同僚に任せればいい。この男が口を割るまで、一週間ぐらいはかかるはずだ。

オジーのチームが、ようやくヘリコプターに戻ってくると、出発前にムーアはこれまでの情報を説明した。

「ここに農家がある」ムーアは、衛星写真に写っている家を指差した。「かなり奥のほうだ。だれか、行ったか？」

「おれたちが行った」ボブ－Ｏがいった。「片目の老いぼれ農夫がいた。息子がふたり。おれたちに会って不愉快そうだった。あんたのいう男たちと、人相風体がちがう」

「それじゃ、これで終わりだな」オジーがいった。

ムーアは首をふった。「おれがいった連中はここにいる。いまもわれわれを見張っているはずだ」

「それじゃ、どうしろというんだ？」オジーが、両手を差しあげてきいた。「おれたちは、岩に挟まって動きがとれない。いや、山かな。部族民も怒ってる。タリバンの死体もある。あんたたちは荷物をまとめて国に帰り、ここの連中に迷惑をかけたお詫《わ》びに〈ウォルマート〉のギフトカードでも贈ったほうがいい」

今回の奇襲は、まったくの無駄ではなかった。族長がどちら側に忠誠なのか、ムーアの上司たちは判断できずにいたが、これではっきりした。ムーアのターゲットたちを見かけた人間が、シャワルのこの地域にひとりもいないことを信じろというのは、とんでもない話だ。ターゲットを見て、話をして、訓練や食事をともにしたにちがいない。こういうことを、ムーアはしばしば経験していた。いまは写真を置いていって、族長に支援を頼むほかに、できることはなにもない。

「任務は失敗だったの？」ラナがきいた。

「失敗じゃない」ムーアはいった。「予測できなかった天候のせいで遅れただけだ」

「天候？」

ムーアは、ふんと鼻を鳴らした。「そうだ。沈黙という名のでかい嵐《あらし》だ」

ラナが首をふった。「どうしてタリバンに手を貸すのか、さっぱりわからない」

「よく考えるんだ。やつらがタリバンからもらっているものは、ほかのだれかからもらうものよりも、ずっと多いんだよ」ムーアは、ラナを諭した。「部族は日和見《ひよりみ》主義者だ。そうせざるをえない。こういう土地に住んでいるんだから」

「こいつらを捕まえられると思う?」

「捕まえる。ただ、時間はかかる。それが頭が痛いんだよ」

「行方不明のお友だちについて、ワジルがなにかつかんでくれるよ」

ムーアは、いらだちのあまり深い嘆息を漏らした。「そう願いたかったんだがね。とにかく、おれはあすの晩には、この国を出ないといけない。大佐とその家族にやつらがやったことに対して、なにかの形で復讐《ふくしゅう》できればいいと思っている。やつらを野放しにしたら、おれは一生いたたまれない気持ちになる」ふたりはヘリコプターに乗り、十分とたたないうちに空にあがっていた。

カブールに着陸する前に、スレイターから電話連絡があったことをムーアは知った。写真に写っていたメキシコ人、ファアレス・カルテルの中堅幹部のティト・リャマスは、頭に一発撃ち込まれ、車のトランクに入れられているところを発見された。リャマスといっしょのところを写されていたホダイの大隊の将校数人も、すべて殺害されていた。これまでのところ、写真に写っていた人間で、死体が出ていないのは、タリバン幹部だけだった。ムーアは、大至急イスラマバードに戻らなければならなかった。なにか手がかりがないかどうか、地元警察にリヤマスの件で話をする必要がある。迂《う》闊《かつ》にも帰国の便に乗り遅れたといって、もうすこし時間を稼ごうかと思った。

ムーアがイスラマバードに戻ったのは翌朝で、ラナに家に帰ってすこし休めと命じた。警察署へ行って、刑事たちと会い、ティト・リヤマスの死体の身許《みもと》確認をした。リヤマスは、偽造パスポートをふくむ変造書類を所持していた。ムーアはCIAがつかんでいたリヤマスに関する情報を、地元警察に教えることができた。いうまでもないことだが、刑事たちは感謝した。

高齢のワジルから、思いがけず電子メールが届いていたのは、ありがたかった――しかし、文面を読んで落胆した。

ワジルが画像を見て、どうでもいい人間だと断言したタリバン幹部ふたりは、インド北西部のパンジャブ地方南部に根城があるパンジャブ・タリバンだった。そう呼ばれて区別されているのは、パシュトゥー語を話さず、カシミールのイスラム過激派ジャイシュ・エ・ムハンマド（ムハンマドの軍）のような組織と長年の結びつきがあるからだった。パンジャブ・タリバンは現在、パキスタン・タリバンやアルカイダと協力して、北ワジリスタンで活動している。

だが、そういう歴史的知識は、電子メールの重要な部分ではなかった。ワジルはそのふたりを発見したが、いずれも殺されていた。タリバンが秘密が漏れているのに気づき、関係者をすべて殺したのだと、ワジルは書いていた……むろん、ムーアだけはべつだが、暗殺リストの上位に名が載っていることはまちがいない。

やはり帰国する潮時かもしれない。

7　旅程

アフガニスタン、シャワル地域

サマドと副官ふたりは、夜明け前に農家を脱け出して、難路を一〇キロメートル歩いて国境を越え、アフガニスタンにはいった。よく使われる山道を選び、目につかないように、五人の隊商に混じった。サマドが副官たちに念を押したように、アメリカ人が空から見張っている。それに、樹冠に隠れやすいようなルートをとると、アメリカ軍が入念に隠蔽《いんぺい》して国境沿いに多数を敷設《ふせつ》したREMBASS－Ⅱ（戦場遠隔監視センサー・システム）と呼ばれるモーション・ディテクターに動きを感知されるおそれがある。保守点検が不要のこのセンサーに感知されると、軌道を周回している無数のキイホール（KH）偵察衛星が、その信号を受けて、撮影を開始する。アナリストたちが、休みなしの二十四時間態勢でタリバン戦士がそういう過《あやま》ちを犯すのを待ち構えているCIA本部のスクリーンに、たちまちサマドらの画像が映し出される。迅速かつ必殺の対応が開始される。ラスヴェガスでトレイラーに詰めている空軍中佐が遠隔操縦するプレデター無人機が、ターゲットにヘルファイア・ミサイルを発射する。

その野営地は、谷間にはいると、クルミやオークの木の下に半円形にならべられたテント十数張りのひとつで、重ねた毛布に座っているオマル・ラフマニ師と出会った。朝の礼拝は終わっていて、ラフマニは紅茶をちびちびと飲み、アフガニスタン人がロートと呼ぶ平たいほの甘いパンと、アンズ、レモンの林で、東からは蔭《かげ》になっている。

ピスタチオ、濃いヨーグルト（山地ではかなりの贅沢品《ぜいたくひん》）を食べようとしていた。

ラフマニは、そっけなく顎《あご》をしゃくって一行に挨拶《あいさつ》をしてから、鎖骨のあたりまでのびて先端がとがっている顎鬚《あごひげ》をしごいた。ワイヤフレームの厚い眼鏡ですこし拡大されている目は、いつも細められていて、機嫌を読み取るのが難しい。ラフマニは、白いターバンを押しあげていて、額に刻まれた深い横皺《よこじわ》と、左こめかみのライマメ形の母斑《ぼはん》が見えていた。リネンの長いシャツとぶかぶかのズボンが、肥《ふと》った腹を隠している。肩をぴっちり包んでいる迷彩のジャケットを脱いだら、わずかながら凄《すご》みが和らぐかもしれない。肘《ひじ》のところがぼろぼろになっている古いジャケットは、ソ連軍と闘っていたころから着用しているものだ。

最近、この地域がさかんに注目を浴びているのを、ラフマニは不満に思っているに違いないと、サマドは思った。もっとも、サマドの機転と、アメリカをまたもや瞞《まん》着《ちゃく》した能力は褒めるかもしれない。

ラフマニが、一行に向けて顎をあげた。「あなたがたの上に平安がありますように、同胞よ。けさもこの食事を味わい、また一日生きてゆくことを、神に感謝したいと思う——一日を追うごとに、一日がわれわれにとって困難になってゆくからな」

サマドと副官ふたりは、ラフマニを囲んで座り、ラフマニに傅《かしず》いている若者数人からお茶の供応を受けた。お茶をゆっくりと飲み、呼吸を整えようとするとき、サマドの肩にさむけがひろがっていった。

サマドは、ラフマニと相対するたびに、ますます胸苦しさをおぼえるようになっていた。ラフマニを裏切ったり、期待に背いたときには、その場で処刑される。それはけっして風説ではなかった。サマドはこの目で斬首《ざんしゅ》を見たことがある。首を斧《おの》で一気に斬《き》ることもあれば、ゆっくりと、じわじわと鋸《のこぎり》で挽《ひ》くこともある。処刑されるものは悲鳴をあげ、自分の血で溺《おぼ》れる。

ラフマニが、もう一度深い溜息《ためいき》をついて、茶碗《ちゃわん》を置き、腕組みをして、黒いシャツとスカーフで襟もとをしっかりと包んだ。つかの間じろりと睨《にら》まれて、サマドの下腹が冷たくうずいた。ラフマニがようやく咳払《せきばら》いをして、口を切った。「パキスタン陸軍はもう不安定で当てにはできん。それははっきりしておる。ホダイはもっと厄介な害をもたらしていたかもしれんし、おまえたちがイスラマバードでやった仕事はありがたいと思っとるが、やり残したことがだいぶ多い——ことに、ホテルのスナイパーがいった、例の工作員だ。われわれはいまもその男を探しておる。それから、メキシコのファアレス・カルテルとわれわれのあらたな結びつきも、われわれがカルテルの手先を殺さねばならなかったせいで、危うくなっておる。なにもかも、われわれがもっと迅速に動かねばならぬことを示しておる」

「わかっております」サマドはいった。「CIAはあの国で諜報員《ちょうほういん》多数を雇っています。たんまりと報酬を払っています。若者は断れない。いま、そういう諜報員ひとりを、部下ふたりが追っています。イスラル・ラナというガキです。そいつがカルテルとの結びつきをあばくのに協力したと思われます」

ラフマニがうなずいた。「味方のなかには、忍耐は勝利をもたらすと考えておるものもいる。アメリカはここに永久にいることはできないし、いずれ去る。そのときも、われわれは訓練をここでつづけ、アッラーのご意志をパキスタンとアフガニスタンの人民に植え付ける。だが、座視して嵐《あらし》が去るのを待つという考えには賛成できん。問題はその根から片付けていかねばならぬ。まもなく結実する一大計画を、わしはこの五年間ずっと手がけてきた。基礎はできあがっている。いま必要なのは、この計画を実行に移す戦士だけだ」

「誉れ高きことです」

「サマド、おまえが彼らの指揮をとるのだ。聖戦《ジハード》をアメリカ本土にもたらすのだ——それには、メキシコでおまえが築いた人脈を使わねばならぬ。わかっておるな？」

サマドはうなずいたが、内心ではぴりぴりしていた。メキシコ人に貸しを返すようもとめるのは、侮辱することになり、相手を怒らせるとわかっていたからだ。しかし、なんとかして支援を取り付ければ、使命成功の確率は格段に大きくなる。

だが、どうやったものか？

フダイビーヤの和議（訳注　預言者ムハンマドがメッカ攻略にあたり、メッカ側と便宜的に結んだという協約）に倣《なら》うしかない——不信心者が相手のとき、方便を用いることを『コーラン』は唱導している。

「おまえと配下のものたちに、注意しておかねばならぬ、サマド」ラフマニが、話をつづけた。「この計画にわれらの戦士百名近くが、すでに身を捧《ささ》げておる。なかにはすでに命を捧げたものもおる。賭《か》けられているものは大きく、失敗がもたらす影響は甚大《じんだい》、きわめて甚大だ」

サマドは、早くも刃が首すじに触れるのを感じていた。「全員、承知しております」

ラフマニが、声を大にして、『コーラン』の一節を唱えた。「アッラーの道のために戦ったものには、それがたとえ殺害されたものであろうと、また勝利を得たものであろうと、われはかならず偉大な褒賞《ほうしょう》をあたえるであろう」（婦人章七四節）

「天国がわれわれを待っています」サマドは、熱をこめてうなずきながら、いい添えた。「われわれは死んで殉教者となっても、ふたたびよみがえって、また殉教します。かならずそうします。だからこそ、われわれは死を抱擁しているのです」

ラフマニの目が、いっそう細くなった。「そうだな……さて、食事をしよう。これから詳しい話をする。使命が複雑で大胆不敵であることに、おまえは感心するにちがいない。数日後には、旅に出てもらうぞ。そして、時機が訪れたなら、アッラーの御《み》言葉《ことば》を伝えるのだ。アメリカ人がいまだかつて目にしたことがないようなやりかたでな」

「期待を裏切らないようにいたします」

ラフマニが、ゆっくりとうなずいた。「アッラーの期待を裏切らぬように」

サマドは、こうべを垂れた。「われわれはアッラーの僕《しもべ》です」

パキスタン、イスラマバード
ガンダーラ国際空港

ムーアは、新設の統合タスク・フォースの顔合わせのために、サンディエゴに向かうことになっていた。そこまでのフライトに十七時間かかるが、それよりも気がかりなことがあった。ゲート前のベンチに座り、旅の第一航程の便を待つあいだ、周囲の旅行者をたえず用心深く観察していた。ほとんどはビジネスマンや国際ジャーナリスト（たぶん）で、幼い子供を連れた家族もすこしいた。一家族は、まちがいなくイギリス人だった。ときどきタブレット型コンピュータを確認した。データはすべて二重暗号化されたパスワードで護《まも》られている。親指の指紋認証をせずにアクセスしようとすれば、ハードディスクの内容が消去される。ムーアはいましがた、先ごろＣＩＡが秘密区分からはずした、国境沿いのカルテルの活動についての報告書を、呼び出したところだった（秘密区分に属する部分は、もっと秘密が護れる場所で読むつもりだった）。中東もしくはアラブ諸国がその活動とつながりがあることを示す情報に強い関心があったのだが、いま見ている事件は大部分が、敵対するカルテル同士の戦争にかぎられていた。もっとも注目すべきなのは、シナロア・カルテルとフアレス・カルテルの争いだった。

大量の死体が埋められている場所が、頻繁に発見されるようになっていた——数十人が埋められていることもある。斬首や橋から死体を吊《つ》るすといった事件は、元メキシコ空挺《くうてい》特殊部隊員が率いる殺し屋《シカリオ》の一団の残忍な攻撃が増えている証《あかし》だった。カルテル戦争は政府の政策が成功していることを示していると、政府関係者は主張していた。取締りのせいで麻薬密売業者の内輪揉《も》めが増えているというのだ。しかし、ムーアはすでにそうではないと判断していた。カルテルはきわめて強大になり、メキシコのかなりの部分を文字どおり実効支配し、武力衝突はそこがギャングの法に支配されている証拠にすぎない。カルテルの活動を一年以上も克明に報道してきたジャーナリストの報告書を、ムーアは読んだ。メキシコ南西部の田舎町では、一般市民に仕事と保護をあたえてくれる機構が、カルテルしかない。このジャーナリストは、五、六回記事を書いたあと、ショッピング・モールの外で母親を待っているときに撃たれて、十七発被弾した。カルテルは、よっぽどジャーナリストの記事が気に入らなかったとみえる。

べつの報告書は、メキシコの町とアフガニスタンの町を比較していた。タリバンがカルテルとおなじ戦術やふるまいにいそしんでいるのを、ムーアは目《ま》の当たりにしていた。タリバンも麻薬カルテルも、政府より高い信頼を得るようになる。むろんのこと、外国からの侵略者よりも高い信頼を得る。タリバンもカルテルも、麻薬密売で自分たちがものにする力がいかに強大であるかを知っていて、政府の支援を受けられず、無視されて切り捨てられている無辜《むこ》の市民の協力を取り付けるために、その力を使う。ムーアも、自分が斃《たお》すよう求められている敵よりも政府のほうが腐敗しているのをじかに見ているから、政治に無頓着《むとんじゃく》ではいられなかった。

しかしながら、このふたつの陣営は人道に反する残虐《ざんぎゃく》行為を重ねている。それを念頭に置けば、全体像を的確に把握していられる。

メキシコ連邦警察の捜査員が、むごたらしく撃たれたり、喉《のど》を切り裂かれたりして、血の海に倒れている犯罪現場の写真を、ムーアはすばやくスクロールしていった。首を斬られた移民数十人の写真をじっと見た。古い納屋《なや》のなかに、首のない死体が積みあげられ、なくなった首はまだ見つかっていない。自宅の外で磔《はりつけ》にされているシカリオ。体が燃えるのを父親や家族に見せつけるために、十字架に火がつけられていた。カルテルの残忍さは埒《らち》を越え、とどまるところを知らなかった。だから、上司たちには、最初に持ちかけた話よりももっと壮大な計画があるのではないかと、ムーアは疑念を抱きはじめていた。だれにとっても最悪の懸念《けねん》は、この暴力が国境を越えてアメリカにはいり込むことだ。それが時間の問題になっている。

ムーアはスマートフォンを見て、レスリー・ホランダーから届いているメール三本をじっと見た。一本目は、カブールに戻ったら報《しら》せてほしいという文面だった。二本目では、そのメールを受け取ったかどうかとたずねていた。

三本目は、どうして無視しているのかという質問だった。返信してくれたら、もう一度会うようにする。そして、微に入り細を穿《うが》ったいいかたで、あなたがカウボーイみたいにがに股《また》になるまでファックする、と書いてあった。

レスリーは、アメリカ大使館広報部の報道課に勤務している。最初はイスラマバードの大使館だったが、カブールに転勤になった。二十七歳で、ものすごく痩《や》せていて、髪は黒く、眼鏡をかけている。ひと目見たとき、お堅いおたくのような女だろうと思って、ムーアは歯牙《しが》にもかけなかった。蒼白《あおじろ》い顔の肥った会計士（つまりレスリーの男版）と出会ってヴァージンを奪われるまで、ずっと男を知らずにいるような女だと。

彼女と彼は、二時間議論して、セックスのプロセスを分析し、検討し、体位をどうするか決めて、いささかまごつくような行為を客観的にやる。

ところが、驚いたことに、眼鏡をはずし、ブラウスを脱ぐと、ミズ・ホランダーは、外見と心に潜んでいる本性にとてつもない落差があることをあらわにした。週末にカブールに退避して、レスリーのところに泊まったとき、奔放なセックスに驚くばかりだった。しかし、この映画の結末は、すでに見えていたし、脚本家もアイデアが枯渇《こかつ》していた。男は女にどんな仕事をしているかを明かすことが重要だが、それができない以上、別れるしかない。男が仕事のために街を出て、いつ帰ってくるかわからない。それでうまくいくはずがない。

おもしろいことに、ムーアは最初に食事をした晩に、そういったことをすべてレスリーに説明していた。情報源としてきみが必要だが、そのつきあいからなにかが生まれたときには、いろいろな可能性を追い求めてもいい。でも、いまのおれの仕事は、長続きする関係や、真剣なつながりを妨げている、と。

「わかった」と、レスリーはいった。

ムーアは、飲んでいたビールにむせそうになった。

「わたしのこと、ふしだらだと思う？」

「いや」

「じつはふしだらなの」

ムーアは、にやにや笑った。「ちがうね。男をあやつる手管を知っているだけだ」

「うまくできてる?」

「すごくね。でも、そんなにがんばらなくてもいいんだ」

「ちょっと、あなた、ここがどこだかわかるでしょう。楽しい街のトップ・テンにははいっていない。世界一幸せな街でもない。だから、わたしたちしだいなの。自分で楽しまないといけないの」

人生の明るい面を見るそういう性向と、ユーモアのセンスが組み合わさって、レスリーは大人の女という感じがして、ムーアはかなり惹《ひ》かれていた。それでも、エンドロールは流れ、ポップコーンの袋は空になった。場内の明かりがつき、すてきなひときは終わった。それをレスリーに電子メールでいうべきだろうか? 前の二度の別れとおなじように。心もとなかった。レスリーにはもっと大きな借りがあるような気がする。気軽な浮気も何度かあった。それなら短いメモでじゅうぶんだ。おれが悪者になればいい。きみにそういう仕打ちをするべきじゃなかった、と。一年やそこいら、恋人がいなくても平気だし、簡単で無駄がないから、金でセックスを買えばいい。自分にはそのほうが向いている。すると、レスリーのような女がたまに現われて、あらゆる面で迷いが出る。

ムーアは、レスリーの職場に電話し、呼び出し音が鳴っているあいだ、息を詰めていた。

「あら、種馬さん」レスリーがいった。「電波の受信状況が悪かったのかしら？　だって、許してあげようとしているのに。口実まで教えてあげて……」

「メールは受け取ったよ。返信しなくてごめん」

「どこにいるの？」

「空港だ。これから飛行機に乗る」

「どこ行き？　わたしにいえない場所？」

「レスリー、おれはここから引き揚げるよう命じられている。いつ戻ってこられるかわからない」

「笑わせないでよ」

「冗談じゃないんだ」

沈黙。

「聞いている？」

「ええ」レスリーがいった。「そうなの、ずいぶん急ね。だってそうじゃない。ちょっと会ってもよかったのに。お別れもいわせてくれないのね」

「ずっと街を離れていた。時間もなかった。悪かった」

「まったく、頭にきちゃう」

「わかっている」

「仕事を辞めて、あなたを追いかけようかしら」

ムーアは、笑いそうになった。「きみはストーカーじゃない」

「どうかしら？　まあそうね。それじゃ、これからどうすればいいのよ？」

「連絡を取り合おう」

気まずい沈黙が流れ、ブーンという雑音だけが聞こえていた。ムーアは肩をすぼめ
……もっと息苦しくなった。

目を閉じて、レスリーの叫び声を頭のなかで聞いた。「わたしを置いていかないで！　置いていかないで！」

「あなたを恋しそうになっていたみたい」レスリーが、早口にいった。声がうわずっていた。

「そんなことはないよ。ねえ、おたがいに楽しむためだったんだ。きみはそう望んでいたよ。それに、いつかこうなるといっただろう。でも、そうだね。頭にくるさ。ものすごく」声を和らげた。「連絡したいんだ。でも、きみしだいだ。つらいっていうのなら、それでいい、やめておく。どっちみち、おれよりましな相手が見つかるさ。

もっと若くて、仕事の制約がすくない男が」

「そうね。どうでもいい。わたしたち、火遊びをして、燃えちゃったのね。でも、ずっとものすごくよかった」

「そうだね。こういうことは二度とないだろうな」

「なにがいいたいの？」

「さよならっていうことかな」

「もうあなたとは無理？」

「わからない」

「ねえ、思い出して。悪夢のこと、わたしのおかげで助かったっていったでしょう？ あなたが眠ろうとしたときに、大学時代の話をしてあげて」

「ああ」

「それを忘れないで。いいわね？」

「もちろん忘れない」

「眠れるといいわね」

「おれもそう思う」

「なんで悩んでいるのか、話してくれるべきだった。もっと力になれたかもしれない」

「いいんだよ。だいぶ楽になった。きみのおかげだ」

「セックスのおかげよ」

ムーアは、声を殺して笑った。「ひどくみだらなことをしたみたいな口ぶりだ」

レスリーが、熱い吐息を吹き込みながらいった。「みだらだったもの」

「クレイジーな女だな」

「あなたもクレイジーよ」

ムーアはいいよどんだ。「じきに話をしよう。体に気をつけて」目を閉じて、電話を切った。じきに話をしよう。そうはならないだろう。レスリーにもわかっている。

ムーアは、歯ぎしりをした。ゲートを離れ、レスリーのところへ戻って、仕事を辞めさせ、自分も辞めて、新規蒔《ま》き直しすべきだ。

そして、六カ月もたつと、退屈で気が変になる。

そして、八カ月後には離婚し、レスリーが悪いと思いはじめ、また自己嫌悪《けんお》に陥る。

搭乗案内が流れた。ムーアは他の乗客たちとともに立ちあがり、搭乗券を確認する係員のほうへ、うわの空で歩いていった。

8

ホルへの闇《やみ》

メキシコ、プンタ・デ・ミタ
カサ・デ・ロハス

募金パーティの翌朝、ミゲルは朝食の前にソニアを図書室に連れていった。食事前に案内するつもりではなかったのだが、メイン・キッチンへ行く道すじで前を通り、壁の額縁入りの写真をソニアが見て、ちょっとなかを覗《のぞ》けないかときいたのだ。

クロトネリコ《ブラックアッシュ》の節《バール》（訳注　木の幹の瘤を生かして製造される合板）のマントルピースに縁取られた、アーチ形の大きな石の暖炉や、もっと珍しい銘木でこしらえた床から天井までの本棚に、ソニアは息を呑《の》んだ。車輪付き梯子《はしご》とレールが左右にあり、それに登って、九〇平方メートルの図書室を見渡した。

「お父さま、本が好きなのね！」数千冊のハードカバーを眺めまわして、ソニアは大声をあげた。ペイパーバックはない。図書室の本はすべてハードカバーでなければならないと、ロハスが指示していた。革装の本も多い。

「知識は力っていうからね」ミゲルが、にやにやして答えた。

入口近くに小さなホームバーがあり、ロハスはよくそこで、クルヴォアジェ、デラマン、ハーディ、ヘネシーといった銘柄のコニャックでもてなす。革のソファと、インドから輸入した虎皮《とらがわ》の敷物が、図書室のまんなかにゆったりと座る場所をこしらえていた。そのまわりでも、どっしりした革のリクライニング・チェアが、小さな群島をなしていた。数卓の広いコーヒーテーブルには、読書用の天眼鏡があり、ホルへが栞《しおり》代わりに隅を折った古い《フォーブス》が積んである。ホルダーに重ねられたコースターには、十八金の象嵌《ぞうがん》があった。

ソニアは、梯子からおりて、目を惹《ひ》いた写真の前に戻った。

「お名前は？」

「ソフィア」

「きれいなかたね」

「きれいだったよ」葬式はどんなふうだっただろうかと想像し、かすかにふるえながら、ミゲルは答えた。〝大きなトラウマになる〟にちがいないという理由で、参列を許されなかった。みんなが母親に最後の敬意を表しているときに、飛行機に乗り、どれほど激しい慙愧《ざんき》の念にさいなまれていたか、父親にわかってほしいと思った。スイスまでずっと、泣きどおしだったのだ。

母親のその写真は、プンタ・デ・ミタのビーチで撮影したもので、うしろにはターコイズブルーの海がひろがっている。ミゲルの母親ソフィアは、黒いビキニ姿でカメラに向かって明るくほほえみ、昔の映画スターのように見える。

「おやじはこの写真が大好きだった」

「これはどう?」ソニアは、父、母、リネンとシルクにくるまれた赤子の、もうすこし小さな写真のほうにぶらぶらと行った。何本もの蠟燭《ろうそく》、ステンドグラス、壁に飾られたイコンの前に立っている写真だった。

「ぼくの洗礼だ。そっちのははじめての聖体拝領。それと、そのあとの堅信礼」

ミゲルの母親の写真を、ソニアは食い入るように見ていた。「お母さまは……なんていうか……しっかりしているように見える」

「おやじに指図できる人間は、どこにもいなかった。母だけはべつだった。母はボスだった。きみにこの話はしていないと思うけど、コスメル島に旅行に行ったことがあって、母がシュノーケリングをやった。ぼくたちは沈んでいる飛行機を探していたんだ。母はなにかに噛《か》まれたかと思ってうろたえ、ぼくたちが探しているあいだに、溺《おぼ》れそうになった。たぶん珊瑚《さんご》に頭をぶつけたんだと思う。おやじが潜っていって、引きあげ、口を吸って人工呼吸をすると、母は意識を取り戻して、水を吐いた。まるで映画みたいだった」

「まあすてき。お父さまがお母さまの命を救ったのね」

「母がそういうと、おやじは、〝いや、おまえがわたしの命を救った〟といったんだ」

「お父さま、ロマンティックね」

「そうなんだ。その晩、おやじはぼくに、母が死んだらどうしていいかわからないといった。すっかり途方に暮れてしまうだろうと。癌《がん》が見つかったのは、それから何カ月かたってからだった。あの旅行が前兆かなにかみたいだった。これから起きることに心構えするようにと、神が教えてくれたのかもしれない。でも、そうはいかなかった」

「そんな……なんていえばいいのか……」

ミゲルが、弱気な笑みを浮かべた。「食べにいこう」

ふたりは朝食を食べた。オムレツは、サルサ、モンテレージャック・チーズ、クミン、ガーリック・パウダーという味付けで、ロハスの専属シェフのファン・カルロス

(別名J・C)がこしらえた。お父上はランニングと水泳のためにビーチへ行きました、とJ・Cがいった。アレクシはプールで、もう三杯目のミモザを飲んでいるという。


食事を終えると、ミゲルはソニアをジムに案内した。五つ星のホテルよりも設備が整っていると、ソニアが評した。おやじは体を鍛えるのにものすごく熱心で、パーソナル・トレイナー付きで、週に五日、二時間やると、ミゲルがいった。

「あなたはサッカーだけ?」ソニアはきいた。

「ああ。鉄のウェイトは重すぎる」

ソニアがにやにや笑った。ふたりは、巨大なリアプロジェクション・テレビと二十五人分の席がある、メディア・ルームにはいっていった。

「映画館みたいね」ソニアがまたひとことといった。

ミゲルはうなずいた。「これから、この家でぼくがいちばん気に入っている場所に連れていってあげる」先に立って、とあるドアを通り、階段を踊り場で折り返して、地階におりた。壁に防音材が仕込まれた廊下を進み、つぎのドアではミゲルが電子ロックに暗証番号を打ち込まなければならなかった。カチリという音がしてドアがあき、前方の明かりが自動的について、奥行きが二〇メートルもある輝く白い大理石の床から、その光が反射した。厚手の黒い絨毯《じゅうたん》が部屋を二分し、左右に立派な金属製のディスプレイ・ケースやディスプレイ・テーブルがあり、その内部の照明も点灯していた。

「ここはなに？　博物館？」大理石にヒールの音を響かせて部屋にはいりながら、ソニアがきいた。

「おやじの武器コレクションだ。銃、剣、ナイフ――そういうものが好きなんだ。あっちにドアがあるだろう？　向こうは射場だ。なかなかのものだよ」

「うわあ、これを見て。弓矢まである。あれは石弓でしょう？」ソニアが、釘《くぎ》からぶらさがっている武器を指差した。

「そうだよ。たしか、何百年も前のものだ。こっちへ来て」

ミゲルは、現代の拳銃《けんじゅう》その他の各種武器が陳列されているテーブルに、ソニアを連れていった。長銃《ロング・ガン》はAR－15ライフル、MP－5サブ・マシンガン、ロハスが〝山羊《やぎ》の角〟と呼ぶAK－47アサルト・ライフル（訳注　バナナ型弾倉による綽名）。ほかに拳銃が十数挺《ちょう》あり、なかにはダイヤモンドの象嵌、金メッキ、銀メッキがほどこされている拳銃や、一族の苗字《みょうじ》が刻まれた拳銃もあった。けっして発砲してはならないとロハスがいう、収集価値のある貴重な拳銃もある。

「ぼくたちが撃ってみたいのは、このなかから選ぶんだ」ベレッタ、グロック、SI

Gザウアーがずらりとならんでいるほうを示して、ミゲルはいった。「どれか選んで」

「ええっ？」ミゲルは、両眉《まゆ》をあげた。「選んでっていったんだ」

「本気？」

「銃を撃ったことはある？」

「ないわよ。あなた、どうかしたんじゃない？　わたしの父に知られたら……」

「いわなければいい」

ソニアが顔をしかめて、唇を噛んだ。すごくセクシーだ。「ミゲル、こういうこと、よく知らないのよ。お父さまが怒らない？」

「まさか。よくいっしょにここに来るんだ」ミゲルは嘘《うそ》をついた。射撃練習は、もう二、三年やっていない。だが、ソニアにそれを教える必要はない。

「映画みたいに空包を撃つわけにはいかないの？」

「怖い？」

「ちょっとね」

ミゲルは、ソニアを胸に抱き寄せた。「心配しないで。力を握っている感じを憶《おぼ》えると、やみつきになるよ。麻薬みたいに」

「握るのはほかのものにしたいんだけど」ソニアが、両眉をくねらせた。

ミゲルは首をふった。「さあ。ワルになって、撃ちまくろうぜ」

ソニアが溜息《ためいき》をついて、ベレッタのなかから一挺を選んだ。ミゲルもおなじ型を選び、戸棚のほうへ行って南京《ナンキン》錠をあけると、弾倉を何本か出した。奥のドアへ行って、暗証番号を打ち込み、射場にはいった。そこでも明かりが自動的についた。ミゲルは、ひとつの射撃ブースへソニアを連れていき、拳銃二挺に弾倉を差し込んでから、耳当てとアイ・プロテクターをソニアに渡した。

「これをかぶらないといけないの?」ソニアが、耳当てのことをきいた。「髪がくしゃくしゃになる」

ミゲルは笑い出した。「髪と耳と、どっちがだいじなんだ?」

「わかった……」ソニアがひるみながら、のろのろと耳当てをかぶった。

射撃をはじめる用意ができると、自分が最初にやるから、ちゃんと気をつけて見ているようにと、ミゲルが手ぶりで示した。拳銃の持ちかたと、安全装置を教え、標的《ターゲット》に向けて二発撃ったが、すこしそれた。思ったよりも腕が錆《さ》びついているようだった。

ふたりはつぎに、ソニアの射撃ブースへ移動した。ミゲルはソニアのうしろに立ち、髪に息を吹き込むようにして、拳銃の持ちかたを教えた。それから、そうっと体から手を放して、肩を軽く叩《たた》き、撃ってもいいと合図した。

ソニアが二発撃った。ターゲットは、軍や取締機関で使われている、男のシルエットだった。ソニアは、頭に二発を命中させていた。

「うわー！」ミゲルは大声をあげた。「見ろよ！」

ソニアが、茫然《ぼうぜん》とした表情で、ミゲルのほうをちらりと見た。「ビギナーズ・ラックよね！ もう一度撃たせて」

ソニアが撃ち、たじろぎ、三発目はターゲットに当たらなかった。

「もう一発」ミゲルは促した。

ソニアは従ったが、こんどは目をつぶってしまい、ミゲルのターゲットに当たった。うめきながら、ソニアは銃を目の前の小さなテーブルに置き、手を揉《も》んだ。「銃が熱くなってて！ それに、痛かった！」

ミゲルは耳当てとアイ・プロテクターをはずした。火薬のにおいで空気が重苦しい。

「手をみせてごらん」ソニアの掌《て》を包み込み、やわらかな肌を親指で揉んだ。すると、ソニアが身を寄せて、片腕をミゲルの背中にまわし、ぎゅっと抱きついて、太腿《ふともも》をミゲルの股間《こかん》にこすりつけた。

そのときにはもう、ソニアはミゲルを欲情させていた。そして、三分とたたないうちに、ふたりは床に寝ていた。ソニアのうめきが射場に響き渡り、ミゲルは自分の口に一本指を当てて、静かにさせようとした。父親がランニングから帰って、探しにくるのではないかと心配していた。ここにいると、カスティリョには見当がついているはずだ。カスティリョはなんでも知っているし、父親に報告するにちがいない。それでも、射場に来てなにをやっていたかは、伏せておいてくれるだろう。

ミゲルは、不意にソニアから身を離した。

ソニアが上体を起こし、口をとがらした。「わたし、なにかいけないことをした？」

「いや、ぼくが悪い」

「それじゃ、話をしたほうがいい？」

「どうかな……ただ……募金パーティとか、あの客たちとか……おやじが雇っている人間は、みんなクビになるのが怖くて、ぼくたちにいい顔をする。でも、ほんとうに好意を持っているのかな？　馬鹿《ばか》なカップルだと思ってるのかもしれない。敬意や礼儀はうわべだけで、蔭《かげ》ではののしっているんだ」

「それはちがう。きのうお父さまがいったことを考えてみて。お父さまはいいひとよ」

「でも、たいがいの人間は怖がってる」

「恐怖と敬意を見まちがえているんじゃないの」

「かもしれない。でも、おやじが持ってるような力は恐ろしい。ぼくですら。だって、おやじとふたりきりになることもできないんだよ」

「お父さまは、ご自分の力を利用してこの世をよくしようとしている。それに、どうしていまそんなことを考えているわけ？」

ミゲルは、深い嘆息を漏らして、ようやくうなずいた。服を着るとき、うしろめたかった。隠された監視カメラのことを、ソニアに話していなかった。いまの悪ふざけも録画された。カメラを切れば、たちどころにカスティリョが警戒するからだ。カサ・デ・ロハスにプライバシーはない。それを尊重すれば、法外に高い代償を払うはめになるからだ。

ふたりは日中はずっとビーチにいて、泳いだり、写真を撮ったり、飲んだりしていた。ソニアの水着はブルーのビキニだったが、何枚かは母親の写真とよく似ているとミゲルは思った。それもそのはずで、図書室の写真はおなじビーチで撮ったものだった。名前まで似ている——ソフィアとソニア——ミゲルは自分をギリシャ悲劇の状況になぞらえていた。

目立たないように気を配ってはいたが、ロハスの用心棒ふたりが付き添い、一〇メートルほど離れた椅子《いす》に座っていた。カスティリョも、プールのデッキからあまり離れずに、双眼鏡でふたりを観察していた。

「あのひとたちは、お父さまの手先ね」サングラスの縁ごしにじろじろ見ながら、ソニアがいった。

「どうしてわかる?」ミゲルは、皮肉っぽくたずねた。

「あなたはこういうのに慣れているのね?」

「スペインにいたときはよかったね。おやじの手のものもいたんだろうが、顔を知らない人間だから気がつかなかった」

ソニアは肩をすくめた。「お金持ちになると、恨むひとたちもいるものね」

「そうなんだよ。おやじはいつも誘拐のことが頭にあるんだ。愛する家族を連れ去られてたいへんな苦しみを味わったおやじの友だちが、何人もいる。警察なんか当てにならない。身代金《みのしろきん》はすごい金額だ。払わないと、家族には二度と会えない」

「カルテルの暴力組織が、そういうことをしじゅうやっているわね」

「おやじを誘拐して莫大《ばくだい》な身代金が取れれば最高だと思っているさ」

「無理じゃない？　これだけ護《まも》られていれば。誘拐されるはずがない。それに、旅行も多いでしょう。どこへ行くか、予想しづらいわ。また出かけるというようなことを、おっしゃっていたわね」

「ああ、おやじは、また旅行だ」

「どこへ？　国際宇宙ステーション？」

ミゲルは笑った。「たぶんコロンビアだろう。大統領やそこの友だちに会うといっているのを、小耳に挟んだ。ボゴタにも会社がある。特殊なスーツを製造する友だちも、そこにいる」

「父はフランス大統領と一度会ったの。ツール・ド・フランスのときに。でも、お父さまとはちがって、世界中の大統領と友だちではないわ」

「いいことがある」その思いつきに顔を輝かせて、ミゲルは話しはじめた。「ぼくたちもちょっと旅行しよう……」

晩餐《ばんさん》は六時きっかりに供された。ミゲルとソニアは、その前にシャワーを浴びて正装した。家族の食事を父親はきわめて重視していると、ミゲルはソニアに注意した。めったにないことだからだ。家での晩餐はたぐいまれな行事なので、最大の敬意を払わなければならない。

　四人だけなので、メイン・キッチンの横手の小さなテーブルで食事をした。J・Cが用意したのは、世界各地のレストラン〈ソフィア〉全店で看板料理になっている、ビーフとチキンの四品のコースだった。ロハス家は、亡《な》くなったミゲルの母親の名をつけたその高級レストランを十六軒経営していて、メキシコの六地方すべての伝統的なメキシコ料理や、他の料理と融合した料理を売り物にしていた。ロハスは、オルメカ文明からアステカ文明に至るメキシコの偉大な古代文明を彷彿《ほうふつ》させる雰囲気で、世界的な名声を博している料理を出す——といういいかたをしていた。巨大な頭の彫刻、漁船、古代の仮面などの工芸品が、どの店にも飾られていた。テキサス州ダラスの〈ソフィア〉でふたりで食事をすると、常客は二百ドル近くを払うことになる——ワインの勘定はべつとして。

「ソニア、ここの滞在をどんなふうに楽しんでいるのかな?」ミネラルウォーターをゆっくりと飲んでから、ロハスがたずねた。

「そうね、ひどいです。いじめられているみたいで、早く帰りたい。こちらのひとたちは、みんな嫌な感じだし、食べ物はまずいし」

　ミゲルが、フォークを落としそうになった。ソニアのほうを向いた。

ソニアが笑い出して、いい添えた。「嘘ですよ。冗談をいっただけです。信じられないくらいすばらしいわ」

ロハスがやっと笑みを浮かべて、アレクシに向かっていった。「ほらね。これがほんとのユーモアだよ。いつもいっているだろう。きみは美しすぎるし、まじめすぎるって」

アレクシがにっこり笑い、ワインに手をのばした。「美人は乙にすましていないといけないのよ」

「それに、抜け目ないようにしないとね」ロハスがつけくわえ、体をのばしてアレクシにキスをした。

ミゲルは、溜息をついて、目をそむけた。

食事中の会話は、ソニアに的が絞られていた。大学生活、スペイン政府をどう思うか、ヨーロッパ経済全般についての意見。ソニアが答を控えると、ロハスはしつこく問いただした。食事が終わり、きつくなった腹で楽に息をしようとして、四人とも椅子にゆったりともたれていると、ロハスがテーブルの上に身を乗り出し、ミゲルに厳しい視線を投げた。

「おまえにいい報《しら》せがある。ずっと伝えようと思っていたんだが、これがちょうどいい機会だ。バノルテでの夏の企業実習が認められた」
ミゲルは顔をしかめそうになったが、それをこらえた。父親は満面に笑みを浮かべ、
ミゲルが何年も見たことがなかったような感嘆の色を目にたたえていた。
バノルテでの企業実習？　なにをやらされるんだろう？　帳簿付けか？　支店と本
社のどちらで働かされるのだろう？　おやじ、いったいなんのつもりだ？　夏休みを
台無しにする気か？
「ミゲル……どうした？」
ミゲルは、生唾《なまつば》を呑《の》んだ。
「うれしくないのか。貴重な経験になるんだぞ。大学で学んだことを、実地に応用で
きる。理屈だけでは、かぎりがある。現場で働いて、業務の仕組みを知る必要がある
んだ。それから大学に戻って、MBAを取る。そのときはもう、銀行でなにが行なわ
れているかをじゅうぶんに知っているわけだ。こういう経験は、ほかのやりかたでは
得られない」
「そうですね」
「反対なのか？」
「いいえ、ただ……」

「失礼ですけど」ソニアが、席を立ちながらいった。ミゲルが即座に立ち、椅子を引いてあげた。「お手洗いを使いたいので」

「わたしも」アレクシが、ミゲルに強い視線を投げながらいった。

ロハスは、女性ふたりがいなくなり、召使が皿を片づけるまで待った。それから、デッキに出て月に照らされた海を見ようとミゲルを促した。

父と子は、デッキの手摺《てすり》のそばに佇《たたず》んだ。ロハスはまだ飲み物を持っている。ミゲルは、父親の提案を断る勇気をふり絞ろうとしていた。

「ミゲル、夏中ぶらぶらして、なにもやらないでいようと思っていたのか?」

「いえ、そんなことはありません」

「すばらしいチャンスなんだぞ」

「わかっています」

「だが、おまえはやりたくない」

ミゲルは溜息《ためいき》をついて、やっと父親と向き合った。「ソニアを旅行に連れていきたいんです」

「スペインから帰ってきたばかりじゃないか」

「わかっています。でも、こんどはぼくたちの国を見せてあげたいんです。サンクリストバル・デ・ラス・カサスはどうかと思ってるんです」

ロハスの表情が和らぎ、ミゲルから大海原へと視線を漂わせた。サンクリストバルをミゲルの両親はよく訪れていて、母親がメキシコでもっとも好きな街だった。母親はチアパス州の高地が大好きで、曲がりくねった道、赤い瓦《かわら》屋根の鮮やかな色の家々、周囲の緑なす山並みのことを、よく話していた。マヤ文明の歴史と文化が色濃い地域でもある。

「おまえの母さんをはじめて連れていったときのことを憶《おぼ》えている……」ロハスは深い嘆息を漏らし、言葉をとぎらせた。

「ソニアも気に入ると思うんです」

ロハスはうなずいた。「銀行には電話しておく。ヘリコプターで行って、一週間いればいい。そのあとは仕事をするんだ。ソニアをここにいさせたいのなら、それはかまわないが、おまえは仕事をしなさい」

ミゲルが、びっくりして顎《あご》を引いた。「ありがとうございます」

「向こうにいるあいだ、付き添いがいるな」ロハスは念を押した。

「わかっています。でも、目立たないようにできませんか。スペインのときみたいに」

「そうしよう。それで、あの子のことをどう思っているんだ？」

「彼女……すばらしいひとです」

「わたしもそう思う」

「でしょうね。父さんが見つけてくれたんですから」

「それだけじゃない。とても品がいい。家族になっても、立派にやっていけるだろう」

「そうですね。でも、急ぐことはないでしょう」

「もちろんだ」

「デザートをいただこうと思って、来たのよ」戸口からマリアナが声をかけた。ゴンザレスが肩をならべている。「遅かったかしら？」

「いつでもだいじょうぶだよ」ホルへはそういい、マリアナにキスをして、ゴンザレスと握手をした。

四人でおしゃべりをしていると、カスティリョがうしろに来て顎をしゃくったので、ミゲルはそっちへ行った。「なにか用かな、フェルナンド」

「ええ。モニターを見ていたんですがね、悪いほうの目で見ることにしましたよ——意味はわかりますね」

「ほんとうに助かるよ」

「お父上は不愉快に思うでしょうね。彼女をレディとして扱っていないというでしょう」

「わかった。ありがとう、フェルナンド。馬鹿《ばか》なことをした」

「おれにも若いときがありました。ああいうことをやりましたよ」

ミゲルは、カスティリョの肩に手を置いた。「あなたはいい友だちだ」ぶらぶらとデッキに戻ってゆくと、父親がゴンザレスに、自分には変革を起こす力があるし、協力してフアレス市における武力抗争を抑止しようという話をしているのが聞こえた。

「わたしは一介の知事だ、ホルへ。できることにはかぎりがある。大統領の政策はうまくいっていない。武力抗争がますますエスカレートするだけだ。きょうもまた、フアレス市で複数の殺人事件があったという報告を受けた。きのうはわたしのところにも、暗殺の脅迫が届いた」

「きみほど優秀で頭のいい政治家はいない。なにをすればいいか、わかっているはずだ。しかし、なによりも肝心なのは、くじけてはならないということだ。武力抗争は、いずれ鎮《しず》まる。できるかぎりの応援をするよ」

「ホルへ、もう耳にはいったかもしれないが、わたしの口からいうのははじめてだ。

わたしもみんなとおなじ意見だよ」

「いったいなんの話だ?」

「きみはメキシコの次期大統領になるべきだ」

ロハスが尻込《しりご》みをした。「わたしが?」

「人脈も金もある。すばらしい選挙運動がやれる」

ロハスが笑いだした。「だめ、だめ、だめだ。わたしは一介のビジネスマンにすぎない」

ミゲルは父親の顔を観察し、信じられないという表情になるのを見た。目にはかすかに申しわけなさそうな色が浮かんでいた。出馬しなかったら、みんなをがっかりさせると思ってでもいるように。

「わたしがいなくて淋《さび》しかった?」ソニアが、ミゲルの腕に腕をからめてきいた。

ミゲルはふりむいて、ささやいた。「淋しかった。それと、びっくりさせることがあるんだ」

9

信頼《コンフィアンサ》

メキシコ、フアレス市
ボニタ・レアル・ホテル

セックスの最中に首を絞めようとしたのは、仮死状態の性愛についてなにかで読んでいたし、支配されると燃えると女がいったからだった。だが、こちらの肩に踵《かかと》をぎゅっと押しつけていたマリアの首を両手で握っていたダンテ・コラレスは、つい我を忘れてしまい、絶頂に達したときには、マリアはぐったりしていた。

「マリア！　マリア！」

コラレスは、マリアの脚を脇《わき》にどかして身をかがめ、口に耳を当てて、息があるかどうかをたしかめた。自分の息は荒く、動悸《どうき》もまだ激しく、マリアの葬式の光景が頭をよぎって、脈拍がいっそう速まった。

恐慌《きょうこう》にかられ、背中をふるえが走った。「やべえ。やべえ」

突然、マリアが目をあけた。「バカヤロー！　あたしを殺す気か！」

「なんだ？　死んだふりか！」

「なんだと思ったのさ？　あたしがあんたに殺されるような間抜けだと思ったのかよ。ダンテ、もっと気をつけなきゃだめだよ！」

コラレスは、マリアの頬を平手打ちした。「くそあまが！　びっくりしたじゃねえか！」

マリアがびんたのお返しをしたので、コラレスは目を剝《む》き、拳《こぶし》を固めて、歯を食いしばった。

だが、そのときマリアがコラレスの顔を見た。そして、大笑いした。コラレスは、マリアの体をつかんで、膝《ひざ》の上で裏返しにすると、よく締まった艶《つや》のいい尻《しり》を自分のほうに向けた。尻っぺたが赤くなるまで、平手で叩《たた》いた。「あんなまねは二度とするな！　わかったか！」

「はい、パパ、もうしません……」

十五分後、フロントのイグナシオが仕事を取り仕切っているのを確認してから、コラレスはホテルを出た。小物の売人が何人かやってきて、製品《ブツ》を受け取っていたので、売買の明細を調べた。

コラレスは、数カ月前にそのホテルを買い、全面的に改装しているところだった——塗装しなおし、絨毯《じゅうたん》や家具をすべて入れ替える。いまの自分の姿を両親に見てもらいたかったと思った。「ここで働いているんじゃないよ」と、両親にいう。「おれのホテルなんだ」

わずか四階建てのホテルで、客室は四十ほどしかない。そのうちの十室を、〝豪華な〟スイートに変えるつもりだった。そこで重要な顧客をもてなす。だが、優秀な建築技師はほとんどが国境のトンネル掘りに雇われていて、なかなか見つからなかった。皮肉なものだと思った。配管工も、自然石のドライ壁工法ができる工務店も、雇ってある。インテリア・デザイナーはサンディエゴから呼んだ。マリアがコラレスを説得し、すべての客室で〝エネルギー〟を調整するために、風水を実践している不動産業者の友人を引き入れた。マリアをよろこばせるために、コラレスは白目を剝かずに同意した。

コラレスは、マニュエル・ゴメス・モリン大通りに車を走らせ、その国境沿いの広い道路をたどって、タウンハウスが建ちならぶ界隈《かいわい》に達した。錬鉄の高いゲートの奥に私道があり、窓も錬鉄の格子《こうし》に護《まも》られている、新しい瓦《かわら》屋根の家もあり、どの私道にも防弾ガラスの高級セダンがとまっている。住民はほとんどがカルテルのメンバーか、メンバーの親類だった。コラレスは、とある袋小路に着くと、車の向きを変え、待った。ようやくラウルとパブロが戸口から出てきて、コラレスのキャデラック・エスカレードに乗り込んだ。ふたりともあつらえのズボンにシャツ、革ジャケットというでたちだった。

「今夜、声明発表するぞ」コラレスはいった。「あの四人の阿呆《あほう》、抜かりねえだろうな？」

「へい」パブロが答えた。「だいじょうぶです」

「前もそういったな」コラレスは釘《くぎ》を刺した。ノガレスのホテルのことだ。エルネスト・スニガのスパイのふたり目を追ったが、逃げられた。ひとり目は、スニガが所有しているとわかっているノガレスの家の玄関に捨てたが、それ以来、スニガの消息がわからない。エルネスト・スニガ別名〝闘牛士《エル・マタドール》〟は、メキシコのさまざまな都市に家がある。先ごろはファアレス市の南西の丘陵に牧場の母屋風平屋《ランチハウス》を建てた。建築面積は三七〇平方メートル、私道には煉瓦《れんが》が敷かれ、厳重なゲートと監視カメラがある。家の外や丘陵のあちこちにも、見張りが配置されている。

そんな屋敷に忍び寄ることなど不可能だし、コラレスはそんなことは考えもしなかった。肝心なのは、こっちの存在を敵に見せつけることだ——そして、忘れられないようなメッセージを送る。

　コラレスは、ここ数年、スニガとその配下、麻薬事業、経歴について研究してきた。味方よりも敵に親しめという金言がある。コラレスは新人の殺し屋《シカリオ》に、シナロア・カルテルはきわめてずる賢い恐ろしい組織だし、今後もそれは変わらないはずだと、たえず説教している。

　スニガは五十二歳で、牛を飼育している牧場主の息子として、メキシコのバディラグアトに近いラ・トゥナで生まれた。子供のころは柑橘類《かんきつるい》を売り、十八の齢《とし》には父親の牧場でケシを栽培していたという噂《うわさ》がある。父親と叔父の尽力で、スニガはシナロア・カルテルの運転手になり、二十代はほとんどずっと、メキシコ国内の配達先に大麻やコカインを運ぶのを手伝っていた。

　三十になったころには、ボスたちに力量を認められて、シエラから各都市や国境への輸送全体の指揮を任されていた。コカインを飛行機でじかにアメリカに密輸するという手口を使ったのは、スニガがはじめてだった。船でのコカイン仕入れも取り仕切っていた。メキシコ各地に指揮統制センターを確立し、輸送ルートで他のカルテルの荷物を横取りする作戦もさかんに実行した。

一九九〇年代に、メキシコ連邦警察が先導する大規模な潜入捜査活動が行なわれ、シナロア・カルテルが首領を失うと、スニガがすんなりと後釜《あとがま》に座った。十九歳のソープオペラ女優と結婚して、ふたりの男の子をもうけたが、ファレス・カルテルのコカイン二百万ドル相当を奪ったあとで、妻子三人が処刑された。スニガは、葬儀に千本の薔薇《ばら》を送ったが、姿を現わさなかった――賢明な決断だった。葬儀屋や教会の近くで、ファレス・カルテルの手のものが待ち伏せていたから、葬儀に行けばあっさりと殺《や》られていたはずだ。

コラレスは、ロケット推進擲弾《てきだん》（ＲＰＧ）、機関銃、ジャヴェリン・ミサイルなど、軍隊なみの武器でスニガの屋敷を攻撃することを夢想していた。ジャヴェリン・ミサイルは、信号弾みたいに空に昇って弧を描き、横転して真上から屋根に落下して、炸《さく》裂《れつ》する星みたいなたった一度の爆発で、スニガとそのちっぽけな宮殿を消滅させるはずだ。それが使われるのを、ディスカバリー・チャンネルで見たことがある。

しかし、上の人間に釘《くぎ》を刺された。大胆な攻撃でスニガを正面攻撃する許可が出るまでは、攻撃はきわめて小規模で、スニガの動きをとめる程度にしなければならない。それに、たしかにスニガを生きたまま捕らえられれば、拷問《ごうもん》して詳しいことを吐かせ、資産をすべて横取りし、麻薬事業全体を乗っ取ることができる。なぜまだ攻撃できないのかときいても、時機がどうとか、政治がどうとかいう曖昧《あいまい》な答しか返ってこなかったので、コラレスは自分で立てた小さな計画をいくつか実行することにした。

コラレスは、部下を引き連れて、古い共同住宅が爆破処理された現場へ行った。いまやコンクリートブロックと化粧漆喰の山と化し、木の柱が牙《きば》みたいに夜空に向けて突き出している。車をとめ、思い切りよく瓦礫《がれき》の山をふたつまわると、新人四人がべつのふたりに銃を突きつけているのが目にはいった。四人とも二十歳足らずのちんぴらで、全員がだぶだぶのズボンにTシャツを着て、ふたりは刺青《いれずみ》をかなり入れていた。四人に捕らえられたふたりも、おなじような服装で、唇の下の鬚《ひげ》をふさふさとのばしていた。

「よくやった」コラレスは、配下をねぎらった。「じつは、おまえらがドジるんじゃないかと思ってた」

キリンみたいに首の長い瘦《や》せたちんぴらが、コラレスに邪視を向けた。「こんな甘っちょろいやつらを捕まえるのは、楽なもんさ。もっと信用してくれよ」

「ほんとうか?」

「ああ」ちんぴらが、吐き捨てるようにいった。「そうさ」

コラレスは、その若者に近づき、しげしげと顔を見てからいった。「おまえの銃を見せろ」

若者が眉《まゆ》を寄せたが、銃をコラレスに渡した。コラレスはいきなりあとずさり、生意気な口をきいたちんぴらの足を撃った。ちんぴらが血が凍るような悲鳴をあげ、あとの三人が見るからにふるえあがった。ひとりは小便でズボンを濡《ぬ》らした。

捕らえられたふたりがわめきはじめ、コラレスはそっちを向いてうなった。「うるせえ」それから、ひとりずつ頭を撃ち抜いた。

被弾の衝撃でふたりが仰《あお》のけになり、土埃《つちぼこり》のこびりついた地面に倒れて死んだ。

コラレスは、溜息《ためいき》をついた。「よし。仕事に戻ろう」

足を撃ったちんぴらのほうを向いた。「態度がでけえのは残念だな。使えたかもしれねえのに」

コラレスが拳銃《けんじゅう》を構えると、ちんぴらが両手をあげて金切り声で叫んだ。そのおぞましい声を、銃声が黙らせた。コラレスはもう一度大きな溜息をついて、残った連中に両眉をあげてみせた。「五分でやれ」

コラレスたちは、そのままスニガの屋敷へ行き、正面ゲート前に着いて、近づいてきた護衛ふたりに声をかけられそうになった。新人のちんぴら三人が、捕らえたふたりの死体をひきずって、ゲートのそばに捨てた。そして、コラレスはアクセルを踏みつけ、未舗装路をひきかえした。護衛が応援を呼びにいくあいだだけ速度をゆるめた。四人がゲートをあけて、死体を調べるために出てきた。

コラレスは、バックミラーでそれを見守り、四人がじゅうぶんに近づいたところで、遠隔起爆装置を取りあげ、親指でボタンを押した。

爆発が地面を揺るがし、正面ゲートが吹き飛び、小さなキノコ雲のような火の球が噴きあがると、コラレスの配下が歓声をあげた。

「手下を国境に近づけるな、さもないとひどいことになると、いっておいたのに」コラレスは、配下に説明した。「ああなるのさ。やつは耳を貸さなかった。これで目が醒《さ》めるだろう……」

丘の麓《ふもと》で黒っぽいセダンが近づくと、コラレスはエスカレードの速度を落として、セダンの横にとめ、濃いスモークを貼《は》ったサイドウィンドウをあけた。セダンを運転していた男も、おなじようにした。銀髪に濃い口髭《くちひげ》をたくわえ、ライオンを彷彿《ほうふつ》させるその男に、コラレスは笑みを向けた。男は、ウォーキイトーキイを耳から離していた。

「ダンテ、取り決めがあっただろうが」

「悪いな、アルベルト。しかし、あんたの手下も約束を破った」コラレスは、山の斜面に立ち昇る煙のほうを、ふりむいてみせた。「おれたちのトンネルを爆破しようとしたやつを、またふたり捕まえた。そいつらを始末する必要があったのさ。やつらが近づかねえようにするって、あんた、約束したよな」

「この件は聞いていないぞ」

「ほう、そいつは困ったな。あんたの手下は、怯《おび》えてて手伝えねえんだろう？　ちがうか？」

「ちがう。調べてみる」

「ちゃんとやってくれよな」

アルベルトと呼ばれた男が、腹立たしげにいった。「いいか、こういうことをやられると、こっちはものすごくやりづらくなるんだ」

「わかってるが、これぐらいどうにかなるさ」

「あんたはいつもそういう」

「いつもそうだからな」

「わかった。よその部隊が来る前に行け。今回は何人だ？」

「ふたりだけ」

「いいだろう……」

コラレスはうなずき、アクセルを思い切り踏み、土埃を捲《ま》きあげて走り去った。

アルベルト・ゴメスは、勤続二十五年以上のメキシコ連邦警察警部だった。そのうち二十年近く、どこかのカルテルに飼われていた。引退を控えているため、怒りっぽく、小うるさいほど用心深くなっているのを、コラレスは目の当《ま》たりにしている。ゴメスの利用価値はなくなりつつあるが、他の警官の買収はまだ進めている最中なので、当面は使うつもりだった。シナロア・カルテルをようやく叩き潰《つぶ》すのに、連邦警察は役に立つ。連邦警察にとっては格好の宣伝になるし、コラレスのカルテルにとっては商売上の大きな利益がある。

「これからどうします？」パブロがきいた。

コラレスは、パブロの顔を見た。「祝杯でもあげるか」

「ちょっときいてもいいですか？」リアシートでラウルが、薄い顎鬚《あごひげ》をそわそわとなでながら切り出した。

「こんどはなんだ？」コラレスは、不機嫌にいい返した。

「ちんぴらを撃ったでしょう。あいつは優秀だったかもしれないが態度がでかかった。

でも、おれたちはたいがいそうだった——ことに最初のころは。なんか気がかりなことがあるんですか？」

「なにがいいたい？」

「つまり、あんたはその、なんていうか……なんかに腹を立ててやしませんか？」

「おれがちんぴらどもに八つ当たりしたっていうのか？」

「もしかして」

「おれのいうことをよく聞け、ラウル。おれはまだ二十四かもしれねえが、この目はたしかなんだ。ちかごろのちんぴらどもは、おれたちのおやじの代とはちがって、敬意《リスペクト》ってもんを知らねえ。おれたちにだって、リスペクトはなきゃならねえんだ」

「だけど、あんたはおれたちに、見境なくやれっていったでしょう。だれでも獲物にしていいって。母親、子供、だれでも。やつらにぶっ叩《たた》かれたら、おなじだけぶっ叩けって」

「そうだ」

「で、どうも頭がこんがらがってきたんですよ」

「口を閉じてろ、ラウル！」パブロが命じた。「おまえは頭がとろいな。コラレスさんは、おれたちは年上の人間や仲間をリスペクトしなきゃならねえっていってるんだ。

敵は関係ねえよ。ですよね？」

「敵がどれほど恐ろしいか。リスペクトしなきゃならねえ」

「だから、やつらの心臓をえぐり出して、やつらの口に詰め込まなきゃならねえんだよ」パブロがいった。「わかるな？」

「あいつは使えたかもしれねえ」ラウルがいった。「おれはそういってるだけだ。でかい口を叩くちんぴらでも、使えたかもしれねえんだよ」

「おまえみたいなやつってことか？」コラレスは、ラウルにきいた。

「ちがいますよ」

コラレスは、バックミラーでラウルをしげしげと見た。ラウルは生気のない目つきで、サイドウィンドウのほうをちらちら見ている。逃げ出したいとでも思っているみたいに。

コラレスは声を大にしていった。「ラウル、おれのいうことをよく聞け……ああいうガキは信用できねえ。ボスにでかい口を叩くってことは、自分のことをいちばんに考えてる証拠だ」

ラウルがうなずいた。

コラレスは、そのあとの言葉を宙にさまよわせた。おれが撃ったちんぴらは、じっさいおれによく似ている——。
おれも信用できない男なのさ。このカルテルのために働きながら、そのことは片時も忘れたことがなかった。カルテルの手は、いまなお両親の血に染まっている。

10

INDOCとBUD／S

カリフォルニア州、コロナド
海軍特殊戦センター

一九九四年十月の寒夜、マクスウェル・スティーヴン・ムーアは、特殊戦センターの隊舎でベッドに横になり、敗者になる寸前の状態だった。〝敗北〟という言葉を口にするものは、ここにはひとりもいない。それどころか、その言葉が精神に根をおろしたら、そもそも海軍SEALでいることはできない。BUD／S（水中爆破／SEAL基礎練成訓練）を潜《くぐ》り抜けたなら、十八歳のムーアの人生は未来永劫《えいごう》まで一変するはずだった。

だが、もうつづけられなかった。

この長期訓練がはじまったのは二カ月も前で、海軍特殊戦センターに到着し、まず

ＩＮＤＯＣすなわち教化（初歩教育）を受けた。ジャック・キリアンという試験監督は、なめし革みたいな顔で、細い半眼からはなにも読み取れず、両肩はひとつの筋肉からなっているように見え、ムーアのクラスの面々に、コロナドではしばしば問いかけられる質問を投げた。「それで、おまえたちは潜水工作兵《フロッグメン》になりたいそうだな？」

「ウーオーッ！」クラスの全員が、声をそろえて答えた。

「では、まずおれの試験に受からなければだめだ。伏せッ！」

ムーアも含めて候補生百二十三人から成るクラス198が、ビーチに伏せて腕立伏せをはじめた。まだ候補生の段階なので、ＢＵＤ／Ｓ〝練兵場〟の神聖なアスファルト舗装の広場は使えない。そこでＢＵＤ／Ｓ訓練第一フェイズの徒手体操や、その他もろもろの肉体的拷問《ごうもん》を行なえるのは、ＩＮＤＯＣに合格したものだけだ。肉体の鍛錬、水中での適性、チームワークに対する熱意、精神的な粘り強さを試すために、第一フェイズは七週間にわたってつづく。二週間のＩＮＤＯＣ課程に合格しないかぎり、第二フェイズには進めない。最初の持久力試験には、つぎのようなものがある。

五〇〇ヤード（四五七メートル）水泳。平泳ぎもしくは横泳ぎで、十二分三十秒以内。

二分以内に最低四十二回の腕立て伏せ。
二分以内に最低五十回の腹筋運動。
ぶらさがった状態からの最低六回の懸垂（時間制限なし）。
長ズボンと半長靴《はんちょうか》で一・五マイル（二・四キロメートル）走。十一分以内。

ムーアは、上半身はもっと鍛える必要があるが、水泳とランニングではずば抜けていて、たいがいクラスの仲間を大きく引き離していた。この時期に、ムーアは〝潜水の相棒《スウィム・バディ》〟という考えかたと、そのスウィム・バディをぜったいに独りきりにしてはならないし、生きていようが死んでいようが置き去りにしてはならないという信条に触れた。「おまえたちは、けっして独りにはならない。ぜったいに」キリアンが、きっぱりと告げた。「スウィム・バディを置き去りにしたら、厳罰に処する。すこぶる厳しい罰だ！」
ムーアのスウィム・バディは、フランク・カーマイケルだった。砂色の髪に青い目で、サーファーと見ちがえられるような若者だった。にやにや笑っていて、のんきな調子でしゃべるので、この男がＳＥＡＬになれるのかと、ムーアはいぶかっていた。カーマイケルはサンディエゴ育ちで、ムーアとおなじ道すじでＩＮＤＯＣを受けていた。まず海兵隊の新兵訓練を受け、そこでSEALの訓練計画に推薦された。海軍士官学校《アナポリス》へ行ってカヌー・クラブに入会したかったと、カーマイケルはいった。しかし、モース高校で授業をサボりすぎたために、成績が入学基準に達しなかった。

JROTC（高校生向け予備役将校訓練課程）は受けもしなかった。INDOCの候補生には、士官もおおぜいいた――海軍士官学校卒業生、OCS（士官候補生学校）を終えたばかりのO－1（海軍少尉《しょうい》）、艦隊勤務の経験者までいた。しかし、BUD／Sでは、競争に差別はいっさいなく、どの候補生もすべておなじ試験に合格しなければならない。士官だろうと特別扱いされない。

ムーアとカーマイケルは、人生で格別なことをやろうとしているミドルクラスの若者同士、すぐに意気投合した。三十二分以内に走破しなければならないビーチでの四マイル（六・四キロメートル）走をいっしょに耐え抜いた。キリアンは、すべての命令に「濡《ぬ》れて砂まみれになれ」という言葉を差し挟んだ。クラスの全員が、凍《い》てつく波打ち際《ぎわ》へ突進して、海から出ると砂地に転がり、ミイラとも亡者《もうじゃ》ともつかない姿で立って、つぎの強化訓練《エヴォリューション》をやらされる。食堂までの片道も含めて、どこでも走らなければならないのだということを、訓練生はすぐに身をもって知った。

一九九四年当時、《タイム》はインターネットを〝不思議な新世界〟と評していた。

いまの候補生は、どんな訓練を受けるのかという情報を、その時代の十倍くらいネットで知ることができると、ムーアは不平をこぼしたことがある。現在の候補生たちは、ＢＵＤ／Ｓ専門のウェブサイトで下調べし、ストリーミングされる動画や、ディスカバリー・チャンネルが巧みに制作した特別番組を見る。ムーアやバディたちの得た情報は、前のクラスから教わる法螺話《ほらばなし》、噂《うわさ》、初期のインターネットの分野別ニューズグループに書き込まれた、口にするのもおぞましい恐ろしい物事についての注意ぐらいのものだった。大げさすぎる？　いくつかの面ではそうかもしれない。しかし、ムーアとカーマイケルは、現在の候補生たちのような準備もまったくなしに、難関に取り組んでいた。

ＩＮＤＯＣで受ける強化訓練のなかで、ムーアがいちばん楽しかったのは、水中作業だった。キックやストロークやグライドを教わり、そしてなによりも、水を我が家にすることを教えられた。それが、海軍の他の兵科よりもＳＥＡＬがひときわ優れている点だった。水中でＳＥＡＬが隠密裏に収集する情報が、海兵隊その他の戦闘部隊を援《たす》ける。潜水したまま海軍の複雑な結び目をこしらえることをおぼえ、防溺加工《ドラウン・プルーフ》と呼ばれる訓練では、後ろ手に縛られてもパニックを起こさなかった。士官学校出身者《カヌー・クラブ》数人が自制を失い、その場でＤＯＲ（任意除隊願い）を告げている横で、体の力を抜いて浮上し、息を吸って、また潜降し、それをくりかえした。ダイビング器材をつけて周囲を浮き沈みし、パニックを起こすのを待ち構えている教官たちに、ムーアはそれとはまったく逆の反応を見せつけた。プールの底まで潜降し、息をとめて――。

五分近くそのままでいた。

マスクのせいで目が馬鹿《ばか》でかく見えるひとりの教官が近づいてきて、浮上するようムーアに合図した。ムーアはにやりと笑って、数秒の間を置いてから、浮上し、息を吸った。ランニングと水泳を全力で行なうことで、無酸素性代謝閾値《いきち》を増大できることがわかっていた。もっと息がつづくはずだという確信があった。

キリアンが、この〝離れ業〟のことを聞きつけ、二度とやるなとムーアに注意した。だが、そういいながら、ウィンクしていた。

五〇メートル潜水を、候補生たちはたいがい、さまざまに受けとめていた。キリアンはこの試験をつぎのように定義した。「心配するな――気絶したら、おれたちが生き返らせてやる」――だが、ムーアは五〇メートル以上潜水した。水中が棲《す》み処《か》でもあるかのようにすいすいと泳ぎ、どこから見ても立派なフロッグマンだった。畏《おそ》れ入って悪態を漏らした教官も何人かいたと、カーマイケルがムーアに教えた。

ムーアの生まれついての才能は、十六歳のときにローンガード先生に見出《みいだ》された。ローンガードは、高校の体育教師であるだけではなく、熱心なサイクリストだった。自転車エルゴメーターで計測しないかと勧めて、ムーアのＶＯ２ｍａｘ（最大酸素摂取量）が八八・〇であることを知った。世界一流のスポーツ選手にひけをとらない数値だった。安静時の心拍数は、わずか四〇だった。ムーアの体は、平均的な人間よりもずっと効果的に酸素を輸送して使用することができる。これは遺伝により生まれつきそなわっているもので、きみは非常に幸運な人間だと、ローンガードはムーアにいった。そのときに、軍隊にはいり、ＳＥＡＬになってはどうかという話がはじまった。皮肉なことに、ローンガード自身は海軍にいたこともなく、そういう親類もいなかった。ただ、軍人を尊敬し、国のために身を尽くしていることに敬意をおぼえていた。

ムーアとＩＮＤＯＣの同級生たちは、プールにいないときには、ビーチか波打ち際にいて、体の穴という穴が砂でじゃりじゃりしていた。隊舎に戻って氷のように冷たい高圧シャワーを浴びても、砂をすべて洗い流すことはできなかった。海軍はムーアたちを、文字どおりビーチと太平洋と一体にしようとしていた。

ムーアはカーマイケルとつねにならんで、仰向《あおむ》けになって股《また》を軽くひろげ、爪先《つまさき》をのばして、ビーチに足がつかないようにバタ足を何十回もやった。脚を二〇センチな

い し三〇センチ上下に動かすのが目標だ。SEALの訓練でやることはすべて強い腹筋を必要とするし、キリアンも他の教官も、バタ足のような運動には過度の強迫観念を抱いているので、ムーアの腹は鋼鉄のレールなみに硬くなった。第二週のことを内容は教えずにキリアンがしじゅう注意するので、ムーアは上半身も鍛えつづけた。

第一週の終わりには、クラスの十六人が早くも落第していた。真夜中に荷物をまとめて姿を消す、という感じだった。ムーアとカーマイケルは、そういう連中には目を向けなかったし、心を強くして積極的でいるために、DORの話はめったにしなかった。

第二週初日の午前五時、クラス198はあきらめの態《てい》でO−コース（障害物コース）に初対面の挨拶《あいさつ》をした。精鋭の秘密クラブで歓迎されるためには、邪悪な心を持つ会員たちが設計した、地獄の責め苦をくぐり抜けなければならない。

標識付きの障害物が二十種類、ビーチに設置されていて、ムーアがひとしきり眺めると、どの仕掛けも、その前の仕掛けよりも難しく、複雑になっているように見えた。キリアンが、ムーアとカーマイケルに近づいた。「諸君には、おれのO−コース通過に、十二分やろう」

「ウーオーッ！」ふたりは吼《ほ》えた。ムーアが先頭を切って、最初の障害の平行棒を目指した。跳びついて、両手を交互に使って鋼鉄の棒を渡り、向こう側の砂に着地したときには、肩と三頭筋が焼けるようだった。早くも息を切らしていたが、ムーアはすばやく右を向いて、両腕を頭の上に差しあげ、トラックのタイヤ（幅一五〇センチ、奥行き三メートルに並べてある）のなかを跳ねながら進み、低　壁《ロー・ウォール》を目指した。足がかりの切り株が二カ所にあり——右足、左足という順序——うめきながら木の壁の上に体を持ちあげて、横向きに乗り越え、思ったよりも勢いよく砂地に着地した。足首が痛んだが、高　壁《ハイ・ウォール》に向けて小走りに進んだ。高さは五メートルもないが、その時点では一五メートルもあるように思えた。ロープをつかんで登りはじめると、掌《てのひら》にロープがきつく食い込んだ。

O－コースを開始したときには、キリアンが命令や修正の指示をどなっていたが、もうよく聞こえなかった。乱れた呼吸と激しく打つ心臓に導かれるように、ムーアは何本もの丸太に蛇腹形鉄条網を張り巡らした障害物に向かった。その下に、長い溝が二本ある。左手の最初の溝に跳び込み、四《よ》つん這《ば》いで鉄条網の下をくぐった。一瞬、シャツに鉄条網の棘《とげ》が刺さったかと思ったが、丸太にひっかけただけだった。安堵《あんど》の溜息《ためいき》を漏らすと、障害物を突破して立ちあがった。こんちくしょう。

二本の柱のあいだにカーゴネットが張ってあり、高さは一二メートルほどあった。

まんなかよりも柱よりのほうがネットがたるみにくいだろうと判断し、柱のそばでネットに足をかけ、急いで登りはじめた。

「その調子だ、相棒《バディ》」すぐうしろから登ってきたカーマイケルがいった。

下を見たのがまちがいだった。安全ネットのようなものがなにもないと気づき、おまけにてっぺんに登ると、眩暈《めまい》がした。早くおりたくて矢も楯《たて》もたまらなくなり、あわててネットを伝いおりた。その拍子にひとつ踏みはずし、手を滑らせ、二メートル近く落ちてから、奇跡的にネットをつかんで、墜落を食いとめた。クラスの全員が息を呑《の》み、ムーアが体勢を立て直して下に下りると、ウーオーッと叫んだ。

ムーアとカーマイケルは、つぎのお楽しみのバランス・ログに向けて、敢然と突進した。名称がその障害のすべてをいい表わしている。丸太から落ちたら、キリアンに罰の腕立て伏せを命じられるはずだ。ムーアは緊張し、最初の丸太をするすると渡ると、左への短い曲がり角を進んで、よく落ちなかったものだとびっくりしながら、二本目の直線へと曲がった。ウーオーッ・ログに達したときには、カーマイケルがすぐうしろに来ていた。これは短い丸太六本を横倒しの三角柱の形に積みあげた障害だった。頭のうしろで手を組んでそれを駆け登って越えると、つぎの障害のトランスファー・ロープが待っていた。この時点で、ムーアの心臓耐久力はまだ健全だったが、カーマイケルはほとんど息ができず、心拍数がレッドゾーンに達しているのは明らかだった。

「楽勝だぞ、さあ」ムーアはカーマイケルをはげまし、一本目のロープをつかんで一八〇センチ登り、体を揺すって、まんなかの金属の吊り輪《わ》をつかみ、ロープを放して、二本目のロープに移った。そして滑りおりた。カーマイケルは、一度余分に体を揺すらなければならなかったが、それでもやってのけた。

つぎの難関の標識には、ダーティ・ネイムという名称が書いてあった。ひと目見て、そう呼ばれている理由が、ムーアにはわかった。Π《パイ》字形に組んだ丸太が三組あり、手前は小さなΠふたつで、候補生ふたりが同時に取り組めるようになっている。その向こうにもっと高くて幅の広いΠがある。ムーアは、Πの手前にある踏切り板の丸太に駆けていって、最初のΠの横木に跳び乗り、体を引きあげた。そして、その上に立ち、おなじように跳び乗って、体をひきあげるために、丸太に脚をかけた。その丸太に体がぶつかったときの衝撃で、だれでも知っている悪態《ダーティ・ネイム》を漏らし、地面に着地したときにものののしった。

またウーオーッ・ログがあり、こんどは丸太六本ではなく十本だった――さっきのよりも高くて急だ。てっぺんを越えたときに、ブーツが滑り、顔から地面に倒れた。

なにが起きたのかわからないうちに、助け起こされていた。

カーマイケルが、目を真ん丸にして、ムーアの顔に向かってどなった。「行くぞ！」

そして、向きを変えて駆け出した。

ムーアはあとを追った。

四五度の傾きの巨大な梯子《はしご》が、前方に立ちはだかっていた。キリアンが大声で指示した。「これは機織り《ウィーヴァー》だ。横棒の上と下を縫うように進め！」ムーアは、一本目の横棒にしがみついて、勢いよく体をくぐらせ、つぎの横棒に乗った。糸と縫い針が上下するみたいに、横棒のあいだを通りながら、それを何度もくりかえすうちに、頭がくらくらしてきた。横でカーマイケルがおなじ障害と取り組み、ムーアに数秒先んじて、下りの後半を進んでいった。

つぎはビルマの橋というロープの橋で、底の太いロープと手摺《てすり》のロープ二本がV字をなしているところを渡ってゆく。カーマイケルはすでに上に登って、ロープを渡りはじめていた。ムーアは編まれた太いロープに第一歩を踏み出したところで、手摺のロープとの結び目を踏むのがいちばん具合がいいと気づいた。結び目から結び目へと伝い進んでいると、カーマイケルが渡り終え、橋が揺れた。ムーアはあとを追った。向こう端に着いたときには、リズム感がわかっていて、つぎにこの障害を越えるときには忘れないようにしようと肝に銘じた。

ムーアとカーマイケルは、つぎの丸太十本のウーオーッ・ログを越えて、命懸け滑り台《スライド・フォー・ライフ》というそびえ立つプラットフォームに近づいた。四階建てで（ロープはなく、梯子はあるが使ってはならない）、懸垂の要領で体を揺らし、てっぺんまで登らなければならない。この障害を越える方法はふたつある。てっぺんまで登り、四五度に張られたロープを伝いおりるか、それとも最初の階まで登り、短いロープでおりるか。あとのほうだと前腕が痛くなるが、危険はすくないと、キリアンはいっていた。ただし、初回はいちばん上まで登ることを要求した。てっぺんまで行くと、カーマイケルが左のロープをつかみ、ムーアは右のロープを握りしめた。身を乗り出し、右脚をうしろにのばして足首をロープにひっかけると、股にロープを挟み、手を交互に動かしてたぐりながら、顔から先に滑りおりていった。半分も行かないうちに、ロープと接している部分が、すべて焼けるように痛みはじめた。ムーアは、カーマイケルを追い抜いて下まで行き、着地して、二秒の差をつけて、ロープぶらんこに跳びついた。ロープを使って、丸太の橋に跳び乗り、雲梯《うんてい》（猿渡り）にぶらさがって進み、それからもう一本の丸太の橋を渡る障害だ。ロープをつかんで身を躍らしたが、丸太からそれた。カーマイケルは、いったん通り過ぎてからロープをつかみ、振子の要領でなんなく丸太に乗った。ムーアも二度目はそうやったが、カーマイケルに追い抜かれてしまった。

二度目のタイヤ障害を通り抜けると、高さ一五〇センチの滑り台のような傾斜した壁があり、ふたりはその裏側から正面へと滑りおりた。その先には高さ五・五メートルの蜘蛛壁《スパイダー・ウォール》があり、木切れが高低差をつけて側面にボルトで留めてあって、きわめて狭い梯子段の役割を果たしている。指先と爪先を使い、それを手がかりと足がかりにして登り、横這いに進む。その間ずっと、蜘蛛《くも》みたいに壁にへばりついていなければならない。ロープの滑り台で手がまだひりひりと痛み、ムーアは最後の段をつかみそこねたが、落ちる前に壁から跳びおりた。

いっぽう、カーマイケルは木の段にかけたブーツの角度が悪く、途中で落ちて、最初からやりなおすはめになり、貴重な時間を無駄にした。

あとは最後の障害と全力疾走を残すのみとなった。ムーアは、腰の高さで平行にならんでいる五本の丸太に向けて突進した。丸太と丸太の間隔は一八〇センチで、その障害は跳馬《ヴォールト》と呼ばれていた。

「丸太に脚が触らないようにしろ！」キリアンが注意した。「手だけで跳び越えろ！」

それを聞いて心のなかで毒づきながら、ムーアは一本目の丸太を左右の掌で叩《たた》くようにして、丸太を跳び越えた。それをくりかえす。カーマイケルが、すぐうしろにつづいていた。ムーアは最後の丸太で手が滑り、膝《ひざ》を強く打ちつけた。痛みにうめき、倒れ込んだ。カーマイケルがそばに来て、引きずるように立たせ、ムーアの腕をつかんで自分の肩にかけた。ふたりで全力疾走（というよりは脚をひきずりながら行進）し、ゴールへ行った。

「おまえ、カーマイケル、それでいいんだ」キリアンがいった。「ふたりで競争するが、スウィム・バディを置き去りにはしない。最初にしては悪くない」険しい顔で、ムーアのほうを見た。「脚はどうだ？」

ムーアの脚は、グレープフルーツみたいに腫《は》れてきた。ムーアは、痛みを意に介さずに叫んだ。「脚はだいじょうぶです、キリアン教官！」

「よし。ビーチへ行って濡《ぬ》れろ！」

Ｏ－コースは、候補生が取り組まされる数多くの強化訓練のひとつにすぎない。それに、訓練中でなくても、隊舎はつねに検査に備えていなければならない。妨害にどう対処するかを試すために、教官たちがはいってきて部屋をめちゃくちゃに荒らす。

ムーアはそういうことすべてに耐え抜き、ＩＢＳで訓練するＩＮＤＯＣの最終段階を終えた。ＩＢＳとは、全長三・七メートル、重量八二キロの膨張式ボート（小）《インフレイタブル・ボート・スモール》のことだ。艇員は七人で、パドルの使いかた、ボートをひっくりかえして水を〝捨てる〟やりかた、重いボートを頭に載せてかつぐやりかたを学ぶ。BUD/Sを開始したら、どこへでもそのボートで行く、といわれた。競漕《きょうそう》もやり、ブーツをゴムの船べりに乗せて腕立て伏せをやった。カーマイケルは、痩《や》せているのにパドルの扱いがうまく、そのおかげで競漕にしばしば勝った。勝てば休憩できる。負けるとビーチに伏せて腕立て伏せだ。全員が寄せ波の見かたを教わり、ボートをひっくり返される前に砕け波を必死で乗り越えるタイミングを憶《おぼ》えた。

二週目の終わりには、ムーアのクラスの二十七人が落第していた。いずれも優秀だったが、合わなかったのだ。だから、キリアンは警告する口調で、DORを馬鹿《ばか》にしてはならないと遠まわしにいった。

だが、落第者が、海軍特殊戦適性に相当するNEC（海軍兵役等級）規範《コード》（訳注　職種別等級の頭語につづけて技倆・資格・適性を示す四桁の数字）を授与されないという事実は残る。このNEC規範はたいへんな栄誉で、その戦闘員が肉体的・精神的意欲に対する究極の試練を生き抜いたことを明確に実証している。特殊戦センターには、「安楽な日はきのうだけ」というSEALの隊是《モットー》を全員に銘記させるための表示がある。

ＩＮＤＯＣの最終ブリーフィングで、キリアンはムーアと固い握手を交わしていった。「おまえは才能が豊かだ。ぜひ名をあげてほしい。それから、忘れるなよ、おれの生徒だったことを。おれが自慢できるようになれ」

「ウーオーッ！」

ムーアとカーマイケルは、鼻歌まじりで装備を特殊戦センターの隊舎に運んでいった。もう外来者ではない。ほんものの候補生だ。

うきうきした気分は、長くはつづかなかった。

ＢＵＤ／Ｓの最初の一時間で、三十一人がやめた。隊長室の外にあるベルを鳴らし、クラス番号を白地で描いたグリーンのヘルメットを、ドアの外にきちんとならべて置いた。

その一時間、教官たちは濡れて砂まみれになる強化訓練で訓練生たちを混乱に陥らせ、つづいて練兵場でとてつもない筋肉トレーニングをやらせた。それから、凍りつく水で満たしたゴムボートに跳び込ませた。おおぜいの男がふるえ、泣き叫び、低体温症にかかり、失神した。

教官たちにとって、それは序の口だった。

ビーチでの苛酷《かこく》な四マイル（六・四キロメートル）走を頻繁にやらされた。七人の艇員は、丸太体育訓練というあらたな強化訓練を味わった。長さ二・五メートル、重さ七〇キロ強の丸太は、それより軽いものもあれば、重いものもあった。艇員は、最初に選んだものをずっと使う。波打ち際《ぎわ》までひきずっていって、濡らし、砂まみれにし、運び、それを担《かつ》いで行進し、そのあいだずっと教官たちに検査され、叱《しか》られ、嫌がらせを受ける。背の高い艇員に重さを簡単に転嫁《てんか》できる小柄な艇員は、ことに目をつけられた。ムーアとカーマイケルは、がんばって丸太を落とさないようにしていたが、ある訓練中に最後尾のひとりがバランスを崩して、波打ち際に倒れた。

第一週の終わりには、さらに七人がやめた。クラス198は、五十六人になっていた。隊長室の前のヘルメットの列が、はらはらするような割合で増え、ムーアは決意と胸騒ぎの相半ばする気持ちで、それを毎日見つめた。

第一週末の朝食中にカーマイケルがいったことに、ムーアは深く共感した。「やめた連中だけどね、どうしてくじけたのか、わかるような気がする」

「どういうことだ？」

「つまり、連中は、たったいまがんばっていて、崩れそうになかったと思うと、つぎの瞬間にはやめる。たとえば、マッカレンだ。優秀だった。やめるはずがなかった。負ける気は毛頭なかったのに、ビーチへ駆けあがって、ベルを鳴らした」

「どうしてやめたか、わかるっていうのか?」ムーアは、疑わしげな顔できいた。

カーマイケルがうなずいた。「どうしてやめたか、わかる——一時間ずつ切り抜け、強化訓練をひとつずつこなそう、という考えかたをしなかったからだ。未来のことばかり考え、これから何日、苦しい思いをしなければならないのかと考えはじめたために、くじけてしまったんだ」

ムーアは溜息《ためいき》をついた。「そのとおりかもしれない」

第三週、クラスは岩場連水陸路運搬という強化訓練を体験した。膨張式ボートを岩場に引き揚げる作業だ。磯波《いそなみ》がヘビーメタルのドラミングみたいに岩場を叩き、しぶきが目にはいる。カーマイケルが、腰に舫《もや》い綱を巻いて、ボートをおりた。岩の上で身を起こし、しっかりした足がかりを見つけると、ボートがすべって海に戻らないように、重心を低くした。艇員たちのパドルをつかんで跳びおり、岩場まで泳いでいって、磯波から抜け出し、パドルを波の来ない場所へ持っていくのが、ムーアの役目だった。ムーアがボートをおりると、他の艇員がつづき、波に顔を叩かれながら、大きくうねる海面から体を引きあげた。

やがて、カーマイケルが、上に登ると叫び、ムーアは駆け戻って、カーマイケルが岩の上を越えてボートを引き揚げるのを手伝った。あとの艇員たちも、ようやく磯波から脱して、手を貸した。

作業が終わると、全員が岩場のてっぺんに立ち、あえいでいた。風が潮水を顔から吹き飛ばし、教官が首をふってどなった。「遅すぎる！」

第四週の判定は、候補生にとっても教官にとってもつらいものだった。がんばり抜いてベストを尽くし、やめなかったものでも、持久力、耐久力、Ｏ－コースの通過時間など、必要とされる肉体能力の一部が欠けているために、クラスから切り離される場合があった。彼らには海軍ＳＥＡＬとしての頭脳と精神力はそなわっていたが、それにともなう重荷を背負うだけの肉体がなかった。

ムーアとスウィム・バディのカーマイケルは、この第四週の試験を通過し、悪名高く、恐れられている、伝説的なヘル・ウィークを迎える心構えをしていた。この五日半の強化訓練のあいだ、睡眠は延べ四時間しか許されない。一日四時間ではなく、ヘル・ウィーク全体を通して四時間しか眠れない。人間の体が、それほどの長時間、覚《かく》醒《せい》していられるのか、ムーアにはわからなかったが、試験官や教官は〝たいがいの〟人間はなんとかやってのけると請け合った。

水中での作業とランニングで持続して手本を示す力量ゆえに、ムーアはチーム・リーダーに選ばれた。すでにクラスのだれよりも息が長くつづき、力強く泳ぎ、早く走れることを実証している。ヘル・ウィーク開始前の日曜日の午後、全員が教室に閉じ込められて待機した。ピザ、パスタ、ハンバーガー、ホットドッグの食事が出た。訓練生たちは、ビデオでスティーヴン・セガールの古い映画を見て、緊張をほぐそうとした。

午後十一時ごろに、何者かが教室のドアを蹴《け》り、電気が消えて、四方八方でさまざまな銃声が響いた。〝脱獄《ブレイクアウト》〟と呼ばれる、戦闘の混乱状態を模したものが開始されたのだ。ムーアは床に伏せ、銃声はけたたましいが、空包を撃っているのだと、自分にいい聞かせようとした。ひとりの教官は、五〇口径の機関銃をもっていて、その発射音があまりにもやかましいので、もうひとりの教官の叫び声がほとんど聞き取れなかった。「呼び子が聞こえるか？　呼び子が聞こえるか？　呼び子の音のほうへ這《は》っていけ！」ムーアとカーマイケルは、その指示に従い、教室から練兵場に出た。そこで消火ホースの水を十五分間浴びせられ、なんの命令も受けなかった。両手をあげて目を護《まも》り、すさまじい勢いの水から逃げようとするばかりだった。ようやく、波打ち際に伏せろという命令が下された。教官たちは発砲をつづけていた。ヘル・ウィークで訓練生を鍛えるために教官が二十五、六人応援に来ていることに、ムーアは気づいた。

敗北を認めないという姿勢だ、ムーアは自分に命じた。その姿勢を忘れるな。

激しい強化訓練が矢継ぎ早に行なわれた。波打ち際での筋肉トレーニング、つづいて丸太体育訓練、チームでボートを運びながらO－コースを走ることまでやらされた。岩場連水陸路運搬を何度もくりかえし、初日から十時間の猛訓練後に食堂までボートを運ばなければならなかった。

きのうは興奮して眠れず、夜通し訓練を受けたせいで、初日の午前中にはもう睡眠不足がこたえはじめていた。ムーアは頭が朦朧《もうろう》としていた。キリアン教官の名を呼び、ここはもうINDOCではなく、ほんもののヘル・ウィークだと、カーマイケルに諭される始末だった。みんな瞼《まぶた》が重く、わけのわからないことを口走ったり、頭のなかで亡霊と話をしたりしていた。

それが厄介な問題だった。ことに教官の指示をよく聞いていなければならないチーム・リーダーにとって――チーム・リーダーが油断していないかどうかをたしかめるために、教官はわざと作業の指示の一部を省くことがあった。チーム・リーダーが手落ちに気づいて、教官にそれを指摘すれば、チームの作業はずっと楽になる――あるいは作業そのものをやらずにすむ場合もある。

だが、ムーアは疲れ切っていて、気を失いそうになり、チームとともに重い丸太をかつげる状態ではなかった。

「丸太を持って準備しろ！」命令が下された。

たいがいのものが、丸太に駆け戻ったが、残っていたチーム・リーダーもいた。ムーアは駆け出したほうの口だった。よそのチーム・リーダーがいうのが、肩ごしに聞こえた。「教官、丸太を持ち、濡らして砂まみれにしろという意味ですね？」

「そうだ！　おまえのチームはこれをやらなくていい」

ムーアは肩を落とした。失敗を犯した。その代償をチーム全体が払うことになる。

その晩。めったにもらえない一時間四十五分の休憩のあいだ、ムーアは片腕で目を覆《おお》っていた。このあいだカーマイケルがいったとおりだった。これからやってくる痛みや苦しみ、他人に責任を持つプレッシャーのことを、考えずにはいられなかった。自分はリーダーシップをあたえられたのに、しくじった。

「おい、きょうだい」闇《やみ》から声が聞こえた。

ムーアが腕をどかすと、カーマイケルが顔を近づけていた。「ドジったな。それがなんだ」

「おまえのいうとおりだった。敗北を認めそうになってる」

「いや、それはちがう」

「しくじった。いまおれがやめれば、チームのみんなの足をひっぱらずにすむ。おれのせいで、みんなつらい目を見ている」

「あの丸太は、どうせ運ばなきゃならなかったのかもしれない」

「ああ、そうさ」

カーマイケルの目が大きくなった。「こうしよう。おれたちは、他のチームよりもずっと厳しい訓練を受ける。これを切り抜けたら、どんな難題にも取り組んだと威張れる。いちばん厳しい道を選んだ。楽な逃げ道など探さなかった。おれたちが最高のチームだと」

「みんなにもいわないが、おれを非難しているやつがいるのはわかっている」

「おれはみんなと話をした。そんなやつはいない。あんたとおなじギリギリの状態だ。おれたちはみんなゾンビだよ。だから、乗り越えろ」

ムーアはじっと横たわり、ひと呼吸置いてからいった。「自信がない」

「よく聞け。これからは注意を怠るな――そして、教官の指示に手落ちがあっても、指摘するな」

ムーアは、身ぶるいした。「正気の沙汰《さた》じゃない。生き残れるものか」

ムーアは本気でそう思っていた。まだ訓練初日なのに、もう半分以上が脱落している。

カーマイケルの声が、険しさを増した。「おれたちは大胆な宣言をする。何週間か
前に、おれたちは戦士の一生に身を捧《ささ》げるかどうかをきかれた。憶《おぼ》えているはずだ」

「ああ」

「おれたちは、戦うために来た。どれほど荒々しく戦えるか、連中に見せつけてやろ
う。いいな?」

ムーアは、唇を噛《か》んだ。

「やつらがいったことを忘れたのか? おれたちが打ち負かされるときは、たったふ
たつ。死ぬか、降参したときだけだ。そして、おれたちは降参しない」

「わかった」

「それじゃ、やろうぜ」

ムーアは、両の拳《こぶし》を固めて、ベッドに起きあがった。カーマイケルの顔を見た。目
が充血し、肌は日焼けして荒れている。手は肉刺《まめ》だらけで、頭はかさぶたに覆われて

いる。そういう外見はおなじだ。しかし、カーマイケルの目には炎が宿っていた。まさにその瞬間、そこでムーアは悟った。このスウィム・バディのいうとおりだ。カーマイケルの言葉はつねに正しかった。一度にひとつの強化訓練。楽な逃げ道などない。安楽な日などない。

ムーアは、長く息を吸った。「おれはドジを踏んだ。それはどうでもいい。おれたちは休んだりしない。暴れまわり、威張り散らす。撃って撃って撃ちまくろうぜ《レッツ・ロックンロール》」

そして、なんとムーアのチームはそれをやった。四方八方で模擬爆薬が炸裂《さくれつ》し、煙が噴き出すなかで、O-コースの鉄条網の下をくぐった。

泥にまみれ、心は恐怖でいっぱいでも、ムーアはつぶやきながらやり抜いた。ぜったいに降参しない。

やがて、四マイル走の前に、教官がわざと指示を抜かした。他のチーム・リーダーが、それに気づいた。

「また気づかなかったな、ムーア?」教官がわめいた。

「いいえ、ちがいます!」

「では、どうしてなにもいわなかった?」

「このチームは、フリーパスを望んでいないからです!　このチームは、他のチームよりもずっと激しく戦うために、ここにいます！　このチームには、それをやる気概があります！」

「たまげたな。感心したよ。胆力がいることだ。おまえは、チーム全体を危険にさらしたんだぞ」

「ちがいます、最先任上等兵曹《マスター・チーフ》。危険にさらしていません」

「それなら、やってみせろ！」

教官たちは、ムーアのチームをことさらに鍛えた。ヘル・ウィーク最終日の五日目、四時間の睡眠時間の割り当てはすでに使い果たし、いままで持っていたとは知らなかった意志の力だけで、チームの面々は動いていた。

それどころか、ムーアとそのチームが示したど根性は、たいそう畏怖《いふ》されたと、ムーアはあとで聞いた。ランニング、夜間の岩場連水陸路運搬、島の北端まで行ってサンディエゴ湾の水陸両用戦基地に帰ってくる〝世界一周〟を、ムーアのチームはどのチームよりも多くやった。訓練用立坑の汚水のなかに跳び込み、目だけが光っている茶色のマネキンみたいになった。

「あと二日耐え抜くのはまず無理だろうから、うまい食事を用意しておこう」教官のひとりが叫んだ。

「あと一日です！」ムーアはどなった。

「いや、二日だ」

教官は嘘《うそ》をついて、頭を混乱させようとしていた。だが、ムーアはへいちゃらだった。

低体温症になる寸前まで、波打ち際《ぎわ》の凍《い》てつく水のなかにいさせられた。引き揚げられ、温かいスープをあたえられ、また海にほうり込まれる。意識をなくしたものは、回復させられ、海に戻される。ムーアとカーマイケルは、けっしてへこたれなかった。最後の一時間には、ムーアもカーマイケルもクラスの仲間たちも、ほとんど死にかけているような心地で、太平洋からあがって、砂浜を転がるよう命じられた。と、試験官が集合の号令を叫んだ。全員が寄り固まると、試験官がゆっくりとうなずいた。

「全員、ビーチを見まわせ！　左を見ろ！　右を見ろ！　おまえたちはクラス198。チームワークのおかげで生き残った戦士だ。クラス198、ヘル・ウィークこれにて終了！」

ムーアとカーマイケルは、膝《ひざ》を突いた。ふたりとも涙目だった。ムーアはこれほど疲れ果てて、感情的に押しつぶされそうになったことはなかった。二十六人の叫び、どなり声、ウーオーッという喊声《かんせい》は、いまにも攻撃を開始しようとしている一〇万人の古代ローマ軍を思わせた。

「フランク、バディ。恩に着るよ」

カーマイケルが、喉《のど》を詰まらせた。「恩なんかなにもない」

ふたりはどっと笑い出した。歓喜——ほんとうにやってのけたことへの純粋なよろこびが、ムーアの心のなかでふくれあがり、背すじをさむけが駆けのぼった。地球の軸がずれてよろけているのかと思ったが、カーマイケルに助け起こされただけだった。

そのあとで、敗北を認めそうになった仲間を鼓舞して訓練をつづけさせた能力により、ムーアはクラス198の優等候補生の栄誉をさずけられた。それを教えてくれたのはカーマイケルだったから、おまえのほうが優等候補生になるべきだとムーアがいうと、カーマイケルはほほえんだだけだった。「ここでいちばん強いのはおまえだ。おまえを見ていたから、おれはやり抜けた」

11
統合タスク・フォース・ファレス

現在
カリフォルニア州、サンディエゴ
DEA（麻薬取締局）流通取締部

ムーアがインターステート15をおりて、バルボア・アヴェニューを走り、ヴューリッジ・アヴェニューにあるDEA支局に着いたときには、会議にすでに二十分遅れていた。髪が目にかかり、顎鬚《あごひげ》が鎖骨まで届くほど長い——二年分のばしていたのを、まもなく剃《そ》り落とすことになる。顎の近くは白髪が混じっているので、それがありがたい。会議室に向けて長い廊下を進みながら、〈ドッカーズ〉のコットンパンツをこっそり見た。皺《しわ》くちゃで、まるで立体地図《レリーフ・マップ》のようだ。シャツにコーヒーをこぼしたせいで、よけい薄汚い。子供三人を乗せた女性が、前の巨大なコンクリート・ミキサーの急減速に気づかなかったせいだった。その女性が急ブレーキを踏み、ムーアもおなじようにしたので、コーヒーは物理の法則に従った。見かけはたしかに気になっていたが、意識のいちばん上にあるのは、そのことではなかった。

レスリー・ホランダーからの新しい電子メールには、携帯電話で撮った輝くような笑顔の画像が添付されていて、ムーアはそれを払いのけることができないまま、ただドアをあけて、会議室に飛び込んだ。

一同がこっちを見た。

ムーアは、溜息《ためいき》をついた。「遅れて申しわけない。子供の送り迎えの混雑に巻き込まれた。このあたりの交通事情を、すっかり忘れていた」

航空母艦なみの長大なテーブルを、少人数が囲んでいた。甲板のバーベキュー・パーティや連続離着陸訓練《タッチ・アンド・ゴー》ができて、ハリアー攻撃機二機が載れそうなくらい長かった。五人が上座近くに固まって座り、クルーカットの髪が蛍光灯の光で鋼鉄の削り屑《くず》みたいに光っている男が、ホワイトボードからふりかえった。ちょうどヘンリー・タワーズという自分の名前を書いたところだった。

「これはいったいなんだ？」タワーズが、マーカーで空いた席を示しながらいった。「おまえは人間か？　けだものか？」

ムーアは、かすかに口もとをほころばせた。この長い髪と顎鬚では、捨てられた冷蔵庫に住んでいるホームレスも同然だ。だが、すこし身だしなみを整えれば、いつもの自分に戻れる。頬をなでることができたら、さぞかしいい気分だろう。ムーアは顔をそらした。「ポークはどこだ？　国家秘密活動局（ＮＣＳ）もこのタスク・フォースに参加すると聞いていたが」

「ポークの代わりに、わたしがはいった」タワーズが、ぶっきらぼうにいった。「諸君は運がよかったと思うね」

「で、あんたは何者だ？」テーブルをまわりながら、ムーアはきいた。片手に紙挟み、反対の手にコーヒーを持っていた。

タワーズが、顔の半分で笑いながら、ムーアをじろりと見た。「字を読むのが苦手か？」

アンサラという男にちがいない（ムーアが受け取った履歴書と写真によれば）痩《や》せたヒスパニックが、ムーアのほうを向いて笑い出した。「落ち着け、きょうだい、やっこさんはみんなにそういうことをいうのさ。切れ者だからな。気分を盛りあげようっていうわけだ」

「そう、わたしは切れ者だ」タワーズがいった。「ここではちょっとたがを緩める必要がある――これからわれわれがやることには、緊張を要するからだ。極度の緊張を」

「あんたはどういう部門から来た？」ムーアはきいた。

「ＢＯＲＴＡＣ《ボルタック》。なんだか知っているな？」

ムーアはうなずいた。ＢＯＲＴＡＣすなわち国境警邏戦術部隊《ボーダー・パトロール・タクティカル・ユニット》は、国土安全保障省関税国境警備総局に属する世界的な特殊即応チームだ。その捜査官は地球のあちこちの二十八カ国に配置され、あらゆる種類のテロの脅威に対応する。武器と装備は、ＳＥＡＬ、陸軍特殊部隊、威力偵察海兵《フォース・リーコン・マリーンズ》その他の特殊部隊と同等だ。ＢＯＲＴＡＣチームは、イラクやアフガニスタンでも、軍に協力し、国境を越えて密輸される阿《あ》片《へん》その他の麻薬の発見と押収《おうしゅう》と撲滅を行なっている。ＢＯＲＴＡＣ捜査官は、特殊作戦部隊の世界で、なみなみならぬ評判を得ているし、ムーアも何度か、高度のプロフェッショナリズムを発揮している捜査官と情報を交換したことがあった。

この部隊が編成されたのは一九八四年で、一九八七年から一九九四年にかけての雪冠《スノウキャップ》作戦で、早くも南米の対麻薬作戦に従事した。ＢＯＲＴＡＣ捜査官は、グアテマラ、パナマ、コロンビア、エクアドル、ペルーなど、さまざまな国で、コカインの栽培、加工処理、密輸を阻止するための任務を担《にな》っている。ＤＥＡや沿岸警備隊の阻止支援チーム（IAT）とも協働している。

ここ数年、BORTACチームは、もっと幅広い任務を引き受けるようになっていて、ハリケーン、洪水、地震、その他の自然災害では、戦術救難作戦（TRO）に携わる。地方の取締機関に人材支援、装備補助、訓練もほどこしている。

ムーアはのちに知るのだが、タワーズはBORTACに二十五年以上勤務していた。ロドニー・キング事件で白人警官が無罪になった裁判の余波で起きた暴動（一九九二年ロス暴動）の最中に、ロサンゼルスに配属された。六歳の難民エリアン・ゴンザレス君を反カストロ派の手から奪い返し、キューバの父親のもとへ無事に帰すために行なわれた再会《リユニオン》作戦（二〇〇〇年四月）の際に、フロリダ州マイアミでBORTACが一軒家を強襲したときも参加していた。9・11同時多発テロの直後には、海外に派遣され、アフガニスタンで最初の攻撃のさなかに特殊部隊を支援した。二〇〇二年には、シークレット・サービスに協力して、ソルトレーク・シティの冬季オリンピック競技の警備に携わった。

「わたしはサンディエゴ管区の責任者だ」タワーズが、話をつづけた。「しかし、副局長に、この作戦であんたらゴリラといっしょにやれと命じられた。率直にいって、わたしがこの仕事にどんぴしゃなのは、ファアレス・カルテルの全貌《ぜんぼう》を暴《あば》いて崩壊させ、なおかつ中東のテロリストとカルテルとの関係を暴くのが、われわれの任務であるからだ。念のためあとで説明するが、ムーア君はその分野の権威なんだよ」

「命令により、職務のために出頭しました」ムーアは、わざとしかめ面《つら》でいった。

「調子を合わせてくれたね」タワーズが、心底うれしそうに笑った。「統合タスク・フォース・ファアレスにようこそ。それに、じつはきみに現場チーム・リーダーになってもらおうと思っていた」

ムーアは、声を殺して笑った。「どこの酔っ払いがそんな話を持ちかけたのかな?」

「きみのボスだ」

テーブルのまわりで、何人かが笑った。

「さて、チームの諸君、まじめな話、やる仕事が山ほどあるんだ。みんなパワーポイントのプレゼンテーションが大好きだと聞いているから、いくつか用意した。準備するから、一分だけ待ってくれ」

アンサラがうめき、ムーアのほうを向いた。「よろしくな。あんたのファイルには、ほとんどなにも書いてないぜ」

「いつもそうなんだ。親しい近所のスパイおじさん、それがおれだ」

「それに、SEALだったんだろう」

「友だちのおかげでなれた」

「アフガニスタンやパキスタンでも活躍してるな。おれなら、五分も生きていられないよ」

ムーアはほほえんだ。「十分ぐらいだろう」

アンサラは、すこぶる優秀なFBI捜査官で、数多くの作戦を成功させた輝かしい経歴がある。先ごろはセコイア国立公園で偵察を行なった。カルテルがそこで大麻を栽培していて、アンサラは同僚を殺した殺し屋《シカリオ》を追ってそこへたどり着いた。ムーアの見るところ、あまりにも美男なのが弱点だったが、愛想のいい笑みと口ぶりからして、すぐに親しくなれそうだという気がした。

そのとなりは、グロリア・ベガ、三十二歳のCIA工作員で、メキシコ連邦警察に〝埋め込まれる〟ことになっている。肩幅の広い生真面目《きまじめ》なヒスパニック系で、黒い髪を固い団子にまとめている。ムーアが同僚数人から聞いたところでは、厳しい性格と仕事にとことん熱心なところが、高く評価されるとともに、煙たがられているという。グロリアは独身で、両親はすでに亡《な》くなっている。CIA《エージェンシー》が人生のすべて。以上。ムーアが会議室にはいったときに向けた詮索《せんさく》するような視線が、グロリアの事情聴取のはじまりだったのだろう。メキシコ連邦警察がカルテルを支援し、悪事に手を貸していることは、すでに知られていた。CIA工作員のアメリカ人がそこで捜査にくわわるのは危険きわまりないが、展望がひろがるかもしれない。NCSはメキシコ連邦警察上層部にじかに働きかけて、コネを築き、身許《みもと》を隠したままでグロリアが捜査情報をすべて手に入れられるようにした。しかし、ミズ・ベガはガラガラヘビの巣にほうり込まれることになる。自分の仕事でなくてよかったと、ムーアは思った。

グロリアの向かいは、デイヴィッド・ウィテカー、アルコール・煙草《たばこ》・火器・爆発物局（ATF）の特別捜査官だ。薄くなった白髪まじりの髪を、まっすぐうしろに撫《な》でつけ、やはり灰色になっている山羊鬚《やぎひげ》をたくわえて、ワイヤフレームの眼鏡をかけている。胸にATFの徽章《きしょう》があるブルーのポロシャツを着て、バッジは首からゆるめのチェーンで吊《つ》っている。椅子《いす》から立ったウィテカーが、自分のプレゼンテーションが保存されているとおぼしい鍵形《かぎがた》のUSBメモリをタワーズに渡した。ファイルによれば、ウィテカーはカルテルの銃器密輸に数年取り組んでいて、最近はそれに対処するために国境の都市七カ所に十人編成のチームを配置するのを手伝ったという。カルテルは、アメリカ国内で〝ストロー・バイヤー〟を雇って、その連中の名義で銃を買わせ、金を払って、ストローでそれを吸いあげるように、国境を越えて持ち込ませていた。ウィテカーは報告書で、ファアレス・カルテルは（よりによって）ミネソタに巧妙なネットワークを築き、メキシコに武器を密輸していると指摘していた。カリフォルニア、テキサス、アリゾナなど、メキシコと国境を接している州では、取締機関の締め付けが厳しくなるいっぽうなので、カルテルは密輸の配送拠点《ハブ》にもっと遠い場所を選び、手段も過激になっている。ロシア製の軍用銃器も南米から密輸されていると、情報提供者の話からウィテカーは確信していた。カルテルの銃器密輸を追うのは、麻薬密輸の撲滅とおなじくらい難しく、危険で、挫折感《ざせつかん》を味わわされる活動だが、ウィテカーの報告書は不吉な論調で結ばれていた。カルテルの活動を阻止し、あるいは停滞させ、減速させ、一時的にでも崩壊させることができるかどうかは疑問である……。

ムーアは、上座近くに座っていたトーマス・フィッツパトリックの強い視線を受けとめた。フィッツパトリックという苗字《みょうじ》なのに、メキシコ人のシカリオだといっても通用するかもしれない。父親はアイルランド人とグアテマラ人の混血、母親はメキシコ人だった。生まれ育ったのはアメリカで、コミュニティ・カレッジで勧誘されてDEAに就職した。十八カ月前に、ファレス・カルテルに潜入するためにメキシコに送り込まれたが、思いがけない出来事のせいで、シナロア・カルテルにすんなり潜入できて、信頼されるようになった。フィッツパトリックは、スニガの右腕で暴力組織の頭《かしら》のルイス・トレスという男のもとで働いていた。

フィッツパトリックは、筋骨たくましい腕いっぱいにカトリックのさまざまな象徴を描く刺青《いれずみ》を入れ、頭髪を剃りこぼち、半眼に細めた目で、早口のスペイン語をしゃべる。「どうした、ムーア？　スペイン語がうまくないと困るぞ。やつらにほんものじゃねえってばれたら、とたんにバラされるからな。それに、はっきりいって、いまはおれの偽装身分《カヴァー》のほうが、あんたのよりもだいじだから、スペイン語に磨きをかけて、これまでしゃべってたテロリストの言葉なんか忘れちまうこった。これからあんた、大物とならんで走らなきゃならないんだよ」

ムーアはスペイン語が上手だったが、暴力組織やカルテルの隠語の知識はかなり不足している。もちろん、磨きをかける必要がある。ムーアはスペイン語で答えた。

「心配するな、あんた《バト》。自分のやるべきことはわかっている」

レゲエのアーティストにちなみ、フレＸＸＸという綽名《あだな》のフィッツパトリックが、テーブルごしに手をのばし、拳《こぶし》を固めた。指三本に太い金の指輪がはめてある。ムーアと拳を打ち合わせると、フィッツパトリックは席に腰をおろした。

グロリア・ベガが、ムーアのほうをちらりと見て、スペイン語できいた。「最近、シャワーを浴びた？」

「ああ、しかし……まあ……まだ時差ぼけでね」

グロリアが天を仰いで、タワーズがおろしたプロジェクター用スクリーンのほうを向いた。

ムーアは、若いヒスパニックの男の情報画像に目を凝らした。

「これはぜんぶ見たことがあるだろう?」タワーズがきいた。

「ああ」まったくの怠け者ではないことを示すために、ムーアはいった。「左はダンテ・コラレス。カルテルの武闘団を取り仕切る最上級幹部だ。この組織はたしか、紳士《ロス・カバリエロス》組と名乗っている。右はパブロ・グティエレス。カレクシコでFBI捜査官を殺した。アンサラさんは、そいつの息の根をとめたいだろうな」

「おれの気持ちがわかってたまるか」アンサラが、怒りのこもった鋭い声を発した。

タワーズがうなずいた。「このコラレスというやつは、すこぶる抜け目がない若造だが、シナロア・カルテルには正面攻撃をつづけている。コラレスの上の人間は、気に入らないだろうな」

「どうして?」ムーアはきいた。

タワーズがフィッツパトリックを見た。フィッツパトリックが、咳払《せきばら》いをして説明した。「グアテマラ人の暗殺隊《エスクワドロン・デ・ラ・ムエルテ》があるからだ。二年間、活動を休止していたが、また動きはじめた。再編成され、グアテマラ市のメタドン工場や、カリブ海のプエルト・

バリオスとサントトマス・デ・カスティリャの海上密輸の人間を殺しつづけている。太平洋岸のサンホセとチャンペリコの港でも、カルテルの人間を始末している」

「当ててみよう、そいつらは他のカルテルを攻撃しているんだな。ファレス・カルテルだけには手をつけないで」

「そのとおり」タワーズがいった。「だから、シナロアをテロ攻撃するのなら、ロス・ブイトレス・フスティシエロスを使えばいい。大戦果をあげているこのグアテマラ人暗殺隊は、そう名乗っているんだ……正義のハゲタカ《ロス・ブイトレス・フスティシエロス》と」

「そして、暗殺隊の人間すくなくとも十数人、ファレス市内にいると、われわれは考えている」フィッツパトリックがいった。「ふつうのシカリオが筋金入りだとすれば、こいつらは正気じゃない」

「一触即発の状態みたいだな」ムーアはいった。

「トレスとスニガは、こいつらが街に来ているのを知っていて、心配している」フィッツパトリックはいった。「またファレスの手先を襲う話も出ているが、スニガはトンネルを確保するほうを気にしている。それに、ファレスのトンネルを使って、使用料を払うつもりは毛頭ない」

「自分のトンネルを掘ればいいのに」グロリアがいった。

フィッツパトリックが、鼻を鳴らした。「やってみたさ。そのたびにコラレスとその手下が来て、皆殺しにするんだ。ファレスのほうが、シナロアよりも金を持ってる。至るところに見廻り《スポッター》がいる。巨大なネットワークだ。それに、コラレスは街中の技師をすべて買収して、スニガに雇われないようにした。あの野郎、街全体を牛耳っているんだ」

タワーズが、写真を指差した。「わかった。われわれが抱えている問題はこうだ。コラレスは、これまでのところ、われわれが正体を暴いた連中のなかでは、カルテルでもっとも位が高い人間だ。そして、この場合、昔ながらのあたりまえの通念があてはまる。首領の正体を突き止めれば、たいがいのカルテルは崩壊する。複雑で高度な作戦になるし、カルテルを動かしている人間はでくの坊ではない。やつらがやっているようなことを実行するには、天才なみでなければならないと、あえていっておこう。首領がだれであるにせよ、きわめてたくみに変装してきた。そしてその組織は、いまやメキシコでもっとも攻撃的なカルテルになっている」

「捜査対象は？」ムーアはきいた。

「そう多くはない」タワーズが答えた。「市長、警察署長、知事も調べた。スニガのような教育のない人間は、目立ちたがるものだ。エゴを満足させるためにな。だが、この首領は、とてつもなく厚い帳《とばり》に覆《おお》われている」

タワーズは、ファアレス・カルテルの麻薬事業のさまざまな面を示す、カラーコードのフローチャートを映写した。「要点をまとめよう――ファアレス・カルテルはアフガニスタンやパキスタンのテロリストと結びついている可能性があり、われわれはその接点《リンク》を突き止めなければならない。コロンビアやグアテマラのメタドンやコカインとの結びつきもある。さらに、アメリカからの銃器密輸とそれを、明確につなぎ合せる必要もある。地元警察と連邦警察内部の、カルテル内通者を突き止めて、暴く必要もある。それがフェイズ1だ。フェイズ2は、いたって単純だ――やつらを根こそぎにする」

アンサラが、しきりと首をふった。「宿題がいっぱいあるな。宿題は大嫌いなんだ」

「質問」ムーアは切り出した。「ファアレス・カルテルを打倒するのを手伝えと、スニガにあからさまに接触したことは？　スニガは、ファアレス・カルテルを動かしている人間の正体を知っているかもしれない」

「おいおい、ちょっと待てよ」タワーズが、手をあげて制した。「アメリカ政府にメキシコの麻薬カルテルと手を組めっていうのか」

ムーアは、顔を輝かせた。「ご明察」

「ビジネスにはありがちじゃないの」グロリアがいった。「悪魔とお床入りして、べつの悪魔を倒すわけよね」

「それ、皮肉のつもりかな？」ムーアはきいた。

「わかりきったことをその炯眼《けいがん》で見ないで。そうよ。ぞっとしないわね」

「まあ、汚い手だが、うまくいくよ」

「それは許可がおりないといわざるをえない」タワーズがいった。「両カルテルから情報提供者を金で雇うのはいいが、そういう連中はあまり長生きできないと注意しておくよ」

ムーアはうなずいた。「いくつか腹案がある。それから、フィッツパトリック、地面に耳をくっつけていてくれ。中東の活動、アラブ、あんたが気になること、どんな気配でも、報《しら》せてもらいたい」

「これまでのところ、なにもないが、わかった。それから、おれの報告を読んでもらえばわかるが、スニガとはまだ顔を合わせてないから、ファレス・カルテルをだれが動かしてるかをスニガが知ってるかどうかはまだいえない。ルイスにきいてみたが、知らないそうだ」

「わかった」ムーアは答えた。

フィッツパトリックは、シナロア・カルテルに潜入して偵察するというすばらしい仕事を成し遂げているので、それからしばらくのあいだ、カルテルの事業、資産、フアレス・カルテルを強奪し、その使いやすい越境拠点を完全支配しようともくろんでいることなどを報告した。しかし、すべてフィッツパトリックの報告書に書かれている情報なので、話すうちにどうしても潤色が多くなっていった。

「ムーア君、きみのパキスタンでの作戦について、われわれはあまり知らないのだ」フィッツパトリックが着席すると、タワーズがいった。「ティト・リャマスのファイルはもらっている。パキスタンで、死体がトランクのなかで発見された男だ」

「ファイルは見た」ムーアは答えた。「やつは、われわれがはじめて発見した接点《リンク》だった。カルテルは、アフガニスタンでの阿片《あへん》の買い付けを増やしている。しかし、リャマスが派遣された理由がわからない。リャマスが殺されたことで、双方の関係は傷ついたはずだ」

「だといいんだがね」

「どんなカルテルにせよ、テロリストが国境を越えてアメリカに潜入するのを望むとは考えられない」グロリアがいった。「どうして最大の顧客を殺し、アメリカの大規模報復を受ける危険を冒すのよ？」

「スニガはどうだ?」ムーアは、フィッツパトリックのほうをむいてたずねた。「ファレス・カルテルに損害をあたえるだけのために、タリバンを越境させるようなことは、考えられるか?」

「ありえない。ルイスの話からして、このことはかなり話し合われてきた。どこのカルテルだろうと、テロリストだとわかっている人間に手を貸したり、悪事を手伝ったりするとは思えない。独立した密入国案内人《コヨーテ》の集団にちがいない。手っ取り早く稼ごうとするようなやつらだ。そんなところだろう。しかし、カルテルはそういう案内人を掌握している。コヨーテがカルテルに知られずに動くということはない」

「それじゃ、おれは家に帰ってもいいね」ムーアは、かすかな笑みを浮かべた。「カルテルがテロリストの脅威から国境を護《まも》ってくれている。アメリカが連中の麻薬を買っているあいだは」

「おいおい、先走りするな」タワーズが、その皮肉ににやりと笑いながらいった。「カルテルに積極的に手伝うつもりがなくても、タリバンとアルカイダが武力で押し入ることはありうる」

フィッツパトリックが、いらだたしげに溜息《ためいき》をついた。「おれにいえるのは、もっとでかい銃を持っていったほうがいいっていうことだけだ——シナロアはファレスとやり合うたびに負けてる」

「自分をごまかしたらだめよ。テロリストはもうここにいる。わたしたちのまわりに。休眠細胞《スリーパー・セル》が、攻撃の瞬間を待っている」グロリアがいった。

「そのとおりだ」フィッツパトリックがいった。

「オー、ハッピー・デイ」ムーアはうめいた。

「よし、みんな、一度にひとつずつ片づけよう。わたしには、必要とあれば呼び集められる大きな資産《アセット》（訳注　情報機関が用いる人間、組織、装備、施設、その他すべてを指す。狭義では任務に用いるスパイのこと）がいくつもある。そうでないときには、こういうふうに規模と範囲を絞っているほうが有利だ。アンサラ、きみにカレクシコから手をつけてもらう。われわれのチームのために、運び屋を何人か買収しろ。現地の検問所で、先週、捜査官が百万ドル近いコカインとマリファナを押《おう》収《しゅう》した。カルテルは、ダッシュボードに作りつけた秘密の隠し場所にそれを入れていた。これまで見てきたなかで、もっとも手の込んだ代物《しろもの》だ。隠しパネルをあけるには、リモコンと暗証番号がいる。驚くべき装置だよ。犬を寄せつけないように、麻薬をホットソースに浸《つ》けてあった。ここではそういう高度な手口を相手にしているんだ。ベガ、潜入捜査を頼む。手順は知っているな。フレＸＸ、スニガのところへ帰れ。ウイテカー、ミネソタに戻ってくれ。あとはムーア君だな」

タワーズは、にやりと笑った。「安全装置をかけ薬室に一発装塡《ロック・アンド・ロード》（訳注　ＳＥＡＬの標準作戦要領。安全装置をはずして引き金を引くだけで迅速に発砲できる）。つぎの寄港地は、メキシコだ」

12

味方と敵

パリ、シャルル・ドゴール国際空港
第一ターミナル

パンジャブ・タリバンの一員のアフマド・レガリは、コロンビアでアブドゥル・サマド師と落ち合う予定だった。レガリは二十六歳で、地味なズボン、シルクのシャツ、薄手のジャケットという服装だった。機内持ち込みのバックパックを持ち、スーツケースのほうはセキュリティ・チェックをすでに終えて、預けてあった。怪しまれるようなものは、いっさい荷物に入れていない。書類も整っていて、これまでのところ、だれにもとがめられなかった。職員がこき使われていて無作法だと、あらかじめ注意されていたのに、チェックイン・デスクの女性はむしろ愛想がよく、レガリの初歩的なフランス語にも寛大だった。それに、アメリカの旅客機搭乗禁止リストに載ってい

ると思われる理由は、なにひとつない。その確信には根拠がある。九千人からなるリストは、経費の無駄遣いだし、身許《みもと》確認に疎漏《そろう》があって穴だらけで、簡単にごまかせると、おおっぴらに批判されている。五歳以下、いや場合によっては一歳にもならない子供が、リストにおおぜい含まれている。逆に、ノースウェスト航空二五三便の爆破未遂事件のウマル・ファルーク・アブドゥルムタッラブ容疑者や、タイムズ・スクエアの自動車爆弾未遂事件のファイサル・シャフザド容疑者はリストから落ちていて、搭乗や入国を未然に防ぐことができなかった。もっとも知られている身許確認の誤りは、故エドワード・〝テッド〟・ケネディ上院議員の一件だった。リストにある人物の別名として〝T・ケネディ〟が載っていたため、ケネディ上院議員は飛行機に乗ろうとするときに、かなり不便な思いをして立腹した。〝テッド〟は本名ではなく愛称なのに、それすら聞き入れられなかった。ケネディ上院議員はついに国土安全保障省長官に直談判《じかだんぱん》し、厄介の種を取り除いた。一般市民にはできないことだ。ケネディ上院議員は、それをおおやけに指摘した。

どういう経緯でリストに載ることになったかは、厳重に秘密が護《まも》られ、アメリカ議会の公聴会でもごくわずかな情報しか明かされなかった。しかし、タリバンは、配下がリストに載った理由について、基本的な分析を行なった。第一段階は、取締機関の捜査官や情報機関の諜報員《ちょうほういん》が、情報をこつこつと集めて、リバティ・クロッシングという愛称を持つヴァージニア州の国家テロ対策センター（NCC）に提出することからはじまる。そこで秘密扱いのテロリスト身許自動データ処理環境（TIDE）と呼ばれるデータベースに入力される。その情報はつぎにデータマイニングされて、点と点が結ばれ、名前と身許の照会が行なわれる。そのプロセスでさらに成果があれば、その情報はやはりヴァージニアにあるテロリスト選別センターに送られ、さらに分析される。毎日三百人以上の名前が、そこに送られている。仮にその時点で容疑者の情報が〝合理的な疑い〟を喚起すると、FBIのテロリスト要注意人物リストに載る。これは空港のセキュリティ要員が旅行者を調べる手段のひとつになるが、それでも搭乗は可能だ。じっさいに搭乗禁止リストに載るには、当局がフル・ネーム、年齢、航空もしくは国家安全保障への脅威であるという情報をつかんでいなければならない。タリバンは、そこまで突き止めていた。ただし、リストに載せる最終決定は運輸保安局（TSA）の管理職六人に任されていることだけは、タリバンにも確認できなかった。たとえ搭乗禁止リストに載っても、特定の犯罪容疑で指名手配されていないかぎり、容疑者は付き添いがいれば飛行機に乗れる。搭乗しようとして、ゲートでとめられ、隔離され、事情聴取されて、最終的に解放された人間も、おおぜいいる。

〝被選抜リスト〟に載る容疑者もいる。片道の航空券を買う、航空券を現金で買う、当日の便を予約する、身分証明書なしで搭乗するなど、特定の尺度と一致すると、自動的に特別な選別手段を経ることになる。

レガリは、この旅のために九カ月近く訓練を重ねて、ターミナルの配置を暗記し、相手がなにをいうか、自分がどう反応するかを考え抜いていた。レガリがこれまでの半生の大半を過ごしたのは、デラガジカーンという辺境の貧しい町だった。その町があるパンジャブ州では、強硬路線の宗教学校（マドラサ）がはびこっている。

両親は、カシミールの反インド政府活動分子として長年活動してきたが、それを財政支援してきたパキスタンのペルヴェズ・ムシャラフ大統領（当時）が、アメリカの圧力で、パンジャブの組織への支援を打ち切った。レガリの両親は、やむなく部族地域に逃走し、そこでタリバンやアルカイダとの結びつきを深めた。レガリは親戚《しんせき》の家にひとり残された。

このため、怨恨《えんこん》をつのらせたレガリ少年は、ムハンマド・イスマイル・グルが支配する地元のマドラサへ行った。そこは、活動を禁じられているパンジャビ・ラシュカル・イ・ジャングヴィ・タリバン（訳注　タリバン・ジャングヴィの軍パンジャブ部隊。ジャングヴィは同軍の創立者）の勧誘拠点になっていた。

レガリは深く息を吸い、六角形のミリ波全身スキャナにはいった。問題があるとされているこの装置を、シャルル・ドゴール空港では数カ月にわたり、アメリカ行きの便の乗客すべてに試験的に使用し、その後使用の範囲をひろげている。レガリは、両腕をあげるよう命じられ、プレートが体の前とうしろを同時に動いて、極超短波（EHF）――ミリ波を照射した。反射したエネルギーが生み出す画像を、警備員が読み解く。むろんレガリは、液体や鋭く尖《とが》った物体など、警戒を呼び覚ますようなものは持っていなかった。

しかし、大きな黄色い案内表示をたどって磨き込まれた鋼鉄とガラスの通路を進んでいると、濃紺の制服を着たふたりの男が、愛想のよかったチェックイン・デスクの係員といっしょに近づいてきた。

「あのひとかね？」男が女性係員にたずねた。

「ウイ」

背が高いほうの男が、レガリにはよくわからないことをいった。だが、単語がいくつか聞き取れて、レガリは背すじが寒くなった。アメリカ関税・国境警備局（CBP）入国顧問。制服のワッペンのひとつは、アメリカ国旗だった。

レガリは一歩さがり、生唾《なまつば》を呑《の》んだ。アメリカのセキュリティ要員がどうしてここに？　訓練の教官が予期していなかったことだった。

　不意にレガリは息ができなくなった。

　ふたりがもうすこしゆっくりと話しかけ、女がフランス語で、同行するようにと教えた。

　レガリはあえいだ。そして、なんの考えもなく、まったくなんの前触れもなしに、駆けだした。まっすぐ前方へ。通路を進んだ。男たちがうしろから叫んだ。レガリはふりむかなかった。

　キャスター付きスーツケースをひきずったり、コーヒー・カップを慎重に持っていたりする乗客のあいだを進みながら、重いバックパックを背中からおろした。そのまま置き去ると、全力で疾走した。

　男たちがまた叫んだ。

　レガリはとまらなかった。とまるつもりはない。曲がり角に達し、右に跳び込んだとき、ターミナル内で警報が鳴り響き、ラウドスピーカーから早口の声がほとばしった。

　フランス人の男の声が、乗客はすべてゲートから動かないようにとようやく命じていた。

前方にガラス戸があったが、向こう側は整備所で、手荷物運搬トラックが、きちんとならんでいた。関係者以外立入禁止というような表示があった。レガリは無視した。

表だ。表に出ないといけない。

だが、そのとき、空港警備員と正面衝突しそうになった。レガリは、肥《ふと》った警備員をよけようとしたが、タックルされて床に倒れた。両手をあたふたとのばして、警備員の拳銃《けんじゅう》を探した。拳銃を抜き、身をよじって突き放すと、警備員の胸を二度撃った。

ぱっと立ちあがると、まわりの人間が悲鳴をあげて、逃げていった。銃声がまだこだまし、背後でアメリカ人がどなっている——そして、花火がはじけるような乾いた音……。

突き刺されたような鋭い痛みが背中を襲い、またしてもタイルの床に投げ倒された。急に息が苦しくなった——自分の血で喉《のど》が詰まっているのだとわかった。倒れて仰向《あおむ》けになり、千人の処女が腕をひろげて迎えてくれる光景を思い浮かべた。

アッラーは偉大なり《アッラーフ・アクバル》！

アメリカ人がやってきて、金切り声でわめいていた。顔が醜い仮面のようになり、銃を向けている。目の前が縁のほうから暗くなっていった。

コロンビア、ボゴタの北西
ジャングルの家

サマドは、額の汗を拭《ぬぐ》い、ノート・パソコンの画面から顔をそむけた。パリのシャルル・ドゴール空港での銃撃事件を、アルジャジーラが録画映像で報じるのを見ていたところだった。

それぞれ異なるルートでコロンビアに来るタリバンの配下は、ぜんぶで十五人いる。そのうちのひとりが捕らえられただけだ——当然ながら、もっとも若くて経験が浅い人間だった。アフマド・レガリは、アメリカ人にはパリで逮捕する権限がないことに気づかなかった。パリにいるアメリカの係官には、顧問の能力しかないのだ。書類もパスポートも、完璧《かんぺき》だった。連行されて事情聴取を受けても、解放される可能性が高かった。ところが、レガリはパニックを起こした。しかしながら、どうして身許が突き止められたのかという問題は残る。やはり、アメリカ人は部族民にたんまり金をあたえて、タリバンの活動をスパイさせているのだ。それでこういう結果になったのだと、判断するほかはなかった。サマドは深い嘆息を漏らし、向かいに座って小さな瓶のペプシを飲んでいるニアジとタルワルに向けて首をふってみせた。野蛮な家の主《あるじ》のところには、紅茶がないのだ。

自分の炭酸飲料を飲むとき、サマドの脳裏ではオマル・ラフマニ師の言葉がこだましていた。「おまえが彼らの指揮をとるのだ。聖戦《ジハード》をアメリカ本土にもたらすのだ――それには、メキシコでおまえが築いた人脈を使わねばならぬ。わかっておるな？」

サマドは、火をつけていない葉巻を口からぶらさげている、肥った豚みたいな男を睨《にら》みつけた。ファン・ラモン・バジェステロスが先週に風呂《ふろ》を浴びたことがあるにせよ、それを立証するには弁護士が必要だった。バジェステロスが葉巻を取って銀色の顎鬚《あごひげ》をしごき、スペイン語でいった。「あんたらがメキシコへ行くのには手を貸すが、潜水艇は使えない」

「なんだと？」サマドは大声をあげた。練習のためにスペイン語を使った。「約束したし、その分の金は渡した」

「悪いが、べつの手立てを講じるしかない。潜水艇はおれの製品《ブツ》――とあんたのブツ――で積載重量を超える。それに、あとの二隻《せき》は整備中だ。この話が決まったとき、おれはラフマニにしっかりと念を押した。阿片《あへん》がコロンビアに届いたら、輸送はおれが差配する、と。このほうが成功する可能性が高い。わかるな？」

サマドは、歯ぎしりした。ファアレス・カルテルの連中によれば、このような共同作業は前例がないが、天才的な名案だという。コカイン生産者のバジェステロスと競合して阿片を密輸するのではなく、流通を合理化し、輸送プロセスを迅速化するほうがずっといい。行儀よく従えば、両方にボーナスを出そう、とファアレス・カルテルからいわれた。異色の取り合わせなので、アメリカ側も予期していないはずだ。バジェステロスは、陸海空のすべてで、すでに十通り以上の密輸ルートを確立していたので、もっともな話だとラフマニは判断し、そのルートと伝書使を使用するための代金を払うことにした。

「われわれの仲間がまもなく到着する」サマドは、バジェステロスにいった。「どうやってメキシコまで行けというのか？　歩けとでも？」

「コスタリカ行きの飛行機を考えている。だが、いまから心配することはない。ボゴタへすぐに行く必要がある。あすにでも行こう。いいか、おたがいに好きにならなくていいが、われわれの雇い主が、このためにたんまり払ってくれた。だから、異教に対して寛容になろう」

「同意した」

「おれが、その、あんたらの旅程に協力したことは、だれにもいわないと約束してくれ。われわれの雇い主にも、だれにもいうな」

「これをあんた以外の人間に話す理由はどこにもない」サマドは嘘《うそ》をついた。ファレス・カルテルの首領が、アメリカに潜入する安全な通り道を用立てられることは、すでにわかっていたし、その人物の力を借りるつもりだった。メキシコまでは豚のバジェステロスの助けで行くことができるが、そこから国境を越えるのは、支援なしでは難しい。

バジェステロスが、ドアに向かい、暑さのことで悪態をついた。

そのとき、銃撃が壁や窓を貫いた。ガラスが割れ、外にいた男たちが悲鳴をあげ、さらなる銃撃の音が、最初の銃撃のこだまと重なった。

サマドは副官たちとともに床に伏せ、バジェステロスも伏せていた。負傷してはいなかったが、顔をゆがめていた。そのとき、つぎの一斉射撃が、壁にミシン目をつけ、木を引き裂き、細かい塵《ちり》が天井まで舞いあがった。

「これはなんだ？」サマドが悲鳴のような声をあげた。

「だれにでも敵はいる」バジェステロスが、不機嫌にいった。

パキスタン、イスラマバード
イスラマバード・セレナ・ホテル

イスラル・ラナは、ＣＩＡの諜報員《ちょうほういん》勧誘をすんなり受け入れたわけではなかった。ムーアが三カ月かけて説得し、この仕事はスリルに富んでいて実入りがいいだけではなく、ひとびとにとって望ましいことをやり、祖国を安全にするのに大きく役立つと納得させた。大学に通うのが最優先だったが、ムーアに仕込まれて情報を集めるうちに、ラナはその仕事がかなりおもしろくなってきた。００７号シリーズの映画をラナはぜんぶ見ていて、台詞《せりふ》もすこし憶《おぼ》えていた。話をするときにそういう台詞を使うと、ムーアは口惜《くや》しがった。それどころか、ラナはアメリカ映画を通じて英語に磨きをかけていた。あいにく、この手の仕事をやることを裕福な両親が許すはずはなかったので、退屈するまで――しばらく楽しもうと、ラナは考えた。ムーアは他の手段でラナを勧誘することもできた――脅迫のような倫理的とはいえない手段でも。そのやりかたまで説明したうえで、信頼に基く真の師弟の関係を築きたいとムーアはいった。ラナはそれを念頭に置いて、友人であり師でもあるムーアのためにことさら一所懸命、情報を集めた。

そのとき、ラナはホテルを見おろす低い山の溝に身を潜めていた。ムーア宛《あ》てのメールを親指で打つとき、動悸《どうき》が激しくなった。

　ギャラハーの居場所

　イスラマバードのセレナ・ホテル

ラナはムーアに、大切な同僚のギャラハーが芯《しん》まで腐っていることを伝えようとしていた。ギャラハーは、タリバンの副官だとわかっている連中に協力し、ホテルで数人と会っていた。ギャラハーがホダイ一家を殺した可能性が高いと、ラナは推理していた——本来は、護衛する立場であったにもかかわらず。買収できない人間はいないというが、タリバンの報酬はギャラハーの売値と一致したのだろう。

ラナは、背後からその連中が近づいているのを聞きつけられなかった。携帯電話を不意に奪いとられ、ふりむくと棍棒《こんぼう》がふりおろされて、打撃の音が響いているあいだに意識を失った。

ラナは、胸に顔がつきそうなほどうつむいていた。うなじから顔の片側にかけて、深い鈍痛がひろがっている。

目をあけたが、ざらついたブルーとグリーンのカーテンしか見えなかった——すると、不意にまぶしい光を目に当てられた。

「おまえはアメリカ人のために働いている裏切り者だな？」

そう質問した男は、すぐそばにいたが、ラナには姿が見えなかった。頭が朦朧《もうろう》として、ほとんど首を動かせないような感じだった。

声音からして、男は若いようだった。三十は超えていないだろう。先ほど姿を見た副官のひとりかもしれない。

「残念だな、あわれなやつめ」べつの声が聞こえた。この声は知っている。ギャラハー。このなまりを聞きちがえることはない。

ラナは、口をひらかずにはいられなかった。唇がやけにしびれている。「あんた、こいつらとつるんで、なにをやっているんだ？」

「ムーアにおれを探せといわれたのか？　ほうっておけばいいものを。おまえはいい子なのに」

「頼む。逃してくれ」

片手が頬にかけられた。ラナはようやく力をふり絞り、首をもたげて、上を見た。ギャラハーのしなびた顔が、はっきりしたりぼやけたりしていた。ホテルの部屋ではなく、どこかの洞窟《どうくつ》にいるのだとわかった。ホテルの北西のバジャウル部族地域あたりだろう。さっき見えたブルーとグリーンは、ギャラハーの長い上着とズボンの一部だったとわかった。

「わかった。解放してやろう。だが、その前に、おまえがこれまでなにをやってきたか、ムーアとふたり、パキスタンでなにを知ったかについて、質問させてもらおう。わかるな? 協力すれば自由の身にしてやる。危害はくわえない」

ラナは全身全霊でそれを信じたい思いだったが、捕らえたものにはつねにそういうのだと、ムーアから教えられていた。自由を保障し、しゃべらせて、必要なことを聞き出したあとで殺す。

自分の命が風前の灯《ともしび》だということを、ラナは悟った。こんなに若い身空で。大学も出ていないのに。人生はこれからだというのに——だが、つぎの停留所にはぜったいに行けない。

親は胸が張り裂けるような悲しみを味わうだろう。

そう思うと、ラナは歯ぎしりをして、怒りのあまり息が荒くなった。

「ラナ、すんなり進めようぜ」ギャラハーがいった。

ラナは深く息を吸い、ムーアに教わった英語で答えた。「くそったれめ、ギャラハー。くそまみれの売国奴。どうせ殺すんだろう。早くやれよ、汚《けが》らわしいやつめ」

「いまは強がっていても、恐ろしい拷問《ごうもん》が長くつづくぞ。それに、おまえの友だち、おまえのヒーローのムーアは、おまえを置き去りにして、ここで朽ち果てるに任せたんだ。自分を見捨てたやつに忠節を尽くすのか。よく考えろ、ラナ。じっくり考えてみるんだ」

ムーアが自分の意思でパキスタンを去ったのではないことを、ラナは知っていた。呼び戻されたのだ。それは工作員の仕事にはつきものなのだ。ムーアはそれを何度か説明し、べつの工作員が接触するはずだし、きみとＣＩＡのつながりはきわめて重要だと教えた。

しかし、拷問に耐えられるという自信はなかった。手足の指を切り取られたり、バッテリーのケーブルを睾丸《こうがん》につながれたり、歯を抜かれたりするところを想像した。切り刻まれ、焼かれ、片目をえぐり出され、蛇に咬《か》まれるところを想像した。地べたに横たわって、子羊みたいに断ち切られ、冷たさに呑《の》み込まれるまで血を流している自分の姿が見えた。

ラナは、手首と足首のいましめをひっぱった。

視野がようやくはっきりしてきた。ギャラハーは、タリバンの副官ふたりをうしろに従えて立っていた。ひとりが大きなナイフを握り、もうひとりは杖《つえ》代わりの長い鉄パイプに寄りかかっている。

「おれの顔を見ろ、ラナ」ギャラハーがいった。「約束する。必要なことを話せば、解放してやる」

「おれがそんな馬鹿《ばか》だと思うのか？」

ギャラハーが身を引いた。「おれがそんなに無慈悲だと思うのか？」

「くそくらえ」

「わかった。残念だ」ギャラハーが、男ふたりのほうをちらりと見た。「おまえは赤ん坊みたいに泣いて、おれたちが知りたいことを洗いざらいしゃべるだろうよ」ナイフを持った男に合図した。「縄を切って、足からはじめよう」

ラナはふるえ、息をとめた。たしかに、もう子供みたいに泣いていた。

胸から下腹にかけて、パニックが地震のようにひろがった。しゃべれば、なにもかも教えれば、解放してもらえるかもしれない。いや、そんなはずはない。でも、ひょっとして？　もうなにも信じられない。激しいふるえのせいで、吐いてしまいそうになった。
「わかった。わかったよ。協力する」ラナは悲鳴をあげた。
ギャラハーが身を乗り出し、脅しつけるような笑みを浮かべた。「だろうと思った
……」

13

本領

メキシコ、フアレス市
ボニタ・レアル・ホテル

世界のハイテク機器すべてをもってしても、昔ながらのブーツをはいた足で稼ぐHUMINT（人間情報〔収集〕）の代わりにはならない、とムーアはしばしば感慨にふけることがある。長い歳月、もっぱらそれに専念して成果を挙げてきた。自分がやっているようなことすべてをやれるアンドロイドをエンジニアが発明したときには、目出し帽を釘《くぎ》につるして、スパイカードを返却するしかないだろう——なぜなら、卑見によれば、機械に乗っ取られるようではこの世はおしまいだからだ。SFの昔ながらのテーマが現実になったら、できればホットドッグとビールを左右の手に持ち、それがくりひろげられるのを観客席から眺めることになるだろう。

そうはいっても、スマートフォンで見ることができる高度に暗号化されたデータのすべてには、驚嘆するばかりだった。いまムーアが見ているのは、ストリーミングされているホテルの衛星画像だった。ベッドに寝そべって足を高くあげ、朝のニュースが流れているテレビの低い音を聞きながら、表にいるのとおなじように、ホテルを出入りする人間すべてを観察することができる。情報を送ってくるスパイ衛星は、国防総省とCIAの職員が詰めている国家偵察室（NRO）によって運用され、低軌道を周回して、画像を数分かけて最適化してから、高度なデータ転送を中継する通信衛星に、あとの作業を任せる。

ムーアは、おなじ画像を見ていて、気づいたことに注意を促してくれる、アメリカのアナリストたちからの警戒メールも受信していた。べつのウィンドウには、他のJTF（統合タスク・フォース）隊員のGPS座標が表示されている。さらにもうひとつのウィンドウは、スニガのランチハウスなど、市内のべつのターゲットを表示していた。そう、この複雑で果敢な監視大作戦は、地球を半周したところでカフェラテをちびちび飲んでいるおたくたちが進めている。

ムーアは、ダンテ・コラレス（これまでのところ、われわれが正体を暴《あば》いた連中のなかでは、カルテルでもっとも位が高い人間だ――とタワーズが指摘した）が所有するホテルにチェックインした。頭の切れる麻薬売人はだれでもそうだが、コラレスも合法的なビジネスで自分を囲い込みはじめていた。だが、麻薬マネーを洗浄《ロンダリング》する必要があるし、いずれ尻尾《しっぽ》を出すはずだ。コラレスの麻薬事業が廃業に追い込まれたり、逮捕されたりしたら、雇われていた貧しい正直なひとびとは、その犯罪に巻き込まれるか、職を失うことになる。

しかし、当面コラレスが逮捕される見込みはない。麻薬密売のほんとうの首領を突き止めるには、コラレスに無茶をやらせる必要がある。それに、コラレスはその手のことをやりかねない、凶暴で抑えのきかない人間に見える。

コラレスの身上調書は、街の情報提供者からかき集めた情報と、入手できた書類の個人情報から成っていて、内容が断片的だった。両親がホテルの火災で殺され、こんどは本人がホテルを買ったというのは、かなり興味深い。コラレスの傲慢《ごうまん》な性格をCIAでは重視し、つけ込めるだろうと考えていた。派手な車や服が異常に好きなので、街のどこにいても見つけやすい。ベッドの上の天井に〈スカーフェイス〉のポスターでも貼《は》っているにちがいない。それに、いくつかの面で、十七歳のころのムーアに似ている——戦闘的で、虚勢を張り、自分のいまの選択が未来にどう影響するかをほとんど理解していない。

ムーアは起きあがり、スマートフォンを置いて、ポロシャツと高価なズボンを身に付けた。散髪した髪は、オールバックでポニーテイルにまとめ、顎鬚《あごひげ》も短く刈って、アフガニスタンとパキスタンで生やしていたロブスター形のよだれ掛けとは、まったくようすがちがっていた。仕上げに模造ダイヤのピアスをしている。革のブリーフケースを持つと、ムーアはドアに向かった。ブライトリング・クロノマットの針は、九時二十一分を指している。

部屋のある四階から一階へエレベーターでおりると、名札にイグナシオとあるフロント係が慇懃《いんぎん》に会釈《えしゃく》した。

そのうしろに、長い黒髪にヴァンパイアの目をした、思わず見とれてしまうような若い女がいた。シルヴァーと茶色のワンピースを着て、首から吊《つ》るした金の十字架が、胸の谷間に埋まりそうになっている。張りのあるおっぱいが強調されてはいたが、ポルノ女優の水風船みたいにふくらました滑稽《こっけい》なおっぱいとはちがう。

ムーアは、スマートフォンを出して立ちどまり、メールを確認するふりをしながら、だいたいの見当で女の写真を撮った。シャッター音は出ないようになっている。

もう一度眉《まゆ》をひそめて、親指でスクロールしてから、顔をあげた。女がおざなりに笑みを向けたので、ムーアは笑顔で応じ、表のレンタカーに向かった。車に乗ると、女の写真をCIA本部の専門家《ラングレー》たちに送信した。

十五分後、街の反対側で不動産屋と会った。その前に、小さな酒場の横を通り過ぎると、地元警察のパトカーが数台ならんでいて、手錠をかけられた男数人を警官たちが連行していた。ファアレス市の朝のバー手入れ。こいつは奇遇だ。

不動産屋は肥満体の女で、あざやかなブルーのアイシャドウを入れ、髭《ひげ》が生えていた。錆《さ》びて土埃《ほこり》にまみれた起亜《キア》のクーペからぶよぶよの体をどうにか出して、激しく首をふった。「正直に申しあげますとね、ハワードさん。この物件はもう二年以上も売りに出されていて、一度も問い合わせがないんですよ」

スコット・ハワードと名乗っているムーアは、土埃の立つ荒涼とした土地二〇エーカーに立っている古い工場を、すこし遠くから眺めた。建物自体が何度か竜巻に襲われたような感じで、いたずら書きだらけの壁はまだ立っているが、あとは見る影もなかった。ガラスが割れた窓が延々とつづいている建物と、敷地周辺に居座って破れた金網のフェンスからこぼれている灰色の靄《もや》に挟み撃ちにされたムーアは、渋い顔をせずにはいられなかった。スマートフォンを出し、何枚か写真を撮った。それから、しいて明るい笑顔をこしらえ、口をひらいた。「ガルシアさん。案内していただいてありがとうございます。電話でも申しあげましたが、わたしどもはソーラー・パネルを組み立てる工場の候補地を、メキシコ各地で下見しています。組み立て工場はこちらに置きますが、本社、エンジニアリング、倉庫などの機能は、サンディエゴとエルパソに残します。ハイウェイに出やすい、こんなふうな土地を探しているんです」

ムーアはいわゆるマキラドーラの話をしていた。製品を組み立てる低レヴェルの作業をメキシコでやり、完成品をアメリカに輸出するための制度で、関税などに優遇措置が認められている。文字どおり数千組の本社とその下請工場《マキラドーラ》が、国境を挟んで操業している。

じつは、ムーアは、通信設備会社GI（ゼネラル・インスツルメンツ）につとめている昔のSEALの仲間と食事をしたことがあった。その元SEAL隊員は、GIのマキラドーラのゼネラル・マネジャーの地位にあるが、原材料をアメリカからメキシコに輸出する際に、問題が起きたという。この制度では、製品を組み立てるのに使う原材料は、すべてメキシコ製あるいはメキシコ産でなければならない。GIがいま所有しているものは使えない。ゼネラル・マネジャーは、巧妙な解決策を編み出した。原材料をメキシコの第三者の運送会社に売って、メキシコに持ち込み、原価にモルディダ（賄賂《わいろ》、リベート）を足して買い戻した。これで原材料はメキシコ製ということになる。ゼネラル・マネジャーがいうには、「メキシコは賄賂で動いている」その食事のことを憶《おぼ》えていたのが、ファレス市で最初の偽装をでっちあげるのに役立った。

不動産屋がにっこり笑うと、ムーアはそのうしろに視線を投げ、通りの向かいに車をとめているちんぴらふたりを目に留めた。あとを跟《つ》けてきたのだ。結構。当然のことだと予想していた。ただ、ファレス・カルテルとシナロア・カルテルのどちらだろうと思った。

あるいは、もっと悪いことに……グアテマラ人かもしれない。正義のハゲタカ。

ムーアは、両眉をあげた。「この土地は申し分なく使えそうです。所有者と会って値段の話がしたいのですが」

不動産屋が、顔をしかめた。「それは無理だと思います」

「ほう、失礼ですが、どうしてだめなんですか？」理由は知っていたので、ムーアは好奇心をあまり示さないように加減した。土地の所有者は、シナロア・カルテルの首領のスニガだった。

「人前に出たがらないかたですし、旅行していることが多いんです。交渉は弁護士を通じてやることになります」

ムーアは、渋い顔をした。「そういうやりかたでは、取り引きをしたくないのですが」

「よくわかります」不動産屋の女がいった。「でも、とても忙しいかたなんですよ。電話でもめったに捕まらないくらいで」

「だとしても、連絡してみてください。今回だけ、例外にしてもらえるとありがたいですね。時間と金にじゅうぶん見合うはずだと、伝えてもらえませんか。これです……」ムーアは、ブリーフケースに手を入れて、架空の会社のマーケティング資料がぎっしり詰まった紙挟みを出した。そこにはウエハースぐらいの薄いGPS発信機が仕込まれている。資料がスニガにじっさいに渡され、会社について調査がなされて、存在しないことが発覚する――というのが、ムーアが望んでいる筋書きだった。

カルテルの首領に会うのに、正面玄関へ行ってベルを鳴らし、取り引きする気はあるかときくわけにはいかない。玄関払いを食らうだけだ。まず相手の好奇心を〝かき立て〟、どういうことだろうと思わせ、向こうから会いたがるように仕向ける。アフガニスタンでも、ムーアはそういう駆け引き《ゲーム》を何度となくやってきた。

「これを所有者のかたに渡していただけますか」

「ハワードさん、精いっぱいやってみますが、お約束はできませんよ。どういうことになっても、この土地のことを真剣に検討なさるようお願いします。いまおっしゃったように、ほんとうに工場にはうってつけの場所ですから」

不動産屋が売り口上を終えるかどうかというときに、自動火器の銃声が遠くで響いた。もう一度、連射音が朝のしじまをやぶり、警察のサイレンが聞こえてきた。

不動産屋が、うしろめたそうに笑みを浮かべた。「なんと申しましょうか、その、こちら側はあまり柄がよくない地区なんです」

「ええ、平気ですよ」ムーアは、銃声などどうということはないというように、手をふってみせた。「新工場には、相当の警備が必要になります。それはわかっています。力添えやいい情報も必要でしょうね——ですから、所有者のかたにじかに会いたいんです。そう伝えてもらえますか」

「お伝えします。物件を見てくださってありがとうございます、ハワードさん。またご連絡します」

ムーアは、不動産屋と握手を交わし、見張っているふたりに目を向けないように用心しながら、車にひきかえした。座ってサイドウィンドウをあけると、ホテルの表とそこにとまっている車の最新画像を確認しながら、じっと待った。ちんぴらふたりは動かない。ちらりと見たが、ナンバープレートは読み取れなかったので、発進し、そこを離れて、まっすぐにホテルを目指した。スペイン語の広告看板が、ドッグレースが開催されることと、そこでの賭《か》けが合法であることを宣伝していた。

もうずいぶん前になるが、ムーアは両親といっしょに、父親がずっと夢見ていたラスヴェガスへ行ったことがあった。十歳のムーアには、車での旅が飽き飽きするほど長く思え、リアシートでずっとGIジョーや野球カードで遊んでいた。時間とお金がかかりすぎると、母親が容赦なく文句をいい、父親がいい返す。長い旅をする甲斐《かい》があるし、必勝法がわかっている。わたしは数字を仕事にしているんだ。たまには信じてくれれば、運を引き当てられるかもしれない。

運などどこにもなかった。父親は大負けをして、帰路のガソリンを入れなければならなかったので、ランチを食べる金すらなかった。あんなにひもじかったことはなかったと、ムーアは思う。あのとき、エアコンが壊れていて猛烈に暑い車に何時間も乗っているあいだに、数字とギャンブルと父親の好むものへ深い憎しみを抱くようになったような気がする。むろん数字はのちに数学の授業に役立ったが、十歳当時は、お金や計算は、母親を泣かせ、ムーアの腹痛の原因となる、邪悪な妄念そのものだった。

それに、ティーンエイジのころは、ディケンズの小説『クリスマス・キャロル』のどの映画版を見ても、小銭を数えているスクルージの役に父親を見てしまった。思春期の反抗は、自分が望むようなスーパーヒーローではない父親に対する一種の反発だったのだと、いまはわかっている。父親は堂々たる風采《ふうさい》の独善的な男だったが、癌《がん》のために弱々しい抜け殻となり、やがて薬漬けのむくんだ体となってクリスマスイブに亡《な》くなったのは、自分を馬鹿《ばか》にしてきた家族への最後の哄笑《こうしょう》だったのだろう。

子供が男になる方法を教えてくれるような父親だったら、どんなによかっただろうと、ムーアは思った。バーコード分けで薄毛を隠し、腹がでっぱっている、事務屋の中間管理職ではなく、ハンティングや釣りやスポーツのような楽しみにふける父親であってほしかった。父親を愛したかったが、その前に尊敬が必要だった。父親の人生を何度ふりかえっても、尊敬する気持ちにはなれなかった。

そんなわけで、ムーアは理想の父親を見つけられなかったが、軍で同胞愛という感情に目醒《めざ》めた。その名を聞いただけで畏《おそ》れと恐怖を呼び起こすような、歴史に名だたる組織の一員になった。

「ほう、軍隊でなにをやっていたのかな？」

「海軍ＳＥＡＬでした」

「すごいな。ほんとうか？」

ＢＵＤ／Ｓを修了したムーアは、フランク・カーマイケルとともにＳＥＡＬチーム８に引き抜かれ、ヴァージニア州リトルクリークに配属され、小隊訓練を開始した。

戦闘員はそれを実戦に向けた〝正真正銘の〟訓練と呼ぶ。体力トレーニングから現実の海外派遣と作戦休止に至る二十四カ月が過ぎた。ムーアは二等兵曹（E－5）に昇級し、一九九六年には表彰状を授与され、指揮官（CO）に士官候補生学校（OCS）に推薦してもらう資格を得た。士官候補生学校で十二週間の長きにわたって学び、海軍少尉《しょうい》（O－1）として卒業した。一九九八年には、もう一通の表彰状と海軍長官功績章を授与されるとともに、中尉（O－2）に昇級した。抜群の勤務評定ゆえに手堅く早期昇級リストに載り、二〇〇〇年三月には大尉（O－3）になった。

　そして、二〇〇一年九月、途方もない同時多発テロが起きた。ムーアの所属するSEALチームはアフガニスタンに派遣され、無数の特殊偵察任務を展開して、タリバン武装勢力に対する作戦の功労により、大統領部隊感謝状と海軍部隊表彰を勝ち取った。ムーアは、二〇〇二年三月のアナコンダ作戦に参加した。この作戦の最終的な成功によって、アフガニスタンのシャーヒコット（王の砦《とりで》）谷とアルマ山地のアルカイダとタリバンの部隊は掃討された。

　高校の不良少年だったころから、こんなに成熟した大人になったことが、ムーア自身ですら信じがたかった。

　むろん、このファレス市には不良やちんぴらがごまんといる。そう思いながら、ムーアはホテルの駐車場に車を入れて、他の車すべてのナンバープレートをスマートフォンで撮影した。それをラングレーに送信し、ホテルにはいって、イグナシオに見守られながら、ロビーでコーヒーを注いだ。建築作業員のハンマー、電気鋸《のこぎり》、叫び声が、表から響いてくる。

「ビジネスは順調ですか、セニョール？」イグナシオが英語できいた。

ムーアは、スペイン語で答えた。「ああ、すこぶる順調だ。ビジネス拡大にもってこいの土地を、ここで探している」

「セニョール、それはすばらしいですね。お客さんをここへ案内してくださいよ。親身になってお世話します。ファレス市に来るのは怖いというひとが多いんですが、いまは見ちがえるようです。もう暴力沙汰《ざた》もありません」

「結構だね」ムーアは、ホテルが改装中なので〝ものすごくお得です〟とイグナシオがいう部屋にあがっていった。作業員がハンマーや電気鋸を使いはじめる前にホテルを出たため、工事の騒音がどれほどうるさいか、気づいていなかった。

部屋にはいると、例の黒髪の女についてＣＩＡが調べた情報をすべて受信した。マリア・プエンテス－イエラ、二十二歳、メキシコ・シティ生まれ、ダンテ・コラレスの恋人。ほかにたいした情報はなかったが、ファレス市に残っている数すくないアダルト・バーのうちの一軒、〈クラブ・モナーク〉という店で、マリアは一年ほどストリッパーをやっていたことがわかっていた。あとの店はたいがい連邦警察の取り締まりで閉店するか、あるいはシナロア・カルテルに焼き討ちされていた。〈モナーク〉はファアレス・カルテルが経営している店で、警察にもしっかりと保護されている。報告によれば、警官たちはそこの常連だという。コラレスは、若くて美しいマリアがぬるぬるの鉄棒をつかんで、ミラーボールの光を浴びながら身をくねらせているときに出会ったのだろうと、ムーアは推察した。水増しされた酒と煙草《たばこ》の煙のなかで、恋の花が咲いたのだ。

その報告を読み終えると、ムーアはタスク・フォースの仲間の現況をたしかめた。フィッツパトリックは、アメリカでの〝休暇〟のあと、スニガのランチハウスに戻っていた。フィッツパトリックとその〝ボス〟のルイス・トレスは、ランチハウス前で配下数人を殺し、メイン・ゲートと電子警備・監視システムに一万ドルの損害をあたえた爆弾の報復に、ファアレス・カルテルへの攻撃を計画していた。

グロリア・ベガは、メキシコ連邦警察ファアレス支局で、警部としての勤務初日を迎えていた。さぞかし目と耳を働かせていることだろう。

アンサラから連絡があり、もうカレクシコに着いているといった。カリフォルニア州カレクシコは、メキシコのメヒカリと国境を接している。主要検問所の捜査官たちと協力して、運び屋の身許《みもと》を突き止め、ひとりをチームに雇い入れる作業を進めているところだという。

ATFのウィテカーは、ミネソタに戻って捜査を開始し、カルテルが武器を隠すのに使っているレンタル倉庫数カ所をすでに偵察していた。

不動産屋の女が事務所に戻って、電話をかけはじめていた。CIA本部のアナリストがそれを盗聴し、翻訳している。

ムーアは、ベッドに寝そべり、コーヒーをすこし飲み、やつらがくるまでしばらく休憩するつもりでいた……。

発泡スチロールのカップの底にたまっていたコーヒーかすに顔をしかめたとき、思いがけない相手からメールが届いた。ネク・ワジル。協力者になってくれた、北ワジリスタンの部族の長老だ。それを見て、ムーアは不安になった。電話してくれ、としか書かれていなかった。

ムーアはワジルの衛星携帯電話の番号を聞いていたので、時差のことなど考えもせず、即座にダイヤルした。時差は十時間ほどのはずだから、ワジルがメールを送ってきたのは、現地時間で午後十一時ごろだ。

「もしもし、ムーアか？」ワジルがいった。

ムーアの本名を知る人間は、そう何人もいない。だが、ワジルの秀《ひい》でた能力とコネを考え、ムーアは彼を信じて、もっとも神聖な情報を教えていた——信頼の絆《きずな》を結ぶためでもあり、友人として、ほんとうに望んでいることを教えてもらうためでもあった。

「ワジル。メールを受け取った。なにをつかんだんだ？」

ワジルが口ごもり、ムーアは息を呑《の》んだ。

それから一時間、ムーアはスレイターおよびオハラとの電話にかかりきりになり、上司ふたりに怒りと焦燥をぶちまけて、部屋の窓から外にずっと目を凝らして、ついに熱い涙が目からあふれた。

ちくしょうどもが、かわいそうなラナを殺した。軽はずみなことをやった、ただの……頭のいい若者だった。おれのために働くといってくれた。金のためではない。両親は裕福だ。ラナは人生にもっとちがうものをもとめた冒険家で、おたがいに似た部分もあった。古い毛布にくるまれたラナの遺体は、いまバジャウルの部族地域から運び出されているという。たいした情報も知らないのに、ラナは切り刻まれ、焼かれた。

死ぬまで十時間か十五時間かかったにちがいないと、ワジルはいった。拷問《ごうもん》されているという噂《うわさ》をワジルの配下が聞きつけ、洞窟《どうくつ》へ行くと、遺体があった。タリバンは、〝まちがった〟正義の道を選ぼうとするパキスタン人への見せしめに、遺体を残していったのだ。

ムーアは涙をとめようともせず、ベッドに腰かけていた。何度も悪態をついた。やがて立ちあがり、くるりと向きを変えてグロックをショルダー・ホルスターから抜き、ラナを拷問したタリバンの顔を想像しながら、窓に狙《ねら》いをつけた。

そこで拳銃《けんじゅう》をホルスターにしまい、息を整えて、ベッドに戻った。くそ、自己嫌悪《けんお》に陥っている場合ではない。いますぐに乗り越えなければだめだ、おれを跟《つ》けていた連中が、ドアをノックする前に。

レスリーにメールを送り、会えなくて淋《さび》しい、またきみの写真を送ってくれと頼んだ。物事があまりうまくいっていないし、元気づけがあると助かる。数分待ったが、向こうはもう深夜だし、返信はなかった。ムーアはベッドに仰《あお》向《む》けになり、降参して敗北を受け入れたい衝動に苦しめられていた、BUD/Sの最中とおなじ心地を味わった。フランク・カーマイケルがここにいて、ホダイやラナの死には大きな意味があったのだし、いまやめるのはなによりも最悪の行動だと、説得してほしかった。だが、もうひとつの内なる声、もっと理詰めの声は、おまえはもう若くないし、民間警備会社の顧問や、軍・警察装備のメーカーの営業担当のような、もっと危険がすくなくて実入りのいい仕事もあると、ささやいていた。それに、いまのような立場では、結婚して子供をつくるのは無理だ。仕事が楽しくてスリルがあるうちはいいが、そのうちに自分の親しい人間、心からの尊敬と信頼に基く、深い関係を結んだ人間が、拷問され、殺される。護《まも》りをゆるめて、だれかと本気で触れ合う気になったとき、そういう関係はかならず奪われる。そんな暮らしを一生つづけていきたいのか？

一九九四年、ムーアとカーマイケルは、ヴァージニア州リトルクリークのバーで、自分たちが新設のＳＥＡＬチームで対テロ作戦の専門家になろうとしていることを祝っていた。そこでふたりは、ネモ艦長という綽名《あだな》の二等砲員兵曹と話をした。ネモは、特殊任務潜水員母艇（ＳＤＶ）艇長および弾薬技術班長として、タスク・ユニットＢＲＡＶＯに配属された。原理確認のための全面的な任務予行演習で、ネモがＳＤＶを指揮していたとき、仲間の戦闘員ひとりが事故により溺死《できし》した。事故の詳細をネモは語ろうとしなかったが、会う前にムーアとカーマイケルはその話を聞いていたし、ネモがＳＥＡＬを辞めようとしていることを知っていた。調査により、ネモになんら過失がなかったことが明らかにされていたが、ネモは事故に責任を感じていた。

そんなわけで、ムーアとカーマイケルは、ＳＥＡＬ戦闘員としてこれから軍歴を重ねようと、やる気満々になっていたのに——ネモの話はふたりのお祭気分に水を差した。

例によってお人よしのカーマイケルが、分別臭い言葉を差し挟んで、「やめられっこないよ」と、ネモにいった。

「そうかい。どうして？」

「ほかのだれかにできる仕事じゃない」

ネモが、冷たく笑った。「若いね。あんたら新人はまだ青臭くて、そんな価値のあるものじゃないっていうのが、わかっていないのさ」

「いいか、きょうだい。おれたちには生まれついての才能があるから、こうしてここにいるんだ。おれたちが応召したのは、心の奥底で——そこのところをよく考えてくれよ——心の奥底で、自分たちにはふつうの暮らしはできないと、疑いの余地なく知っているからだ。子供のころから、それを知っていた。いまも知っている。その気持ちから逃げることはできない。これは一生持ちつづける気持ちなんだ。いま辞めても辞めなくても。それに、辞めたら後悔する。まわりを見て考えるだろうな。これはおれの本領じゃない。あれがおれの本領だったと」

ムーアは、ベッドから立ちあがって、さっと向きを変え、声に出していった。「これがおれの本領なんだ、くそ」

スマートフォンの着信音が鳴り、メールが届いた。ムーアはそれを見た。レスリー。溜息《ためいき》が出た。

14
冷血

メキシコ、ファレス市
デリシャス警察署

グロリア・ベガは、四輪駆動のフォードF－150の助手席に跳び乗った。ドアには連邦警察の文字と徽章《きしょう》が麗々しく描かれている。ケヴラーの抗弾ベストも含め、戦術装備をすべて身につけて、目出し帽で顔を隠していた。ヘルメットの顎紐《あごひも》はぎゅっと締めてある。グロック二挺《ちょう》を腰のホルスターに収め、ヘッケラー&コッホMP5サブ・マシンガンは、銃口を肩口に載せて抱えていた。警部といえどもこの手の装備を身につけて、重武装しなければならないと知ったら、アメリカの一部の刑事はあきれ驚くにちがいない。アメリカでは、だらしない刑事なら、拳銃《けんじゅう》一挺しか持たず、抗弾ベストも着ず、私服で、口のまわりにドーナツの粉をくっつけたまま、犯罪現場に到着することもある。

髪が灰色になりかかっている運転席のアルベルト・ゴメスも、グロリアとおなじいでたちで、犯罪現場に〝事件後〟に行くのは、最初の事件そのものよりも危険な場合があると、グロリアに注意していた。警官をおびき寄せるために死体が使われ、シカリオが爆弾を起爆して、警官を吹っ飛ばすこともある。よしんば死体に爆弾が仕掛けられていないとしても、屋根にスナイパーが配置されていて、警官たちは大量虐殺《ぎゃくさつ》の罠《わな》にはまるかもしれない。

だから、警部が私服で捜査に当たる時代はもはや終わったと、ゴメスは肩をすくめてグロリアにいった。値踏みするようにこっちに向けたゴメスの目が、あまりにも疲れ切ったようすなので、どうしてまだ引退していないのだろうと、グロリアは不審に思った。

いや、理由はわかっている。ゴメスと組むことになったのは、けっして偶然ではない。連邦警察はまだ確証をつかんでいないが、ゴメスはカルテルと結びつきがある警察官のリストで、真っ先に名前が載っていた。嘆かわしいことに、ゴメスが長年数多くの〝成功した〟手入れに携わってきたため、だれもカルテルとの共犯関係を暴《あば》きたがらない。あと数年で勤務を終えて退官するから、だれも干渉すべきでないという、暗黙の了解がある。ゴメスはじつに家庭的な男で、子供が四人、孫が十一人いて、ボランティアとして、地元の学校で犯罪と安全について子供たちに教えている。カトリック教会で案内係をつとめ、コロンブス騎士会の有名メンバーとしてのしあがり、副支部長の役割まで果たしている。地元の病院でもボランティアをつとめて、週末に時間があれば年配の女性が道路を横断するのを手伝う。

そういったことはすべて、カルテルに買収されている罪悪感を和らげるための偽りの暮らしで、巧妙な隠《かく》れ蓑《みの》にちがいないと、グロリアは疑っていた。

連邦警察上層部、ことに最近の管理職や新規に採用された警察官は、もっと攻撃的で、腐敗をぜったいに看過しない政策をとっているが、地方局は目をつぶっている傾向が強い――敬意、上官に逆らえない、そしてなかんずく恐怖が、その原因だ。そんなしだいで、グロリアは、ファアレス市でもっとも悪辣《あくらつ》であるかもしれない男のとなりに座ることになった。

「三人の死体がある。現場へ着いても、なにもいうな」ゴメスが、グロリアに命じた。

「どうして?」

「うちの捜査員は、あんたからなにも教えてもらう必要はないからだ」

「どういう意味?」

「あんたがメキシコ・シティで何年勤務していようが、そんなことには興味がないという意味だ。どれほどすばらしい成績を残していようが関係ない。あんたの昇進や、同僚からどれだけ褒め言葉をちょうだいしているかも、どうでもいい。おれはな、あんたが生きつづけるのに力を貸すことだけを考えてるんだ。わかるか、お嬢さん？」

「わかった。でも、わたしが口をきくのが許されない理由はわからない。あなたが認識しているかどうかわからないけど、メキシコの女性には投票も公職への立候補も許されている。あなた、だいぶ前から新聞を読んでいないんじゃないの」

「やっぱりな。そこが問題なんだよ。そういう態度が。ここに、このファアレス市にいるあいだは、そいつをハンドバッグにしまって、ぜったいに取り出さないほうがいいと思うね」

「あら、ハンドバッグなんてどこにあるかしら。おやおや、大きな銃と予備の弾倉しかない」

ゴメスが、薄笑いを浮かべた。

グロリアは首をふり、歯を食いしばった。陸軍情報将校として八年、CIA現場工作員として四年、それなのにこんな仕打ちを受けている。助手席にじっと座り、腐敗した老いぼれの連邦警察警部から、男らしさを誇るくだらない言葉を浴びせられている。流産、離婚、きょうだいと疎遠《そえん》になり……そして。あげくの果てはこれなのか？グロリアは、ゴメスのほうを向いて、相手を焼き殺しそうなすさまじい目つきで睨《にら》んだ。

べつの班の報告を無線で聞き、十分とたたないうちに、ピンク、白、紫の共同住宅がならぶ通りを走っていた。建物と建物のあいだの横丁で、満艦飾の洗濯物が翻《ひるがえ》っている。十歳か十二歳ぐらいの痩《や》せた少年が数人、戸口に立ち、こちらを眺めながら携帯電話で話をしている。カルテルの見廻り《スポッター》だ。ゴメスもその連中に目をつけていた。

その通りの突き当たりの交差点近くで、三人の死体が道路をふさいでいた。グロリアは、センター・コンソールにあった双眼鏡を取り、焦点を合わせた。

三人とも若い男で、ふたりは血の海に俯《うつぶ》せになっていた。もうひとりは仰向けで、片手で心臓のあたりをつかんでいた。黒っぽいジーンズにTシャツという格好で、装飾品を身につけていたとしても、すでに盗まれていた。二〇メートルほど離れたところにパトカー二台がとまっていて、車のドアの蔭《かげ》に警官ふたりがしゃがんでいる。ゴメスは、そのうちの一台のうしろに車をとめ、目を剝《む》いた。「黙ってろ」

ふたりはおりた。グロリアはすばやく、周囲の屋根に視線を走らせた。五、六人が屋根に座って見物し、何人かは携帯電話でしゃべっている。グロリアは、サブ・マシンガンを持つ手に力をこめた。口が渇いていた。

うしろからバンが近づいてきて、爆弾探知犬二頭を連れて、警官がふたりおりてきた。ふたりがそばを通ったとき、ゴメスの携帯電話が鳴った。ゴメスが、バンの後部へ行き、電話に出た。だが、ゴメスが携帯電話を二台持っていることに、グロリアは気づいた。あれは番号を教えるために一度発信してみせた電話とはちがう。二台目の電話だ。興味をそそられる。

前方で警官たちがどなっているせいで、ゴメスがなにをいっているのかを聞き取ることはできなかった。警察犬チームがゆっくりと接近して、死体とその周囲を調べ、ひとりが手をふって叫んだ。異状なし。

その警官が左手の屋根にいたスナイパーの弾丸を食らい、頭の大部分が吹っ飛んだ。そんなふうにあっさりと。警告もなく。昼日中に。共同住宅のバルコニーから、一般市民が見ている前で。

他の警官たちが叫びながら伏せたとき、警察犬チームのもうひとりが首を撃たれ、襟首に撃ち込まれた弾丸が、顎の下側を引きちぎって飛び出した。

新手のAK‐47からの連射が、通りの死体を引き裂き、警察犬を貫いた。二頭の警察犬が倒れたとき、グロリアはバンの前輪にへばりつくようにして、腹這《はらば》いで前進した。サブ・マシンガンを構え、屋根めがけて応射した。弾丸が屋根の縁に降り注ぎ、化粧漆喰が削り取られた。

「撃ちかたやめ!」ゴメスがどなった。「撃ちかたやめ!」

そして……静まった。数人の叫び声、四方の火薬のにおい、グロリアの顔に向けて立ち昇るアスファルトの熱。

ブレーキが悲鳴をあげ、グロリアの注意を奪った。つぎの十字路に、テイルゲートのあいた白いピックアップがとまっていた。横丁の一本から、ライフルを持った男が三人出てきた——AR-15二挺、AK-47一挺。三人はピックアップに向けて駆け出し、荷台に跳び乗った。前方の警官数人が撃ちはじめたが、ピックアップはすでに急発進して走り去るところだった。それどころか、警官たちの射撃はよくいってもおざなりだった——一発もピックアップに当たらない。

グロリアは、ぱっと身を起こし、ゴメスが身を縮めて首をふっている助手席側へ駆けていった。

「さあ急いで!」グロリアはうながした。「早く!」

「応援を呼ぶ。べつの部隊が追跡する」

「わたしたちが追いかけるのよ!」グロリアは、わめいた。

ゴメスが目をひん剝き、声が甲高くなった。「さっきいったはずだ」

グロリアは息を吸って悪態を呑《の》み込み、身を起こして、さっと屋根のほうを向いた。

警察犬チームのふたりを殺したスナイパーが、グロリアを照準に捉《とら》えていた。

「まずい」グロリアがあえいだつぎの瞬間、スナイパーは胸壁の蔭に見えなくなった。

グロリアは目をしばたたき、息を継いだ。

すぐに我に返った。

「あそこにいた」グロリアは叫んだ。「あの屋根に！」

他の警官たちは、ドアの蔭に隠れ、しきりと首をふって、伏せるか物蔭に隠れろと、グロリアに手で合図していた。

グロリアは、ゴメスのそばに戻り、しゃがんだ。「スナイパーが逃げる」

「べつの部隊が見つける。待っているんだ。おれたちは戦うために来たんじゃない。犯罪現場の捜査のために来たんだ。いいかげんに黙れ」

グロリアは目を閉じ、その瞬間、その場で悟った。やりかたがまちがっていた。もとから敵であるにちがいないとはいえ、敵視されないように、この男と親しくなり、信頼を得なければならなかったのだ。この男の娘になり、街についてあれこれ教わり、気に入られ、尊敬される必要があった。ゴメスが警戒をゆるめたところを、攻撃できたかもしれないのだ。

だが、エゴが邪魔をした。厳しすぎる性格のせいで、たいへんなしくじりをした。二分か三分、ふたりはそのままじっとしていて、前方の警官たちがようやく死体のほうへ進んでゆき、共同住宅の住人たちもバルコニーに戻ってきて、ショーを見物しはじめた。

「その女が、おまえさんの新しい相棒か?」ひとりの警官が、ゴメスにきいた。

「そうだ」ゴメスが、そっけなく答えた。

「今週の末には死んでるだろうな」

ゴメスが、グロリアのほうを見た。「そうならないように願おう」

グロリアは、生唾《なまつば》を呑んだ。「ごめんなさい。こんなふうだとは、ぜんぜんわかっていなかった……」

ゴメスが、片方の眉《まゆ》をあげた。「新聞を読んだほうがいいのは、あんたのほうだな」

メキシコ、ファアレス市
〈クラブ・モナーク〉

ダンテ・コラレスは、だれかを殺したい気分だった。デリシャスで配下のシカリオが三人射殺され、ゴメス警部が電話してきて懸念《けねん》を伝えてきた。連邦警察上層部の監視が厳しくなり、大統領府の指令を受けているにちがいない女性警部と組まされた。その女はぜったいに信用できないし、監視されているので、今後はいっそう用心する必要がある、とゴメスはいった。

それだけではなく、アメリカ人がひとり、ホテルに泊まっている。スコット・ハワードという男で、ビジネス用の不動産を探していることを、イグナシオがすでに突き止めている。コラレスはそんな話は信用できなかったので、あとを跟《つ》けさせたが、いまのところ裏付けはとれている。

ラウルとパブロは、たんに〝銀行家〟と呼ばれる仲介人《コンタクト》に、大金を届けているところだった。ビールを何杯か飲んで、ランチを食べるために、コラレスは〈モナーク〉に向かった。途中でスマートフォンが鳴った。ボゴタのバジェステロスからだった。

こんどはいったいなんの用事だ？

「ダンテ、ＦＡＲＣ（コロンビア革命軍）のやつらが、またおれを襲おうとしてるのを知ってるか？　応援がほしい」

「わかった。わかった。連中がそっちへ行ったら、話してみろ」

「いつだ？」

「もうじきだ」

「プエルトリコの件は聞いたか？」

「こんどはなんだ？」

「ニュースを見てないのか？」

「忙しかった」

「FBIがまた内部捜査をやった。警官が百人以上逮捕された。こっちにどんな影響があるか、わかるな？　おれたちが当てにしていた連中が捕まったんだぞ。一日で輸送ルートそのものが消えた。どういうことか、わかるな？」

「黙れ。泣き言はやめろ、くそじじい！　ボスがじきにそっちへ行く。泣き言はやめろ！」

そういい捨てて電話を切ると、コラレスはクラブの駐車場に車を入れた。ステージにあがっているストリッパーは、ふたりだけだった。子供が何人かいる日勤の女たちで、帝王切開の傷痕《きずあと》を恥ずかしげもなく見せている。メイン・バーに客がふたりいた。つば広の帽子をかぶり、太い革ベルトを締めて、カウボーイ・ブーツをはいている年配の男たちだった。

コラレスは奥のテーブルへ行き、そこで友人のジョニー・サンチェスと会った。サンチェスは、ヒスパニック系アメリカ人の映画脚本家兼レポーターで、小さな眼鏡をかけ、カリフォルニア大学バークレー校のカレッジ・リングをはめている。じつはコラレスの代母《ゴッドマザー》の息子で、アメリカに行って大学を出てから、メキシコの麻薬カルテルについて記事を書くために帰国し、コラレスに連絡してきた。カルテルのために働いていることについては、一度もコラレスを非難していない。ただ、カルテルについてきみはかなり詳しいんだろうね、といっただけだ。ふたりともその話はそれでおしまいにした。

これまで二カ月間、コラレスはサンチェスと話をして、自分の人生の年代記ともいえる脚本を書くのに協力してきた。ふたりのランチ・ミーティングは、コラレスにとって一日でもっとも楽しい時間だった。むろん、マリアとセックスしていないときだけだが。

コラレスの許可を得て、サンチェスは《ロサンゼルス・タイムズ》に、国境付近のカルテルの武力抗争についての記事を書いた。警察の腐敗が蔓延《まんえん》しているせいで、正義の味方と悪党がもはや区別できなくなっているというのが、記事のおもな内容だった。それこそが、まさにファアレス・カルテルの望んでいる状況だった。

「記事はものすごく評判がよかった」そういってから、サンチェスはビールをごくごくと飲んだ。

「それはよかった」

「きみにはさぞかしスリルのある時期なんだろうね」

ふたりはむろんスペイン語で話をしていたが、サンチェスはときたま、意識せず急に英語に切り換える――いまもそうだった――コラレスには意味がわからず、いらいらしてテーブルを拳《こぶし》で叩《たた》くこともあった。すると、サンチェスは目をぱちくりさせ、謝る。

「なんていったんだ?」コラレスはきいた。

「ああ、すまない。記事について電子メールを百通ぐらいもらったんで、編集人がシリーズ物にしたいといっているんだ」

コラレスは、首をふった。「映画の脚本のほうに専念したほうがいい」

「そうするよ。ご心配なく」

「こうして話をするのは、おまえが代母の息子だからだ。それに、おれの人生の話をしたいからだ。きっといい映画になるぞ。カルテルの記事は、もう書いてもらいたくねえんだ。カンカンに怒る連中がいるからな。おまえのことを心配しなきゃならなくなる。いいな？」

サンチェスは、眉根を寄せそうになるのをこらえた。「わかった」

コラレスは、にっこり笑った。「よし」

「なにかあるのか？」

コラレスは、ビール瓶を覆《おお》っている水滴を指でなぞってから、顔をあげていった。

「きょう、いい手下が死んだ」

「知らなかった。ニュースではなにもやっていなかった」

「ニュースは大っ嫌えだ」

コラレスは、テーブルをちらりと見た。ファアレス・カルテルの手は、地元報道機関の肩をぎゅっとつかんでいる。たまに反抗されるが、先ごろ有名な現場レポーターふたりが、自分たちのテレビ局の表で首を斬《き》られて殺されるという事件があってから、記事が出るのが大幅に〝遅れ〟たり、出なかったりすることがある。ジャーナリストの多くは抵抗しているが、カルテルとその武力抗争に関係のあることをいっさい報道したがらないジャーナリストもいる。

「シカリオがきみを脅した日の話が聞きたい」サンチェスが、雰囲気を和らげようとした。「映画でとてもいい場面になるはずだ。つぎは、きみがホテルの外で膝《ひざ》を突く場面。背景では炎が荒れ狂い、きみは……そこで……むせび泣いている。なかで両親が死んでいるのがわかっている。カルテルに歯向かい、屈しなかったせいで、その亡《なき》骸《がら》が焼かれている。その場面が、目に浮かぶだろう？　いや、まったく最高の場面だよ！　観客はきみのために涙を流すだろうな！　なんの未来もないあわれな若者、それがきみだ。犯罪社会から遠ざかろうとしただけなのに、見せしめの罰を受けた！　悪党どもに！　そして、無一物になった。なにもかも奪われた。だから、きみは無から築かなければならなかった。ふたたび立ちあがらなければならない。そこからずっと、観客はきみに共感して応援する。それに、ほかに方法はなかった。ビジネスといえるものがたったひとつしかない街で、仕事の口もないから、生き延びてゆくために、やらなければならないことをやる」

映画の話をするとき、サンチェスはいつも自分を興奮させ、熱烈になる。コラレスにも熱心さが乗り移ってしまう。カルテルの一員であることをサンチェスがほのめかしたのに対して、コラレスは意見をいおうとした——だが、サンチェスは首をめぐらして、メイン・バーの近くのなにかを見据えていた。

「伏せろ」甲高い声で叫ぶと、サンチェスはテーブルの上に身を躍らせ、コラレスを床に押し倒した。その刹那《せつな》、サンチェスが見ていた方角から、銃声が轟《とどろ》いた。すくなくとも五、六発が、テーブルに当たって跳ね、うしろの壁に突き刺さった。ストリッパーたちがわめきはじめ、バーテンは撃ち合いじゃない、撃ち合いじゃないと、何度もどなった。

そのとき、サンチェスが右手に握ったベレッタで応射したので、床に転げ落ちたコラレスは、びっくり仰天した。

「これが望みか?」サンチェスが、甲高くスペイン語で叫んだ。「これが望みならくれてやる」

バーの近くにいた殺し屋が、くるりと向きを変えて逃げ出した。そのうしろから、サンチェスが弾倉に残っていた全弾をばら撒《ま》いた。

ふたりは息を切らし、たがいの顔を見て、じっと座り込んでいた。

やがて、サンチェスがいった。「くそったれが……」

「どこでその銃を手に入れた?」コラレスはきいた。

サンチェスが答えるまで、ひと呼吸あった。「ノガレスの従兄弟《いとこ》から」

「撃ちかたをどこで習った?」

サンチェスが笑った。「一度撃っただけだ」

「まあ、それで事足りたな。おかげで命拾いした」

「こっちが先に気づいただけだ」

「そうでなかったら、おれは死んでた」

「ふたりともだ」

「ああ」コラレスはいった。

「どうしてきみを殺したがっているんだ？」

「おれがカルテルの人間じゃないからだ」

サンチェスが、溜息《ためいき》をついた。「コラレス、ぼくたちは血族みたいなものだ。それに、ほんとうじゃないだろう」

コラレスは、ゆっくりとうなずいた。

「ほんとうの話はできないのか？」

「借りを返すには、それがいいかもしれない。わかった。おれはファレス・カルテルの頭目だ」コラレスは嘘《うそ》をついた。「麻薬事業のすべてを牛耳ってる。あいつらはシナロア・カルテルの配下だ。おれたちは戦争中だ。国境のトンネルのことと、やつらがおれたちの輸送を妨害しているせいで」

「シカリオなのかと思っていた。だが、頭目なのか？」

コラレスはうなずいた。

「それなら、こんなふうに目立つところにいたらだめだ。愚かだぞ」

「おれは卑怯者《ひきょうもの》みたいに逃げ隠れはしねえ。よその頭目とはちがう。通りを歩いて、みんなに姿を見せる。そうすりゃ、だれが本当の友だちなのか、教えてやれる——警察も政府でもねえ。おれたちだ……」

「だけど、すごく危険だ」サンチェスがいった。

コラレスは、笑い出した。「これも映画にするか？」

眉間《みけん》に皺《しわ》を寄せていたサンチェスが、目を丸くしていた。まるで、もうカメラのレンズを通してみているみたいだった。「そうだな」と、ようやくいった。「それもいい」

15

トンネル掘りと運び屋

メキシコ、メヒカリ
国境トンネル建設現場

トンネルは一週間以内に開通するだろうと、ペドロ・ロメロは見積もっていた。カリフォルニア州カレクシコで選んだ家は、ロワー・ミドルクラスの家族が多い人口稠密《ちゅうみつ》な住宅地にある。家族の稼ぎ手は、近くの小売店や工業団地で働いている。ロメロの提案にしたがって、ファアレス・カルテルはすでにその家を買っていた。ロメロはカルテルの若い〝代理人〟ダンテ・コラレスと、トンネル建設計画を念入りに練った。メヒカリで開発プロジェクトが進められていたシリコン・ボーダー地域で建設計画に携わっていたロメロを引き抜いたのは、コラレスだった。そこで働いていたロメロの仲間数人が、最近、仕事を失っている。景気が厳しくなるにつれて、企業の事業拡大が鈍り、そうしたプロジェクトの創出する雇用も減っていた。

ロメロは、作業員ふたりとともにトンネルへおりていった。トンネルは一八〇センチほどの高さで、幅は九〇センチ、完成すれば全長五八〇メートルになる。地表からわずか三メートルの深さを掘り進めているのは、地下水面が腹立たしいくらい浅いところにあるからだ。うっかり深く掘ったせいで、トンネルからポンプで排水しなければならないことが、二度あった。

壁と天井は、太いコンクリートの梁《はり》で補強されている。掘った土を作業員が運び出しやすいように、ロメロは一時的にトロッコ用の線路を敷いた。土は大型ダンプカーに積み、一五キロメートル南のべつの建設現場に運んで、もうひとつのプロジェクトに利用される。

やかましい音をたてないために、作業はシャベルを使ってはじめられ、開通するまでずっと、そのまま人力で行なわれる。ロメロは十五人の作業員を抱え、交替制で二十四時間ぶっつづけの作業を行なわせていた。落盤には用心していたが、まったく思いがけない出来事で四人を失った。午前二時半ごろ、現場監督からの電話にロメロは起こされた。幅が二メートル近い巨大な吸い込み穴《ポノール》（訳注　地表の水が地下に吸い込まれる、地下水系への入口）に四人が呑《の》み込まれ、その周囲も陥没した。穴は三メートル近い深さで、底に水が溜《た》まっていた。作業員四人は救出される前に、上から落ちてくる砂によって水に沈んで溺《おぼ》れるか、重い泥で窒息した。作業員全員が、この事故に怖《おそ》れをなしたが、むろんトンネル掘りはつづけられた。

メキシコ側のトンネルは、Zセルズというメーカーの工場建設用地にある倉庫内から掘り進められた。太陽電池メーカーの施設が五棟、建設されているところで、ダンプカーがしきりに行き来しているために、トンネル掘りの土を運ぶトラックの偽装に役立つ。それはロメロの思いついた妙案ではなかった。秘密保全のために身許《みもと》が謎《なぞ》とされている、カルテルの首領そのひとからの指示だと、コラレスが明かしていた。Zセルズの〝正規の〟現場作業員は、トンネル掘りのことをまったく詮索《せんさく》しなかったので、ZセルズのCEOを含めて、全員がカルテルに買収されているにちがいないと、ロメロは確信していた。なにが行なわれているのか、知らないものはいないのだが、金をもらっているあいだは、沈黙の壁が崩れることはないのだ。

ロメロの設計図によれば、カルテルが挑んだ工事のなかでも、もっとも大胆かつ複雑なトンネル掘削工事になるはずだった。そのため、ロメロはその労力に対し、十万アメリカ・ドルに相当する報酬を受け取っていた。以前は、カルテルの仕事をするのに乗り気ではなかったが、前金でそれだけの現金をもらうというのでは、なんとも断りづらい――ロメロはもう四十に近かったし、十六歳になったばかりの長女ブランカは慢性の腎臓《じんぞう》疾患で、透析が必要な段階になっていた。貧血と骨の病気の治療もあるのに、これから金のかかる透析療法を受けなければならない。膨れあがる医療費を払うのに、今回のトンネル掘りで稼ぐ金はおおいに役立つ。こうした事情は、作業員数人にしか打ち明けていなかったのだが、話がひろまるのは早い。やがて、現場監督のひとりから、みんながロメロの娘を救うために一所懸命働いていると聞かされた。ロメロは突然、カルテルに買収された悪党ではなく、かわいい娘を救おうとしている家族思いの男という役どころになっていた。作業員たちはカンパまでしてくれて、先週末にありがとうのカードを添え、集めた金をロメロに渡した。ロメロは感動して、礼をいい、仕事が完了し、捕まらないようにと、みんなで祈った。

実際問題として、厄介なのは、トンネルから出た土をよそへ運ぶのをごまかすことだけではなかった。メキシコ・アメリカ両政府は、掘削中のトンネルとおぼしい地中の空洞を探知するために、地中透過レーダー（GPR）を使用している。さらに、軍事作戦用の遠隔操作式REMASS－Ⅱセンサーを使って国境警備隊が監視しているので、建築現場が近いことは、最初の掘削の音を隠すのにも役立った。また、トンネルは真北へ一直線に掘るのではなく、何カ所かで四五度に曲げてある。とぎれとぎれの下水道の一部に見せかけるためだった。仮に使用されているコンピュータが一カ所だけを対象にしているとしても、地震動データも同時に記録されていることもわかっている。国境警備隊の捜査官は、現場周辺の通行パターンその他の活動を弁別するために、震動事象密度マップを詳しく調べることもできる。トンネルそのものも、地震動界に影響をあたえる。トンネルは、そこを通過する音波を吸収したり、音波の伝播《でんぱ》を遅らせたりするので、反響や共鳴が生じ、探知機材に〝ゴースト〟として現われる。その問題に対処するために、ロメロは大量の吸音パネルを発注して納入させ、掘削の音を吸収するだけではなく、できるだけ自然環境を装《よそお》うために、トンネルの壁に貼《は》り付けた。メキシコ・シティにいたころからの知り合いの地震工学技師まで雇い、計画を練って実施した。だが、まもなくなにもかもが終わる。仕事が完了する。ロメロは、最後の支払いを済ませた。神の力で、娘は透析を受けられるだろう。

ロメロは、トンネルの新しい区画に電線を引いている電気技師と相談していた。その間も、作業員ふたりが、空調装置の通風管を設置していた。事故に備えて小さな祭壇を置いてもいいだろうかと、先日、作業員たちがロメロに質問した——せめて祈れる場所がほしい。そこで、蠟燭《ろうそく》を立て、家族の写真が置けるような洞室を掘ることを、ロメロは許可した。祭壇が作られ、なかには作業にはいる前にそこで祈るものもいた。

厳しい毎日だし、逮捕されるという結果になりかねない過酷な労働に彼らは従事している。祈ればその労働をつづける力が得られることを、ロメロは知っていた。

ロメロは、電気技師の肩を叩《たた》いた。「きょうはどんなぐあいだ、エデュアルド？」

「とても順調です！　とても順調！　新しい配線は、今夜にも完了します」

「さすが専門家だな」

「ありがとうございます。どうもありがとう」

ロメロはにんまり笑い、レールの上に転ばないように気をつけながら、トンネルの奥へと進んだ。懐中電灯をつけると、シャベルとつるはしだけを使い、背中と肩の力を発揮して作業員たちが掘っている、濡《ぬ》れた冷たい土のにおいがしてきた。

トンネルがなにに使われるかは、考えまいとした。数百万ドル相当の麻薬、武器、現金が、自分と作業員たちの努力のおかげで密輸できるようになり、おおぜいの人間が想像を絶する悲劇的な末路をたどるだろう。自分はあたえられた仕事をやっているだけだ、そうロメロは自分にいい聞かせた。自分は娘に必要とされている。だが、罪悪感に襲われ、不眠に悩まされていた。逮捕され、一生刑務所で過ごすことになるかもしれないと思うと、身ぶるいした。

「これが終わったら、あんたはどうするのかね？」作業員のひとりがきいた。

「べつの仕事を見つける」

「おなじ連中と?」

ロメロは、身をこわばらせた。「できればそうしたくない」

「おれもだ」

「神が護《まも》ってくださる」

「そうだね。あんたをおれたちのボスにしてくれたのも、神の御業《みわざ》だ」

「もういい。やめてくれよ」ロメロは、笑いながらいった。「戻って仕事をしてくれ」

カレクシコ－メヒカリ国境検問所
東守備所——北行き

カレクシコ－メヒカリの第一守備所が非常に混雑し、アメリカに行くための検問所通過に一時間以上かかるとわかったとき、十七歳のアメリカの高校生ルーベン・エヴァソンは、第一守備所の一五キロメートル東へ車を走らせて、予備の通関手続施設を通るよう指示された。そこは混雑時に検問所にはいり切れない入国者をさばくための施設で、観光客にはほとんど知られていないが、地元の人間はたいがい知っていた。

ルーベンは、もう一年近く、ファアレス・カルテルの〝運び屋《ミュール》〟をつとめている。二十回以上も運んで、合計八万ドル以上を現金で稼いだ――州立大学の四年間の学費を支払うのにじゅうぶんな金額だ。これまでに使ったのは、そのうちの千五百ドルだけで、あとは銀行に預けてある。両親はルーベンがなにをやっているかにまったく気づいておらず、むろん銀行口座のことも知らない。二十歳になったばかりの姉ジョージナは、なにか怪しいと思っていて、何度も注意したが、ルーベンは無視していた。

ルーベンは、あるパーティで友人から話を聞いて、運び屋になる手順を知った。その友人は、特典付きの報酬のいい仕事があるという、メキシコの新聞広告を見て応募していた。ルーベンは、パブロという男に会い、〝面接〟を受け、二千ドル相当のマリファナを渡されて、徒歩で国境を越えるよう指示された。その仕事に成功すると、ダッシュボードとガソリン・タンクを改造して大量のコカインとマリファナを隠せるようにしたフォードのSUVが用意された。リモコンを使ってダッシュボードに暗証番号を送信する仕組みで、そうするとラジオとエアコンのコントロール類があるセンター・コンソールがモーターで持ちあがってあく。その下は、エンジン区画との仕切りまで、ずっと秘密の収納場所になっている。麻薬密輸にこれほど高度な技術が使われているというのは信じがたく、そのおかげで大量に密輸する勇気が湧《わ》いた。ガソリン・タンクは半分に切られて、車体にくっついている側に固形の麻薬を収めることができ、下半分はガソリンで麻薬の臭《にお》いをごまかせる。車体の下側に細工された形跡がないかどうか、鏡を差し込んで調べる係官の目をごまかすために、タンクにはわざと泥を塗りつけてある。ルーベンは列から脇《わき》に出されて調べられたことが二度あったが、いずれも麻薬を運んではいなかった。それも作戦の一環だった——頻繁に行き来するのがあたりまえになり、何人かの係官と顔なじみになる。カリフォルニアに住んでいてメキシコで仕事をするというような、確実なアリバイをこしらえておく。そちらはカルテルが手をまわした。国境警備隊の捜査官の多くが、ルーベンとその車を憶《おぼ》えて、メヒカリでパートタイムの仕事を見つけた高校生にすぎないと考え、すんなり通過させることが多かった。

だが、きょうはようすがちがう。列から出されて、第二の検査場へ車ごと移動させられた。そこで見かけたヒスパニック系の痩《や》せた長身の男は、映画スターみたいな顔立ちで、いっかな目を離そうとしなかった。ルーベンは車をとめておりると、国境警備隊の係官のひとりと話をした。ルーベンの免許証を調べた係官が、こういった。

「ルーベン、こちらはＦＢＩのアンサラさんだ。車を調べるあいだ、ちょっと話がしたいそうだ。心配するな。いいね？」

ルーベンは、いつもやることをやった。恋人との楽しいひとときを思い描いた。食事をして、キスをして、稼いだ金で服を買う。緊張を解いた。「いいよ、平気だよ」

アンサラが、強い視線を向けていた目を細くして、「こっちだ」とだけいった。

ふたりは混雑した守備所にはいっていった。服が土埃《つちぼこり》にまみれているひとびとが、十五、六人、椅子《いす》に座っている。いずれも望みを捨てた表情だ。ルーベンは即座に臆《おく》断《だん》した。あの連中は検問所をこっそりと抜けようとして捕まったのだ。トレイラー・トラックの荷物か、そういうたぐいの大きな積荷に隠れていたのだろう。母親と幼い娘ふたりがいて、母親はめそめそ泣いていた。長いカウンターの向こうに、国境警備隊の係官が六、七人いて、そういう大きな額の現金を所持している場合には、捜索を受け、引きとめられ、申告しなければならないのだと、ひとりの老人に説明していた。

非常事態に備えてルーベンは気を引き締め、やけに清潔な感じの長い廊下を、アンサラのあとから足早に進んだ。施設内にはいるのははじめてで、狭い取調室のドアをアンサラがあけたとき、動悸《どうき》が速くなった。ルーベンとおなじ年頃の若者が、テーブルに向かって座り、暗い顔で考え込んでいた。髪が茶色で雀斑《そばかす》のある、白人の若者だった。腕は刺青《いれずみ》に覆《おお》われ、ゴールドの髑髏《どくろ》のピアスをしていた。

アンサラが、ドアを閉めた。「座れ」

ルーベンは座った。もうひとりの若者は、テーブルをじっと見ている。

「ルーベン、こちらはビリーだ」

「どうした？」ルーベンはきいた。

「あんた、まるきりわかっちゃいねえ」あいかわらず顔をあげようともせず、刺青の若者がうめくようにいった。

ルーベンは、アンサラに質問を投げた。「どういうことなんだ？　おれは揉《も》め事に巻き込まれてるのか？　おれがなにをした？」

「本題にはいろう。やつらはおまえたちみたいなガキを、高校で勧誘する。だから、われわれはまずそこから捜査をはじめる。おまえの友だちふたりが情報を教えてくれたのは、おまえのことが心配だからだ。おまえのお姉さんとも約束した――だが、心配するな……両親にはいわないそうだ。さて、ビリーをここに連れてきたのは、おまえに見せたいものがあるからだ」

ビリーが不意に椅子をうしろに押し、素足をテーブルの上に乗せた。

爪先《つまさき》がなかった。

指がすべて断ち切られ、傷痕《きずあと》はまだ生々しいピンクだった。あまりにもおぞましい光景だったので、ルーベンの喉《のど》に胆汁が込みあげた。

「五万ドル分の積荷をなくした。おれはまだ十七だから、なんとか保護観察にしてくれた。だけど、関係ねえ。やつらが国境を越えてきた。授業のあとで捕まって、バンに投げ込まれた。やつらがなにをしたか、見ろよ」

「だれだ？」

「おまえの相棒のパブロと、パブロのボスのコラレスだよ。そいつらに爪先を切り落とされた——おまえもドジを踏んだら、おんなじことをやられる。いますぐにやめろ。足を洗え」

ドアにノックがあった。アンサラが答えて、表で係官と話をした。

「あいつら、ほんとにそんなことをしたのか？」

「なに考えてんだよ。バカヤロー、これじゃ女とやれねえぜ。こんな足の男をどこの女が好いてくれるっていうんだ」ビリーは仰向《あおむ》いて、泣き出し、やがてわめきはじめた。「アンサラ！　連れてってくれ！　ここから出してくれよ！　もう用はすんだだろ！」

ドアがあき、アンサラが現われて、手をふり、表に出るようビリーを促した。ビリーが立ちあがって、よろよろとドアに向かった。奇妙な形のブーツを脇に抱えていた。

ドアがまた閉じた。

ルーベンは、ひとりきりでそこに五分、十分、いや十五分、じっと座っていた。空想が暴走していた。刑務所にいる自分が見えた。太鼓腹のギャング十四人にシャワー室に閉じ込められ、稚児《ちご》にされようとしていた——大学へ行きたかったし、余分な金を稼ぎたかったせいで。おれは天才科学者じゃない。大学を出てもたいしたことはできない。金が必要だった。

やにわに戻ってきたアンサラがいった。「おまえの車のダッシュボードとガソリン・タンクは、ずいぶん変わっているな」

「くそ」ルーベンは息を呑《の》んだ。

「十八歳になっていないから、釈放され、保護観察処分になると思うか？」

ルーベンは我慢できなくなった。泣き出した。

「おれの話をよく聞け。カルテルの見廻りがいて一部始終を見ていることはわかっている。われわれは、なにも見つからなかったというふりをする。おまえはきょうの配達を終えろ。麻薬を届けろ。だが、これからはおれの手先になってもらう。打ち合わせることが、山ほどあるぞ……」

16

バックシート・ドライバー

メキシコ、ファアレス市
ボニタ・レアル・ホテル

ラナが殺されたことを考えないようにするには、ムーアは現状に——あとを跟《つ》けてきた男ふたりに、神経を集中するしかなかった。その男たちは、ホテルの向かいに車をとめていた。頭がいかれるくらい退屈しているにちがいない。携帯電話をもてあそび、ホテルの正面と駐車場を見張って、二時間もじっとしているのだ。カルテルはいくつかの面ではテクノロジーが進んでいるが、人間の監視のようなことは粗雑で初歩的だ。ふたりは、何度かカローラ(車体のあとの部分は白なのに、前の四分の一のフェンダーが赤い)から出てきて、トランクに寄りかかり、煙草《たばこ》を吸いながらホテルの方角をちらちら見るということまでやった。あの若い衆ふたりは、いかにもおつむの働きがよくない。尾行という下働きをやらせられているのも当然だろう。まっとうなシカリオなら、あんなボケ役に金や銃や麻薬を託すはずがない。戻ってきたとき、ムーアはホテルの屋根に見廻り《スポッター》がふたりいるのを見つけた。どちらも建設作業員の格好をしていたが、ホテルが攻撃された場合にコラレスやその仲間に警報を発する警備要員だ。そのふたりが尾行者と連絡を取り合っているかどうかは、ムーアにはわからなかった。

ムーアは、カローラからおりたちんぴらふたりの写真を取り、すでに本国に送信していた。アナリストたちが身許《みもと》を確認して、メキシコ警察のファイルで詳しいデータを探した。ふたりとも前科があり、ほとんどは軽罪——押し込みや少量の麻薬所持など——で、したがって長期刑をつとめたことはない。メキシコの刑事というのは、わかりきったことにも目をつぶるらしい。警察のファイルでは、〝カルテルのメンバーの疑いあり〟とされていた。

ムーアは、フィッツパトリックにメールを送った。ふたりはシナロア・カルテルのメンバーではなく、コラレスの手下と見られる、と返事があった。

ムーアはがっかりした。それに、ひとつ問題が起きた。というのも、ムーアは不動産の問い合わせをきっかけに、シナロア・カルテルに揺さぶりをかけて会見しようと考えていたからだ。だが、自分もルイス・トレスも、ホテルのアメリカ人を拉致《らち》しろという指示は受けていない、とフィッツパトリックは書いていた。

ムーアは、そのことを考えてから、グロリア・ベガに折り返し電話をかけた。

「手短にいうわ」グロリアがいった。「カルテルのメンバーと抗戦した。スニガの配下だとフィッツパトリックが確認した。ファレスの配下三人が死んだ。警察は怯《おび》えているし、ゴメスは深く関わっている。ゴメスは重要当事者で、カルテルへの最高の手がかりかもしれない。携帯電話を二台持っていた。署の他の経験から受けた印象では、ゴメスは神様なみらしい。ゴメスについてじゅうぶんな証拠を集めて、寝返らせ、情報を引き出すのが最善の策だと思う。それしかないと思う。ゴメスと取り引きするしかない」

「それを口惜《くや》しがらないほうがいい」

「だいじょうぶ。ただ、すべてをぶちまけはしないでしょうから、それが口惜しい。やつらの動きを鈍らせることしかできない。それだけよ」

「できるだけのことをやろう。なにごともゆるがせにしないで」

「そうね。わかった。まあ、そう努力する」

グロリアが悲観しているのはわかるが、それが足をひっぱりかねないので、ムーアは話題を変えた。「なあ、プエルトリコの大規模な手入れのことは聞いたか？」

「ええ、FBI《ビューロー》の大手柄ね」

「われわれの出番もある。辛抱強くやろう」

「それが簡単じゃないのよ。ゴメスは男性優位主義者のブタなの。それに嚙《か》み付いているせいで、もう舌の皮が剝《む》けそう」

ムーアは、口調を和らげた。「そうか、難しい仕事だが、きみならやれる」

グロリアが、鼻を鳴らした。「どうしてそういえるの？」

「本気だよ、きれいなお嬢さん。きみの評判はさんざん聞いている」

「わかった。またね」グロリアが電話を切った。

ふたりの通話はむろん暗号化されているし、グロリアの電話に着信履歴は残らない。請求書にも載らないし、記録はいっさい残らない。CIAが通信記録を消したいときには、あっさりと消える。それでおしまいだ。

最愛の仲間ダンテ・コラレスがよく行く〈クラブ・モナーク〉というストリップ・クラブでの銃撃について、ムーアはタワーズから知らされていた。地元警察が到着した。怪我人《けがにん》はなく、銃が発射されて、撃った男たちが逃げただけだった。フアレス市のテレビ局は、気温や湿度を報告するように、本日の銃撃について報道したほうがいい、とムーアはよけいなことを考えた。

窓の外をもう一度たしかめて、できのよくないごろつきふたりがおなじ場所にいるのを見届けると、ムーアはグロックとショルダー・ホルスターが隠れるだぶだぶのフード付きトップを着て、部屋を出た。街の向こうの〈Vバー〉へ行くつもりだった。シナロア・カルテルのシカリオたちがよくたむろしていると、フィッツパトリックから聞いている。

駐車場に車を入れるとき、ラナと、〈バットマン〉をネタにした悪趣味なジョークを思い出した。特殊部隊の連中にラナを紹介するとき、これが相棒の〝ロビン〟だというと、ラナが眉《まゆ》をひそめたので、説明しなければならなかった。そのことを、いままでずっと忘れていた。

身をこわばらせ、拳《こぶし》を固めて、若い友人が殺された状況を思い浮かべていたせいで、丸くて硬いもの——拳銃《けんじゅう》の銃口だろう——を頭のうしろに押しつけられるまで、その男がうしろから近づいてきたことに、ムーアは気づかなかった。

「落ち着け」男が英語でいった。長いこと煙草を吸っているせいなのか、濁った太い声だった。「両腕をあげろ」

ムーアがまわりの状況に注意を怠ることは、めったにない。そんなふうだったら、

SADから追い出されていただろうし、CIAにもいられないだろう。しかし、ラナを失ったのは弟を亡《な》くしたようで、焦《あせ》りと怒りに——これほどあっさりと——叩《たた》きのめされ、集中力が狂っていた。

男はムーアの腰を調べ、上に手をのばして、即座にショルダー・ホルスターに触れた。フード付きトップのジッパーを下げて、ホルスターのベルクロのストラップをはぐり、グロックを抜き取った。

「よし、乗ってエンジンをかけろ」

ムーアは、うっかりしていた自分を心のなかでののしり、歯を食いしばった。これからなにが起こるのかわからず、動悸《どうき》が速まるのがわかった。男がグロックをどうしたのかは定かでないが、くだんの銃はまだ頭に触れている。ぴたりと。動くのは危険だった。拳銃一挺《ちょう》を払いのけることができたとしても、もう一挺で胸を狙《ねら》われるかもしれない。バーン。自分のグロックで撃たれる。「あんたがボスだ」ムーアはいった。ゆっくりと車に乗ると、男がすばやくリアドアをあけて、リアシートに乗り、またしても頭に銃口を押しつけた。

「車がほしいのか？」ムーアはきいた。「金か？」

「ちがう《ノ・エセ》。いうとおりにしろ」

ムーアは、駐車場から車を出した。例のふたりがカローラに跳び乗り、追ってくるのを、バックミラーで捉《とら》えた。

リアシートの男も、ちらりと見えた。顎鬚《あごひげ》に白髪が混じり、癖のある髪が灰色になっている。ブルーのスウェットシャツにジーンズという格好で、左耳にゴールドの輪のピアスをつけている。目はたえず鋭く細めている。うしろのカローラのちんぴらとは天と地ほどの差だし、英語がびっくりするほど上手《うま》かった。馬鹿《ばか》なふたりはすでに尾行を開始していたが、こちらが拉致されたことに気づいたかどうかは、なんともいえなかった。リアシートの男が尾行に気づいているかどうかも、なんともいえない。

一分ほど走ると、指示どおり右折し、ムーアはいった。「一台跟けてくる。フェンダーの赤いトヨタ・カローラだ。ふたり乗ってる。あんたの仲間か？」

リアシートの男がさっとうしろを見て、スペイン語で毒づいた。

「どうする？」ムーアはきいた。

「いいから走りつづけろ」

「あんたの友だちじゃなさそうだ」

「黙れ」

「なあ、車も金もほしくないんなら、なにが望みだ？」

「おまえが運転することだ」

ムーアのスマートフォンが鳴りはじめた。くそ。前のポケットに入れていたので、男が見つけそこねたのだ。

「妙なことは考えるな」男が警告した。

着信音で、フィッツパトリックがメールを送ってきたのだとわかった。リアシートの男のことだとすれば、報《しら》せてくるのが遅すぎた。情報の価値はぐっと下がる。

「窓から電話を投げ捨てろ」

ムーアは、ポケットに手を突っ込んで、脇《わき》のボタンを押し、バイブレーション・モードにすると、男によく見えないように革ケースのほうを投げ捨てた。

「どこへ行くんだ？」スマートフォンをポケットに押し込みながら、ムーアはきいた。

「質問はなしだ」

ムーアはもう一度バックミラーを覗《のぞ》いた。リアシートの男も、跟けてくるちんぴらたちをちらりと見た。

追ってくる車が加速しはじめ、車間が車二台分に狭まった。リアシートの男が動揺した――腰を浮かし、リアウィンドウから何度も視線を投げた。ムーアの首に銃口を向けたままで、息が荒くなっていた。ムーアのグロックは、ウェストバンドに突っ込んであった。前方の信号が赤に変わったので、ムーアは速度を落とした。周囲を見た。〈ウェンディーズ〉、〈デニーズ〉、〈マクドナルド〉、〈ポパイズ〉、〈スターバックス〉。飲食店が五軒集まっている。一瞬、サンディエゴに戻ったような気がした。スモッグとガソリンの臭《にお》いと、排気ガスが、エアコンの効いた車内に忍び込む。柄の悪い地区。柄の悪い男がリアシートに乗っている。農園のいつもの一日。

「どうしてとまるんだ？」男がどなった。

ムーアは手で示した。「赤信号」

「行け、行け、行け！」

だが、時すでに遅かった。うしろの車が急接近し、ふたりが跳びおりて、撃ちはじめた。

「やめろ、やめろ！」ムーアは叫び、アクセルを踏んで、タイヤを鳴らして交差点に突っ込んだ。タイヤのゴムが焦《こ》げ、テイルゲートで地面をこすりそうになっていたピックアップを危ういところで避《よ》けた。

うしろの道化師ふたりは、弾薬を撃ち尽くすつもりらしかった。弾丸がムーアの車のトランクに当たり、リアウィンドウの左側を砕き、うしろの男が苦しげな悲鳴をあげた。

ムーアはうしろを見たが、見なければよかったと思った。男は頭と肩を撃たれて、転がっていた。

身動きしていない。血がシートに溜《た》まっている。ムーアは悪態をついた。

バックミラーをちらりと見ると、ちんぴらふたりが車に駆け戻って、跳び乗り、追ってくるとわかった。交差点を越えて、小型セダン二台を追い抜いている。

前方にまた交差点があり、その先はすこし〝ましな〟地区《バリオ》だった。トタン屋根をトラックの古タイヤで押さえるのではなく、ちゃんと釘《くぎ》を打ってある。ここがどこなのか、ムーアにはわからなかったので、スマートフォンのGPS機能でバーに引き返すつもりだった。だが、いまは情報を打ち込んでいるひまがない……。

それでもスマートフォンを出して、親指を使い、CIAを短縮ダイヤルで呼び出した。聞き慣れた声が、スピーカーから聞こえた。「こちら327。用件は？」

「〈Vバー〉に案内してくれ。フィッツパトリックに現況を報せろ」

「わかった。待て」

ムーアは、バックミラーをもう一度確かめた。ムーアを追っている間抜けふたりは、ステップバンの前に割り込み、つぎの交差点に向けて猛加速していた。

ムーアの車がその交差点を通過したとき、うしろで信号が赤に変わった。籠《かご》を前後にぶらさげた自転車に乗った老人が、道路に出てきた。籠には毛布やペットボトルやリュックサック数個が山積みになっている。老人が歩道を渡りかけ、何人かの歩行者が数メートルあとにつづいていた。

ムーアを追っている間抜けたちのカローラは、とまれなかった。

老人と自転車が、宙に投げ飛ばされたおもちゃみたいに弧を描いて、車の上を飛び、カローラのボンネットが折れ曲がってタコスの形になった。だが、カローラは走りつづけ、老人と自転車はその向こうの見えないところに落下した。歩行者たちが悲鳴をあげて、そこへ駆け寄った。

スマートフォンから、声が響いた。「つぎを左折。そのまま進み、三つ目の信号を右折。地元警察に連絡し、介入できるかどうかきいてみる。いま、空からもそっちを監視している。尾行に注意」

「ありがとう」つぎの信号が黄色に変わったので、ムーアはアクセルを強く踏みつけた。ファアレス市では、赤信号も黄信号も青信号も、ドライバーにはひとつの目安に過ぎないことに、とうに気づいていた。赤信号で減速はするが、交差点は突破する――たとえカー・チェイスに巻き込まれていなくても。指示どおり、ムーアはそこを左折した。

道路標識に共和国勝利遊歩道《パセオ・トリウンフォ・デ・ラ・レプブリカ》とあり、バス停、広告の看板、清潔な舗道のあるビジネス街だったので、ムーアはいくぶんほっとした。歩行者もかなり多いし、うしろの天才科学者たちもここで騒ぎを起こすのはためらうだろう。

猛スピードで走りながら、脇道に視線を走らせ、道路の左右に車がびっしりと駐車しているのに目を留めた。これでは一方向にしか走れないが、一方通行の標識はどこにもなかった。

カローラに乗った間抜けどもが距離を詰め、助手席側に乗っていたちんぴらが身を乗り出して、拳銃を構えた。

あそこだ。三つ目の信号。「327。もう手助けはいい。ありがとう」

「ほんとうに？」

「ああ。あとで連絡する」

息を呑《の》んで急ハンドルを切ると、ムーアはつぎの脇道にはいり、アクセルを踏みつけた。そこを突進するあいだ、あえぎ、つぎを左に折れて、車体を傾けて機械式大型ゴミ容器《ダンプスター》をよけ、なおも走りつづけた。〈Vバー〉の裏手に出ようとしていた。左側に店があるはずだった。

まうしろを見た――いまのところはだいじょうぶだ。

一台の車が前方の交差点から不意に曲がって、ムーアの車と向き合った。泡を食ったムーアは、ちんぴらの車だと気づいた。動きを読まれていたのだ。あいつら、間抜けだったはずなのに。どうかしたのか？　どうして急に頭がよくなった？　ちんぴらのカローラとムーアの車は、いまやチキン・ゲームを開始していた。逃げ道はない。

ムーアはリアシートに手をのばし、拳銃を取ろうとした――床に転がっている死体の手の拳銃か、ウェストバンドに突っ込んであるグロックを――だが、どちらにも手が届かなかった。

やがて、速度を落とし、バックしようとしたとき、べつの車が猛スピードで追いすがっているのに気づいた。古いレンジローバーで、ヒスパニックの巨漢がハンドルを握っている――相撲取りかサモア人の戦士なみにでかい――ムーアの同僚、JFTの一員のフィッツパトリックが、助手席に乗っていた。援《たす》けにきた騎兵隊なのか？　それとも銃殺隊なのか？　いずれにせよ、ムーアはリアシートに死体を載せ、敵対するカルテルの車二台に挟まれていた。

その結果、訓練で体に染《し》み付いたことをやった。船を捨てる用意をした。セレクター・レバーをP《パーク》に入れ、さっとうしろを向いてグロックをつかむと、ドアから身を投げて、道路を転がり、駐車してあった車二台の蔭《かげ》に逃れた。運転席側のドアが小火器の銃弾を浴びて、パーカッションと化した。

天はみずからを助くるものを助く。ムーア自身がムーアを救う潮時だ。

車のうしろに這《は》っていき、道路を盗み見ると、追ってきたふたりは死んでいた。背中が弾痕《だんこん》で蜂《はち》の巣のようになっていた。

フィッツパトリックはシナロア・カルテルとつるんでいるので、降伏すれば、状況をうまく操ってくれるだろうと、ムーアは判断した。とにかく、銃撃ではなく話し合いにもっていってくれるはずだ。逃げようとすれば、銃撃にさらされるだけではなく、ふり出しに戻ってしまう。シナロア・カルテルのボスと会う方法を、あらためて算段しなければならない。むろん、こういう形で注目されることになるというのは、予想外だったが。

おれの名はスコット・ハワード。ふだんもっとも危険な目に遭うのが、ファレス市の貧民街ではなくゴルフコースだという、ソーラーパネル関係のビジネスマンなら、こういうときにどうするだろう？

つかのま考えてから、レンジローバーの男に向けて、スペイン語で叫んだ。「おれはアメリカ人だ。ビジネスで来ているんだ！　拉致《らち》されたんだ！」

「ああ、おれたちがあんたを拉致したのさ」その声は、明らかにフィッツパトリックではなかった。ムーアは、車の蔭から覗いた。

鼻にリング形のピアスをつけ、革ジャケットを着たごろつきが、レンジローバーのリアドアに体を押しつけ、空弾倉を拳銃《けんじゅう》から引き抜いていた。

「そいつらが撃ってきた。おれの車のリアシートに乗っていた男を殺した」ムーアは説明した。

べつの声。「知ってる。出てこい」

ムーアは、両手を高くあげ、右手に持った拳銃がよく見えるようにして、ゆっくりと身を起こした。頭を剃《そ》りあげた男がふたり、レンジローバーのそばにいた一団から駆け出してきた。フェンダーが赤いカローラに、ちんぴらふたりの死体を押し込み、ひとりが運転席に跳び乗って、走り去った。ムーアがそれを見ていると、鼻にピアスをした刺青《いれずみ》の男も含めた三人に取り囲まれた。フィッツパトリックもいっしょで、けっして視線を合わせようとしなかった。よし。べつの男がムーアの車に乗り、バックして姿を消した。

レンジローバーを運転していた巨漢は、体重が九〇キロはありそうで、呼吸するときですら、腹が大きく波打った。悪名高いルイス・トレス、シナロア・カルテルの暴力組織の頭《かしら》で、フィッツパトリックの〝ボス〟だ。黒い野球帽をうしろ前にかぶり、巨大な腕にたっぷりと彫ってある稲妻の刺青が、まるで雷鳴を響かせているように生々しかった。二頭筋には、法衣をひるがえしている骸骨《がいこつ》の精緻《せいち》な絵の刺青があった。麻薬密売業者たちが崇拝している死の聖母《サンタ・ムエルテ》。もっと奇怪だったのは両瞼《まぶた》の刺青で、そこにもうひと組の目があり、まばたきをするあいだもこっちを睨《にら》んでいるように見える。そういった刺青もだが、顔もぞっとするような眺めだった。肉が分厚く、丸くぽっちゃりとふくれていて、脂肪のひだのあいだから目を凝らしているように見える。それに歯が……ジャンクフードのせいで腐り、黄ばみ、欠けて、ムーアは思わず顔をしかめたくなった。

だが、我慢した。溜息《ためいき》をついた……とにかくこの連中は、撃つのをやめている。いまのところは。

まあいい。シナロア・カルテルに捕らえられた。点検。殺されるような真似《まね》はするな。それと、ふるえているのを見せるな。トレスが口をとがらせ、ムーアの拳銃に渋い顔を向けた。顎《あご》の長い毛が、箒《ほうき》みたいに前に出てきた。「そんなものをどうする気だ?」英語でしゃべりながら、鼻の穴をふくらました。

「いまもいったとおり。ビジネスで来ているアメリカ人だ」

「おれもだよ」

「ほんとうか？」

トレスが、鼻を鳴らした。「ＬＡのサウス・セントラルの生まれだ」

「おれはコロラドの出だ」ムーアはいった。

「ビジネスだって？　どういうビジネスだ？」

「ソーラーパネル」

「で、銃を持ってるのか？」

「リアシートの男のだ」

トレスの目つきがいっそう険しくなり、馬鹿《ばか》にするように笑った。「で、銃を見つけたときのために、ショルダー・ホルスターをつけてるのか？」

そのときようやく、ムーアはトップのジッパーがあいたままなのに気づいた。

「おまえはもう死んだも同然だ。わかってるか？　死んだも同然だよ」

「なあ、あんたたちが何者か知らないが、命を救ってくれたお礼がしたい」

トレスが、首をふった。「でたらめいうんじゃねえよ」

数ブロック先で、パトカーのサイレンが鳴った。ＣＩＡ本部《ラングレー》の男が連絡した地元警察がやってきたようだったが、トレスもその仲間も、動じたようすはなかった。

「信じてくれないとは残念だ。べつのだれかに話をさせてくれ」

トレスが、声を殺して毒づいた。「こいつを乗せろ」

ムーアは、クラブのダンスホールの二階にある事務所に連れ込まれた。そこで金属製の折り畳み椅子《いす》に座り、一九七〇年代の茶色い羽目板と窓ぎわのどっしりした鋼鉄のデスクに渋面を向けていた。デスクの奥の本棚は、数十冊のバインダーの重みでたわみ、どぎつい光を放つ蛍光灯が頭上でジイジイ音をたてている。その部屋で現代的なものは、デスクで輝きを発しているiPadだけだった。フィッツパトリック、ごろつきふたり、トレスがそこにいた。トレスが、波打ち際《ぎわ》で海にはいる前に、水のあんばいをたしかめている年老いたセイウチみたいに、デスクの椅子に腰をおろした。じつのところ、その椅子が巨体の重みでつぶれないかどうかをたしかめていたのだ。

「これからどうする？」ムーアがきくと、その場にいた全員がにやにや笑った。

「よく聞け、この野郎。ドロを吐かねえと、エル・ギソにしてやる。わかるな？」

ムーアは、生唾《なまつば》を呑み、うなずいた。

〝煮込み《エル・ギソ》〟というのは、よく知られているカルテルの処刑のひとつだ。五五ガロン入りドラム缶に入れて、ガソリンかディーゼル燃料を全身に注ぎ、生きたまま焼いて、人間の煮込みをこしらえる。ドラム缶で焼くと、死体がきれいに焼けて後始末が楽だ。

トレスが、腕組みをした。「おまえ、連邦警察の手先か？」

「ちがう」

「地方警察か？」

「ちがう」

「それじゃ、どうしてああいう古い不動産を調べてるんだ？」

「所有者に会えないかと思ってね。案の定、おれを拉致しにきたじゃないか」

「まあな」トレスがいった。「ドジを踏んだが」

「そうでもない。おれはここに連れてこられた」ムーアはいった。

「おまえ、何者だ？」

「わかった。こういうことだ。おれは、あんたのボスに手を貸すことができる。ボスと差しで話をする必要がある。男同士で」

トレスが、忍び笑いを漏らした。「生きてるあいだは無理だな」

「ルイス、耳をかっぽじってこっちの話を聞け」

ルイスの目つきが険しくなった。「どうしておれの名前を知ってる？」

「われわれが知っていることは、もっとたくさんあるが、肝心な話に移ろう。おれはある国際投資家集団に雇われている。本拠地はパキスタンだ。ファアレス・カルテルとものすごく儲《もう》かる阿片《あへん》ビジネスをやっていたが、やつらに騙《だま》された。おれの雇い主は、ファアレス・カルテルをビジネスから追い出したがっている。以上だ」

「どうしておれたちに関係ある？」

「おれはそっちのカルテルの首領と協力するために送り込まれた。あんたに手を貸してもらう」

トレスが破顔一笑し、まわりの一同に向かってスペイン語でいった。「このアメ公《グリンゴ》がいったことを聞いたか？　信じられるか？」

「信じたほうがいい。電話を返してくれ。画像を見せる」

トレスが、ムーアのスマートフォンを取りあげたフィッツパトリックのほうを向いた。フィッツパトリックがムーアにスマートフォンをほうり、トレスが身を乗り出した。

「電話をかけたり、警告を発信したりしたら」トレスが切り出した。「この場で撃ち殺す」

「やめておけ。おれはあんたの最高の相棒になるんだからな」ムーアは、親指で画面を操作し、フォト・ギャラリーを表示した。スクロールし、ダンテ・コラレスの画像を出した。「こいつは、あんたが殺したいと思っているうちのひとりだろう?」

「コラレスか……」トレスが小声でいった。

「あんたのボスと話をする必要がある。そのために五万ドル出す」

「五万ドル?」トレスがたじろいだ。「おまえ、ひとりで来たんじゃねえな?」

ムーアは、フィッツパトリックのほうを見そうになった。見はしなかったが。「あんたの配下のことはどうでもいい。あんたとあらたな取り引きをしてもいい。だが、まずはコラレスとその一党をエル・ギソにする……」

トレスが背をそらせ、デスクの椅子が大きくきしんだ。そして、大きくひと呼吸してから、何度もうなずいた。「金はどこだ? ホテルか?」

「電子送金」

「悪いな、アメ公。現ナマでなきゃだめだ」

「わかっている。現金で渡す。ボスと会わせてくれ。そうだ。おれはひとりじゃない」

17

金と銃を持ったやつら

コロンビアのボゴタへの途上
ロハスのボーイング７７７の機内

ホルヘ・ロハスは、楕円形《だえんけい》の窓からうわの空で外を見つめ、溜息《ためいき》をついた。高度四万一〇〇〇フィートを飛行中で、自家用のボーイング７７７のロールスロイス・トレント８００エンジンの音は、防音の整ったキャビンでは猫が喉《のど》を鳴らすような音に弱まっていた。７７７のターボファン・エンジンは世界最大の直径なので、それはきわめて驚異的だった。値段を考えれば、巨大なエンジンを備えているのも当然だと、ロハスは思った。〝トリプル７〟と呼ばれることもある、この世界最大のＶＩＰ用双発ジェット旅客機には、三億ドル近くを支払っている。７７７に乗れば、給油のために着陸することなく、地球を半周できる。急いでいるときには、メキシコ空軍の優秀な士官だった機長と副操縦士が、マッハ〇・八九で目的地まで連れていってくれる。ボーイング777は、多数の邸宅とおなじように、ロハスの成功の証《あかし》であるとともに、雄大な隠遁所《いんとんしょ》でもあった。引き渡された777を、ロハスはシアトルのボーイングの工場からハンブルクのルフトハンザ航空の基地へ自力空輸させ、そこで自分の大胆な具体的要求に沿うように、なにからなにまで特製のキャビンを造らせた。777はファーストクラスに五十人が乗れる広さだが、それを空飛ぶ自宅兼オフィスに改造した。つづき部屋の寝室は、節目のある温かな色調に特徴のあるブラックアッシュ・バールが使われていた。トラバーチン石のバスルームには、6ヘッド・シャワーと四人がはいれるサウナがあり、ジェット・タブも備わっている。となりのオフィスは、アンティークのフランス製家具を床に固定してある。本が滑り落ちないように、本棚には小さな木枠まである。家具は古い物でも、テクノロジーは最新鋭で、プリンタ、スキャナ、コンピュータ、Wi-Fiネットワーク、ウェブカムなど、ロハスの機上IT専門家が必要だと考えたものがすべてそろっている。デスクの向かいの会議テーブルには、薄型テレビとコンピュータ・ディスプレイ・プロジェクターがある。クッションの効いている上等な革の椅子《いす》に身を沈める客たちは、たいがい溜息をついてはその椅子を褒め称《たた》える。オフィスの外はメディア・ルームで、やはり大型のテレビがあり、フルサイズのソファやリクライニング・チェアが用意されている。フルサイズのホームバーもあって、ロハスがスペイン滞在中に雇い入れた〝ワールド・クラス〟と呼ばれるバーテンダー世界大会の覇者ハンス・デヴォーンが詰めている。ワールド・クラスは、バーテンダー業のアカデミー賞と見なされていて、知識と技倆《ぎりょう》と創造の才に恵まれているハンスは、二十四カ国のバーテンダー六千人を打ち負かしてチャンピオンになった。それどころか、ロハスの客室乗務員七人は、すべてヨーロッパ旅行中に見《み》出《いだ》されている。客室乗務員にもさほど広くはないが機能的な私室があたえられ、長旅用に寝台車のような寝棚も用意されている。最後に、強制対流《コンベクション》オーブンとガスレンジのある専用キッチンは、長年ロハスのシェフをつとめているJ・Cが設計を手伝った。どこへ旅をしようと、ロハスは自分の身のまわりの事物をすべて従えていないと気がすまない。ロハスの特別のVIP数人は、たとえアメリカの大統領専用機《エアフォース・ワン》に乗ったとしても、ロハスの空飛ぶ宮殿に比べれば〝つつましいものだ〟と思うにちがいないと明言している。ヨルダン国王は、冗談めかして、専用プールがないのでがっかりしたといった。

「お笑いあそばされますな」ロハスはいった。「ロシアのタイフーン級潜水艦には、海水プールがあります。しかし、ご安心ください。つぎにわたしが買う飛行機は、もっと大きいものになるでしょうから――プールも用意しますよ！」

「それにはおよびません。あなたがいまお持ちのものは、じつにすばらしいですからね」

ロハスはそんなふうに、自分を引き立ててくれる、ぴかぴかに磨きこまれた高価な革と木の繭《まゆ》に、心地よくくるまっていた。早めの豪華なディナーは、J・Cが用意してくれる。ロハスには、千年生きても使い切れないほどの富があった。北米と南米の株価は五カ月にわたり反騰《はんとう》している。人生はすばらしい。ふさぎ込む理由はどこにもなかった。

あいにく、ミゲルはあまりにも早くおとなになってしまった。ロハスは、息子に美人の恋人を見つけてやったことを、いくぶん後悔していた。たいせつなソフィアを思い出させる彼女は、いまではミゲルの人生の中心になっている。ロハスは内心、苦笑した。息子の独立に甘んじなければならない父親の心痛を感じている。それだけのことだ。感情を理論で克服する必要がある。だが、いうは易《やす》し、行なうは難し、だった。とても若く、溌溂《はつらつ》としていて、美しいふたりを見ると、自分とソフィアのことを思わずにはいられなかった。もちろん嫉妬《しっと》しているのだ。息子の若さと、愛するひとを息子が見つけたことに――いっぽう自分は、一生に一度の愛を失った。こんな気持ちになるのは、あたりまえではないか？　息子がうらやましいのだ。

キャビンの向かいに、ジェフリー・キャンベルがいた。キャンベルは、ロハスの南カリフォルニア大学以来の旧友で、数機種の携帯電話本体用アプリケーションの初期開発にかかわった会社、データテストを起業していた。それで大金持ちになり、ロハスの助力で南米にまでビジネスを拡大しているところだった。ふたりとも大学のサッカー・チームの選手で、双子《ふたご》の姉妹とダブルデートしていたこともあった。そのふたりはけっこうセクシーで、大勢の学生がモノにしようとしていたので、キャンパスではたいそう騒がれた。

「遠い世界に行っているように見えるぞ」キャンベルがいった。

ロハスは、弱気な笑みを浮かべた。「それほどでもない。気分はどうだ？」

「まあまあだ。わたしはずっと、あいつよりも先に死ぬと思っていた。弟の葬式をあげるのはそう楽じゃない」

その言葉が、ロハスの胸に突き刺さった。「そうだな」

キャンベルの弟は、やはり大学ではスポーツマンで、煙草《たばこ》は一生に一度も吸ったことがなかったが、肺癌《はいがん》にかかり、突然亡《な》くなった。三十八歳だった。イラクで乗っていたM1A1エイブラムズ戦車がIED（簡易爆破装置）にやられたときに、積んでいた劣化ウラン弾で被曝《ひばく》した疑いがあると、医師はいった。しかし、それを証明して軍から補償を受けるのは、かなり難しい。

ロハスも十五のときに、わずか十七歳だった兄を亡くしている。ふたりが生まれ育ったのは、メキシコ南西部のミコアカン州にあり、当時はいまよりもずっと小さかったアパチンガンという町だった。父親は牧場と農場を経営し、週末には農機を修繕したり、数都市で営業していたタクシー会社で働いたりしていた。濃い口髭《くちひげ》をたくわえた肩幅の広い男で、薄茶色のフェルトの帽子をかぶっていた。ベッドでもかぶっているのだろうと、何人かが冗談をいっていた。茶色の目が大きく、眉《まゆ》が太い母親は、ロハスが骨の髄までさむけをおぼえるような表情をこしらえることができ、農場で延々と働き、家を塵《ちり》ひとつないくらい清潔に保っていた。両親は、勤勉であることを善とする考えかたを、ロハスに叩《たた》き込んだ。気晴らしなど許さないという労働観を植えつけられたロハスは、のんべんだらりと人生を送る人間には我慢できなかった。

涼しくてすがすがしい晩だった。山から風が吹きおろし、柵《さく》のところでは、掛け金が錆《さ》びてとれてしまった門扉《もんぴ》が、あいたり閉じたりしていた。欠けはじめている月の明かりを背負い、ちんぴら三人がそこに立ち、ロハスの兄エステバンが落とし前をつけるために現われるのを待っていた。三人とも黒ずくめで、ふたりは無気味な死神もどきにフードをかぶっていた。いちばん背の高い男が、上の人間のために一部始終を目に焼き付けようとするかのように、すこし離れて立っていた。

ロハスは、ポーチに出て、兄の手首をつかんだ。「金を返せばいい」

「返せない」エステバンがいった。「使った」

「なにに？」

「トラクターと水道管の修理」

「それで金を手に入れたのか？」

「そうだ」

「どうしてこんなことをやったんだ？」ロハスの声は、うわずっていた。

「どうしてって、自分たちを見ろよ！　おれたちは農民だ！　一日中働いて、それでどうなる？　なにも稼げない。やつらはカルテルのために五分働くだけで、おれたちの一カ月分を稼ぐ！　不公平じゃないか」

「それはそうだが、やるべきじゃなかった」

「ああ、おまえのいうとおりだ。おれはあいつらの金を盗むべきじゃなかった。だが、盗んだんだ。もう手遅れだよ。さあ、おれは話をつけなきゃならない。働いて返すのを許してもらえるかもしれない」

「行っちゃだめだ」

「けりをつけるしかないんだ。夜も眠れない。やつらと取り引きしなきゃならない」

エステバンが腕をふりほどき、ポーチからおりて、泥の小径《こみち》を柵に向かった。

ロハスは、兄が歩く姿を何度となく悪夢で見た。その一歩一歩を意識に刻み、兄のコーデュロイのジャケットの影がじりじりと動くのを目で追った。エステバンは神経質にジャケットの袖《そで》をひっぱり、掌《て》で生地を握り締めていた。ロハスはつねに兄のことを尊敬していたし、兄が怖《おそ》れるのは一度も見たことがなかった。

だが、兄の手は袖をひっぱっていた……それに、その足どり。念入りに測ったような歩幅だが、ブーツがいつもよりも深く地面をひきずっているように見える……ロハスのヒーロー、護《まも》り手、釣りや、水面を跳ねるように石を投げるやりかたや、トラクターの運転を教えてくれた兄が、いまはひどく怯《おび》えている。

「エステバン！」ロハスは叫んだ。

エステバンがさっとふりむき、一本指をあげた。「ポーチにいろ」

ロハスはなにをさておいても、兄のそばへ行くか、それとも家に駆け戻って両親に急を告げたかった。だが、両親は結婚記念日を祝うために町に出かけていた。父親は大威張りで、かあさんに高級な食事をおごるために精いっぱい金を貯《た》めたといっていた。

ちんぴらがエステバンになにかをいい、エステバンが声を荒らげていい返した。エステバンが門に近づいたが、奇妙なことに、ちんぴらたちは門を通ろうとしなかった。まるでなにかの力に、押しとどめられているみたいだった。

エステバンが門を押して、外の未舗装路に出たところで、はじめて三人がエステバンを取り囲んだ。父親がベッドの下にしまっているショットガンのことを、ロハスは考えた。跳び出していって、悪いやつらの顔を吹っ飛ばしたかった。卑劣なやつら《カブロネス》が兄に詰め寄るのを見ていられなかった。

先週、エステバンが買ってきてくれた菓子のことを思い出した。ほんとうの贅沢品《ぜいたくひん》で、あれも盗んだ金で買ったにちがいないと気づいた。

「ほら」エステバンは、そのときにいった。「おまえがチョコレートを大好きなのは知ってるよ」

「ありがとう！　兄さんに買えたなんて信じられない」

「そうだな。おれもそう思う！」

チョコレートをすべて食べ、二段ベッドに寝て、天井を見つめているときに、エステバンがいった。「ホルへ、おまえはだれも怖れるんじゃないぞ。脅しつけようとするやつらがいるだろうが、人間なんて、そう変わりがない。金や銃を持っているやつらがいる。ちがいはそれだけだ。怖れるな。この世で、おまえは戦士にならないといけないんだ」

「神父《エル・パドレ》さんが賛成するかな」ロハスはいった。「ギャングを怖れるようにって、神父さんはいったよ」

「だめだ！　ぜったいに怖れるな」

だが、ロハスは怖かった。ちんぴらたちが兄に向けてどなっているのを見て、いまだかつて味わったことのない恐怖に襲われていた。

もっとも小柄なちんぴらが、エステバンを小突いた。エステバンが小突き返し、わめいた。「金は返す！」

そのとき、数歩うしろで見張っていて、ひとこともいわなかった、背の高いちんぴらが、ジャケットの内側に手を入れて、拳銃《けんじゅう》を出した。

ロハスはあえぎ、体に力をこめて、手をのばし——。

銃声にひるんだロハスが目をしばたたいたとき、エステバンの首がいっぽうにかしぎ、そのまま地面に倒れた。

ロハスは言葉もなく家に駆け込み、父親の寝室へ行って、ショットガンをつかんだ。

急いで表に出た。ちんぴら三人は、すでに畑を必死で走り、地平線に低くかかっている月の方角を目指していた。ロハスは、門扉にぶつかるようにして門を通り、甲高く叫びながらあとを追った。ショットガンで二度撃った。大きな銃声が、母屋《おもや》やまわりの山にこだました。三人はすでに射程を出ていた。ロハスは悪態をついて、歩度をゆるめ、立ちどまって、息を整えようとした。

やがて、地べたにぴくりとも動かずに横たわっている兄のほうへ引き返した。急いでそばに行き、ショットガンを取り落とした。エステバンの頭にあいた大きな穴を見て、ふるえが全身を駆け抜けた。エステバンは、異様な光を目に宿して、見返していた。その後の悪夢でも、それを見た。その目に映る月と、月を背負ってシルエットになっていた見張りが拳銃を構える光景が、いまも目に浮かぶ。そのちんぴらの顔を思い出そうとしたが、どうしても思い浮かべられなかった。

ロハスは、兄の胸に顔を載せて、泣き出した。数分後に近所の住民がやってきて、やがて両親が帰ってきた。母親の嘆き悲しむ声が、ひと晩中つづいた。

節のある木で作られた座席の肘掛《ひじか》けを指でなぞりながら、あれはべつの人生だ、とロハスは思った。貧乏人が一躍金持ちになるというのは、いい古された物語だと、何度もいわれた。だが、両親が絵に描いたような貧乏人だったと決め付けられることを、ロハスは断固として否定した。兄のことはいまも愛しているし、尊敬しているが、兄は重大で愚かな過《あやま》ちを犯したのだと、いまではわかっている。ロハスは、半生をかけて兄を殺した男を探してきたが、だれも協力してくれなかった。

「まあ、ホルへ、このことでは、きみにいくら感謝しても足りないくらいだ。なにもかも、ほんとうにありがたい。一国の大統領に会うのは、まったくはじめてなんだ」

「わたしはあちこちの大統領に会っているよ」ロハスはいった。「だがね、彼らもしょせんはただの人間だ。みんなこっちを脅しつけようとするが、人間なんて、そう変わりがない。金や銃を持ったやつらがいる。ちがいはそれだけだ」

「自家用ジェット機を持っている人間もいる」キャンベルが、そういい添えて、にやりと笑った。

ロハスはうなずいた。「わたしは旅が好きなんだ」

「前にもあれこれきかれたとは思うが、きみのような人間にはおおいに興味が湧《わ》くね。なにが成功にいちばん役立ったと思う？　鍛錬か、それとも知恵か？　運か？　それらすべてをちょっとずつかね？　いやね、きみは前に、生まれ育った小さな町の話をしてくれたじゃないか。それがいまでは、地球上でもっとも裕福な人間のひとりになった。《ニューズウィーク》の記事によると、メキシコのＧＤＰの八パーセント以上に当たる富を所有しているそうだね。じつに……驚異的だ。大学時代は、だれも予想していなかったことだよ」

「きみだって、かなりがんばってきた。見くびったものじゃないだろう」

キャンベルがうなずいた。「でも、これほどじゃない。だから、このみごとなジェット機のキャビンを見まわして、どうやってここまで来たのかときいているわけだ」

「企業買収と、賢明な投資だな……自分でもよくわからない。友だちの助けがいちばん大きい」

「謙虚だな」

「ほんとうにそう思っているんだ。はぐくんできた友情が、いちばん大切なものになった。コロンビアに着いたら、きみにもそれがよくわかるよ」

キャンベルは、その返事をちょっと考えてから、ようやくうなずいた。質問をそらすことができたようだと、ロハスは思った。だが、キャンベルがなおもいった。「学校かな？　学校でいい成績をとることかな？」

「ああ、そうだとも。友人と学校だ」

「しかし、それではほんとうの謎《なぞ》の答にはならない」

ロハスは、眉をひそめた。「謎とはなんのことだ？」

「きみの会社のほとんどが、どうやってこの景気後退をやり過ごしてきたかということだよ。記憶が正しければ、きみの傘下《さんか》の企業は一社も破産申請をしていない。変動の激しい市場にしては、信じがたいことだ」

ロハスは、淡い笑みを浮かべた。「優秀な部下が多いし、わたしと投資家を弁護士の大軍が護ってくれている」

「メキシコのきみの〈サブウェイ〉は、アメリカ国内の店舗よりも儲《もう》かっている。メキシコ人のほうが可処分所得がずっと低いのに。どうやってるんだ？」

ロハスは笑い出した。「サンドイッチをいっぱい売ってるのさ」そのとき、前月にひらかれた取締役会のことをちらりと思い出した。メキシコ全土にロハスが所有する自動車ディーラー・チェーンの年間利益が、そこで発表された。メキシコの自動車製造台数と販売台数が世界一であることを知らない人間は多い。だが、出された数字はかんばしいものではなかった。それでもロハスは、ディーラーへの報奨金《インセンティヴ》は維持するどころか増額すると約束することができた。

「しかし、これだけ販売が落ち込んでいるのに、どうしてそんなことができますか？」一社のＣＥＯが質問した。もっともな質問だったので、長い会議テーブルに向かって座っていた十数人が、ロハスに目を向けた。上座で立ちあがったロハスは、こういった。「わたしはメーカーとずっと直接話をしてきたから、みなさんの報奨金は増額すると約束できる」

信じられないという面持ちで、一同が肩をすくめた。だがロハスはそれを実現した。感謝の電話と電子メールが殺到した。「ほんとうにありがとうございます！」

あるマネジャーは、セニョール・ロハスには「魔法のお金がいっぱい詰まっている魔法の地下金庫があって、それがひとの命を救い、家族や学校を護っている」と発言した。

冗談めかしてよくいわれるように、事実、メキシコ・シティ南郊のクエルナバカにある屋敷の地下金庫には、あろうことか床から天井までドル札とペソ札がぎっしり詰まっている。現金の壁が幾重にも重なっている。数百万単位で幾重にも――その現金は、ネットワークや幽霊会社を通じて巧妙に洗浄《ロンダリング》され、海外口座に送金されて、自動車ディーラー、レストラン、煙草《たばこ》産業、通信会社といった、ロハスの合法的ビジネスを増強するのに利用される。

景気の荒波を乗り越えて繁栄しているたったひとつのビジネス――麻薬売買――があればこその話だった。ロハスはときどき、自分の帝国を築くのに役立ったビジネスから足を洗うことができれば、どんなにいいだろうと思うことがある。カルテルに関与しつつアイデンティティを維持するのが、骨の折れる難題になっていた。ロハスの亡妻と息子は、ファレス・カルテルのことと、大学の最上級生のときからロハスが麻薬ビジネスに手を染めていたことを、まったく知らなかった。

ロハスは、エンリケ・ファレスという学生と知り合った。学友や教授はファレスについて、DNA遺伝子組み換えテクノロジーとインスリン製造プロセスにおいては天才だといっていた。ファレスは、安い労働力を利用できるメキシコで製薬会社を立ちあげるつもりでいた。その事業計画に感銘を受けたロハスは、会社のパートナーシップを得るために、貯金の大部分（二万ドル近く）を出資した。GAラブ（アクニャ遺伝子研究所）が、テキサス州デル・リオの南にあたるリオ・グランデ沿岸のアクニャ市（人口二十万九千人）で設立された。ファレスが、事業プロセスを説明した。二十一本のアミノ酸残基を持つA鎖と三十本のアミノ酸残基を持つB鎖を、人間のインスリンを合成する前駆物質として製造するのが、最初の下請け契約になる。A鎖とB鎖が成長したら、GAはその物質をアメリカに運び、そこで特殊な酵素を用いて分子手術で接合し、プラスミドと呼ばれるDNA分子にする。つぎがインスリン製造の段階になる。

契約がはいった。ビジネスは活況を呈し、それから五年間、ロハスとファレスは六桁《けた》の年収を得ていた。製薬会社を所有していると、合法的な隠《かく》れ蓑《みの》に利用できると気づいたロハスは、〈ジラウジッド〉、〈バイコディン〉、〈パーコセット〉、〈オキシコンチン〉など、闇《やみ》市場で売る薬品を製造するために、ファレスに内緒でひとを雇った。こうした薬品は、インスリン製造よりもはるかに儲けが大きかった。

ある金曜日の夜、長い食事とかなり熱した議論の際に、ファレスが眼鏡の分厚いレンズごしにロハスを見つめた。「ホルヘ、きみはぼくたちの会社を、とんでもない方向に持っていこうとしているね。賭《か》けられているものは大きいし、失うものも大きい。闇市場の薬品がどれだけ儲かるかに興味はない。捕まったら、なにもかも失ってしまう」

「いいたいことはわかるよ。だから、おれは会社を買収するつもりだ。あんたは金を手にして、あらたに起業すればいい。うまみのある金額を出すよ。あんたのがっかりした顔は見たくない。おれたちは偉大なアイデアと、たくさんの祈りを胸に、この事業をはじめた。自由にしてやるから、べつのことをやればいい」

「この事業を創《つく》り出したのはぼくだ。最初からぼくのアイデアだった。わかっているはずだ。きみに渡すつもりはない。ぼくたちはパートナーだったのに、このことをきみはいっさい相談してくれなかった。隠れてやっていた。もうきみを信用できない」

ロハスの態度が一変した。「おれが金を出さなかったら、あんたはなにもできなかった」

「きみに会社は売らない。すべてを危険にさらすのをやめてくれ」

「おれの提案を呑《の》んだほうがいい」

「いや、だめだ」ファレスが立ちあがり、口を拭《ぬぐ》うと、憤然とテーブルを離れた。

翌朝、ファレスはロハスが雇った科学者と工員をすべてクビにしようとした。

ロハスはファレスに、一週間休んで、スイスにスキーに行けといった。頭を冷やしたほうがいい、と。ファレスがついに圧力に負けて、休みをとることにした。不幸なことに、現地でスキーをしているときに恐ろしい〝事故〟に遭い、ファレスは死んだ。ファレスの財産はすべて高齢の母親が相続し、ロハスが好条件を出して会社を買い取った。

ファレス・カルテルとは、カルテルが麻薬密売事業のほとんどを営んでいる街にちなむ非公式の名称だが、その誕生に寄与した人物がおなじ名前だったのは、なんとも皮肉なことだった。ロハスは、小さな製薬会社を皮切りに、さまざまな方面に事業を拡大して、資金を洗浄するのに役立つ会社を創業し、メキシコの人口稠密《ちゅうみつ》な都市で不動産を買い漁《あさ》った。

新事業で成功するコツは、その事業について時間をかけて学ぶのを省き、市場で成功している既存の企業を買収するという方法をとることだと、ロハスは気づいた。ロハスは財務に長《た》けていて、製品の移動と販売のやりかたを心得ていたので、その帝国は急速に――極度に――成長した。だが、ロハスの組織に問題がないわけではなかった。カルテル上層部の三人が、見栄《みえ》とうぬぼれが原因で麻薬密輸作戦をしくじるようになり、権力の座から〝排除〟しなければならなくなった。その決断は――エンリケ・ファレスについての決断とおなじように――いまだに意識につきまとっているが、すばやく行動しなかったら、事業は先細りになり、自分も落ち目になるとわかっていた。

最近もニューヨーク市で土地を買い、すばやく転売して数百万ドルを儲けた。書籍や雑誌の出版社を救済して、株を買いあげた。フェルナンド・カスティリョにカルテルとその事業をすべて譲り渡そう、と思ったこともままある。カスティリョなら安定した鋭敏なリーダーシップを発揮するはずだ。一時は完全に足を洗うつもりになったが、そのとき世界経済が急降下し、傘下の企業に梃入《てこい》れしなければならなくなった。現在、メキシコで最大の利益をあげている最強の麻薬カルテルの秘密の首領として、各社の収益を回復させるのが、ロハスのつとめだった。

どうやってるんだ？　キャンベルは先ほどそうきいた。

キャンベルのほうに身をかがめて事実を明かそうかと、ロハスはふと思った。「ジェフリー、この世は不公平だ。この世はわたしの最愛の妻を奪った。そのせいで、わたしはルールに従ってプレイすることができなくなった。兄とおなじように、一か八かに賭けるしかない。そこで、やらなければならないことをやっている。世界の役に立つことをやってはいるが、破滅するひとびとがいることは知っている。善良なひとびとが死んでいる。だが、それよりも多くのひとびとが救われている。これがわたしの醜い素顔だ。恐ろしい秘密だ。きみはそういうものを背負っていないだけましだよ……わたしだけが背負っている」

J・Cが、食事を運んできた——できたてのファヒータで、キャビンにいい匂《にお》いがひろがり、ロハスはうっとりした。まもなくあの若い女と短い旅行に出かけるミゲルのことを思った。

その日は、どんなふうだろう？　息子が真実を知る日は？

18 眠れる犬

コロンビア、ボゴタ カサ・デ・ナリーニョ（大統領官邸）

コロンビアの大統領官邸は、一七六五年生まれのアントニオ・ナリーニョにちなんで命名されている。ナリーニョは、コロンビア独立運動の政治・軍事指導者のひとりで、その敷地に屋敷を建てた。官邸の正面では、目を奪うようなアーチに向けて、四本の円柱がそそり立っている。ロハスは、その壮麗な建築物の薄暗がりにはいりながら、ここのように歴史と伝統を漂わせている家に住んでいたら、さぞかしいい気分だろうと思った。ジェフ・キャンベルが、すぐあとにつづいていた。トマス・ロドリゲス大統領がすでに迎えに出て、満面に笑みをたたえていた。焦茶色《こげちゃいろ》の豊かな髪はもじゃもじゃで、黒いスーツ、白いシャツ、ゴールドのネクタイといういでたちだった。

そのシルクのネクタイに、ロハスは目を留めた。それほどなめらかで輝きのある生地は見たことがない。あとで大統領にきいてみようと、頭にメモをした。

紹介は手短で、大統領はロハスとキャンベルの目をしっかりと見つめ、力強い握手を交わしてから、ロハスを抱擁《アブラソ》し、背中をしっかりと叩《たた》いた。「久しぶりだな、友よ」

「到着が遅れてすみません」ロハスはいった。「パリがたいへんな騒ぎで、税関を通るまで三時間近くやきもきしましたよ」

「遅れたのは仕方がない」ロドリゲスがいった。「さて、図書室に準備してある。今夜は十時まで寝ないから、時間はたっぷりある。あまり寒くなければ、天文台にも行ってみよう。あなたが所有する会社について、延々と話を聞かされることになりそうだね。石油、コーヒー、石炭についても、知りたくもない知識を披露されて……われわれも、前回の話し合いのときよりだいぶ進歩したといっておこう」

「ええ、おたがいにね」ロハスの声が明るくなった。

大統領が歩きだした。

キャンベルが、ロハスのほうを向いて、にんまりと笑った。「すごいじゃないか」

「まあね」ロハスはいった。それから、ささやき声でつけくわえた。「話が済んだときには、政府の契約がもらえるよ。ほんとうだぞ」

「すばらしい」キャンベルが、あえぐような声を出した。

一行は、額縁に収められた精緻《せいち》な絵が飾ってある、エントランスのホワイエを通った。数百年前の凝った装飾の調度類にくわえ、アントニオ・ナリーニョの肖像画数点があった。この手の歴史と富に、ロハス自身はもう感動しなくなっていたが、官邸の奥へ進むにつれてキャンベルがいっそう目を丸くするのを見て、楽しんでいた。

電話が震動した。フェルナンド・カスティリョからメールが届いていた。バジェステロスとここにいる。

ロハスは、心のなかでうなずいた。バジェステロスは、最近かなり苦境に追い込まれている。忠実な仕入先《サプライヤー》のバジェステロスを支援するために、自分たちがコロンビアに来たのは正解だった。バジェステロスの敵は、ファレス・カルテルの激しい憤怒《ふんぬ》をもろに食らうことになる。

コロンビア、ボゴタ近郊
ジャングル内のＦＡＲＣ野営地

アメリカ大陸で最大にして最古の反政府勢力FARC（コロンビア革命軍）のフリオ・ディオス大佐は、テント内のベッドに腰をおろした。きょうはディオスの五十歳の誕生日で、部下の野郎どもといっしょに一日酒を飲んで騒いでいた。いや、野郎どもという表現は少々水増しされている。兵隊はたいがい、十八歳になるかならないかの少年で、なかには十四、五歳のものもいる。しかし、練度は高く、ディオスとコカイン生産者からもっと金を搾《しぼ》り取り、組織を拡大して装備を充実させるという使命に、熱烈な忠誠を示している。いまはコロンビア政府を相手に軍事クーデターを起こすほどの力はないが、数年以内にFARCの各部隊が蜂起《ほうき》して決定的勝利をものにできるという目算が、ディオスにはあった。腐敗した大統領とその悪逆な政権を、ついに倒すことができるはずだ。だが、その前に麻薬生産者にもっと重税を課して、資金を増やす必要がある。ことにファン・ラモン・バジェステロスというコカイン生産者との結びつきは、ずっと便利な臨時の同盟だった。バジェステロスが、しばしばコカインと武器を交換してくれたからだ。ディオスのFARC部隊は、麻薬の生産や輸送にはじかに関わらないようにしつつ、地元警察や連邦取締機関の捜査の手がバジェステロスに及ばないように、警備の強化に協力していた。

ところが、バジェステロスが事業を拡大しているのとは逆に、ディオスとその同志たちは、当局の激しい追討によって兵員が減り、ますますバジェステロスのような麻薬業者のお情けにすがるようになっていった。ディオスはそれを逆転させようと決意し、バジェステロスにかなりの圧力をかけていた。あの男はいずれ、自分の頑固さのために命を落とすはめになるだろう。

ディオスは、両手を枕《まくら》にした。安らかな長い夜をゆっくりと味わうつもりだった。

その男がテントにはいってきたとき、物音にも気づかず、姿も見なかった。口を手でふさがれ、白熱した激痛が胸に流れ込むのを感じただけだった。ぼんやりした闇《やみ》をようやく覗《のぞ》き込んだとき、黒ずくめの人影が見えた。顔は片目の穴しかない目出し帽に隠れている――それとも、いっぽうの穴の下には眼帯があるのか?

「バジェステロスがよろしくっていってたぜ。おまえはもうおれたちに逆らえない。永遠にな。おまえの兵隊たちも思い知るだろう……あばよ。神のもとへ行け」

男がディオスの胸をもう一度突き刺し、また白熱した激痛が走った。ディオスはにわかに腕も脚も動かせなくなった。咳《せき》をしたかった。できなかった。息をしようとした。できなかった。そして、やがて……。

手袋を血で染めてテントをでるとき、フェルナンド・カスティリョは、おなじ時刻に殺されているはずの男たちのことを思った。FARCの幹部将校がほかに六人、殺されて、彼らの協力と〝忍耐〟をあらためて〝求める〟メモが、ピンで胸に留めてあるはずだった。

コロンビア、ボゴタ
私邸

「サマド、おまえが彼らの指揮をとるのだ。聖戦《ジハード》をアメリカ本土にもたらすのだ――それには、メキシコでおまえが築いた人脈を使わねばならぬ。わかっておるな？」

それがアブドゥル・サマド師の受けた命令だった。サマドが下す決定はすべて、その使命を完遂するという目的に沿っていなければならない。その仕事をどれだけ嫌悪《けんお》していても、オマル・ラフマニ師の言葉を忘れてはならない。

サマドは、黒いメルセデスのリムジンにひとりで乗っていた。ニアジとタルワルは、バジェステロスがスイートを用意してくれたチャールストン・ホテルで、スペイン語のソープオペラを見ている。一行はぜんぶで十七人だった。サマドの配下の戦士十五人のうちの十四人が、ボゴタに到着していた。そして、アッラーのおぼしめしで、サマド、ニアジ、タルワルは、FARC部隊に襲撃されたジャングルの家から逃げることができた。これまでのところ、小さな失敗がひとつあっただけだ。パリでアフマド・レガリが死んだ。メキシコへ行くのにバジェステロスが潜水艇を用意できないという問題は、なんとか解決できるだろうが、いちばん肝心なのはアメリカへの越境だ。ファレス・カルテルとこれから取り引きを結ぶことができれば、旅のもっとも困難な行程に目処《めど》がつく。それがだめなら、べつの計画を進めればいいし、他のカルテルにも当たりをつけていると、ラフマニ師がいっていた。一度に複数のカルテルに接触すると、ロハスが神経をとがらすおそれがあるので、ゆっくりと巧妙に進める必要がある。

リムジンの運転手は、二十歳そこそことおぼしい若者だった。リムジンはいま、栗《くり》石《いし》舗装の広い私道を走り、山地の麓《ふもと》の丘陵地帯から街全体を見晴らすことができる、コロニアル様式の豪壮な屋敷の玄関に向かっていた。バジェステロスの話では、ここもボスの保養所のひとつだという。不動産市場が好調なときなら、数百万ドルの価値がある。資金も資源も質素なサマドは、虚飾に満ちたその屋敷に、軽蔑《けいべつ》の念をおぼえずにはいられなかった。屋根窓が数十枚あり、円を描いている車寄せには、六種類の噴水がある。個人の家ではなく博物館に来たのかと思うような、大理石の像がある。木の葉の模様を手彫りし、金をアクセントにあしらって、赤褐色に仕上げてある木の扉の前で、リムジンはとまった。運転手がおりて、サマドの側のドアをあけ、サマドは軽やかにおりた。信頼厚い副官ですら、遠目にちょっと見ただけでは、サマドだとはわからなかったにちがいない。サマドは顎鬚《あごひげ》と髪をばっさりと短く刈り、欧米風のビジネススーツを着て、革のブリーフケースを提げていた。どんなコロンビア人が見ても、いかにも成功した外国のビジネスマンという風情《ふぜい》だった。野生的な顎鬚と痩《や》せた体つきからして、週末にはアウトドアでの遊びを好む男のようにも見える。

灰色の口髭《くちひげ》をたくわえ、かすかに背中の曲がった男が、執事のお仕着せで玄関口に現われ、裏手のテラスにサマドを案内した。サマドが会見する相手は、そこで錬鉄のテーブルを前にひとりで座り、《ラ・レプブリカ・ボゴタ》の朝刊を読んでいた。オレンジ・ジュースのグラスが、そばに置いてある。

「セニョール・ロハス、お客様がお見えになりましたが」執事が、スペイン語でいった。

新聞がおろされ、地位の高さを思うと意外なくらい若い男の顔が見えた。男が立ちあがり、白髪がほとんどない豊かな黒髪を手で梳《す》いたとき、サマドは驚きを隠そうとした。男が手をのばし、サマドと力強い握手を交わした。

「ブエノス・ディアス。どうかおかけください」

「グラシアス」スペイン語で話をすることになるのだろうと思いながら、サマドはいった。「ついにお目にかかることができて、たいへん光栄です。ラフマニ師から、いろいろ絶大なお噂《うわさ》をうかがっておりました」

「ああ、それはありがたい。朝食がすぐに出ますから」

「すばらしい」

「セニョール・バジェステロスから、あなたがたがけっこうな人数で来ていると聞いた」

「そのとおりです」

ロハスが、渋い顔をした。「それが気になりますね。ラフマニ師にも懸《け》念《ねん》はお伝えしたのだが」

「では、わたしたちのジレンマもおわかりでしょう」サマドはいった。

「それがよくわからない。あなたが訪ねてくる理由について、ラフマニ師はなにもいわなかった。ただ、来るということと、話をするのがきわめて重要だというだけで」

「その話をする前に、パキスタンであったような過《あやま》ちは二度とないと約束します。C

IAはわれわれにかなり圧力をかけてきましたが、われわれは内部の人間を寝返らせました。その男が、いくつか名前を教えてくれましてね。その男の手助けで、輸送は従前どおりに再開されます」

ロハスが、片方の眉《まゆ》をあげた。「ぜひそうしてもらいたい。さもないと、他のサプライヤーを探さざるをえなくなる。北部の武装勢力指導者たちが、何人も打診してきた。それに、あなたがたがビジネスができるカルテルは、われわれしかいないと、ラフマニ師にはしっかりと念を押してある」

「わかっております」

「わたしのいうことを肝に銘じてほしい。あなたがたがわれわれに不満で、製品《ブツ》をたとえばシナロア・カルテルや、われわれと競合する組織に売るようなことがあれば、重大な結果を招く」

サマドは、脅しなど歯牙《しが》にもかけないという表情を隠せなかったが、この男を裏切ったらここから生きて出られないだろうということも、重々承知していた。「われわれの取り決めに他者を介在させないことは、了解済みです。それに、あなたがたと協力することに、おおいに満足しています。なにしろ、かなりこまやかに、われわれの製品の販路を拡大していますからね。われわれの製品は、従来はカルテルにはほとんど無視されていたんです。じつは、あなたがたの尽力にたいへん感謝しているので、ささやかな贈物を持ってきました」

ロハスがブリーフケースに目を向けたことに、サマドは気づいた。「いや、そうではなくて」にやりと笑って、サマドはいった。「持ってきませんでした。かなり大きいものなので」

「あなたの考えが、わかったような気がする」

「ええ、あなたの敵に使うものです」

バジェステロスのジャングルの家に、ザヘダンのサマドの工場で製造された高性能のIED（簡易爆破装置）を満載したトラック二台がとまっていた。その爆弾数百発にくわえて、ベルギー製のFNファイヴ・セヴン・セミ・オートマティック・ピストルの木箱二十二箱があった。抗弾ベストをつけている警官と戦うのに、メキシコの麻薬カルテルのメンバーが警官殺し《マタ・ポリシア》と呼ばれるその拳銃《けんじゅう》を好んで使うことを、サマドは知っていた。五・七《ファイヴ・セヴン》口径弾には、抗弾ベストを貫通する威力がある。ロハスとそのシカリオたちは、その手の贈物に目がないだろうと、サマドは考えていた。

サマドはブリーフケースから目録を出して、ロハスに見せた。ロハスが鋭い目を丸くした。「これはすごい」

「午後にお届けします」

「ここではないほうがいい。フェルナンドに電話させるから、配達についてはふたりで決めてほしい。さて、わざわざやって来た理由は、武器を届けるためでも、パキスタンで起きたことを謝罪するためでもないと、判断していいだろうね？」

「おっしゃるとおりです」

「頼みごとがあるんだな」

サマドは、深い嘆息を漏らした。「わたしたちの親しい友のひとり、崇敬されている導師《イマーム》が、肺癌《はいがん》に冒され、先進医療を受けるためにアメリカに入国する必要があるのです。いま、息子ふたり、甥《おい》ふたり、従者の一団とともに、わたしたちといっしょに旅をしてきました。テロリストではなく、最高の医療を必要としているかわいそうな重症患者だと請け合います。ヒューストン大学には、世界一の癌研究所があります。イマームをそこに連れていきたい。でも、あなたがたの助力が必要です。イマームの信仰と、アラブ諸国から問題のある献金を受けていることからして、アメリカのテロリスト・リストに載っていて、国際線の旅客機にも乗れないのです。イマームとその一団がヒューストンへ行くのに手を貸していただければ、未来永劫《えいごう》まで感謝いたします」

メイドがテーブルのそばに現われて、サマドの前に、トースト、ジャム、シリアル、コーヒーの載ったトレイを置いた。サマドはロハスの表情を読み取ろうとしていたので、邪魔がはいったのはぐあいが悪かった。

メイドに礼をいってから、サマドはロハスのほうを見あげた。ロハスは、オレンジ・ジュースのグラスに強い視線を据えていた。「手は貸せない」

「でも、セニョール。生きるか死ぬかの問題なんです」

「むろんそうだろう」

ロハスが、椅子《いす》を引いて立ちあがり、テーブルを離れてからふりむいて、考え込むようすで顎を掻《か》いた。ようやく口をひらいたとき、さきほどよりも険悪な声になっていた。「あんたたちが捕まったら、どういうことになるか、わからないのか？　想像はつくはずだ」

「でも、捕まりませんよ。あなたがわれわれを送り届けてくれるのを当てにしていますからね」

ロハスが首をふった。「アメリカは眠れる犬だ。諺《ことわざ》にあるように、眠っている犬は眠らせておいたほうがいい。犬を起こしたら、おたがいに犬の怒りで傷つく。逮捕され、われわれのビジネスは崩壊する。ラフマニ師にこのことははっきりといってある。

あんたたちの聖戦に利用されるのはまっぴらだ。アメリカに入国する安全な通り道を使わせることはできない。われわれの製品に対する需要を脅《おびや》かすようなことは、断じてやらない。おたがいに、アメリカがわれわれの製品の最大の消費国だということは、わかっているはずだ」

「あなたがたの手助けがなかったら、イマームは確実に死ぬでしょう」

「リスクが大きすぎる。アメリカは国境警備のために、すでに数百万ドルを注ぎ込んでいる。ワジリスタンであんたたちは、無人機に悩まされているんだろう？　アメリカの国境でも無人機が飛んでいる。われわれがいまどれほど苦労しているか、あんたにはわかっていない。探知を避けるために、ありとあらゆる手段を尽くしている——犬が眠っているあいだですら、それほど大変なんだ」

ロハスは、まさに冷酷無情な顔つきになりかけていた。考えを変える気配はない。いまこの問題で無理をしても益はないと、サマドは気づいた。「ご懸念はよくわかります。その決定にはがっかりしましたが、イマームにはよそで治療を受けるしかないと伝えましょう」

「それなら手を貸せる。オフィスのほうから電話をかけさせて、イマームの求めているような癌専門病院を探してみよう」

「ほんとうにありがとうございます、セニョール」ロハスが、断りをいって電話を受けにいき、サマドは朝食を食べてみた。テーブルに戻ってきたロハスは、オレンジ・ジュースをごくごくと飲んでからいった。「サマド、わたしはまだこの会見に不審を抱いている。あんたたちが早まったことをするのではないかと心配だ。ラフマニ師に電話して、あんたにいったのとおなじことをいうつもりだ——あんたらがアメリカに潜入しようとしたら、取り引きは終わりにする。メキシコでは、だれもあんたらの阿片《あへん》を買わなくなるだろう。ひとりとして買わない。わたしはあんたらのビジネスを根絶やしにする。あんたらの製品を買うものは、世界中にひとりもいなくなるだろうな。そのことをじっくり考えてほしい。いま、われわれがやっていることは、またとない格別なビジネスだ。ひとりのためにそれを台無しにするのは、馬鹿《ばか》げている。冷酷だとは思われたくないが、それが事実だ」

「信頼はそれなりのことをやって得るものです」サマドはいった。「わたしはまだあなたの信頼を得ていない。しかし、いずれ勝ち得ます。ですから、このことはもう心配なさらないように」

「わかった。それはそうと、結婚しているのかね？　子供は？」

「いいえ」

「それは気の毒だな。さっきの電話は息子からだった。恋人と旅行しているところでね。近ごろ、息子のおかげで、めっきり齢《とし》を取ったと思う」ロハスはにやりと笑ってから、またジュースを飲んだ。

チャールストン・ホテルに戻ったサマドは、タルワルとニアジを呼び、ロハスとの会見のことをかいつまんで説明した。話が終わると、ふたりともおなじ表情を浮かべた。

「バジェステロスはロハスに忠実だ。買収できないと思う。だから、バジェステロスの力を借りてメキシコへ行く計画は、捨てたほうがいい」

「でも、ラフマニ師の指示では——」

「わかっている」サマドは、タルワルの言葉をさえぎった。「メキシコには行くが、バジェステロスやカルテルに関係のある人間に動きを知られないようにして行かなければならない。ロハスの手を借りられると思い込んでいたが、誤算だった」

「取り決めを打ち切ると脅されたんでしょう」

「そうだ。だが、ここに戻る途中にラフマニ師に連絡したところ、ロハスやメキシコ人のことは、もうどうでもいいといわれた。バイヤーはどこにでもいる。メキシコ人がジハードに手を貸さないのであれば、そいつらは使い捨ててもいいと見なすべきだろう」

副官ふたりがうなずき、やがてニアジがいった。「知り合いがいますよ。コスタリカまで飛行機で運んでくれるでしょう。あの男を憶《おぼ》えているでしょう?」

サマドは、にやりと笑った。「名案だ。ああ、憶えている。いますぐ電話しろ」

われわれはアメリカへ行く。

そして、ロハスのいうとおりだ。眠っている犬は、眠らせておいたほうがいい……。

心臓にナイフを突き刺すことができるように。

19

新同盟

メキシコ、ファアレス市
イエスの聖心教会

ムーアは、右側の最後列のベンチに座り、イエスと聖母マリアの姿が描かれているステンドグラスの窓を見あげた。大理石の台座に立つ高さ一八〇センチの真鍮《しんちゅう》の十字架が、細かい埃《ほこり》の流れる光の幅に照《や》らされ、きらきら光っている。イエスの聖心教会は、ファアレス市郊外の荒れ果てた地区にある質素なカトリック教会だった。錆《さ》びた廃車やいたずら書きだらけの正真正銘のスラム街に、希望のオアシスみたいに建っているる。蠟燭《ろうそく》のともる祭壇に向けてのびている赤い絨毯《じゅうたん》には、あちこちにどす黒い染《し》みがある。清掃員も染みを消すことができなかったようだ。越えてはならない一線がある聖地など、どこにもない。それに、カルテルが地元の教会を脅して金を強請《ゆす》り取り、会衆にメッセージを伝えるのに司祭や牧師を使っていることは、よく知られている。「日曜日の夜は、住民はすべて家のなかにいなさい。表に出てはいけません」襲撃が行なわれる、という意味だ。たった二週間前のことだが、教会から三ブロックのところに住む老女が、十六歳の孫息子のために誕生日パーティをひらいた。パーティを教会やコミュニティ・センターではなく自宅でやったのは、安全のためだった。ところが、その孫息子がシナロア・カルテルと結びつきがあり、標的にされていたことを、老女は知らなかった。ファレス・カルテルの殺し屋四人がパーティの場に現われて、発砲をはじめた。八歳の男の子を含めて、十三人が殺された。

ムーアの不安がつのるにつれて、教会の奥の壁に飾られた聖像が、悪魔のように見えてきた。そしていまは、祭壇に男がふたり立っているような錯覚をおぼえていた。黒いターバンを巻いた顎鬚《あごひげ》の男が、AK-47を持ち、それよりも小柄なメキシコ人が、手榴弾《しゅりゅうだん》の安全ピンを抜こうとしている。ムーアは目を閉じて、落ち着けと自分にいい聞かせた。CIAはおれの位置を精確に把握しているし、フィッツパトリックが掩護《えんご》している。シナロア・カルテルのごろつきどもも、こっちとおなじくらい用心しているはずだ。みぞおちにしこりのようなものができはじめていた。

その日、ムーアはでぶのルイス・トレスに連れられて銀行へ行き、五万ドルを引き出して、その場で渡した。トレスは感心したようだった。現金の束を見て態度をころりと変えたのには驚いた。シナロア・カルテルの首領スニガと会う手配がなされ、ムーアはこの教会に車で来て、なかで待つようにと命じられた。

いったい何度、こういう会見の場に臨んだことだろう？　サウジアラビアでは、情報提供者が来るのを、夜通し十三時間待ったことがあった。アフガニスタンの武装勢力指導者と五分間話をするために、ヘルマンド州の溝で一週間以上も寝泊りしたこともある。ソマリアのジャングルでは、イスラム教武装勢力の一員が隠れ家に帰ってくるまで、九日間を過ごした。待つ時間は長く、つい考えすぎてしまう。神や死後のことを考え、ホダイ大佐や若い手先のラナのこと、失った大勢の友人たちのことを考える。彼らの許しを乞《こ》うて祈ろうかと思った。染みだらけの絨毯が、頭のなかでタイルに変わり、蠟燭の光が溶けて、空母〈カール・ヴィンソン〉のあのブリーフィング・ルームのぎらぎらした照明に変わる。アメリカ国旗とアメリカ海軍の紋章が、指揮官の背後にそびえている。

「われわれはアル・バスラ石油ターミナルの水路偵察を行なう。われわれが集める情報は、あすの攻撃計画の立案できわめて重要になる」

ムーアは当時、ＳＥＡＬ小隊のＯＩＣ（先任将校）だった。カーマイケルは、Ｏ－

3（大尉《たいい》）で、知識も優れ、粘り強かったにもかかわらず、ムーアの副官だった。体力に勝るムーアを、カーマイケルの戦術技倆《ぎりょう》が補っていた。カーマイケルは、地図や任務計画など、見たものと読んだものをすべて暗記できた。GPSに頼ることなく、迅速かつ安全に潜入し、脱出できた。ふたりは無敵のペアとなり、つねに評判が先行していた。

「今回は栄光は抜きだな」カーマイケルがいった。「イラクの石油プラットフォームに潜入し、写真を撮る。そのあとはどんちゃん騒ぎ」

「フランク、いつもどおり頼りにしている」

カーマイケルが、眉《まゆ》をひそめた。「おい、いうまでもないことだぞ。BUD／Sこのかた、あんたを掩護してきたじゃないか？　どうかしたのか？」

ムーアのみぞおちのしこりがよじれた。「なんでもない」

「ミスター・ハワード」

ムーアはぱっと目をあけて、教会の中央通路のほうを向いた。

エルネスト・スニガは、写真を見てつい思い込むような姿よりもだいぶ小柄で痩《や》せていた。薄くなった髪はジェルでオールバックになでつけられ、もみあげは根が白かった。哀れを誘う風貌《ふうぼう》だった。にきびの跡がひどく、左頬から顎にかけて古い傷痕《きずあと》が深い皺《しわ》のようになっている。片方の耳たぶが欠けている。ファイルによれば五十二歳だが、それを知らなければ、六十近いと判断していたはずだ。目立たないようにくだけた服装にしたのか、それとも着慣れているのか、ポロシャツにジーンズという格好だった。ファアレス・カルテルのダンテ・コラレスのようなナルシシストとならべると対比がくっきりすると思い、ムーアは心のなかでにやりとした。スニガは盗んだオレンジを道端で売っているような男にも見える――それが本人の狙《ねら》いなのかもしれない。

「セニョール・スニガ、来ていただいてありがとうございます」

「立つな」スニガが十字を切り、ひざまずいてから、ベンチのムーアのとなりに座った。「日曜日はいつも、すべての暴力を終わらせてほしいと、みんなが祈っている」

ムーアはうなずいた。「そのために来ました」

「祈りに応《こた》えられるというのか?」

「あなたとともに」

スニガが、忍び笑いを漏らした。「おれがその問題の原因だというものもいる」

「あなただけではない」

スニガが、肩をすくめた。「取り引きがしたいそうだが」

「われわれの目的はおなじです」

「おまえはこの会見に大金を払っているから、話を聞いてやろう……何分かのあいだ」

ムーアはうなずいた。「ファレス・カルテルは、あなたのビジネスを潰《つぶ》そうとしている。やつらがあなたになにをやったか、知っています」

「なにも知らんさ」

「あなたの奥さんと息子さんたちを殺した。まだその復讐《ふくしゅう》を遂げていないのを知っています」

スニガが、ムーアの手首をつかみ、締め付けた。「神の家で復讐の話はやめろ」

「では、正義の話をします」

「おまえになにがわかる？　おまえのような若造が、近しい人間を亡《な》くしたことがあるのか？　ほんとうの苦しみを味わったことがあるのか？」

ムーアは、きっとした態度になり、やがて口をひらいた。「おれはそんなに若くない。それに、あんたの気持ちがわかるとおれがいうときには、信じたほうがいい」

スニガが顔をしかめて、鼻を鳴らした。「おまえはここに来て、ソーラーパネルの会社用におれの土地を買うなどというでたらめな話をした。ルイスには、自分は殺し屋だといった。だが、どうせカリフォルニアかテキサスから来た、けちなＤＥＡ捜査官にちがいない。おれを寝返らせようっていうわけだ。おれは一生かけてこれをやっているんだぜ。そのおれを騙《だま》そうっていうのか。おまえの首をやつらのところへ送り返して、それでおしまいだ」

「おれのことを誤解している。いっしょにやってくれれば、あんたも、あんたの商売に関わっている人間も、罪を問われないようにすると約束する。おれの集団は、あんたのどの敵よりも強大だ」

「ミスターDEA捜査官、おまえがどういう話をしようが、手は貸せない。それに、この教会から生きて出るには、あと五万ドルかかるぞ」

ムーアは、にやりと笑った。「おれはDEAの人間じゃないが、ご明察だ。あんたの土地に興味はない。狙いはあんたの敵だ。おれが属している集団は、あんたにたんまり報酬を払うし、阿片《あへん》輸送の新しい合弁ベンチャーも立ちあげることができる――いま、ファレス・カルテルがやっているようなことだ。おたがい、正直になろう。この教会で列をなしてあんたに助けを求めている人間などいない――助けが必要なのはあんたのほうだ」

「おまえの嘘《うそ》を聞いて、その気になりかけた。だが、時間の無駄だ。おまえの集団もおれも、ファレス・カルテルを倒すことはできない」

ムーアは、眉間《みけん》に深い皺を寄せた。「どうしてそういうんだ？」

「おまえたちは、なんでも知っているんじゃないのか」

「知っていたら、ここへは来ない」

「いいだろう」スニガが息を整えた。つづいて口から出た言葉は、リハーサルを重ねた台詞《せりふ》のように聞こえた。まるで、部下たちに行動の全体像を教えるために、演説でもしたことがあるようだった。「赤貧の家で育った男の話をしよう。目の前で兄が殺されるのを見たその男は、なんとか金を貯《た》めてアメリカの大学へ行き、メキシコに戻ってきて、いろいろな事業をはじめた。男は麻薬密売でそれらの事業を支える資金を稼ぎ、何年もかけて世界有数の大金持ちになった。おまえが倒したいと思っているのはその男だ。その帝王だ。しかし、そいつの資源は無限にあり、おれたちは小さな戦争しかやることができず、大きな戦争では負けている」

「その男の名は？」

スニガが、くすくす笑い出した。「冗談はよせ。おまえの集団がそれほど強大なら、とっくに知っているはずだろうが」

「すまないが。知らないんだ」

スニガが、渋い顔をした。「ホルヘ・ロハス」

ムーアは、ベンチから転げ落ちそうになった。その名はよく知っている。「ロハスがファアレス・カルテルの首領？　われわれがずっと目をつけていた人間だが、追及できるような証拠が見つかったためしがない。どうしてそういい切れる？」

「ああ、いい切れるとも。本人がじかにおれを脅した。それに、やつはだれにも手をつけられないように、美しい嘘の壁の奥に隠れている。やつはパブロ・エスコバルなみに大胆不敵で、ビル・ゲイツなみの資源を持っている。ロハスは、世界史上もっとも狡猾《こうかつ》で強大な麻薬密売業者だ」

「あんたの配下はそれを知っているのか？　敵がどれほど強大か、わかっているのか？」

スニガが首をふった。「配下が知る必要はない。士気が落ちるようなことだし、その話はしない……」

ムーアは、ゆっくりとうなずいた。ロハスがファアレス・カルテルの首領だという情報を、フィッツパトリックが統合タスク・フォースに伝えていなかった理由がわかった。「それほどの金持ちなのに、どうしていまだに麻薬カルテルを運営しているんだ？」

スニガが目を剝《む》いた。「わからないのか？　これだけ景気が悪いのに、ロハスの事業がどうして破綻《はたん》しないのか、だれだって不思議に思っている。麻薬マネーで支えられているからだ。これまでもずっとそうだった。ロハスにはそういうやりかたしかできない。だが、麻薬事業そのものとは、かなり縁遠くなっている。仕事はみんな中堅幹部クラスがやっている。いまは関係を否認できる生活をしているはずだ。完璧《かんぺき》に否認できるようにな。ロハスは、あちこちの学校に自分の名前をつけ、聖人と自称し、汚れ仕事は悪魔を雇ってやらせている」

「ダンテ・コラレスみたいなやつに」

スニガが、その名前を聞いてはっとした。「ああ。どうしてその名前を知っている？」

「いろいろ知っているといっただろう――なにもかもではないが」

「ほかになにを知っている？」

「やつらが国境のトンネルを支配していること、あんたたちから強奪していることを知っている。あんたたちの輸送を邪魔し、ブツを奪っていると聞いた。やつらが連邦警察を使ってあんたの配下を殺させ、警察が自分たちには手を出さないように仕向けていることも知っている。いまグアテマラ人があんたを付け狙っているのも知っている。トンネルをまた通れるようにして、警察とグアテマラ人に狙われずにすむようにする。おれたちが組めば、ロハスを打ち倒す方法が見つかるだろう」

スニガが、疑わしげに唇を曲げた。「馬鹿《ばか》げた夢だ。悪いが、ミスター・ハワード、ルイスが銀行まで送る。あと五万ドル渡してやってくれ。それから、あんたを生かしておくかどうかを決める」

ムーアが、物柔らかな声に力をこめた。「エルネスト、おれはひとりでこっちに来ているわけじゃない。あんたも敵を増やしたくはないだろう。もうかなりおおぜいいるからな。好きにやらせてくれれば、あんたの信頼を勝ち取る。約束する。じかに話ができる番号を教えてくれ」

「だめだ」

「失うものはなにもないだろう。それどころか、急いで手を打たないと、またなにかを失う。よしんば、おれの正体について、おれの言葉を信じていないとしても——DEAだと思っていたとしても、たいしたちがいはないはずだ。あんたたちには手を出さないと約束する。われわれの目当てはフアレス・カルテルだ。ロハスだ」

「おまえは説得が上手だな、ミスター・ハワード。こういうことを何度もやったことがあるのか、ずいぶん落ち着いているじゃないか」

スニガは観察力が鋭いし、図星だったが、ムーアが前に神の家に来たときには、その礼拝堂で海軍の聖職者を手で追い払ったものだった。

「信仰を捨ててはなりません」そのときに聖職者がいった。「こんなときこそ信仰で切り抜けるのです。きっと乗り越えられます」

「そう信じたい、神父さん。ほんとうに……」

ムーアは、鋭い視線をスニガに据えた。「金は渡す。解放してくれ。そっちがおれの提案を考えているあいだに、あんたのビジネスをなんらかの形で応援してみよう。あんたは驚くことになるかもしれない」

「おまえを信じるなんて頭がいかれたかといわれるだろうな」

「まだ信じなくていい。信頼はそれなりのことをやって勝ち得るといったはずだ。チャンスをくれるか？」

スニガが、眉根を寄せた。「おれは楽な道や安全な道を歩いて、ここまでになったんじゃない。恋女房に、おれに賭《か》けてくれといった。彼女はそうしてくれた。いま、女房の気持ちがわかるよ」

「ありがとう、セニョール」ムーアは手を差し出した。一瞬のためらいののちに、スニガがそれを握った――。

と、スニガが握る手に力をこめ、ムーアを自分のほうに引き寄せた。「正しいことをやれ」
ムーアの声は揺るぎなかった。「そうする」

メキシコ、フアレス市
コンスラド・イン

午後十時になろうとしていた。ジョニー・サンチェスは、ホテルの部屋で必死にノート・パソコンのキイボードを叩《たた》いていた。チーズバーガーふたつとフレンチフライのラージを食べ終えたところで、脂《あぶら》のしみた包装紙や容器が、デスクのマウスのそばにあった。街の灯が輝き、五〇〇メートルしか離れていないアメリカ領事館が、窓の外に見えている。椅子《いす》を引くと、サンチェスは自分が書いた文を読み直した。

補足。炎上するホテル――夜。
コラレスが道路に膝《ひざ》を突いたとき、炎が空に向けて燃えさかっていた。それまでの人生が、業火《ごうか》により灰燼《かいじん》と帰した。少年コラレスは空を見あげ、涙があふれる目に炎が映っていた。コラレスは天に向けて怒りの声を発した。われわれは彼とともに泣き……。

「すばらしい！」サンチェスは、コンピュータの画面に向けて叫んだ。「じつにすばらしい！　さすがジョニー。こいつは大当たりするぜ！」

廊下からかすかなカチリという音が聞こえ、サンチェスは顔をあげた。ドアがあき、サンチェスは肝をつぶして立ち、口をぽかんとあけて、黒いズボンとシャツに革ジャケットという格好の男を見つめた。男は身長が一八五センチ近く、顎鬚《あごひげ》を短く刈り、片方の耳にピアスをして、長い髪をポニーテイルにまとめている。アラビア人かヒスパニック系のようだが、サンチェスには見分けられなかった。だが、男が手にしている拳銃《けんじゅう》は、確実に見分けがついた。グロックだ。弾薬が薬室に送り込まれていることはまちがいないし、こっちの頭に狙《ねら》いをつけている。サプレッサー付き。サンチェスの拳銃は、ナイトスタンドの引き出しのなかで、すぐには取り出せない。くそ。

「どういうことだよ？」サンチェスは、スペイン語できいた。

男は英語で答えた。「こういうことだ。〝おい、ジョニー、あんたが書いた記事を読んだぜ。よく書けてる。あんたは優秀なライターだな〟」

「貴様、何者だ？」

男が顔をゆがめた。「拳銃を頭に突きつけているやつには敬意を払えって、おふくろに教わらなかったのか？　そういう人生の教訓を、おまえのおふくろはちゃんと教えるべきだったな」

「男のなかの男ぶったたわごとは、それで終わりか？　貴様、なにしに来た？」

「いつまでばれないと思っていたんだ？　メキシコくんだりまで来て、麻薬カルテルとつるんでも、目をつけられることはないと思っていたのか？」

「貴様のいうことはさっぱりわからない。おれは調査報道をやるジャーナリストだ。犯罪行為の記事を書いてる。おれの記事を読んだんだろう。おれがやつらと組んでるとでも思ってるのか？　頭がどうかしてるぜ。警察を呼ぶからな」

男がサンチェスににじり寄り、拳銃をすこし高く構えた。からかう口調は影をひそめていた。「座れ、くそったれ」

サンチェスは、椅子に戻った。「ちくしょう」

「ほら、形勢が危うくなってきただろう？　なんてこった、とんでもないことに首を突っ込んだと思ってるのか？　コラレスといっしょに仕事をはじめる前に、そいつを悟るべきだった。血は水よりも濃いかもしれないが、ひとついっておこう。鉛玉を食らったら生きちゃいられない」

「なあ、くそ野郎、おれはただ記事を書いてるだけだ。だれも傷つけてない。だれの命も奪ってない」

「だが、だれも助けてない」

「そんなことはない。おれはアメリカの大衆に、ここの麻薬戦争の現状を教えてるんだ。地獄の内幕の見学さ。ここの社会がどれほどめちゃめちゃか、見せてやるんだ」

「ずいぶんドラマティックだな。それはそうだ、いまも頭に拳銃を突きつけられてるわけだからな。おれのことも記事に書いてくれよ」

「貴様、何者だ？」

男が目を剝いた。「全世界で最後の友だちだ。手を出して見せろ」

「えっ？」

「手を見せろ」

サンチェスが掌《て》を示すと、男は拳銃を持っていないほうの手で、それを裏返した。

「おい、ちょっとこれを持っててくれ」男が、サンチェスに拳銃を渡した。

「いったいどうして？」

「心配するな。弾丸はこめてない」

男は、サンチェスのあいたほうの手に拳銃を押しつけ、ジャケットの内ポケットに手を入れて、大きな注射器を出すと、サンチェスの親指と人差し指のあいだの柔らかい組織に突き刺した。一瞬、鋭い痛みが走り、サンチェスは悲鳴をあげて、なにをやったんだときいた。男が、サンチェスの手を放した。「銃を返せ」

「本気か？」

男が、顔をしかめた。「返せ」

「なにをやった？　毒か？」

「落ち着け、シェークスピア。インプラントGPSだ。われわれがおまえを護《まも》るためだ」

「われわれって？」

「アルファベットには、いろいろな文字があるだろう、ジョニー。おまえがライターなら、察しがつくんじゃないか」

「DEAか？」サンチェスはきいた。「参ったな」

「悪いな」男がいった。「おまえは、たったいまからアメリカ合衆国政府と組んだことになる」

サンチェスは、肩を落とした。「こんなの、ありえない」

「いいか。ばらすことはできないぞ。もう手遅れだ。おれたちが来ていることをコラレスにしゃべったら、おまえは殺される。おれたちじゃなくて、コラレスにな。さっきもいったように、おれはおまえの最後の友だちだ。おれがいなかったら、生きてメキシコを出ることはできないぞ」

サンチェスは、目がひりひりして、息が苦しくなっていた。「なにが望みだ？　おれはなにをすればいい？」

「ファレス・カルテルを率いているのは、ホルヘ・ロハスだな？」

サンチェスが笑い出した。「あんたら連邦捜査官《フェド》の考えそうなことだ。まったく……馬鹿ばかしいにもほどがあるぜ！」

「スニガから聞いた話だ」

「嘘《うそ》だろう？」

「そういうんなら、だれだか知っているのか。それに、ロハスが首領だというのを、コラレスが裏付けてくれるはずだ。おまえは、ロハスについてコラレスから精いっぱい情報を引き出せ」

「盗聴器をつける必要があるのか？」

「いまはいい。ようすを見よう」

サンチェスが、身をこわばらせた。「やりたくない。あすの夜、メキシコを出る。あんたらは好きにやればいい」

「ああ、それじゃ、おまえはカリフォルニアで飛行機をおりたとたんに逮捕される」

「どうしてだ？」

男が、デスクに置きっぱなしになっていたジャンク・フードの包装紙をじろりと見た。「バランスのとれた食事をしていない罪で」

「あんた、もう出ていってくれよ」

「おまえはコラレスのゴッドマザーの息子だろう。コラレスはおまえを血のつながった親類みたいに信用している。それに、おまえはやつのエゴを焚《た》きつけている。それがわれわれにとってはきわめて重要なんだ。おまえはここで正しいことがやれる。いまは怖いかもしれないが、おまえの手助けで、どれほどおおぜいが助かるか、考えてみろ。なんなら、麻薬のためにどれほど多くの家族が破滅したか、一週間かけて説明してやろう」

「お涙ちょうだいのたわごとは抜きにしてくれ。麻薬を買って使うのは、そいつらの勝手だ。コラレスとカルテルは、サプライヤーでしかない。政治の話がしたいんなら、メキシコ経済の話をしようぜ」

男は、手をふってサンチェスの話をさえぎり、ポケットから名刺を出して渡した。男の名はスコット・ハワード。ソーラー・エネルギー企業の社長だと書かれていた。

「そうか、ハワードさんか。ああ、わかったよ」

「電話番号はそこに書いてある。こんどコラレスと接触するときには連絡しろ」

ハワード——それが本名かどうかはべつとして——が、〝弾薬のこめられていない〟拳銃をポケットにしまい、すばやくドアに向かった。

じっと座っていたサンチェスの背中をふるえが走った。どうすりゃいいんだ？

20　陽動作戦

メキシコ、メヒカリ
国境トンネル建設現場

午前七時だった。ダンテ・コラレスは、自分の配下であるはずの男をじっと待っている気分ではなかった。その男は直属の部下で、こんなふうにないがしろにされるいわれはなかった。コラレスはまだ朝のコーヒーを飲んでおらず。五分以内にこの会見を終わらせたかったが、トンネルの作業員たちは、ロメロはまだ来ていないし、いつも八時にならないと来ないといった。いったいどういうことだ？　仕事をちゃんとやるように、たっぷり金を払っているのに、毎朝八時にぶらりとやってくるのか？　自分を銀行員だとでも思っているのか？　このツケは払ってもらう――利息付きで。ロメロの携帯電話にかけても出ないことが、火に油を注いでいた。

そこで、コラレスは倉庫内でロメロを待ち、隣室で使われている建設用重機のガタガタという音やうなりを聞いていた。震動が脚や背中に伝わってくる。いま働いている作業員は、夜明けに仕事をはじめて、日暮れに終える。八時にぶらりとやって来るようなことはしない。作業員の切迫感を、ロメロは見習う必要がある。

「だれかコーヒーを持ってこい」コラレスはついに、金属製のシャッターの近くでパブロといっしょにうろついていたラウルに命じた。

ラウルが首をふり、なにやらつぶやいてから、外へ出ていった。空は朝陽でピンクに染まっている。パブロが、コラレスに近づいた。「どうかしたんですか?」

「やつは八時まで出てこないんだと。信じられるか? それに、どうして電話に出ねえんだ?」

「ほかに気になってることがあるでしょう」パブロがいった。「話してみませんか?」

「おまえ、何様だ? 精神科医か?」

「〈Vバー〉で殺《や》られたふたりのことが、まだ気になってるんじゃないですか? 気にしないほうがいい。やつらがドジを踏んだんだ。最初から、あいつらは間抜けだっていったでしょうが」

「あんなやつら、どうでもいい。おれが気にしてるのは、あのアメリカ人だ。まだ見つからねえ。連邦警察の手先かもしれねえし……」

「いや、やつはたぶん怖くなって逃げたんでしょう。連邦警察には見えなかった。よくいるようなケチなビジネスマンで、こっちへ来ればメキシコ人を奴隷《どれい》労働に使えるとでも思って……」

「いや、なにかが起きてる。おれたちゃ、よっぽど注意しねえと……これがぜんぶ……一気に崩れちまうだろう。そうなったら、ボスはおれたちをここに生き埋めにするだろうな」

コラレスは溜息《ためいき》をついて、コーヒーが来るまで、あと五分待った。パブロがなおもおしゃべりをつづけていたが、コラレスはほとんど聞いていなかった。ラウルがようやく戻ってきたので、コラレスはカップを乱暴にもぎ取り、ごくごくと飲んだ。鼻に皺《しわ》を寄せた。国境の向こう側の〈スターバックス〉とは比べものにならないが、それでも飲んだ。コラレスがコーヒーをほぼ飲み干した七時三十九分に、ペドロ・ロメロが重い足どりで倉庫にはいってきた。眼鏡を鼻の上に押しあげ、太鼓腹のせいでずり落ちているジーンズをひっぱっていた。コラレスとあとのふたりを見て顔をしかめ、声を張りあげた。「ブエノス・ディアス」

「どこにいた？」コラレスはそういいながら、ロメロに詰め寄った。ロメロが目を丸くした。

「うちにいた。そのままここに来た」

「携帯電話の受けかたを知らないのか？」

「バッテリー切れだ。車で充電してた。電話してきたのか？」

「ああ、そうだ。おまえは八時に出てくるんだってな。そうなのか？」

「ああ」

コラレスは、ロメロの頬を思い切り平手打ちした。ロメロがひるみ、頬に手を当てた。

「じじい、殴られたわけがわかるか？　どうなんだ？　おまえは銀行員じゃなくてトンネル掘りだからだよ！　陽が昇ったらここに来て、陽が沈んだら帰るようにしろ。おれのいうことがわかるか？」

「わかりました」

「娘を助けたいんだろう？」

「はい」

「金をもらいたいんだろう？」

「はい」

「だったら、おれのいうとおりに出てこい！　よし、いまここでいえ。もう向こう側まで通じてて、今夜には運べると」

「あと何日かかかる」

「なんだと？　〝あと何日か〟だと？　どういうことだ？」

「どこまで掘ったか見せるが、いくつか問題がある。最初にいったように、ここは地下水面がかなり浅いところにある。もう何度かトンネルからポンプで排水しなきゃならなかった。複雑な掘削なんだ」

「おまえが早くから仕事をしてりゃ、問題は起きなかったはずだ」

「セニョール・コラレス。わたしが一時間早く出てきても、たいした変わりはありませんでしたよ。排水にひと晩かかるし、そのあいだは作業できないんですから」

「口答えするな、じじい。ほんとうかどうか見せてみろ。行くぞ」

「わかった。しかし、作業員が精いっぱいがんばっているというのは、わかってほしい。あんたの指示どおり、二交替制にしたが、わたしは二十四時間ここにいるわけにはいかない。家族の世話もあるし、女房にも手伝いがいる」

「それなら、手伝いの人間を探せ。トンネルは今夜には開通して使えるようにしろ」

「今夜？　どかさなきゃならない土と石がいっぱいある。物理的に不可能だ」

「いや、不可能じゃねえ。なんとかできる。いうとおりにしろ」

コラレスのスマートフォンが鳴った。フェルナンド・カスティリョからだった。

「もしもし」

「ダンテ、ボスがおまえにべつの仕事をやらせる。すぐに戻ってこい」

メキシコ、チアパス州
サンクリストバル・デ・ラス・カサスへの途上
ベル430ヘリコプターの機内

ミゲル・ロハスとソニア・バティスタは、機長と副操縦士にくわえて乗客七人が乗れるという触れ込みの社用双発ヘリコプターで、後席三座のうちのふたつに座っていた。ロハスが短距離のビジネス出張に使う数機のうちの一機で、兵装を積んだ軍用型ではなくて民間型だが、機長と副操縦士はつねに拳銃《けんじゅう》を携帯していた。ロハスの他の輸送手段とおなじで、特色を出して飾りつけるのに惜しみなく金を使っている。華美なイタリアの革や珍しい硬木、会社のプレゼンテーションや映画が見られる薄型テレビとヘッドホン。ミゲルとソニアは、映画はなしで、景色を楽しむことにした。ヘリコプターの強力なロールスロイス・エンジンの響きのなかでも話ができるように、マイク付きのヘッドセットをかけていた。

ふたりの正面には、気難しい顔をしたボディガード兼お目付け役が三人いた。連れていくように強要されたのだ。コラレス、ラウル、パブロ。まあ、もっとひどいことになっていたかもしれない、とミゲルは思った。父親は当初、十二人を旅行に同行させ、一部を先行させるといった。どこへ行くにも、SUV四台を借りて車列を組むというのだ。やめてほしいと、ミゲルは哀願した。ソニアとねんごろに楽しみたかった——行く先々で警備陣の派手なパレードをやるのはごめんだった。それに、父親の強い希望に従って、ミゲルはこれまでずっと、目立たないように生活してきた。メキシコの一般市民は、ホルヘ・ロハスの顔は知っていても、ミゲルの顔は知らないはずだった。そんな大規模な警備陣が必要だと考える理由はどこにもない。むしろ注目を集めてしまい、地元市民が指差して、「ほら、ボディガード付きの金持ちだ」といい、犯罪行為を引き寄せかねない。父親はようやく、ボディガードは三人にすることに同意した。ミゲルは、父親が譲歩してくれたことに、深く感謝した。ただ、コラレスの態度のことは、ミゲルも勘定に入れていなかった。ミゲルはコラレスにはっきりといった——三人のなかで、コラレスがいちばん態度がでかい——あまり近づくな、ソニアをじろじろ見るな、と。コラレスの、「シ、セニョール」という短い返事にすら、皮肉がこめられているように思えた。こっちがなんの苦労もせず、万事お膳立《ぜんだ》てしてもらって楽な暮らしをしてきたことが、気に食わないのだ。いっぽうコラレスは、たぶん前は街の不良で、運良くホルヘ・ロハスに拾われて仕事をもらったのだろう。

「向こうに着くまで、どれぐらいかかるの？」ソニアが、窓の外を見てたずねた。

「三時間ぐらいだ」ミゲルは答えた。「でも、給油のために一度おりないといけない。ヘリコプターに乗ったことは？」

「父と何回か乗った。有名なサイクリストがいて――十歳か十一歳のときだったから、名前も思い出せないんだけど、そのひとは伝説的人物で、自家用ヘリを持っていたの。わたしたちを旅行に連れていってくれた」

「おもしろい話をしよう。ローターの上に大きなナットがあるだろう。パイロットがなんて呼ぶか知ってる？」

ソニアは首をふった。

「イエスのナットというんだ。あれがはずれたら、お祈りでイエス・キリストに頼んだほうがいいから……」

「まったく、おかげさまで気分がよくなった」ソニアが天を仰ぐような顔をした。

「怖い？」

ソニアが首をふり、ウィンドウから射《さ》し込む光を浴びて、髪が輝いた。

「ヘリコプターでわざわざ行くだけの価値があるんだ。ほんとうに」ミゲルはいった。「それに、観光客向けの特別のお祭の最中に行ける。きっとそこが大好きになるよ」

ソニアは、ミゲルの手をつかんで、ぎゅっと握り締めた。「そうなると信じてる」

メキシコ、フアレス市
コンスラド・イン

変名スコット・ハワードことムーアが、ダンテ・コラレスの所有するホテルに戻れないことは、火を見るより明らかだった。戻れば、あとを跟《つ》けていたふたりが殺された理由を説明しなければならなくなる。それでも戻って、何気なくイグナシオの前を通り、「ごきげんいかがですか？」と声をかけられる光景を思い描き、ムーアは内心にやにやした。

「いや、最高だった。シナロア・カルテルのシカリオに拉致《らち》されてね。でも、ありがたいことにフアレス・カルテルのちんぴらふたりが尾行していて、おれを拉致した男を殺してくれたんだ。ところが、そのあとでふたりは新手に殺された。だからまあ、最高とはいえないかも――じつはシナロア・カルテルに拉致されるのを望んでいたんでね。長い話をひとことでいうと、万事うまくいった。電話や届いた荷物はなかったか？　そうそう、余分なタオルがほしいと、メイドに頼んでくれ」

　だが、さすがにそうはせず、ムーアはもっと安全で、大胆ではない方法で、ホテルを探すことにした。しかし、ジョニー・サンチェスがアメリカ領事館に近い居心地のいいホテルを見つけているというのに、通りをうろうろして探す必要がどこにある。そこで、サンチェスの部屋から三つ離れた部屋を取り、あらたに車を借りた。サンチェスはそれが気に入らず、よそへ移ると脅した。ムーアはやめろと忠告した。

　JFT指揮官のタワーズから、メールが届いていた。ホルへ・ロハスの息子のミゲルが、恋人といっしょにヘリコプターで出発し、西へ向かったという。ダンテ・コラレスとその配下ふたりが同行した。

　ロハスの息子が、カルテルのメンバーだとわかっている三人と親しく付き合っていることは、ロハスとカルテルの結びつきを〝うかがわせる〟が、現時点ではそれは状況証拠でしかない。

だが、なにかがひっかかる。大きななにかが。ダンテ・コラレスがカルテルの一員だという情報を、JTFはとうにつかんでいた。その情報は、JTF結成よりはるか以前に収集されていた。コラレスが大物《プレイヤー》だというのを突き止めたときから、CIAは電子的手段と人的情報収集でコラレスを監視していたはずだ。いつから監視がはじめられたかを、ファイルで確認する必要がある。なぜなら、ロハスが関与しているとするなら、コラレスがロハスの家族に近づくのはこれがはじめてではないと考えるのが、合理的な推理だろう。そうであるなら、CIAはロハスをたんなる〝要注意人物〟よりも重要な存在だと見なしていなければおかしい。

それとも、コラレスがロハスの家族といっしょのところを目撃されたのは、今回がはじめてなのか？　そうは思えなかった。では、これからどうなるのか？　ミゲルたちはどこへ行くのか？　ムーアはサンチェスに圧力をかけ、サンチェスがコラレスに電話した。お守りの仕事でサンクリストバル・デ・ラス・カサスに一週間いるから、映画の脚本は手伝えないと、コラレスがいった。

大当たり。

ムーアは、タワーズに電話して、ある計画を告げた。ロハスはめったに公《おおやけ》の場には顔を出さないし、あとはほとんど姿を隠している。ムーアにはロハスをおびき出す腹案があり、それをすっかり説明すると、タワーズが許可した。

一時間後、ムーアはルイス・トレスのレンジローバーのリアシートに座っていた。トレスが運転し、DEA潜入捜査官のフィッツパトリックが助手席に乗った。

「あんたらは現地へ飛行機で行って、息子と恋人を誘拐する。それができたら、ものすごく大きな梃子《てこ》になる。ロハスをおびき出し、あとはおれが始末する。この計画をスニガに伝えて、意見を聞いてくれ。それから、おれの電話に出るようにいってくれ」

「お頭《かしら》は、おまえを信用してねえんだ、ハワードさんよ。これからも、おいそれと信用するわけがねえ」

「ヘリコプターで出発するのを写した画像がある。こっちの情報提供者《たれこみや》がコラレスとじかに話をして、一週間そこにいるのをたしかめた。向こうへ行って、コラレスとボディガードを殺し、息子を誘拐すれば、ロハスのきんたまを握れる。これがわからないとは、あんたも頭が鈍いな。宿敵を斃《たお》すのを手伝うといってるんだぞ。あんたたちの敵は、おれの敵だ。いったいどれだけくどくどと説明しなきゃならないんだ」

「おまえはおれたちを、あっちではめようとしてるのかもしれねえ。海外集団とやらで、おれたちを一網打尽にする気かもしれねえ。それともおまえはロハスの手先かもしれねえ」

「間抜け、おれたちがおまえを殺す気なら、おまえの墓はとっくに雑草だらけになってるぞ。頭を使え。あんたらはこれをやらなきゃならないんだ。スニガに計画を伝えろ」

「こいつのいうとおりだと思う」熱心に賛成しているとは思われないように気をつけながら、フィッツパトリックがいった。「こいつがつかんでることを見てみよう。そのあとで、スニガさんが決めればいい」

「ぐずぐずするなよ」ムーアは、リアドアをあけて車をおりながらいった。「きょうの飛行機に乗れ」

ムーアは、横丁を渡って、自分のレンタカーに乗り、走り去った。

ミゲル・ロハスの恋人との小旅行は、最高の手がかりがつかめる絶好のチャンスなので、ムーアはすでにFBI特別捜査官のアンサラに、その情報を伝えてあった。アンサラは、ファアレス・カルテルの主要密輸ルートのうちの一本に潜入するために、あらたに勧誘した情報提供者の運び屋を使っていた。

ムーアとおなじCIA工作員のグロリア・ベガは、新人のころから腐敗していたメキシコ連邦警察のアルベルト・ゴメス警部を依然として監視していた。だが、そのグロリアが、気がかりな情報を伝えてきた。ゴメスと数人の警部がつるみ、ひとりの警部の〝腐敗をあばき〟、罪を押し付けて、捜査の目をそらせようとしているというのだ。ゴメスは監視されているのを知っていて、この陰謀を思いついたのだと、グロリアは推理していた。

ATF特別捜査官のウィテカーが、まもなくミネソタから大量の武器が運ばれてくる可能性があると報告していた。現地のカルテルのメンバーたちが、前代未聞《ぜんだいみもん》の量の武器を隠匿《いんとく》していると、ウィテカーは強調していた。

フィッツパトリックがその晩に電話してきて、情報の写真と計画をスニガがまだ検討していると伝えた。また、シナロア・カルテルの見廻り《スポッター》が、南から大量の麻薬が輸送されるという情報をつかんでいた。そのスポッターによれば、フアレス市とアメリカズ橋近くでリオ・グランデ川のコンクリートの護岸の下を通っている、全長四〇メートルの小さなトンネルを、運び屋の一団が使うと考えられていた。

ムーアは、フィッツパトリックにメールを送った。シナロア・カルテルの配下がトンネルには手を出さず、ミゲル・ロハスを追うように仕向けろ。おれがじかに荷物を奪い、手を貸す意志をはっきりと示すために、スニガに渡す。いっぽうの麻薬カルテルを叩《たた》き、べつのカルテルに手を貸すのは、最大の大物を釣りあげるための、やむをえない代償だった。似たようなことを、ムーアは四カ国以上でやってきた。その行動が道義や倫理にもとるかどうかを、いまさら疑問に思うつもりはなかった。ルールの通用しない非対称的な敵（訳注　不均衡な軍事力で、テロや大量破壊兵器など、異質な戦略や戦法を用いる敵）と戦うには、それしか方法がない。ムーアはアンサラに連絡して、設計し直されたエルパソの雨水管渠《かんきょ》に国境警備隊を待機させるよう指示した。アンサラがそれに取りかかり、網を張って待つことになる。

雨水管渠から三ブロックほど離れた駐車場までＪＴＦ指揮官のタワーズがやってきたのは、ムーアにもいささか意外だった。ムーアの時計では、一時八分になろうとしていたし、タワーズによれば、運び屋は十五分以内に白い配達用バンに乗ってくるという。

「運ぶのは麻薬だけじゃない」タワーズがいった。「女と子供もだ。カルテルが大物の密入国案内人《コヨーテ》を雇った。中国の蛇頭の組織と取り引きしたのかもしれない。われわれが見た若い女は、すべてアジア系だった。性の奴隷《どれい》として連れてこられた女たちだ」

「くそ。ますますひどいことになってきた。麻薬と人間の密輸か……」

「計画どおりにやれ」

「そうします。いったいどういうわけで、こんな麗《うるわ》しい街に来たんですか？」ムーアは、それをきこうと思っていた。タワーズはずっとサンディエゴにいるものと思っていたからだ。

「わたしは現場の人間だ。わたしを配置したときに、連中はそれを知っていたはずだ。ずっとデスクに張り付いているとは思わなかっただろう。滅相もない……」

「なるほど」

「よし、それじゃ、相棒、準備を頼む」

ムーアはにやりと笑い、なんの変哲もない黒い戦闘服、ケヴラーのヘルメット、目出し帽という姿で、装備を整えた。トンネルの出入口に陣取っているファアレス・カルテルの見張りふたりと、ほぼおなじ服装だった。

ムーアの装備には、四五口径のグロック21セミ・オートマティック・ピストル二挺《ちょう》が含まれていた。どちらにもウェット／ドライ兼用サプレッサーが取り付けられ、減音効果を最大にするために、グリスが注入してあった。一行があまり〝協力的〟でなかった場合に備えて、発煙弾二発、特殊閃光音響弾《フラッシュ・バン》二発も用意した。ブームマイクとイヤホンを付けて、駐車場を走って横切るとき、タワーズの声が耳に届いた。「つぎを左、真正面に排水路がある。南側の壁が格好の遮蔽物《しゃへいぶつ》になる。大きな鉄格子《てつごうし》からはいると、すぐ内側にお仲間がふたりいる」

通りの左手には廃車置場の金網のフェンスがあり、右手には倒壊しかかった廃屋がつらなっている。だれも住んでいない――打ち捨てられた機械類、ドアの上の色あせた看板で、工具工場だったとわかる。崩れかけた壁のいたずら書きまで、消えかけていた。頭上の高い街灯はすべて、電球が切れるか撃ち割られていたので、細かいところは見分けづらかった。となりのブロックから、またたく光が届いていたが、光源がなんなのかはわからなかった。

ムーアは、排水路の南面の高さ一メートルの壁に手をのばし、体をぴたりとつけて、背を丸めたまま乗り越えた。一〇メートルほど先――排水路の反対側の底に、大きな鉄格子の扉が二枚あった。そこが管渠の排水口で、管渠のなかに小さなトンネルの出入口がある。雨がほとんど降らない季節だったので、浅い水溜《みずたま》りがいくつかあるだけで、鉄格子まで雑草が一面に生えていた。かすかな下水の臭《にお》いにムーアは顔をしかめ、排水路を渡るときにもっとひどい悪臭にならないことを願った。

「バンの到着予定時刻まで五分」タワーズが伝えた。

あまり時間がない。ムーアは尻《しり》ポケットから、携帯用の暗視単眼鏡を出した。それを右目に当てて、鉄格子に焦点を合わせた。網目模様を透かして、側面の壁にうがたれた丸い穴のそばに座っている見張りふたりのいっぽうが見えた。薄緑色の陽炎《かげろう》みたいな影が、その向こうで揺れている。見張りは身長一五〇センチくらいで、顔は隠していなかった。鉤爪《かぎづめ》が首を横切っている刺青《いれずみ》があり、頭は剃《そ》りあげていた。完璧《かんぺき》に狙《ねら》いすましたスナイパーの一弾が鉄格子の隙間《すきま》を抜け、座っている男に命中するところを、ムーアは想像した。ムーアも射撃は得意だが、そこまでの腕はない……。

気を静めるためにひとつ深呼吸し、単眼鏡をポケットにしまうと、排水路を走って渡った。鉄格子のそばまで行ったが、扉を持ちあげれば大きな音をたてる。それでは見張りに忍び寄ることはできない。鉄格子の一部が、一メートル四方切り取られ、ハッチのようにしてあった。そこをひっぱった。鍵《かぎ》がかかっている。くそ。タワーズに報告すると、「なにをいってるんだ、やつらにあけさせればいい」といわれた。

「おい」なかから、見張りのひとりが叫んだ。「もう来たのか。早かったな」

「急げ」ムーアは、スペイン語で答えた。「荷物は大量にあるんだ」

ムーアは、グロック一挺を構えて、見張りが鍵をあけるのを待った。減音器《サプレッサー》があっても、まったく音が出ないわけではない。銃身を出る弾丸は亜音速で、その音を弱めてはいるが、グロックの遊底被《スライド》がガチャリという大きな音をたて、近くにいる人間を警戒させてしまう。つまり、もうひとりの見張りが気づく。消音器《サイレンサー》というと、吹き矢みたいにドスッという当たった音しかたてないように思えるが、これは明らかな誤称だろう。それに、相手が見えたとき、サプレッサー付きの拳銃《けんじゅう》を〝軟弱な手首で〟――つまり片手で保持して撃つと、スライドが前後する運動エネルギーが手首に伝わり、弾丸が大きくそれるだけではなく、手首を傷《いた》めるおそれもある。だから、拳銃はいまムーアがやっているように、両手でしっかりと保持しなければならない。

音をたてないように見張りを殺すには、ナイフを使えばいいという意見もあるだろう。だが、ナイフ一本で人を殺すのは、きわめて難しい。一撃をくわえたあと、たいがい相手はもがくし、声を出させないようにしながら、さらに何度か切りつけなければならない。全体として、粗雑で危険な手順になる――それに、ＳＥＡＬの訓練や、ソマリアでの経験で、ムーアはそれをじかに知っている。ソマリアでは、海賊を何人か斃したときに、死ぬまで五、六回刺さなければならなかった。それなら、スライドの音はやむをえないものとして、相手に手をかけることなく一発で片がつくことに賭《か》けるほうがいい。

内側で鍵をはずす音がして、鎖がガチャガチャ鳴った。鉄格子がきしんで上に持ちあげられ、男が首を出して、ムーアのほうを向いた。

ムーアと、グロックに取り付けられたサプレッサーを見て、男が目を丸くした。口をあけて叫ぼうとした。

ムーアは発砲し、弾丸が左目の上に命中し、鉄格子の奥へ見張りを吹っ飛ばした。空薬莢《からやっきょう》が地面に落ちるよりも早く、ムーアは動き出していた。鉄格子から体を入れて、そこよりも広い雨水管渠におりていった。その立坑は、高さ二メートル、幅は一メートル半近くあった。ムーアは、見張りの死体をまたがなければならなかった。闇《やみ》を覗《のぞ》き、もうひとりの姿を探した。

どこへ行った？　拳銃が発射されたのを聞きつけたにちがいない――しかも、そいつを探しているひまはない。

「運び屋をひとり殺さなきゃならなかった！」ムーアは叫んだ。暗視単眼鏡を目に当てたとき、その声が管渠をこだました。「盗みを働こうとしたからだ」

前方に動き。

ムーアは、管渠の底に溜《た》まっている水に身を投げた。銃声が響き、肘《ひじ》のあたりの水に当たった。転がって離れ、仰向《あおむ》けになったとき、脈がふたつ打つあいだに上半身をあげて応射しないと、命はないと悟った。

21 抗弾

二〇〇三年三月十九日
イラク領海、ペルシャ湾
アル・バスラ石油ターミナル

水溜《みずたま》りに仰向けになり、闇《やみ》を見あげているとき、ムーアは一瞬、二〇〇三年に戻っていた。仰向けだったのはおなじだが、六メートル潜降し、膝《ひざ》まである水に立っている巨人の筋骨隆々たる脚のように、どんどん太くなってゆく巨大なコンクリートの支柱のシルエットを観察していた。石油プラットフォームの警備用照明が、水面をゆらめいている閃光《せんこう》の鏡に変えていた。その縁取りは黄色く、まわりは群青色《ぐんじょういろ》だった。暗い海中に四つの人影が浮遊し、鯨の群れみたいに流れに乗って上下に揺れていた。そこで水に体をゆだねていると、異様な静寂にくるみこまれた。ドレーガー閉回路式酸素供給装置は、あぶくひとつ出さない。ムーアの呼吸は律動的で落ち着き、目の前の仕事に集中できるよう明晰《めいせき》に考えるのに役立っている。デジカメは難なく操作でき、チームはプラットフォームの水中監視カメラを避《よ》けながら、その位置を標定できる画像を撮っていた。

ムーア、カーマイケル、他のSEAL隊員たちは、四人編成のチーム二個で、MkⅧMod1型のSEAL特殊任務潜水員母艇（SDV）——SEAL隊員を運ぶ超小型潜航艇——数艘《そう》を使い、石油ターミナルの南側のプラットフォームに到着した。プラットフォームを全体として捉《とら》えると、数十本のカニの脚によって海上に吊《つ》ってあるトランポリンのようなものだ。上部構造の上には回転するアンテナや大きな衛星通信用ディッシュ・アンテナが林立し、見張員用のフラードームと観測デッキがある。塔の四方の手摺《てすり》を警衛がパトロールしている。

「今回は栄光は抜きだな。イラクの石油プラットフォームに潜入し、写真を撮る。そのあとはどんちゃん騒ぎ」

たしかに、何度となくやっているような写真撮影偵察作戦だし、あっという間に終わり、朝食代わりにビールを何本か飲んでいるだろう。ムーアが水中写真を撮影しているあいだ、あとの三人は、イラク軍哨戒艇《しょうかいてい》の位置と哨戒ルート、プラットフォームの銃砲の位置を把握するために、付近と海上の写真を撮っていた。

そのとき、タンカー四隻《せき》がプラットフォームに係留され、原油を船艙《せんそう》に注入していた。ブリーフィングでムーアは、イラクのGDPの八〇パーセントが、そのターミナルから積み出される原油によって稼ぎ出されていると教えられた。アル・バスラの生産量は一日約一五〇〇万バレルで、当然ながらイラク経済の最重要部分を占めており、なみなみならぬ軍事的存在《プレゼンス》が配置されていた。それを、カーマイケルが無線で伝えてきた。「チーム2《ツー》、こちらメイコー（アオザメ）2《ツー》。よく聞け。正規軍部隊はいない。見張員は共和国防衛隊だ。銃火器を持ち込み、強襲に備えている」

「了解した」ムーアは応答した。「みんな、証拠を探せ」

「そうしている、メイコー1《ワン》」カーマイケルが答えた。

ムーアは、カーマイケルのチームと、自分のチームの三人に、水中に爆破装置があるかどうか、プラットフォームの外側に沿って水上に爆薬が設置されている証拠があるかどうかを調べるよう命じたのだ。イラクは石油ターミナルが敵の手に落ちるよりは、破壊するほうを望むはずだった。それがわかっていたので、C4プラスティック爆薬を仕掛けてあるはずだと、ムーアは見ていた。だが、内側に爆破の威力を向けるという技倆《ぎりょう》はないだろうし、もっとまちがいなく調整して支柱を破壊できる、デクスパンのような爆発物が普及しているのも知らないだろう。イラク側が水中にC4爆薬を仕掛けていたとすると、強襲されたときに動転して自爆ボタンを押し、構造物を破壊するだけではなく、SEAL隊員が巻き込まれて死ぬ可能性が高い。爆薬の威力が外にひろがるように仕掛けられているからだ。

「チーム2、こちらメイコー2だ。上部に証拠あり！　くりかえす！　証拠を見つけた——南と東の手摺の下に、爆薬が取り付けてある……」

だが、いまムーアの耳に聞こえたのは、カーマイケルの声ではなく、JFT指揮官タワーズの声だった。「バンが表にとまった！　ムーア、受信しているか？　バンが来た！」

現在
メキシコ、ファレス市
アメリカズ橋の近く
雨水管渠《かんきょ》

ムーアはまだ仰向けのまま、天井を見あげていた。タワーズがまた叫び、現実が激しいふるえとなって、背中を走り抜けた。身を起こして右手に転がったとき、光芒《こうぼう》が目を射て、背後の壁から銃弾が跳ね返った。コンクリートの破片が、目出し帽に隠れていなかった首に当たった。ムーアは単眼鏡を覗《のぞ》き、壁にうがたれた丸い穴の三メートルほど奥にうずくまっている見張りを見つけて、即座に応射した。四発撃ち込むと、前方からかすかな叫び声が聞こえて、点灯された懐中電灯が床を転がった。単眼鏡でちらりと見ると、ふたり目の見張りは、口から血を流し、うつぶせに倒れていた。

ムーアは悪態をついて向きを変え、出入口に駆け出した。ひとり目の見張りの死体をつかんで、できるだけ急いでひきずっていった。息を切らし、やっとふたり目の死体のそばまで来ると、あたりを見まわした。

これではまずい。管渠は一〇メートルほど先で、硬い石の壁になって終わっていた。その突き当たりまで死体をひきずっていっても、懐中電灯の光をちらりと向けただけで、見つかってしまう。

どんな待ち伏せ攻撃でも、きちんとしたものであれば、殺した見張りの死体を隠す計画がふくまれている――だから、きちんとした計画とはいえなかったと、ムーアはそこで気づいた。

小走りに鉄格子《てつごうし》のところへ戻ると、表から人声が聞こえた。バンは排水路に乗り入れられ、鉄格子のすぐ外にとまっていた。この連中は、コラレスのホテルの表にいてあとを跟《つ》けてきたちんぴらふたりよりも、さらにおつむが空っぽのようだ。それとも、大胆不敵にやってても——鉄格子の真ん前に乗り付けても——なんの心配もないとでも思っているのか？　だれにも阻止されやしない。地元警察にも連邦警察にも——そう安心しきっているのか？　相手がこれほど無鉄砲なのに、かえって不安がきざしたが、間抜けなのだろうと思って気を休めることにした。計画はまずかったが、おかげで間抜けどもを片づけることができるようになった。

ムーアは、鉄格子から体を持ちあげると、サプレッサー付きのグロックをその一団に向けた。若い女が六人、すべてアジア系だ。タワーズが報《しら》せてきたように、十六、七歳の少年が四人、それぞれマリファナやコカインの塊が詰め込まれているとおぼしい大型のバックパックを背負っている。

二十代のなかばから後半にかけての男がふたり、ニューヨーク・ヤンキースのスタジアム・ジャンパーを着て、肩からAK‐47を吊るしていた。そして、雑草の生えた斜面でバランスを取りながら、佇《たたず》んでいる一団に拳銃を向けていた。むろんそのふたりがシカリオだ。濃い眉《まゆ》、いくつもつけたピアス、にきびの跡だらけの顔は人相が悪い。麻薬のはいったバックパックを押しながら狭いトンネルを通るので、かなり痩《や》せた少年たちが選ばれていた。バックパックを背負ったままでは通れない。ムーアが介入したおかげで、少年たちはつらいトンネル潜りをまぬがれることができる。レールに小さな台車(鉱山のトロッコのようなもの)を載せ、ロープでたぐり寄せるというトンネル密輸作戦もあることを、ムーアは報告書を読んで知っていた。それだと、運び屋にトンネルを潜らせる必要はない。

「貴様、何者だ?」ふたりのシカリオのうち、背が高いほうがいった。

「ボストン・レッドソックスのファンだ」と答えて、ムーアはその男の顔を撃った。罪の意識もためらいもなく、行動と反応しかなかった。なにかを感じたとしても、こんな人間の屑《くず》にまで身を落としたやつらへの激しい嫌悪《けんお》ぐらいのものだっただろう。他人を奴隷《どれい》にするような組織に手を貸したり、幇助《ほうじょ》したりするようなやつには、地獄の奈落《ならく》の底にあるホテルの特別室を予約してやるべきだ。背の高いちんぴらは、すでにその部屋のドアをカードキイであけて、炎を吸い込んでいた。

女たちが悲鳴をあげ、少年たちがバンに駆け戻るあいだに、ムーアはグロックをもうひとりのちんぴらに向けた。そいつにも相棒のとなりの部屋を予約してある。

ちんぴらが銃を構えた。

ムーアは引き金を絞った。

それに二分の一秒遅れて、ちんぴらが発砲した。ふたり目のちんぴらは横向きになって、くずおれ、排水路をバンのほうへ転がっていった。頭に一発食らっていた。

だが、ムーアはすでに身を引いていて、ふたり目のちんぴらは横向きになって、く
排水路の向こう側で一部始終を見守っていたらしいタワーズが、無線でまくしたてた。「女たちをトンネルに潜り込ませろ。向こう側に行かないと、われわれは手助けできない。死体はわたしがそっちへ行って始末する」

「わかった」ムーアはうめいた。

「バックパックをバンに積め」ムーアは、少年たちに命じた。「早くしろ！　それから、全員ここへ戻ってこい！　おれは正義の味方だ。トンネルの向こうへ行かせてやる！　おれは正義の味方だ。行くぞ！」

少年たちがトラックに駆け戻ると、ムーアはシカリオふたりの武器を集めた。さもないと、捕まえた連中がそれを拾わないともかぎらない。女たちは急いで鉄格子をくぐり、雨水管渠におりていった。全員が、〈ウォルマート〉で買えるような安物の白いテニス・シューズをはいていた。たぶんシカリオが配ったのだろう。

バックパックをバンに戻すと、ムーアは少年たちに、女たちにつづくよう命じて、

ＡＫ－47二挺《ちょう》、予備の拳銃《けんじゅう》その他の武器をかかえて、うしろから追いたてた。全員がおりると、ムーアはシカリオの懐中電灯を拾いあげ、穴のなかを照らした。

一団のほうをちらりとふりむき、英語でひとことだけいった。「アメリカ」

女の何人かが泣き、恐怖にかられて首をふっていたが、いちばん背が高くて、たぶん最年長と思われるひとりが、群れをかき分けてうしろのほうから出てくると、トンネルに潜り込んだ。あとの女たちに、その女がどなった。口から飛び出す中国語が、まるで機関銃のダダダダという音みたいだった。あとの女たちは、彼女の勇気と叱責《しっせき》に促され、ひとりずつ進み出て、狭い穴にはいった。

「向こうへ行ったら、われわれが力になる。二度とカルテルの手伝いはするな」ムーアは、少年たちにいった。「なにをいわれようが、なにをされようが、ぜったいにカルテルの手先になってはいけない。わかったか？」

「わかった、セニョール」ひとりがいった。「わかった」

一分とたたないうちに、全員がトンネルにはいったので、ムーアはアンサラに電話をかけた。「みんなそっちに向かっている、きょうだい。あとは任せたぞ」

「了解した。あともどりしたくならないように、やさしく捕まえてやるよ」

女たちは、事情聴取を受けてから、中国に送還される――あるいは人道団体が代理となって介入する。少年たちも事情聴取を受けるが、逮捕状が出ていなければ、メキシコに送還されるだろう。だからムーアは、二度とカルテルの手伝いはするなと釘《くぎ》を刺したのだ。嘆かわしいことだが、ほとんどが忠告を無視するだろう。ことに、事情聴取ぐらいで罪をまぬがれると知ったら、なおさらだ。また危険を冒すにちがいない。

つぎに、ムーアはトレスに電話した。「あんたのボスに、早めの誕生日プレゼントがある」

「どれくらいだ？」

「車一台分、たっぷりあるよ」

トレスもスニガも、シナロア・カルテルの他のメンバーも知らないことだが、ムーアとタワーズは、麻薬の塊すべてにGPS発信機を埋め込んでいた。それが国境を越えて密輸されれば、ただちに当局が位置を突き止めて押収《おうしゅう》できる。回収するための手段を講じないで麻薬がアメリカに運び込まれるのに目をつぶることは、上層部が断じて容認しないはずだった。それは納得がいく。しかし、いくら発信機を仕込むための注射跡が小さいとはいえ、スニガとその仲間は、細工されていないかどうか、麻薬の塊を入念に調べるはずだ。だから、ムーアとタワーズは、塊を封するのに使われたテープの継ぎ目を周到に選んで、注射器を差し込んだ。

「よし。これでここはおさらばだ」タワーズがいった。

ムーアの電話が鳴った。アンサラ。「女の最初の数人が出てきた。丁重にお迎えしたよ。みごとな仕事ぶりだ、ボス。チームのために一勝を稼いだな」

「なあおい」ムーアは、やれやれというように溜息《ためいき》をついた。「まだはじめたばかりだぞ。これからが長い夜になる」

「おれたちの稼業《かぎょう》じゃ、短い夜なんてどこにもない」アンサラが指摘した。

ムーアはにやりと笑い、バンのほうへ走っていった。

コロンビア、ボゴタ
ソモサ・デザイン・インターナショナル

ホルヘ・ロハスは、旧友のフェリペ・ソモサに最後に会ってからボゴタを発《た》つ予定を組んでいた。ソモサは電話で、たいへん貴重な贈物があると予告していた。午前十時、ロハスは、コロンビア政府とうまみのある携帯電話関連の契約を結んだ学友のジェフ・キャンベルとともに、一ブロック分の長さがある二階建ての工場とその倉庫の表に着いた。ソモサの受付を十年つとめているルシリェという五十代の黒髪の女性が、ふたりを出迎えた。社員はすべてソモサに忠実だが、ルシリェも熱烈なまでに忠実で、ソモサをボスというよりは家族の一員のように扱っていた。ドライクリーニングや車のオイル交換の手配はもとより、息子三人のサッカーの試合を見にいくといった、私生活の予定の管理までやっていた。

ロハスとキャンベルは工場のなかを案内され、ブルーの制服を着た十八歳から八十代までの女性が数十人、せっせとミシンを踏んでいる縫製工場を通った。防寒、防水、フォーマル、カジュアルそれぞれの分野の、婦人用と紳士用の衣服が、そこで製造されていた。

だが、それはすべて〝ふつうの〟衣服ではなかった。

ソモサは〝装甲アルマーニ〟とも呼ばれ、ここで製造されている抗弾服は、世界的な名声を得ている。9・11同時多発テロ後、ソモサのビジネスは盛況で、民間警備会社やボディガードを派遣する会社に的を絞るようになった。事業は拡大し、四十カ国以上の外交官、大使、王族、大統領に抗弾服を供給している。現在は個人にも人気があり、二百社以上の民間警備会社にくわえて、南北アメリカの地元警察でも採用されている。他の防弾服メーカーとの大きなちがいは、着やすさとファッション性の高いデザインだった。醜い軍用の抗弾ベストだけではなく、抗弾スーツ、抗弾ドレス、抗弾の靴下やネクタイまで製造している。メキシコ・シティでは、ヒューゴ・ボス、フエラーリ、BMW、カルバン・クラインなどと軒をならべて、ブティックを出店している。セレブとそのボディガードたちに、世界の流行の先端をいく〝安全〟な服を供給できるように、カリフォルニアのベヴァリー・ヒルズのロデオ・ドライヴにも新店舗を開店する予定になっている。

抗弾パネルは、生地のなかに入念に隠されている。パネルは、多層のプラスティック・ポリマーから成っている。衣服の目標重量や使える生地に応じて、ケヴラー、スペクトラシールド、あるいはトワロン（ケヴラーとほぼおなじ素材）、ダイニーマ（スペクトラとほぼおなじ）が製造に使われる。ケヴラーの糸は編んで織物にするが、スペクトラシールドはコーティングに使い、クラトンのような樹脂で固めてから、ポリエチレン・フィルムのシートのあいだに封入される。

「さて、ジェフ」工場の奥にあるソモサの事務室に近づくと、ロハスはささやいた。「あいつはわたしたちをからかって楽しむだろうから、調子を合わせてくれ」

「どういうことだ？」

「侮辱するようなことはいわないで、黙ってやっこさんにいわれたとおりにしろ。いいな?」

「きみがボスだ、ホルへ」

キャンベルがさっぱりわからないというような顔をしているので、ロハスは心のなかで忍び笑いを漏らした。

ふたりが事務室へ行くと、ソモサが早くも戸口で待っていた。まだ五十前で、もじゃもじゃの豊かな黒い髪に、何カ所か白髪が固まっているところがある。身長は一八八センチで押し出しがよく、肩幅が広い。腹は甘党だというのをばらしている。それどころか、広いマホガニーのデスクには、一ポンドのコーヒー缶なみの大きさのガラス壺《つぼ》が四つならんでいて、お菓子がはいっていた。奥の壁にかけられた大きな看板とそのガラス壺は、どうにもちぐはぐだった。看板には会社のロゴがあった——黒い楯《たて》の向こうで剣が二本交差し、そこに銀の弾丸が重なって、中世の甲冑《かっちゅう》と現代のテクノロジーの組み合わせであることをほのめかしている。

ソモサが、長射程からの軽度の防御に使える長袖《ながそで》シャツとぴっちりしたデザイナー・ジーンズという格好で、よたよたと近づいてきた。ソモサはつねに自分の会社の製品を身につける。それのみが……。

「ブエノス・ディアス、フェリペ」ロハスは大声でいって、ソモサを抱擁した。「こちらは友人のジェフ・キャンベルだ」

「やあ《オラ》、ジェフ。会えてうれしいよ」

キャンベルが、ソモサと握手をした。「有名な抗弾服屋さんとお目にかかれて光栄です」

「有名？　とんでもない」ソモサがいった。「忙しい？　そうとも、そうとも！　はいんなさい、おふたかた。さあ、どうぞ」

ロハスとキャンベルは、ソモサのデスクの前に置かれた贅沢《ぜいたく》な革の椅子《いす》に腰を沈めた。ソモサはすっと外に出て、ルシリェにプレゼントを持ってきてくれと頼んだ。ふたりの左手に、ソモサの服を着た映画スターや政府高官たちがソモサといっしょに写っている写真が、数十枚飾ってあった。ロハスがその写真を指差すと、キャンベルはぽかんと口をあけた。「ここの事業はすごいな。あんなにおおぜいの映画スターが」

ロハスはうなずいた。「帰る前に倉庫を案内する。たいへん野心的な事業だよ。わたしはソモサのことが自慢なんだ。彼が起業したころから知っているんだよ」

「まあ、そのころよりもずっと、世界は危険になっている」

「そうだな。子供たちに遺《のこ》してやる世界はことに」ロハスは、深い嘆息を漏らし、黒い革のトレンチコートを持って戻ってきたソモサに、顔を向けた。

「ホルへ、きみにあげる」

ロハスは立ちあがり、コートを受け取った。「冗談だろう？　これは抗弾じゃないんだろう」素材を指でなぞると、柔軟に曲がるプレートがその下にあった。「ずいぶん軽いし、薄い」

「そうなんだよ」ソモサが相槌《あいづち》を打った。「最新の設計でね。使ってほしい。むろんサイズは合わせてある」

「どうもありがとう」

「ニューヨークでわが社が毎年やっているファッションショーに出すために、仕上げたばかりだ」

「うひゃー、ニューヨークで抗弾服のファッションショーだって？」キャンベルがきいた。

「すごく人気がある」ソモサがいった。

ロハスは、キャンベルをちらりと見てから、ソモサのほうを向いてウィンクした。

「まちがいなく弾丸を防げるんだろうね？」

ソモサが、引き出しに手を入れて四五口径のリヴォルヴァーを出し、デスクに置いた。

「うわ」キャンベルが大声を出した。「いったいなにをやるつもりだ？」

「きちんと試着する必要がある」ソモサがいった。おどろおどろしく目を剝《む》いていた。

「ジェフ、じつは従業員にはすべて試着してもらうんだよ。製品を着て弾丸を受ける意志がないものは、ここでは働けない。それがどんなものか、知る必要がある。それに、製品と自分の仕事を信じなければならない。だから、わたしの工場の品質管理はきわめて厳重なんだ。わたしは従業員すべてを撃つ」

ソモサがそれをやけに客観的かつ冷静にいい放ったので、ロハスは笑わずにはいられなかった。ロハスは、キャンベルにコートを渡した。「着てみろ」

「本気か？」

「だいじょうぶだ」ソモサがいった。「さあ……」

キャンベルの目がうつろになった。ソモサを怒らせるか、それともロハスにあらかじめいわれたように調子を合わせるか、その境目のきわどい崖《がけ》にちょこんと腰かけているような心地がした。ロハスはキャンベルとは長年の付き合いで、リスクを負うのをいとわないことを知っていたので、つぎの返事は意外だった。「申しわけないが、その、こういうことは予想していなかったので」

「ルシリエ」ソモサが呼んだ。

すぐにルシリェが戸口に現われた。

「わたしはきみを撃ったことがあるだろう?」ソモサがきいた。

「ええ、セニョール。二度」

ソモサが、キャンベルのほうを向いた。「ほらね。このひとだって撃たれたことがある。怖がりすぎだよ」

「わかった」キャンベルは、どうにか立ちあがり、ロハスからコートをひったくった。「自分でもこんなことをいうなんて信じられないが、どうぞ撃ってくれ」

「最高だ!」ソモサが大声をあげ、椅子をまわして、戸棚から耳当てを三つ出した。

キャンベルがもぞもぞとトレンチコートを着ると、ソモサが念入りにボタンをかけて、左の前身頃の腹のあたりに、丸いステッカーを貼《は》った。

「それが的か」キャンベルがいった。

「ああ、的がいるのは、わたしが射撃があまりうまくないからだ」ソモサが、平然といい放った。

ロハスが、またくすくす笑った。

「笑うがいいさ」キャンベルがいった。「撃たれるのはきみじゃない」

「ホルへはしじゅう弾丸を食らっているよ」ソモサがいった。「ホルへ、何回あなたを撃ったかな?」

「五回だと思う」

「ほらね。五回もやってる」ソモサがいった。「一回ぐらい平気さ」

キャンベルはうなずいた。「手がふるえてる。見てくれ」両手を差しあげると、そのとおり、勝手にふるえていた。

「だいじょうぶだ。すぐに治る」といって、ソモサが耳当てをキャンベルの頭にかぶせた。

ロハスも耳当てをつけた。ソモサも同様にして、引き出しから弾薬をひとつ出し、リヴォルヴァーにこめた。キャンベルをデスクから離れたところに移動させ、至近距離からキャンベルの胸に狙《ねら》いをつけた。

「そんなに近くから? 正気の沙汰《さた》じゃないぞ」キャンベルがいった。

「よし、よく聞け。こういう手順だ。息を深く吸ってとめろ。あんたが一、二、三と数えたところで撃つ。一、二、三、バーン! いいな?」耳当てをつけていても聞こえるように、ソモサは大声を張りあげていた。

キャンベルは生唾《なまつば》を呑《の》み、目顔で懇願しながら、ロハスをちらちらと見た。

「こっちを見ろ」ソモサがいった。「息を深く吸って。用意はいいか? 一、二――」

バーン！

ソモサは、二を数えた直後に発砲した。未経験者は、銃声が響くのを予測した瞬間に緊張しすぎるので、いつもそういうやりかたをする。三を数えるより前に撃てば、相手はまだ極度に緊張してはいない。

キャンベルがすこし前かがみになり、耳当てをはずした。あとのふたりも同時にそうした。「うわ」キャンベルはあえいだ。「騙《だま》したな！　でも、だいじょうぶだ。なにも感じなかった。すこし押された感じがしただけで」

ソモサが、トレンチコートのボタンをはずして、キャンベルのシャツをめくり、怪我《けが》をしていないことを確認した。それから、コートに手を入れて、つぶれた鉛の塊を出した。「ほら。記念にどうぞ」

キャンベルは、それを受け取って。にやりと笑った。「ほんとうに驚いたよ」

そして、口を押さえ、屑籠《くずかご》のところへ行って、吐いた。

それを見たソモサが、のけぞって、脇腹《わきばら》が痛くなるまでケラケラと笑った。

そのあとで、コーヒーを飲みながら、ロハスはソモサとふたりきりで話をした。キャンベルは、ルシリエの案内で、工場を念入りに見学している。ロハスは、息子について感じていることを打ち明けた。ソモサも自分の息子たちの話をした。ソモサの息子たちもあっというまに成長し、父親の事業を受け継ぐ定めになっていた。

「きみの息子たちもわたしの息子も、よく似ている」ロハスはいった。「特権階級の子供だ。どうやったら……なんというか……真人間にしておけるだろう？」

「狂った世界では、それが難しい。子供たちを護《まも》りたいとは思うが、きみもわたしも正しい道すじを教えるほかに、なにもできることはない。銃弾から護ってやることはできても、人生が差し出すろくでもないことから護ってやることはできない」

ロハスはうなずいた。「きみは賢人だな、友よ」

「美男子でもある！」

ふたりは笑った。

だが、ロハスは真顔になった。「じつは、バジェステロスがまた問題を抱え込んだ。やつとその仲間のめんどうをみてほしい。請求書をまわしてくれ。なんでも必要なものを使え」

「いいとも。いつものように仕事ができてありがたい。それから、きみの友人のセニョール・キャンベルの採寸をしたい。おなじトレンチ・コートを仕立てる――ずいぶん楽しませてくれたからね」

「きっとありがたがるだろう」

「それから、もうひとつ、ホルへ」こんどはソモサが真顔になる番だった。緊張のために声がくぐもっていた。「だいぶ前から考えていた。わたしたちはどちらも、あの商売に関わらなくても済むようなところまで登りつめた。わたしのビジネスは合法的だし、急成長している。もちろん仲間のバジェステロスには手を貸すが、これが最後の取り引きだよ。これで縁を切りたい。わたしは心配なんだ。プエルトリコの大がかりな手入れのあと、みんな不安にかられている。これからもきみのために働くということは、わかってもらいたいが、このあたりでつながりを断ち切らなければならない。それに、正直な話、ホルへ、きみも足を洗うべきだと思う。だれかに譲ればいい。もう潮時だ。それに、きみの息子も転機を迎えているんだろう。きみも心機一転、そうすべきだ」

ロハスは、かなり長いあいだそれを考えていた。ソモサは、むろん親しい友人として語っているし、分別をわきまえた話でもある――しかし、その言葉は恐怖から生まれていた。目にも恐怖が深く刻まれているのがわかった。

「友よ、だれも怖《おそ》れることはない。脅しつけようとするやつらがいるだろうが、人間なんて、そう変わりがない。この世では戦士にならないといけないんだ」

「ああ、ホルへ、そのとおりだ。しかし、戦いを選ぶ賢明さは必要だ。おたがいにもう若くはない。この戦いは、手下どもにやらせればいい。自分たちはやらずに。わたしたちは、失うものがあまりにも大きい」

ロハスは、立ちあがった。「考えてみる。きみはいい友だちだし、いいたいことはよくわかっている」

22

逮捕劇

メキシコ、ファレス市
スニガのランチハウス

翌朝の午前十一時ごろ、ムーア、スニガ、カルテルのメンバー六人が、扉を半開きにして、六台がはいる車庫に集合した。ムーアは奪った麻薬を届け、スニガの配下が麻薬の塊を調べるのを眺めて、怪しいものがなにも発見されなかったことを見届けた。タワーズとふたりでGPS発信機を埋め込んだ注射器の穴は、見つからずにすんだ。シナロア・カルテルは強大ではあるが、ファレス・カルテルほどテクノロジーが進んでいない。ファレス・カルテルなら塊をX線にかけて、発信機を見つけていたにちがいないと、ムーアは思った。

ムーアが願っていたように、スニガはこの〝贈物〟にたいそうよろこんだ。それに、日没前にブツを輸送する計画があるにちがいない。麻薬の塊のほうに顎《あご》をしゃくってから、ムーアに向かっていった。「あんたの敵はおれの敵でもあるようだな」

「ひとつのカルテルが大きくなりすぎると、すべてを敵にまわすことになる」

「同感だ」

「よし。今後もあんたに協力したい。何人か貸してくれ。ロハスの息子を拉致《らち》する。念を押すようだが、この件ではがっちり組みたい」ムーアはいった。

「ミスター・ハワード、この時点であんたを信じるのは正気じゃないだろうな。承諾するかもしれないが」

「あんたの飛行機を使っても、現地へ行くのに半日かかる。もう出発したほうがいいかもしれない」

「まだ考えが決まっていないかもしれない」

それを聞いて、ムーアは切れた。切れるべきではなかったかもしれないが、睡眠不足が尾を引いていた。ほとんどどなるような声でいった。「セニョール・スニガ、ほかになにが必要なんだ？　現金十五万ドル。ロハスから盗んだ大量のブツ。ほかになにがほしい？　おれのボスたちはいらだってるんだ」

近くに立っていたトレスが、体を揺すりながら近づいてきて、声を荒らげた。「スニガさんにそういう口をきくな！　首をねじ切ってやる！」

ムーアは、トレスを睨《にら》みつけてから、スニガに向かっていった。「駆け引きにはうんざりだ。おれはうまい話を持ってきたんだ。これをやろうじゃないか」

スニガが、ムーアにまた感心したような目を向けて、手を差し出した。「ロハスを殺してくれ」

二時間後、ムーア、トレス、フィッツパトリックは、機長や副操縦士とともに双発プロペラ機のパイパーPA－31ナバホに乗り、サンクリストバル・デ・ラス・カサスに向けて南東に針路を取っていた。天候は晴れで、眺めはすばらしかったが、乗り合わせた相手が最悪だった。トレスが乗り物酔いを起こして、小さな白い紙袋に二度吐いたからだ。昨夜も長い夜だったが、きょうはもっと長い一日になりそうだった。ムーアがキャビンの向かいのフィッツパトリックに目を向けると、でぶのトレスが空の旅が苦手なことにあきれたフィッツパトリックが天を仰いだ。トレスの胃袋はでかい割りにはデリケートらしい。乗る前にフィッツパトリックは、〝余分な重量〟のせいでパイパーが離陸できないかもしれないと、トレスをからかっていた。それに対するトレスの意趣返しは、その股《また》のあいだの紙袋から漂ってくる反吐《へど》の悪臭という形で、威力を発揮していた。

ムーアは目を閉じて、一時間か二時間、なんとか眠ろうとした。プロペラの低いうなりに、無意識の底に引き込んでもらおうと……。

石油プラットフォームの照明がまたたいて消え、突然、カーマイケルが叫んだ。

「発見された!」

ムーアは激しく体を揺らし、飛行機の座席で上体を起こした。

トレスがふりかえった。「悪夢か?」

「ああ、あんたが出てきた」

トレスがなにかをいいかけたが、口に手を当てた。

メキシコ、メヒカリ
国境トンネル建設現場

高校生のルーベン・エヴァンソンは、ファアレス・カルテルの手先として国境を越えて麻薬を運ぶのは、ものすごく怖い仕事だろうと、最初は思っていた。しかし、どれだけ稼げるかを教えられると、そのうちに密輸そのものに慣れて、大量に運ぶときでも落ち着き払った顔でいられるようになった。ルーベンが頭がいいことはたしかで、他の運び屋が自由を犠牲にしてしまったような馬鹿《ばか》なあやまちは犯さない。係官と話をするときも、度胸が据わっている。それに密輸のときに身を護ってもらおうとして、馬鹿なやつらが頼りにする聖像やお札も、持っていたことがない。死の聖母《サンタ・ムエルテ》が犯罪者には人気があり、お堂まで建てられている。グアダルーペの聖母を骸骨《がいこつ》に変えた姿は、邪悪そのもので、それを救い主と見なすのは愚かしいとしかいいようがない。サン・フダスというのもある。失われた大義の守護聖人で、その聖像にマリファナ三〇ポンド（一三・六キロ）を詰め込み、国境を歩いて越えようとした愚か者がいた。とんでもない間抜けだ。あまり知られていない、ラモン・ノナト（未生《みしょう》のラモン）という聖人もいる。伝説によれば、信者を勧誘できないように、口に南京《ナンキン》錠を取り付けられたという。犯罪者はそれが気に入り、自分たちの犯罪のことを他人がばらさないように、聖ラモンに祈る。

ルーベンの仲間には、幸運のお守り、気休めの宝飾品や時計やペンダントやウサギの足その他の護符のたぐいに過度に頼っているものが何人かいた。〈スカーフェイス〉の映画のポスターもその部類にはいる。アニメ〈ルーニー・チューンズ〉の黄色い小鳥トゥイティーの幸運のお守りには、ルーベンも大笑いした。はじめのうちは、運び屋や麻薬密売業者のあいだで、このかわいい鳥がどうしてそんなに人気があるのか、まったく理解できなかった。だが、そのうちに、トゥイティーは猫のシルベスターにぜったいに捕まらないから、犯罪者のヒーローになったのだと気づいた。小鳥を幸運のシンボルとしている運び屋が、〝ラバ〟と名乗っているのは、なんとも皮肉なことだったが。

だが、当座はどんな魔法も信仰も、ルーベンを救うことはできない。FBIに捕まり、輸送に失敗して爪先《つまさき》を切り落とされた若者に会わされ、投獄されたくなければ政府の情報提供者になるようにと強要された。大学の学費を楽に稼ぐことは、もうできなくなった。GPS追跡装置を体内に埋め込まれ、携帯電話はブルーツースのイヤホンを使う盗聴装置に改造された。リードをつけられた犬も同然だ。

その日、ルーベンはカルテルの連絡係から電話を受け、メヒカリに来いと命じられた。そこで車にブツが積み込まれる。倉庫のなかで待っているあいだに、髪が土埃《つちぼこり》に覆《おお》われた眼鏡をかけた中年男が近づいてきて、スペイン語できいた。「おまえは新顔だな」

「まあね。でも新米じゃないよ。ここで仕事をしたことがないだけだ。いつもべつの場所で落ち合う。ここでなにしてるんだ？　またトンネルでも掘ってるのか？」

「おまえの知ったことじゃない、若いの」

ルーベンは、両手をポケットに突っ込んだ。「どうでもいいけどさ」

「おまえ、いくつだ？」

「関係ないだろ」

「まだ高校生だろう？」

「あんた、おれの新しいボスか？」

「それはどうでもいい」

ルーベンは眉《まゆ》をひそめた。「だったら関係ないだろ」

「成績は？」

ルーベンは、鼻を鳴らした。「マジかよ」

「質問に答えろ」

「けっこういい。たいがいAかBだ」

「だったら、こういうことはやめろ。もうやるな。殺されるか、逮捕される。それで
おまえの人生はおしまいだ。おれのいうことがわかるな？」

ルーベンは、目頭が熱くなった。あんたは知らないだろうが、痛いほどわかってる

よ、じいさん。でも、もう手遅れなんだ。「おれは大学へ行きたいんだ。これで学費を稼いでる。金が貯《た》まったらやめる」

「みんなおなじことをいう。おれもあれやこれやで金がいるんだが、来週にはやめる」

「おれだっていますぐにやめちまいたいよ」

「名前は？」

「ルーベン」

男が手を差し出し、ルーベンは渋々握った。「ペドロ・ロメロだ。おまえに二度と会わずにすむといいんだがね。わかるな？」

「あんたが足を洗うのに手を貸したいけど、また会うだろうね。世の中、そういうもんさ」

「おれのいったことを、よく考えろ」

ルーベンは肩をすくめて、向きを変えた。積み込みをやっていたひとりが近づいてきたところだった。「用意ができた」

「考えろ」ロメロが念を押した。まるでルーベンの父親のような口ぶりだった。もっと前に考えていればよかったよ、じいさん。ほんとうに。

ルーベンは、車で国境を越え、何事もなくアンサラのチームに車を引き渡した。チームがルーベンをレンタカーの支店まで送った。ルーベンは、空港のバスでそこから家に送り届けられた。家の向かいに黒いキャデラック・エスカレードがとまっていて、バスが通りを走り去ると、ルーベンはエスカレードのリアシートに乗った。ＦＢＩ特別捜査官のアンサラが、運転席に座っていた。

「きょうはよくやった、ルーベン」

「ああ、そうかな」

「あのじいさんのいうとおりだろう？」

「ああ、うん、そうだな。あんたに捕まる前にやめりゃよかった。でも、もうだめだ」

「そんなことはない。おまえはよくやった。その男の写真を撮って、声も録音した。そいつの身許《みもと》を突き止めて、その倉庫でなにをやっているかを調べられる」

ルーベンは、目を閉じた。泣きたかった。いまではろくに眠れない。やつらが夜中にやってきた夢を見た。骸骨の衣装を着て、心臓をえぐるためのナイフを持っている。父母が自分の葬式をいとなんでいるところが目に浮かんだ。父母が葬儀の場を離れようとするとき、シカリオがおおぜい乗った車が猛スピードでやってきて、出席者たちを機関銃の連射で薙《な》ぎ倒す。父も母も撃たれ、虚空《こくう》を見あげてささやきながら、死んでゆく。「おまえはあんなにいい子だったのに、どうしてしまったんだ?」

メキシコ、フアレス市
デリシャス警察署

ＣＩＡ工作員のグロリア・ベガは、二十六カ国以上で工作に従事し、短いものでは八時間、長いものでは六カ月にわたる任務をこなしてきた。血なまぐさい場面や腐敗はそれなりに目にしてきたし、統合タスク・フォース（ＪＴＦ）に参加したときも、おなじようなものを目にする覚悟があった。それに、世界の殺人の首都に派遣されるのだという認識もあった。しかしながら、自分の所属する組織内で同僚が相争うというのは、予想外だった。

わずか五分前に、デスクに叫び声が届き、警官たちは急いで抗弾ベストをつけ、ライフルを持ち、表に出た。アルベルト・ゴメス警部が、顔がわからないように目出し帽をかぶり、グロリアのそばに立っていた。通りの両端は連邦警察の捜査車両で封鎖されていたが、グロリアの推定でも二百人以上の警官が、黒い制服に目出し帽をかぶって集まり、「ブタ野郎を連れ出せ！」と叫び、怒号をあげていた。やがて、グロリアやゴメスや他のだれかが制止するいとまもなく、五、六人の警官が署になだれ込み、群衆がふたたび怒号をあげた。今回は、グロリアにも名前が聞こえた。ロペス、ロペス、ロペス！

グロリアは、むろんその名前を知っていて、全身の血が氷に変わったような試練を味わった。ロペスはゴメスの同僚で、勤務年数もほぼおなじだ。グロリアの調査では、ロペスは清廉《せいれん》潔白で、正しいことをやろうとしている。アルベルト・ゴメスが手本にすべき警官だ。いっぽう、ゴメスの電話をずっと盗聴し、JTF指揮官のタワーズが用意したスポッターふたりに尾行させて、ゴメスが腐敗し、ファアレス・カルテルと明らかに結びついていることを示すじゅうぶんな証拠を集めてある。それを連邦警察に提出すれば、ゴメスを打倒できる。だが、タワーズはまだ逮捕に踏み切るつもりはなかった。ゴメスを逮捕すれば、カルテルが勘付く。ドミノはすべて同時に倒す必要がある。

そんなわけで、しばし首がつながったゴメスは、グロリアが対応する前に、ゲームの流れを変えてしまった。グロリアがさっと向きを変えたときには、警官六人がロペスを署からひきずり出していた。ひとりがロペスのもじゃもじゃの白髪をつかんでいた。髭《ひげ》をきれいに剃《そ》ったロペスの顔を認めた暴徒の怒号が高まり、何人かが叫んだ。「ブタ野郎を殺せ！」警官たちがロペスを取り囲み、ふたりが拳《こぶし》をふりかぶって、何度も殴った。

「逮捕する前にお仕置きしているんだ」ゴメスが、グロリアの耳もとでどなった。

「あいつはずっとカルテルから金をもらって、情報を漏らしていた。やつのせいで子供がおおぜい死んだ。いま、その報いを受けているんだ」

あんたはとんでもない偽善者よ、とグロリアはいいたかった。「あんなことをしたらだめよ。一方的に殴っているじゃないの！」

暴徒が唱えはじめた。「ロペスは悪魔、打倒しろ！　ロペスは悪魔……」

それが何度もくりかえされ、馬鹿でかい力瘤《ちからこぶ》の警官がロペスの頬を殴ったとき、グロリアは思わずひるんだ。

もう限界だった。元陸軍情報将校でCIA工作員のグロリア・ベガは、メキシコ連邦警察に潜入している身だったが、その光景を見ていられなかった。

銃を空に突きあげて連射した。ダダダダという銃声に、暴徒が沈黙した。なにが起きたのか気づく前に、首に手をかけられ、何人かの手で銃をひったくられた。さらに数人が、グロリアを警察署にひきずっていった。悲鳴をあげ、身をよじってふりほどこうとしたが、無駄だった。なかに連れ込まれると、すぐに放され、ゴメスが目の前に来て、目出し帽を取った。「いったいなんのつもりだ?」

「まちがっている。いったいどんな証拠があるの? 年寄りをあんなふうに殴るなんてひどすぎる」

「やつは屑《くず》とつるんでいるんだ。だからやつも屑だ」

グロリアは、言葉を呑《の》み込んだ。いい返したかったが、なんとか我慢した。

「あんたが生きつづけるのに力を貸すと、前にいったはずだ」ゴメスが語を継いだ。「しかし、あんなことをしたら、それが非常に難しくなる! いいか、よく聞け。ロペスには仲間がいる。ほかにも腐敗した管理職がいる。きょうわれわれはここを大掃除する。あんたはそれを手伝うか、それとも身の安全のために留置場に入れてやろうか」

グロリアが自分の目出し帽を乱暴に脱いだとき、表の熱狂した叫び声が頂点に達した。「留置してもらったほうがまし。こんなのはもう見ていられないわ」

グロリアは目の縁をこすった。腹の底で憤懣《ふんまん》が燃えたぎり、吐くのではないかと思った。いったいどこまで耐えられるだろう。ゴメスに手錠をかけて片をつけるまで、どれほど待たないといけないのか。ゴメスは名うての羊の皮をかぶった狼《おおかみ》だ。弾丸を食らわしてやる必要がある。その場でゴメスを自分が撃ち殺す光景を、頭に描いた。腐敗の血脈をひとつ断つことはできるが、ネットワークはきわめて複雑だから、たいした影響はあたえられないだろう。いや、なにも影響はないはずだ。暗い気持ちになった。

「グロリア、いっしょに来い」ゴメスが命じた。

グロリアは、ゴメスのあとから狭い事務所にはいった。他の警部たちに話が聞こえないように、ゴメスがドアを閉じた。「あんたの気持ちはよくわかる」

「そうかしら」

「おれにも、あんたぐらいの齢《とし》のときがあった。世界を救いたかった。だが、われわれのまわりには、誘惑の材料がいっぱいある」

「馬鹿《ばか》をいわないで。わたしたちがもらっている給料なんて、スズメの涙よ。だからなにもできないんじゃないの。これは狂ったゲームだし、こんなふうに無駄にする時間はないのよ。時間の無駄よ。いったいなにをやればいいの?」

「正しいことを」ゴメスがいった。「どんなときでも、正しいことを。それを神が望んでいる」

「神？」

「ああ、おれは毎日神に祈り、この国を救い、連邦警察を救ってくれと頼んでいる。神は願いをかなえてくれるよ。神を信じなければならない」

「もっとましなやりかたがあるはずよ。もっと稼がないとだめよ。それに、信頼できる人間といっしょにやらないといけない。あなた、力になってくれる？」

ゴメスの目が鋭くなった。「おれを信頼していいよ……」

メキシコ、ファレス市

〈モンタナ・レストラン＆バー〉

ジョニー・サンチェスは、コルドバ橋から五キロメートルしか離れていないエイブラハム・リンカーン通りにレンタカーをとめた。恋人のファニータを、ファレス市にあるお気に入りのレストランに連れていくところだった。〈モンタナ〉は南西部風の内装で、客席は二層、どこもかしこも木で特徴を出している造りだった。白いリネンのテーブルクロスや香り蠟燭《ろうそく》にファニータが興味を示していないので、サンチェスはガスの暖炉のそばの席を選んだ。エル・カピタン・デ・メセロス（ウェイター長）は、ビリーという若い男で、サンチェスは親しくなっていたし、ビリーの部下のウェイターたちにチップをはずんでいた。見返りにビリーは、内緒でカクテルを出したり、注文したものを大きめにした。サンチェスは、いつもの料理――ニューヨーク・クラブ・ステーキ――を注文し、最近髪をブロンドに染め、おっぱいを大胆に見せているファニータは、タコ・サラダを頼んだ。

アントレを待つあいだ、赤いワンピースのストラップを落ち着かないそぶりでひっぱりながら、ファニータがきいた。「どうしたの？」

「なにが？」

「心ここにあらずね。どこかよそにいるみたい」ファニータが、窓と向こうに見える橋のほうに、顎《あご》をしゃくった。

「ごめん」母親の名づけ子がシカリオで、自分がＣＩＡの手先になったことを、打ち明けられるはずがなかった。食事が台無しになる。

ファニータが眉《まゆ》を寄せ、まくしたてた。「メキシコを出たほうがいいわ」

「どうして？」

「ここがもうあまり好きじゃないの」

「来たばかりなのに」

「わかってる……あなたに会いにきた。いつだってあなたと、あなたの書いてるもののため。でも、わたしはどうなの？」

「踊りたいっていったよね」

「わたしの体をよその男に見せたいの？」

「いい金になるだろう」

「お金のためじゃない」

「ああ、でも、楽しいんなら……」

ファニータが身を乗り出し、サンチェスの手をつかんだ。「わからず屋。やめろっていってほしいのに。やきもち焼いてほしいのに。どうしたっていうのよ？」

「頭が働かないんだ。きみのいうとおりだ。メキシコを出たほうがいい」声がうわずった。「でも、だめなんだ」

「どうして？」

「セニョール・サンチェス」

サンチェスがふりかえると、高価なシルクのシャツとズボンを身につけた男ふたりが近づいてきた。ふたりとも二十代なかばで、どちらも身長は一五〇センチ足らずだった。当ててみろといわれたら、コロンビア人かグアテマラ人だと答えていただろう。

「あんたたちは?」サンチェスはきいた。

ひとりが声をひそめ、揺るぎない視線をサンチェスに据えた。「セニョール、いっしょに来てもらいたい。生死にかかわる問題だ」メキシコのなまりではなかった。南米のどこかの人間であることはまちがいない。

「おれの質問に答えろ」サンチェスはいった。

「セニョール、どうか来てくれ。そうすればだれも怪我《けが》をしない。あんたも、彼女も。さあ」

「ジョニー、どういうことなの?」ファニータが大きな声を出し、胸を突き出した
——男ふたりの注意がそっちに向いた。

「だれの手先だ?」サンチェスはきいた。動悸《どうき》が速くなっていた。

男はサンチェスの顔を見た。「行こう、セニョール」

まずい、サンチェスは思った。おれがCIAに発信機を植えつけられたのを、ダンテが知ったにちがいない。こいつらは、おれを殺しにきたんだ。

拳銃《けんじゅう》はホテルの部屋に置いてきた。ファニータのほうを向き、身を乗り出して、熱烈なディープキスをした。

ファニータが、サンチェスを押しのけた。「どうなってるの？」

「行こう。こいつらといっしょに行くしかない」ふるえながら立ちあがったとき、ウエイターがステーキを運んできた。「テイクアウトにしてくれ」と、サンチェスはいった。

男ふたりが、うなずいてみせた。

その瞬間、サンチェスはファニータの手をつかみ、ドアに向けてがむしゃらに駆け出した。

叫び声や銃声が聞こえるものと思った。拉致《らち》しようとした男たちは、こうなっては殺すしかないと判断したはずだ。

だが、サンチェスとファニータは外へ出て、駐車場まで行くことができた。サンチェスはふりかえったが、追ってくるものはいなかった。

「ジョニー！」ファニータが叫んだ。「あのひとたち、なにが狙《ねら》いなの？」

サンチェスが口をひらく前に、小さなセダンが二台、轟然《ごうぜん》と走ってきて、行く手をさえぎった。おなじ服装で、身長も年齢もすべておなじ男たちが——六人以上——車から出てきた。

サンチェスは、両手を差しあげた。終わりだ。悪かった、ダンテ。

男たちは、ファニータの喉《のど》をつかんで一台に押し込み、もう一台にサンチェスを投げ込んだ。運転手がタイヤを鳴らして発進したとき、サンチェスはリアシートに頭をぶつけた。そして、駐車場を出てから一分か二分たったころに、激しい不安のために気を失っていた。

しばらくしてサンチェスの意識が戻ると、ポールのようなものに両腕と両脚を縛りつけられていた。自動車修理用のリフトだとわかった。そこは自動車修理工場で、組立や修理のさまざまな作業段階にある車に囲まれていた。右手の窓の列から淡い光が漏れ、正面では大きな鋼鉄の扉二枚が上にあがっていた。

レストランにはいってきた男ふたりが、サンチェスの前に立ち、ハードディスク付きのビデオカメラを、すこし痩《や》せた男が持っていた。サンチェスは溜息《ためいき》をついた。誘拐して監禁しているのは、身代金《みのしろきん》が目当てにちがいない。ビデオに撮影され、ダンテが身代金を払う。なにも心配はいらない。

「わかった、わかった、わかった」また溜息をついて、サンチェスはいった。「なんでもいわれたとおりにいう。ファニータはどこだ？　おれの彼女は？」

ビデオカメラをもった男が、覗《のぞ》いていた小さな画面から目を離し、部屋の向こうに叫んだ。「終わったか？」

「ああ！」返事があった。

そのとき、つなぎの黒い防護服を着た男ふたりが見えた。自動車を塗装するときに着るような服だが、ヘルメットはかぶっていない。つなぎの腕と腰のところが、どす黒く汚れていた。ひとりが黄色い電動工具を持っていた。細い刃が突き出している。電動鋸《レシプロソー》だ。数年前まで地方新聞の記者だったサンチェスは、自動車事故現場に何度も行ったことがあり、緊急対応要員《ファースト・レスポンダーズ》が車に閉じ込められた人間を助け出すのにそれを使うことを、よく知っていた。

レシプロソーを持った男が、モーターを始動し、近づいてきたとき、つなぎの染《し》みがなんであるかがわかった……血だ。

「なあ、脅しは必要ない。なんでもいわれたとおりにする」

レシプロソーを持った男が鼻を鳴らし、目をむいて歩を進めた。

「待て！」サンチェスは叫んだ。「なにがほしい？　勘弁してくれ！」

「セニョール」カメラを持った男がいった。「あんたに死んでほしいだけだ」

23

正義のハゲタカ《ロス・ブイトレス・フスティシエロス》

メキシコ、チアパス州
サンクリストバル・デ・ラス・カサス
紫の家《カサ・モラダ》の離れ屋

ミゲル・ロハスは、うずくような欲望にかられて、午前六時四十一分に目を醒《さ》ました。転がって、片手でソニアの脚を上になでていった。ソニアが身動きし、ささやいた。「いつも朝にこうなのね。きのうの夜だけじゃ足りないの?」

「これが自然なんだ」ミゲルはいった。

「ちがう。あなただけよ」

「我慢できない。きみがいけないんだ。つい想像して、ほら……」

「人生、これだけじゃないのよ」

「わかってるよ」

「あらそう。男ってしかたがないから、いいの。でも、わたしに幻滅するんじゃないかって心配なの」

「ぜったいにそんなことない」

「そういってくれるのね」ソニアが、片腕を頭の上にだらりとのばした。「ときどき、わたし……」

ミゲルは、眉《まゆ》を寄せて、ソニアを見た。「なに？」

「自分の人生のあらゆることが、ちがっていたらよかったのにと思うの」

「まさか、ほんとうじゃないよね」

「あなたは、わたしにとって完璧《かんぺき》な男かもしれない。でも、人生はそんなに単純じゃないし、わたしたちのことが心配なの。あなたと会う前のことが、なにもかもちがっていたらよかったのに」

「その前の人生のどこがだめなんだ？　きみにはすばらしい親がいて、すごく愛してくれている。順風満帆だっただろう」

「自分でも、なにをいってるんだか、よくわからない」

「お金のことかな？　だって――」

「ちがう。それとは関係ない」

ミゲルは、体を固くした。「それじゃ、なんだよ？　スペインにべつの男がいるとか。そうなんだ。まだべつの男を愛してるんだ」

ソニアが、笑い出した。「ちがうわよ」

ミゲルは、ソニアの顎《あご》をそっとつかんだ。「ぼくを愛してる？」

「愛しすぎてる」

「どういう意味？」

ソニアは目を閉じた。「苦しいときもあるっていうこと」

「困ったなあ。ぼくはどうすればいい？」

「キスして」

ミゲルはソニアにキスして、それがつぎのことへと変わっていった。となりの部屋のコラレスやその配下に聞こえるだろうかと、ミゲルは思った。ソニアが低くうめいたが、ふたりともできるだけ声や音をたてないようにしていた。

古い街での最初の一日は、ほとんどなにもせずに過ごした。ホテルの離れ屋の近くにいて、環境に慣れようとした。ミゲルは、父親のつてを頼って、どれも似たような退屈な屋敷に滞在するのではなく、新しいホテルに泊まって、観光客のように一日を送るほうを選んだ。そこはヨーロッパ人が経営する、古風な趣のある小さなホテルで、一階の離れ屋にはキッチン、ダイニング・テーブル、リビング、バスルーム付きの寝室があった。壁はマヤの織物や壁画で装飾され、ベッドの向かいには薪《まき》を燃やす暖炉があった。エアコンはなかったが、必要なかった。表に椅子《いす》をならべたベランダがあり、緑の多い中庭に出ているひとびとを眺めていることができた。日陰をこしらえている大木の長い幹から、ハンモックが吊《つ》ってある。若いカップルがハンモックに寝て、ディープキスをしていた。それを見ただけで、ミゲルとソニアは寝室に戻り、到着してからほんの数時間しかたっていないのに、ひとときの愛を交わした。ミゲルが転がってソニアから離れたとき、若い雄鶏《おんどり》が時を告げはじめた。陽が昇りはじめたのだ。まるで農家にいるようだったが、ミゲルには雄鶏たちのけたたましい鳴き声も楽しかった。ここはメキシコのひなびた街で、ソニアとふたりきりになれるし、小さな美しい街を探訪できる。作家、画家、学者、考古学者がおおぜいこのホテルに滞在し、街を探訪してきたと、コンシェルジュがふたりに語った。足をのばせば、車で三十分のところにパレンケという古代マヤの都市があり、古代の寺院や宮殿が見られる。広い石段や一部が崩れている壁に惹《ひ》かれて、年間数千人もの観光客が訪れるという。ミゲルは少年のころに一度その遺跡に行ったことがあり、再訪したいと思っていた。

だが、まずは買い物に行く。ソニアがものすごくよろこぶにちがいないと、ミゲルにはわかっていた。坂を下り、騒々しい目抜き通りまで、たった十分歩くだけだ。ミゲルは起きあがって、窓ぎわへ行き、中庭の向こうの高地を眺めた。緑なす山々は長い影に覆《おお》われてまだ暗く、地平線に月の表面のような景色をこしらえていた。はるか遠くでは、何本もの道が山の斜面をくねくねとのびて、鮮やかな色の家——グリーン、紫、黄色などとりどりで、屋根はすべて赤瓦《あかがわら》——が、その狭い道に沿って密集している。その先の巨大な岩山の頂上に、金色に塗られた麗々しい大聖堂がある。錬鉄の門が四メートルもの高さにそびえている館《やかた》も、いくつか見られる。色鮮やかで汚れておらず、まったくきれいなので、現実の街ではなくテーマパークのようだと、ソニアがいっていた。ミゲルはソニアに、ここの住民はマヤ文明の遺産を極端なまでに誇りに思っているし、建築物、食べ物、インテリア・デザインなど、マヤ文明の影響が街のいたるところに見られると教えた。サンクリストバルはメキシコというよりもグアテマラの感じだと、ミゲルの父親はよく口にする。

「お祭はいつ？」ソニアが、ベッドで上半身を起こしてきいた。

ミゲルは、ソニアに笑みを向けた。「今夜はじまる。でも、その前にサンファン・

チャムラの村へ行かないと。そこの教会を見せたいんだ。あしたは遺跡に行こう」

ドアにノックがあった。

ソニアが顔をしかめ、ミゲルは部屋を横切ってドアのほうに身を乗り出した。「だれだ?」

「おれです。コラレスです。なにも問題ないですか?」

ミゲルはぱっと向き直り、ソニアと顔を見合わせて、ふたりとも笑い出しそうになった。

「ああ。コラレス、だいじょうぶだ。ベッドに戻ってくれ。八時に朝飯にしよう。ありがとう」

「わかりました。念のためです」

ミゲルは、ベッドに駆け戻り、跳び乗って、ソニアを反対側に突き落としそうになった。ソニアがくすくす笑い出し、ミゲルは向きを変えさせて、ディープキスをした。

すぐ近くのホテルの部屋のバルコニーから、ロハスの息子が恋人にキスをしているのを、ムーアが見守っていた。ミゲルはカーテンをあけていて、ベッドに大の字になっているふたりの裸身が、はっきりと見えていた。

ムーアは双眼鏡をおろし、フィッツパトリックとトレスのほうをふりかえった。トレスはベッドでぐっすり眠っている。フィッツパトリックは、ノート・パソコンのキイボードをしきりと叩《たた》き、スニガに電子メールを送っている。

「若いというのはいいな」失われた歳月に溜息《ためいき》をつきながら、ムーアはいった。

「まったく助平なやつらだ」フィッツパトリックがいった。「で、警護をどうする。コラレスと乾児《こぶん》ふたりを？　あれだけだろう？」

「ほかには見当たらない。コラレスがそばにいて、あとのふたりがうしろを護《まも》っている。そいつらを先に片付けないといけない。コラレスは生かしておきたい——交渉の余地はないぞ。やつは生かしておく」

「わかった」そこでフィッツパトリックは、肩ごしに親指でトレスのほうを示した。「あいつはどうする？」と、ささやいた。

「落ち着け。いまのところ、あいつのことは心配いらない」

ムーアのスマートフォンが震動した。グロリア・ベガから、メールが届いていた。

サンチェスとその恋人をストリップ・クラブ〈モナーク〉の外で発見。むごたらしい殺されかた。死体発見現場からしてシナロア・カルテルの仕業だと、ゴメスは思っている。調査できるか？

ムーアは、親指で返信した。これからやる。

それから、フィッツパトリックにそれを報《しら》せた。フィッツパトリックが首をふった。

「ちがうな。それならおれたちが事前に知っていたはずだ」

「スニガに電話しよう」

トレスが身動きして、ふたりのほうを見あげた。「おまえら、どうしてこんなに早くから起きてるんだ？」

ムーアはくすりと笑った。「どうしてかって、おでぶちゃん、紙袋にゲロを吐く以外の仕事もやってるからだ」

トレスが、しかめ面《つら》をした。「まだ腹が痛え。気分がよくなったら、おまえをケツに敷いてやる」

「おい、あんた」フィッツパトリックが、トレスの注意を惹こうとしていった。「きょうやらないといけない。やつらが落ち着いて、居心地よくなったところを襲うんだ。だから、さっさと支度しろよ」

「そうとも」ムーアはいった。「あの離れ屋でやろう。制御しやすい環境だ。昼間ずっと追跡する。帰ってきたころには、みんな疲れて、セックスでもしたい気分になってるだろう。そこでミゲルと女を拉致《らち》する――だが、その前にコラレスと乾児を片付けないといけない」

「よく聞け、アメ公」トレスがいった。「ここはおれが指揮をとる。だが、おまえの計画は気に入った。だがな、女と男をひっとらえたら、女は男が見ている前で殺す。そうすりゃ、おれたちが本気だというのがわかるからな」

ムーアがフィッツパトリックに目を向けると、フィッツパトリックがいった。「ふたりそろってたほうが、もっと金が取れる。それに、トンネルを使わせろとロハスに交渉できる」

「おれたちは、ロハスとやつのまわりの人間をひとり残らず殺すためにきたんだ。スニガさんが、おれにはっきりそういった――おまえらにもはっきりいっておく……」

フィッツパトリックが、トレスを睨《にら》みつけた。

「だめだ」ムーアはいった。「女は他の梃子《てこ》に使う。で、あとの連中は？　来るんだろう？」

トレスが、咳払《せきばら》いをした。「午後にはガダラハラに着いてるはずだ」

「よし」ムーアはスニガに電話をかけたが、すぐにボイスメールに切り替わった。

「折り返し電話してください、セニョール」

「おい、顔を洗って外に出よう」フィッツパトリックがいった。「連中が早く出発するかもしれない」


　コラレスは、ラウル、パブロ、ミゲル、ソニアといっしょに、朝食のテーブルに向かっていた。ソニアから目を離すことができなかった。いままで会ったなかで、いちばんセクシーな女だった。恋人のマリアよりもセクシーだ。じろじろ見るとまた厄介なことになるとわかっていたが、もうどうでもいいと思った。ふたりがあてつけに声や音を出しているのがみえみえだったので、意地悪をするつもりだった。

「けさは確認しにきてくれてありがとう」ミゲルが、シリアルを食べながらいった。「そこまでしっかりした警護をやってくれると安心できる」

「グラシアス。それがおれたちの仕事です」

「ぼくの恋人の胸をじろじろ見るのも仕事か?」

「ミゲル」ソニアはそういって、はっと息を呑《の》んだ。

「こいつを見ろよ。どこかのちんぴらみたいによだれを垂らしてる」ミゲルは、立ちあがってテーブルをまわると、コラレスのうしろにまわり、耳もとで不機嫌な声を出した。「きょうは近寄るな。一度も顔を見たくない。一度もだ。ぼくたちを警護するのはいい。だが、姿を見せるんじゃない。わかったか、このブタ野郎？」

コラレスは身をこわばらせ、拳銃《けんじゅう》を抜いてこの甘やかされたガキを撃ち殺したい衝動に打ちふるえた。だが、じっと我慢した。「はい、セニョール。姿は見せないようにします……」

「いまの仕事が気に入ってるんだろう？」

「ええ」

「それじゃ、ぼくのいうとおりにして、仕事をなくさないようにしろ」

ミゲルは、席に戻った。「すまない、ソニア。あんなところは見せたくなかった」

「いいのよ。コラレス」ソニアは、口をとがらせた。「仕事をやろうとしているのはわかっているわ。悪かったわね」

コラレスは、ソニアに笑みを向けた。狼《おおかみ》の笑みを。

一時間とたたないうちに、ふたりはサンクリストバルの街路を歩いてた。コラレスは、ラウルとパブロに命じ、散開して半ブロック離れさせた。パブロがスマートフォンにかけてきた。「これじゃまずいですよ。なにか起きたときに、遠すぎる」

「しかたないだろう、パブロ。いまのところは――」

コラレスは、最後までいえなかった。べつの電話がかかってきた。〈モナーク〉を警衛している友人のエルナンド・チャセからだった。「ダンテ、ものすごく悪い報せだ。ジョニーが殺された。恋人もいっしょに。クラブの外に死体が捨てられていた。拷問《ごうもん》してから電気鋸《のこぎり》でバラバラにしたらしい。メモがあって、警察が来る前に、おれが取っておいた」

「スニガの野郎」コラレスは、歯を食いしばっていった。

「いや、シナロアじゃない」エルナンドがいった。「情報を集めたんだ」

「メモにはなんて書いてあった？」

「単語ふたつだけ、正義のハゲタカ《ロス・ブイトレス・フスティシエロス》」

コラレスは、身をこわばらせた。正義のハゲタカ《ロス・ブイトレス・フスティシエロス》は、ファレス・カルテルに協力しているはずのグアテマラ人組織だった。それが味方を虐殺《ぎゃくさつ》した。

だが、ジョニーが殺された理由を、コラレスははっきりと知っていた。

すべて自分の過失だった。

コスタリカ、サンホセ近辺
タリバンの隠れ家

　サマドは、ラフマニに命じられたとおり、アンザ（槍《やり》）ＭｋⅢ（ＱＷ－２）を発注した。原型は中国製で、アメリカのＦＩＭ－92Ｅスティンガー地対空ミサイルとほぼおなじ性能。アッラーのおかげで、送料は無料だった——オンライン・クーポンがなくても！　副官たちは、そのジョークをおもしろがった。じっさい、現実とそうかけ離れてはいない。武器売買は、暗号化されたウェブサイトを通じて完了し、電子マネーで支払われる。さらに、中国の協力者たちが、コンテナ船を使い、コスタリカまで何事もなくミサイルを密輸した。

　サマドとその仲間は、ある協力者の手配で、小さな貨物機に乗ってコロンビアを発《た》ち、コスタリカにて、首都の郊外にあたるウルカという地区にあるタリバンの隠れ家まで送り届けられた。ナフタリンと漂白剤の臭《にお》いがする二寝室のその小さな家で、歩兵携行型のアンザＭｋⅢ地対空ミサイル発射機六挺《ちょう》を受け取った。運びやすいようにバックパック式のストラップが付いた〈アンヴィル〉のキャリングケースに収められていた。その家で、タルワルとニアジが、使命の詳細についてもう一度質問した。

「どういうことになるのか、いつ教えてもらえますか？」ニアジがきいた。

「アメリカに着いてからだ」

「メキシコ人の手助けなしで、どうやって潜入するんですか？」タルワルがきいた。

「計画を立てるときには、べつに代案を三つ用意しなければならない。ひとつがだめなら、つぎの計画に変更する」

「では、代案が尽きたときには？」タルワルがきいた。

サマドは、両眉《まゆ》をあげた。「成功するか死ぬか、ふたつにひとつだ」

「それで、アメリカに潜入する計画は、どういうものですか？」

「辛抱が肝心だ」サマドは、タルワルをたしなめた。「まず、メキシコに行かなければならない。そこまで行けばわかる。国境を念入りに監視している友人たちがいる。われわれは孤軍ではない。ラフマニ師が、きちんと手配りしてくださっている」

「サマド師、仲間の何人かのことが心配です。彼らは若くて感受性が強い。アメリカへ行き、そこでどういう生活ができるかを見たら、離れてゆくのではないかと——〈マクドナルド〉、〈バーガー・キング〉、〈ウォルマート〉といったものを見て」

「いまさらなぜ彼らの信仰を疑うのか？」

タルワルが、肩をすくめた。「谷底に住んでいるときには信仰できても、宮殿に住めば気持ちも変わります。わたしは戦士としてここにいますが、不安を感じています」

サマドは、副官の肩に手を置いた。「去ろうとするものがいれば、射殺する。わかったか？」

タルワルとニアジが、うなずいた。

「では、もう話し合うことはなにもない。ミサイルと発射機は手に入れた。トラックに積み込み、飛行場に戻るぞ」

コスタリカを輸送機で出立したあと、一団はメヒカリの一六〇〇メートル南にある未舗装の私有飛行場に着陸する予定だった。文字どおり人跡稀《まれ》な場所にある。トラックと運転手が待機していて、あとは国境がある北に向けて、最後の行程を走破すればいいだけだった。

サマドは興奮をつのらせていた。越境地点まで行きさえすれば、その後の使命はラフマニ師が説明したとおり精密に進んでゆくはずだ。何年間もの立案とアッラーの戦士多数の献身が実を結ぶ。

サマドは誇りに胸を膨らませた。心にはアッラーの思し召《おぼめ》し、手には聖戦《ジハード》の炎がある。それだけあればじゅうぶんだ。

メキシコ、チアパス州
サンクリストバル・デ・ラス・カサス

ミゲルとその恋人が従えている〝ボディガード〟三人すべてのデジタル画像を、ムーアはようやく撮影することができた。それをタワーズに送信すると、すばらしい結果が出た。高価値目標（HVT）は、コラレスだけではなかった。カレクシコでFBI特別捜査官を殺した犯人のパブロ・グティエレスも同様だった。それだけではなく、JFTのアンサラ特別捜査官が、パブロの手がかりを追ってセコイア国立公園に潜入したという経緯もあった。したがって、タワーズの言葉を借りれば、大物の悪党ふたりを一石二鳥で捕らえることができる。

「三鳥だ」ムーアは正した。「最大の大物、ロハスを忘れては……」

「おいおい、忘れているわけがないだろう」タワーズはいった。「だが、辛抱が肝心だぞ」

ミゲルとその恋人とボディガード三人を尾行するのは、ムーアが予想していたよりも厄介だった。もちろん観光客に見えるような服を用意し、首からカメラを吊《つ》ってはいたが、トレスの巨体と顔は、ひと目見たら忘れられないだろう。「あんた、コラレスに面が割れてるんじゃないか?」と、ムーアはしつこく念を押した。

「そんなことはねえ」トレスが答えた。トレスもフィッツパトリックも、コラレスと顔を合わせたことはなかった。だが、コラレスがふたりの写真を見ていないとはいい切れない。ファレス市には、いたるところにコラレスの見廻り《スポッター》がいる。

それを念頭に置いて、ムーアはフィッツパトリックとトレスを説得し、できるだけ離れていて、無用の危険を冒さないようにしろと指示した。ムーアはホテルに泊まっていたから、コラレスが写真を撮らせたにちがいないと、トレスが反論した。それは事実かもしれないが、フィッツパトリックやトレスよりもムーアのほうが人だかりに紛れ込みやすい。ムーアは、花柄のプリントのシャツを着て、カメラマン用ベストをはおり、畏怖《いふ》の念にかられたにやにや笑いを浮かべている。典型的な間抜けの観光客だ。ベストは、サプレッサー付きのグロック二挺を隠すのにうってつけだった。フィッツパトリックとトレスは、コラレスの手下ふたりを斃《たお》す。ムーアはコラレスを捕らえるのに専念するつもりだった。三人を片付けたら、ロハスの息子とその恋人を拉致し、全員でガダラハラの隠れ家へ飛行機で行く。そのあとのロハスとの交渉は、スニガが引き継ぐ。女を殺したいとトレスがいったが、無関係な人間を巻き込むなとムーアは命じた。以上。トレスがちょっと考えて、人質がひとり増えるのも悪くないと判断した。

フィッツパトリックとトレスが混雑した街路のうしろのほうを進むいっぽうで、ムーアはミゲルとソニアのあとを跟《つ》けた。先住民の女たちが品物を売っている数十軒の屋台のうちの一軒に、ふたりは立ち寄っていた。鮮やかな色のベルトやワンピース、木でできた子供用の人形。銃を持ってウールの目出し帽をかぶった兵隊の人形まであったので、ムーアはびっくりした。この街の子供たちに、おもしろいメッセージを伝えようとしている。きみたちのヒーローは、顔を隠して銃を持っているんだよ……。

通りの先には市場の屋台があり、そこはもっと混み合っている。かなりの種類の果物や野菜が、籐《とう》の籠《かご》にピラミッドみたいにきちんと積んで売られている。米飯や魚料理の屋台、ビーフやチキンの屋台があり、地元産コーヒー豆直売という旗を出している店もあった。なにしろこの谷間は、メキシコ有数の穀倉地帯なのだ。

ムーアは、ミゲルの恋人のすぐそばに移動した。ソニアは、黄色と赤の色鮮やかな花柄のワンピースを持ちあげ、光にかざして眺めていた。体を鍛えているほっそりした体つきで、馬鹿《ばか》でかい濃いサングラスをかけている。

「どう思う?」ソニアが、ミゲルにきいた。

ミゲルが、スマートフォンから視線をあげた。「いや、ソニア、きみには派手すぎるよ。もっと見よう」

ソニアが肩をすくめ、ワンピースを屋台の主の老女に返した。

「女の服のことは、男にはわからないのさ」老女がいった。「よく似合ってるよ。あんたの彼氏は、適当なことをいってるよ」

ソニア(ムーアはその名前が気に入った)が、笑みを浮かべた。「同感。でも、このひとはすごく頑固なのよ」

ムーアは、それを聞いて眉根を寄せた。その服はきれいだし、きみは甘い匂《にお》いがして、爽《さわ》やかで若くてセクシーだから、おれの仲間が殺したがったことなど忘れてしまいそうだ、といいたかった。

まあ、その一部は教えてやってもいい。

「もういいだろう、ソニア。行こう」ミゲルがいった。

ムーアは、そばの財布を見るふりをした。ふたりがそこを離れようとしたとき、目をあげて、サングラスの縁ごしに見やると、例のちび野郎がいた。ダンテ・コラレスが、通りの向かいで小さな建物の窪《くぼ》んだ戸口に立ち、腕組みをして、ソニアとミゲルを見つめていた。

ボスの息子を見張っているのか、相棒？　おまえと差しでコーヒーを飲むのが楽しみだ……いっぱい話をしてくれるものと期待しているぞ。

ムーアが、心のなかのひとりごとを終えたかどうかという刹那《せつな》、コラレスの口をだれかの手がふさいで、ふたりの男が不意に襲いかかり、建物のなかにひきずり込んだ。

ムーアはすかさずフィッツパトリックをスマートフォンで呼び出した。「コラレスが男ふたりに捕まった」

「くそ。あとのふたりも姿が見えなくなった。どうなってるんだ？」

「こっちへ来てくれ。コラレスはピンクの家に連れ込まれた。おれはミゲルと女のそばにいる」

だが、ムーアが向き直ったときには、ミゲルとその恋人の美女の姿はなかった。

テロリストの回廊《かいろう》(上)

新潮文庫　　ク－28－51

Published 2013 in Japan
by Shinchosha Company

平成二十五年十一月一日発行

訳者　伏《ふし》見《み》威《い》蕃《わん》
発行者　佐藤隆信
発行所　株式会社 新潮社

郵便番号　一六二―八七一一
東京都新宿区矢来町七一
電話　編集部(〇三)三二六六―五四四〇
読者係(〇三)三二六六―五一一一
http://www.shinchosha.co.jp

価格はカバーに表示してあります。

乱丁・落丁本は、ご面倒ですが小社読者係宛ご送付ください。送料小社負担にてお取替えいたします。

印刷・株式会社光邦　製本・憲専堂製本株式会社

ISBN978-4-10-247251-4 C0197